O Par Perfeito

O Perfeito

SOPHIA MONEY-COUTTS

O Par Perfeito

Tradução:
Isabella Pacheco

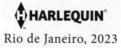

Rio de Janeiro, 2023

Copyright © 2018 by Sophia Money-Coutts. All rights reserved.

Título original: The plus one

Todos os personagens neste livro são fictícios. Qualquer semelhança com pessoas vivas ou mortas é mera coincidência.

Direitos de edição da obra em língua portuguesa no Brasil adquiridos pela Editora HR LTDA. Todos os direitos reservados. Nenhuma parte desta obra pode ser apropriada e estocada em sistema de banco de dados ou processo similar, em qualquer forma ou meio, seja eletrônico, de fotocópia, gravação etc., sem a permissão do detentor do copyright.

Direitos exclusivos de publicação em língua portuguesa cedidos pela Harlequin Enterprises II B.V./ S.À.R.L para Editora HR Ltda.

A Harlequin é um selo da HarperCollins Brasil.

Contatos: Rua da Quitanda, 86, sala 218 — Centro — 20091-005
Rio de Janeiro — RJ
Tel.: (21) 3175-1030

Diretora editorial: *Raquel Cozer*

Editora: *Julia Barreto*

Assistente editorial: *Marcela Sayuri*

Copidesque: *Marina Góes*

Revisão: *Julia Páteo*

Design de capa: *HQ*

Imagens de capa: © *Shutterstock*

Adaptação de capa: *Maria Cecilia Lobo*

Diagramação: *Abreu's System*

CIP-Brasil. Catalogação na Publicação
Sindicato Nacional dos Editores de Livros, RJ

M751p

Money-Coutts, Sophia
    O par perfeito / Sophia Money-Coutts ; tradução Isabella Pacheco. – 1. ed. – Rio de Janeiro : Harlequin, 2023.
    288 p. ; 23 cm.

    Tradução de: The plus one
    ISBN 978-65-5970-248-0

    1. Romance inglês. I. Pacheco, Isabella.
II. Título.

                    CDD: 823
23-82646   CDU: 82-31(410.1)

Meri Gleice Rodrigues de Souza – Bibliotecária – CRB-7/6439

Para minha família, que é mais doida
do que qualquer um dos personagens deste livro.

E é por isso que amo tanto vocês.

Eu culpo *Razão e sensibilidade*. Vi o filme quando tinha 12 anos, uma idade em que somos muito sugestionáveis. E, mais especificamente, eu culpo Kate Winslet. A personagem dela, Marianne, a segunda irmã, quase morre de amor. Aquele trecho em que ela sai andando debaixo de uma tempestade para ver a casa de Willoughby, é resgatada pelo coronel Brandon e passa os dias seguintes ardendo de febre, entre a vida e a morte. Aquilo, decidi naquele instante, era o nível ideal de drama dentro de um relacionamento.

Por consequência, eu tentei ser o mais parecida possível com Marianne. Ela gostava de poesia, algo que parecia um sinal, uma vez que eu também gostava de ler. Comprei um livro de sonetos de Shakespeare em homenagem a ela, o qual eu carregava na minha mochila o tempo todo, caso tivesse algum tempo livre entre as aulas, quando poderia pegá-lo e sussurrar alguns versos para mim mesma de forma adequadamente dramática. Também decorei o soneto 116, o preferido de Marianne e Willoughby:

"De almas sinceras a união sincera / Nada há que impeça: amor não é amor / Se quando encontra obstáculos se altera…"

Imagine uma menina esquisita de 12 anos perambulando pelas ruas de Battersea, vestindo calça legging colorida e falando sozinha esse soneto. Eu estava pronta para tomar um pé na bunda. Portanto, sim, eu culpo *Razão e sensibilidade* por me fazer achar que eu precisava encontrar alguém. Esse filme me colocou no caminho errado desde o início.

Capítulo 1

Se eu soubesse que aquela semana terminaria em desastre total, talvez não tivesse me dado ao trabalho. Talvez tivesse simplesmente ficado na cama e hibernado como um urso até o final do inverno.

Não que tivesse começado bem também. Era terça-feira, dia 2 de janeiro, o dia mais depressivo do ano. Quando todo mundo volta ao trabalho se sentindo triste, gordo e acabado. Também calhava de ser meu aniversário. Meu aniversário de *30* anos. Portanto, eu estava mais fúnebre do que todo mundo naquela manhã. Eu não só tinha ficado uma década mais velha da noite para o dia, como ainda estava solteira, morava com Joe, um oboísta gay, num apartamento sujo em Shepherd's Bush e estava começando a achar que aquelas reportagens assustadoras do *Daily Mail* sobre a diminuição dos níveis de fertilidade eram direcionadas a mim.

Pedalei de casa até o escritório da revista *Posh!*, em Notting Hill, tentando não vomitar. A ressaca era totalmente culpa minha; eu tinha ficado acordada até tarde da noite bebendo vinho tinto no sofá com Joe. A campanha "Janeiro sem álcool" podia ir para o inferno. Joe chamou de comemoração antecipada de aniversário; eu chamei de um despertar da minha juventude. De toda forma, nós bebemos três garrafas que compramos na loja de esquina debaixo do nosso apartamento e eu acordei com a sensação de que meu cérebro tinha sido substituído por gelatina.

Cambaleando pela avenida Notting Hill Gate, tranquei minha bicicleta ao lado do escritório da *Posh!* e entrei na loja Pret para fazer meu pedido: um café americano, uma baguete com ovo e bacon e um muffin de frutas. Segundo a página nutricional da Pret (salva no meu computador do trabalho), tudo isso tinha um total de novecentas e cinquenta calorias, mas como eu não tinha comido nada com Joe na noite anterior, decidi que as calorias podiam ir para o inferno também.

*

— Bom dia, Enid — falei por cima da tela do computador, colocando o saquinho da Pret em cima da minha mesa.

Enid era assistente pessoal de Peregrine Monmouth, editor da revista *Posh!*, e era tão larga quanto alta. Ela era muito amada no escritório, já que aprovava os gastos de todos e nossas férias.

— Polly, meu anjo! Feliz aniversário!

Ela deu a volta na mesa e me envolveu num abraço.

— E feliz Ano-Novo — completou, apertando meu rosto entre seus peitos enormes. Ela tinha hálito de café.

— Feliz Ano-Novo — murmurei com a boca no cardigan de Enid, antes de me afastar e recostar na cadeira.

Coloquei a mão na testa enquanto ela latejava. Eu precisava de um remédio.

— Seus dias de folga foram bons? — perguntou ela.

— Aham — respondi vagamente.

Me inclinei sobre o computador. Qual era mesmo minha senha?

Enid voltou para sua mesa e começou a vasculhar uma bolsa ao seu lado.

— Você passou com sua mãe?

— Aham.

Era uma variação entre o nome do cachorro da minha mãe e um número. *Bertie123*? Não funcionou. Merda. Eu teria que ligar para aquela mulher do TI com um nome que eu nunca me lembrava.

— E você ganhou algum presente legal?

Bertie19. Era isso. Bingo.

E-mails começaram a entrar na minha caixa de entrada. Vi o contador chegar em 632. A maioria era propaganda de dieta, percebi enquanto descia a tela. Sem açúcar, sem glúten, sem lactose, sem gordura. Algo novo desenvolvido por um médico da Califórnia, chamado "Dieta das Passas", na qual você só podia comer trinta passas por dia.

— Desculpe, Enid — falei, balançando a cabeça e pegando meu sanduíche. — Estou tentando me concentrar. Algum presente legal? O de sempre, alguns livros da minha mãe. Como foi seu Natal?

— Foi ótimo. Só eu, Dave e as crianças em casa. E a mãe de Dave, que está ficando meio doidinha, mas conseguimos administrar. Mas exagerei um pouco no licor, então resolvi começar uma dieta nova.

— Ah, é? Qual?

— Chama Dieta das Passas e supostamente é sensacional. Você come dez passas de café da manhã, dez de almoço e dez de jantar. Dizem que você perde seis quilos em uma semana.

Vi por cima da tela do meu computador Enid pegar um potinho e contar as passas dentro.

— Bom dia, pessoal. Feliz Ano-Novo e toda essa baboseira. Reunião na minha sala em 15 minutos, por favor — disse a voz de Peregrine enquanto ele passava pela porta num sobretudo azul-escuro e chapéu de feltro.

Peregrine era um homem de 55 anos, alpinista social, que tinha lançado a revista *Posh!* nos anos 1990 na tentativa de se misturar às pessoas que ele achava que deveriam ser seus amigos. Duques, condes, lordes, a eventual oligarca ucraniano. Ele aplicava o mesmo princípio às esposas. Primeiro, a herdeira de uma joalheria italiana. Depois, a filha de um barão do óleo venezuelano. Agora, estava casado com uma francesa grudenta que, como contava a todos que conhecia, era parente distante da realeza de Mônaco.

— Onde está todo mundo? — perguntou ele, reaparecendo da sua sala, já sem o casaco e o chapéu.

Olhei ao redor para as mesas vazias.

— Não sei. Até agora só chegamos eu e Enid.

— Bem, quero uma reunião com você e Lala assim que ela chegar, ok? Tenho uma história importante que precisamos discutir.

— Claro. O que é?

— Segredo. Só nós três na reunião. Só posso contar o necessário — afirmou ele, olhando para Enid. — Você está bem?

Enid estava cutucando dentro da boca com um dedo.

— Estou com um pedaço de passa preso aqui — respondeu ela.

Peregrine riu e olhou de volta para mim.

— Certo. Então, avise assim que Lala chegar, tá bem?

Assenti com a cabeça.

— Tirei! — respondeu Enid, balançando um dedo no ar.

*

Uma hora depois, Lala, a editora da revista, e eu estávamos sentadas na sala de Peregrine. Eu já tinha tomado meu café e comido meu sanduíche e meu muffin, mas ainda me sentia perigosamente perto da morte.

— Então, há mais um bebê real a caminho — falou Peregrine. — A condessa de Hartlepool me contou no almoço de ontem. Elas têm o mesmo ginecologista, aparentemente.

— Nasce quando? — perguntei.

— Em julho. Quero que a gente dê a notícia numa matéria curta, para depois entrarmos no próximo assunto.

Pensei se eu viveria até julho, dado o meu estado de hoje. Que aniversário!

— Que tal algo sobre os amiguinhos da família real? — sugeri.

Peregrine assentiu, enquanto coçava a barriga que caía por cima do cinto e se apoiava em suas pernas.

— É, esse tipo de coisa. Os Fotheringham-Montague também terão seu segundo filho, eu acho.

— E minha amiga Octavia de Flamingo está grávida do seu primeiro bebê — afirmou Lala, mordendo a ponta da caneta. — Eles já reservaram uma vaga em Eton, caso seja um menino.

— Nós precisamos de, pelo menos, mais uns dez, então vocês duas podem perguntar por aí e encontrar mais bebês nobres — concluiu Peregrine. — Quero a matéria na minha mesa no primeiro horário de sexta-feira, Polly. E quero as fotos de todos eles também.

— Dos pais? — confirmei.

— Não, não, não! — resmungou ele. — Dos bebês! Quero a ultrassonografia de todas as mulheres. O tipo de coisa que mais ninguém terá visto. Informação totalmente confidencial, sabe?!

Respirei fundo enquanto caminhava de volta à minha mesa. A *Posh!* agora tinha informação tão íntima que imprimiria fotos do ventre da aristocracia.

*

Tradicionalmente, eu passava minhas noites de terça-feira jantando com minha mãe no apartamento dela em Battersea, e hoje, como presente de aniversário, eu faria exatamente a mesma coisa.

O apartamento era caótico e mumificado. Minha mãe morava lá havia quase vinte anos, desde que meu pai tinha morrido e nós nos mudamos de Surrey para Londres. Ela trabalhava numa loja de cortinas ali perto, porque seu patrão deixava que ela levasse seu Jack Russel de 9 anos para a loja, contanto que ele ficasse atrás do balcão e não fizesse xixi em nenhum dos rolos gigantes de cortina que ficavam espalhados por todo canto. Bertie obedecia bastante e só levantava discretamente a pata nos rolos mais escuros, caso minha mãe se distraísse conversando com um cliente durante muito tempo.

Tinha sido a loja de cortina que havia me arrumado um emprego na *Posh!*. A segunda esposa de Peregrine — a venezuelana — tinha entrado para ver opções de sanefas para a nova casa deles em Chelsea enquanto eu estava lá conversando com minha mãe num sábado. E embora Alejandra tivesse o charme e calor humano de uma déspota da América do Sul, eu tive a coragem de mencionar que queria ser jornalista. Portanto, como eu estava desesperada e Peregrine era mesquinho, ele me ofereceu um emprego como sua assistente alguns meses depois. Comecei respondendo seus convites de festas e comprando café, mas depois de um ano, mais ou menos, comecei a escrever pequenos textos para a revista. Nada sério. Pequenas reportagens que, em sua maioria, eu inventava sobre a última tendência em vestidos de festa ou o canapé mais em alta para servir em festinhas. Mas eu me dediquei bastante, até que Peregrine me deixou escrever algumas reportagens e entrevistas maiores com vários membros loucos da aristocracia britânica. Não era o trabalho dos sonhos. Estava longe de ser Kate Adie fazendo reportagens da Faixa de Gaza usando uma jaqueta militar. Mas era um emprego onde eu podia escrever, e apesar de não saber nada sobre a alta sociedade quando comecei (eu achava que visconde era um tipo de biscoito), parecia um bom começo.

— Feliz aniversário, querida. Chuta as minhas botas para longe da passagem — gritou minha mãe do andar de cima, quando abri a porta do apartamento naquela noite, ao som de Bertie latindo.

Havia uma pilha de envelopes marrons em cima do móvel na entrada da casa, dois marcados com a palavra "Urgente".

— Mãe, você abre sua correspondência de vez em quando? — perguntei, subindo a escada e entrando na sala.

— Ah, sim, sim, abro. Não se preocupe com isso — respondeu ela.

Ela pegou os envelopes e os colocou em cima da mesa, onde revistas e jornais velhos cobriam cada pedacinho vazio da superfície.

— Fiz uma torta, mas tenho alguns camarões na geladeira que precisam ser consumidos, então vamos comê-los antes. Pensei em fazer um risoto.

— Mmm, que delícia! Obrigada — falei.

Fiquei pensando se Peregrine acreditaria se eu faltasse ao trabalho, doente porque minha mãe tinha me envenenado com camarões tão velhos que tinham caminhado sozinhos até o risoto.

— Seu aniversário foi bom? — perguntou minha mãe. — Como está o trabalho?

— Ah, você sabe. As tendências napoleônicas de Peregrine estão mais descontroladas do que nunca. Tenho que escrever uma matéria sobre os bebês da família real e seus amigos de parquinho.

— Ai, Deus — falou minha mãe vagamente, enquanto ia até a cozinha, abria a geladeira e pegava uma garrafa de vinho.

Nos quatro anos em que eu trabalhei na *Posh!*, aprendi mais sobre as classes altas do que imaginei um dia. Um duque era mais importante que um conde na hierarquia, e todos eram obcecados por seus labradores. Mas minha mãe, filha de uma bibliotecária de Surrey, embora apoiasse o meu trabalho, não estava muito interessada nos detalhes.

Ela serviu duas taças de vinho branco e me deu uma.

— Agora, vamos sentar para eu lhe dar seu presente.

Eu me joguei no sofá. Bertie imediatamente pulou no meu colo, e o vinho branco voou da borda da taça para minha virilha.

— Bertie, desce já daí — disse ela.

Minha mãe me entregou uma caixinha de joias e se sentou ao meu lado. Ela olhou para Bertie e apontou para o chão, enquanto ele descia do sofá, devagar e relutante. Abri a caixa. Era um anel. Uma tira de ouro fina e delicada com um nó torcido no meio.

— Seu pai me deu no dia em que você nasceu. Então, pensei que para marcar um aniversário especial, você deveria ficar com ele.

— Ah, mãe...

Eu estava em choque. Ela quase nunca mencionava meu pai. Ele teve um infarto e morreu aos 45 anos de idade, quando eu tinha só 10 anos. Nossas vidas mudaram para sempre naquele momento. Tivemos que vender nossa linda casa vitoriana em Surrey, e nos mudamos para esse apartamento em Battersea. Estávamos em choque, as duas. Mas seguimos com nossa nova vida em Londres, porque não tinha outra alternativa. E desde então somos uma unidade pequena, porém intensamente próxima. Só nós duas. Depois, veio Bertie, quando eu fui para a faculdade e minha mãe decidiu que precisava de um substitutozinho peludo.

Coloquei o anel no meu dedo. Passou com um pouco de dificuldade pelo ossinho da falange, mas depois deslizou com facilidade.

— Eu amei — falei, olhando para a mão, e depois para minha mãe. — Obrigada.

— Que bom. Fico feliz que tenha servido. E agora, escute, tem uma coisa que preciso conversar com você.

— O que é?

Eu estava tentando girar o anel no dedo. Uma crise de disenteria por intoxicação alimentar devido a um camarão talvez não fosse algo tão ruim, na verdade. Eu até que podia perder uns três quilos.

— Polly?

— Oi, oi... desculpe. Estou ouvindo.

Parei de brincar com o anel no dedo e recostei no sofá.

— Então — minha mãe começou. — Fui ao dr. Young na semana passada. Sabe essa dor no peito que está me preocupando? Eu vinha tomando meus remédios para pressão alta, mas não estavam adiantando muito, então voltei lá na quinta-feira. Foi terrível esta semana, porque o consultório estava cheio de gente espirrando para todos os lados. Mas voltei, e ele quer que eu faça uma tomografia.

— Uma tomografia? — perguntei, franzindo a testa.

— Aham. E ele disse que não deve ser nada, mas é só para garantir que não é nada mesmo.

— Ah... Mas o que poderia ser, se não fosse nada?

— Bem, você sabe, poderia ser alguma coisinha — respondeu minha mãe, aérea. — Mas ele quer que eu faça uma tomografia para ter certeza.

— Quando vai ser?

Eu me senti enjoada. Em pânico. Dois minutos antes eu estava preocupada com a data de validade do pacote de camarão e agora isso parecia tão bobo.

— Estou esperando a carta de confirmação da data. O dr. Young disse que chegaria nas próximas semanas, mas o correio anda bem lento esses dias... Vamos ver.

— Talvez possa ajudar se você olhar a pilha de cartas lá embaixo de vez em quando, mãe — falei, o mais delicadamente que pude. — Você não vai querer perder a data.

— Não, não. Eu sei.

Eu sempre disse para mim mesma que minha mãe e eu tínhamos nos virado muito bem sozinhas durante esses anos. Até melhor do que simplesmente bem. Nós éramos muito mais próximas do que algumas das minhas amigas eram com seus pais. Mas, de vez em quando, eu queria que minha mãe tivesse um marido para cuidar dela. Esse era um desses momentos. Para lhe dar apoio. Para ajudá-la. Para ser alguém com quem ela pudesse conversar. Ela não podia falar sobre a consulta com Bertie.

— Você vai me avisar quando receber a carta? Eu quero ir com você. Onde vai ser? — perguntei.

— Ah, não precisa, meu amor. Você tem seu trabalho. Não se preocupe.

— Não seja boba, é claro que vou com você. Eu trabalho para uma revista, não para o Serviço de Inteligência Secreta. Ninguém vai ligar se eu sair durante algumas horas.

— E Peregrine?

— Ele vai se virar.

— Tá bem. Se você tem certeza disso, será ótimo. O exame vai ser no St. Thomas.

— Que bom. Resolvido — falei, tentando soar confiante, como se a tomografia fosse um exame de rotina e não tivéssemos nada com que nos preocupar. — Agora, vamos dar uma olhada nesses camarões.

*

Na sexta-feira à tarde, eu tinha seis bebês nobres e suas ultrassonografias. De onde viriam mais quatro? Meu celular vibrou do lado do teclado do computador e uma mensagem de Bill apareceu na tela, um amigo de longa data que sempre dava uma festa no fim da primeira semana de janeiro, para comemorar o fato da semana menos comemorativa do ano ter acabado.

Apareça qualquer hora depois das 19h!

Olhei de volta para minha tela cheia de ultrassons de bebês. Jesus. Um bebê. Aquilo parecia a milênios de distância. Eu não tinha um namorado decente desde a faculdade, quando saí com um aluno de Direito chamado Harry durante um ano. Aí, Harry resolveu se mudar para Dubai e eu chorei durante uma semana, até que minha melhor amiga, Lex, disse que eu tinha que "voltar a sair por aí". Desde então, minha vida amorosa tem sido mais seca que um biscoito de aveia. Encontros esquisitos, com uma falta de intimidade esquisita, resultando numa transa esquisita, com a qual eu chegava a ficar superanimada, até perceber que, na verdade, a transa havia sido terrível, e pensar: por que, afinal, eu tinha ficado tão empolgada?

No ano passado, eu tinha transado duas vezes, ambas com um banqueiro norueguês chamado Fred, que conheci através de uma amiga em comum em um piquenique no Green Park, no verão. Se é que se pode chamar diversas garrafas de vinho rosé e azeitonas do supermercado de um piquenique. Lex e eu bebemos tanto vinho que decidimos fazer xixi debaixo de uma árvore baixa no parque, quando já estava escurecendo. Aparentemente, aquilo impressionou Fred, que se sentou perto de mim quando Lex e eu voltamos para a roda de amigos.

Terminamos todos no bar Tiki do London Hilton, na Park Lane, onde Fred pediu uma bebida para mim que veio num coco. Ele me abordou no estacionamento, e eu esperei até que estivesse segura dentro do meu táxi, a caminho de casa, antes de limpar toda a saliva ao redor da minha boca com o dorso da mão. Nós saímos umas duas vezes e eu dormi com ele nos dois encontros — um erro, provavelmente —, e então ele sumiu. Depois de uma semana, escrevi uma mensagem bem tranquila perguntando se ele estava a fim de tomar um drinque. Ele respondeu alguns dias depois.

Oi, desculpe. Tô viajando muito a trabalho e acho que isso não deve mudar tão cedo. F.

— F de foda-se, isso sim — disse Lex, minha amiga leal, quando contei para ela.

Portanto, para mim, esse foi o total de aventuras românticas do ano passado. Depressivo. Outras pessoas parecem fazer sexo o tempo todo. E aqui estava eu, sentada no meu escritório como uma planta assexuada, caçando fotos de ultrassons, evidência de que outras pessoas tinham feito sexo.

Olhei pela janela em direção a Notting Hill Gate. Era o tipo de dia cinza de janeiro com uma luz melancólica, quando as pessoas correm pelas calçadas com os ombros encolhidos, como se estivessem se esquivando da escuridão.

Dane-se. Logo seriam seis da tarde e eu poderia fugir para o apartamento de Bill e para uma deliciosa taça de vinho. Ou várias deliciosas taças de vinho, para ser sincera.

*

Um segundo depois das seis, fui embora do escritório, abrindo caminho pelo bando de turistas na estação de metrô de Notting Hill Gate. Eles estavam caminhando naquele passo especial dos turistas, que faz com que a gente queira chutar a canela de todos. E então, ao sair na estação de Brixton, andei até a loja de esquina no fim da rua de Bill para comprar vinho. E um pacote grande de batata chips.

— Vamos enfiar o pé na jaca. Afinal, hoje é sexta-feira, não é? — disse para o homem atrás do balcão, que me ignorou.

Bill morava no apartamento térreo de uma rua com casas brancas com varanda. Ele tinha comprado seu apartamento quando trabalhava como programador na Google, embora tivesse saído de lá recentemente para se concentrar em desenvolver um aplicativo para o Serviço Nacional de Saúde. Algo relacionado a agendamento de consultas. Bill disse que finalmente estava colocando suas habilidades nerds em uso. Ele nunca tentou esconder seu lado nerd. Foi um dos motivos que nos fizeram ficar amigos em uma festa quando éramos adolescentes.

Lex tinha saído para se atracar com algum garoto no banheiro do andar de cima (ela sempre estava se atracando com alguém ou levando uma dedada. Naquela época, a dedada era o grande barato), e eu estava sentada no sofá do porão, batendo meu pé no ritmo da música para parecer que estava me divertindo, quando, na verdade, estava vivendo um momento terrível, porque nenhum garoto queria se atracar comigo. E se nenhum garoto queria me beijar, então como eu levaria dedada um dia? E se eu nunca recebesse uma dedada, como eu faria sexo de verdade? Parecia desesperador. E justamente no momento em que resolvi que eu deveria dar uma de *Noviça rebelde* e entrar num convento — havia algum convento no sul de Londres? —, um garoto sentou na outra ponta do sofá. Ele tinha cabelo preto bagunçado e usava óculos com lentes tão grossas que pareciam um vidro blindado.

— Odeio festas — disse ele, olhando para mim por trás do vidro blindado. — Você também?

Eu concordei, um pouco tímida, e ele sorriu de volta.

— Um saco, né? À propósito, eu sou Bill.

Ele estendeu a mão para mim, e eu a apertei. E então começamos a conversar sobre nossos boletins. Só quando Lex apareceu mais ou menos uma hora depois, respirando fundo, com a boca vermelha como um morango, que percebi que tinha feito amizade com um garoto. Não um paquera. Eu não queria beijar Bill. Seus óculos eram realmente chocantes. Mas ele se tornou um amigo, e era um menino. E somos amigos desde então.

— Entre, entre — disse Bill quando cheguei.

Ele abriu a porta da frente com uma mão enquanto segurava uma calça jeans com a outra.

— Desculpe, ainda não troquei de roupa. Você foi a primeira a chegar.

— Vai se trocar — falei. — Tem algo que eu possa fazer?

— Não. Deixe essas garrafas aí em cima e abra o que quiser. Volto em dois minutos — disse ele, andando em direção ao quarto.

Abri a geladeira. Estava lotada. Linguiças, pacotes de bacon, algumas carnes. Algo que um dia deve ter sido um tomate e agora poderia ser de interesse considerável para um cientista. Outros vegetais que eu jamais conseguiria discernir. Peguei a garrafa de vinho branco e vasculhei uma gaveta em busca do abridor.

Bill apareceu de volta na cozinha vestindo sua calça jeans e uma camiseta que dizia "Sou um encantador de computadores". Ao longo dos nossos anos de amizade, ele tinha descoberto as lentes de contato, mas cultivado uma linha questionável de camisetas.

— Vou querer uma taça de vinho, por favor. Na verdade, não, nada disso. Vou beber uma cerveja primeiro. E então, como estão as coisas? — perguntou ele, abrindo a garrafa. — Como foi o Natal? Como foi seu aniversário e tal? Comprei um cartão para você. — Ele pegou um envelope da mesa da cozinha e me entregou. — Aqui.

Ser solteiro aos 30 não é tão ruim quanto antes, estava escrito na capa do cartão. Eu sorri.

— Obrigada, viu? Ajudou muito. — Coloquei o cartão na mesa e dei um gole de vinho. — O Natal foi ótimo. Calmo, mas perfeito. Comi, dormi. O de sempre.

Eu fiquei preocupada com a tomografia da minha mãe durante a semana toda, mas não queria mencioná-la para ninguém. Se eu não falasse sobre isso, poderia manter escondido o pânico que senti quando acordei no meio da noite e fiquei pensando sobre a consulta com o médico. Resolvi esperar o resultado da tomografia, e então decidiríamos o que fazer.

— E o seu, como foi?

— Péssimo. Trabalhei na maior parte do tempo, tentando avaliar alguns investidores — disse ele, deu um gole na cerveja e recostou no balcão da cozinha. — Então não saí do escritório antes de meia-noite nenhum dia esta semana e não estou fazendo nenhum exercício além de andar da minha mesa até o banheiro para fazer xixi quatro vezes ao dia. Mas é como a vida de uma startup anda.

Ele respirou fundo e deu mais um gole da cerveja.

— E a vida amorosa?

— Ainda estou saindo com aquela garota. Willow. Contei para você antes do Natal, lembra?

— Aquela do Tinder? Que trabalha com…?

Eu não lembrava nada dela. Sempre ficava levemente irritada, de um jeito meio egoísta, quando Bill estava saindo com alguém, porque isso significava que ele estaria menos disponível para ir ao cinema e comer pizza comigo.

— Design de interiores. Ela é legal. Mas estou tão ocupado agora que tenho que constantemente cancelar qualquer plano que a gente faça e substituir por um "yakisoba para um".

— Você a convidou hoje?

— Aham, mas ela não vai poder vir.

— Ok. Então, quem vem?

Normalmente, Lex viria também, e nós duas passaríamos a noite bebendo vinho enquanto debatíamos sobre as nossas resoluções de Ano-Novo. Mas Lex tinha viajado para a Itália com o namorado, Hamish. Portanto, eu estava um pouquinho nervosa com relação aos convidados de Bill. Não exatamente nervosa, mas apreensiva em ter que conversar com estranhos a noite toda.

— Robin e Sal, que você conhece. Um outro casal que acho que você não conheceu, que são amigos de infância que acabaram de ficar noivos, Johnny e Olivia. Dois amigos da faculdade de Economia que você também não conhece. Lou, dos Estados Unidos, que está por aqui esses dias. Você vai amá-la, ela é maravilhosa. E um cara chamado Callum, que não vejo há anos, mas que conhece Lou também.

Ele olhou para o celular, que estava vibrando.

— Ah, é ela ligando... Oi, Lou. Não, não se preocupe. Só uma garrafa de bebida já está ótimo. Número 53, tá bem? Porta azul, é só tocar a campainha. Até já.

*

Por volta das onze, todo mundo já estava sentado ao redor da mesa da cozinha de Bill, com suas taças de vinho manchadas de dedos grudentos. Eu tinha bebido muito vinho tinto e estava na cabeceira da mesa, isolada como uma refém, enquanto Sal e Olivia, cada uma de um lado, conversavam sobre suas festas de casamento. Como era possível duas mulheres adultas se importarem tanto com a fonte que seria usada em seus convites? Pensei nos inúmeros casamentos que eu tinha ido nos últimos anos. Vestido rendado atrás de vestido rendado (desde então, todo mundo queria aparecer com a mesma falsa modéstia de Kate Middleton no dia de seu casamento), punhados de confete do lado de fora da igreja, uma corrida de volta para a recepção, noventa e quatro taças de espumante e três canapés. O jantar era meio que um borrão, para ser honesta. Algum tipo de frango seco, provavelmente. E então, trinta e oito drinques, que eu geralmente derramava tudo em cima de mim e da pista de cima. Um pouco depois da meia-noite, eu já estava deitada na minha cama, com um pé cheio de bolhas do salto inapropriado que eu tinha usado. Eu não me lembrava da fonte de nenhum dos convites.

"Polly", vinha simplesmente escrito lá em cima. Só "Polly", sozinho. Nunca "Polly e fulano de tal", já que eu nunca tinha um acompanhante. Às vezes, em um ou outro convite, vinha escrito "Polly + 1". Mas isso era tão desanimador quanto, já que eu também nunca tinha um desses para levar. Peguei a garrafa de vinho, dizendo a mim mesma para parar de ser tão rabugenta.

— Quem quer café? — perguntou Bill, levantando da mesa.

— Vou continuar no vinho.

— Você não está de bicicleta hoje, né? — questionou ele.

— Não, vou pegar um Uber. Mas obrigada por se preocupar.

— Só confirmando. Então, todos para a sala. Vou colocar a chaleira no fogo.

Ouvi murmúrios de aprovação, e todo mundo levantou e começou a juntar os pratos e guardanapos.

— Não façam nada disso — falou Bill. — Vou arrumar mais tarde.

Peguei a garrafa de vinho e minha taça, atravessei a porta, entrei na sala e me joguei no sofá, bocejando. Eu definitivamente estava um pouco alta.

Sal e Olivia me seguiram e sentaram no sofá na minha frente, ainda tagarelando sobre casamento.

— Teremos uma cabine de foto, mas dispensamos a mesa de queijos porque tenho a impressão de que ninguém come nada. O que você acha? — disse Sal.

Como se tivesse sido perguntada sua opinião sobre a Palestina, Olivia respondeu, solene:

— É tão difícil, né? Nós não teremos uma cabine de foto, mas contratamos um *videomaker* durante o dia todo, então...

Bocejei de novo. Fiz faculdade com Sal. Uma vez, ela tirou toda a roupa e correu ao redor do campo de futebol em protesto contra as taxas de mensalidade. Mas aqui, conversando sobre mesas de queijo e cabines de foto, ela parecia uma pessoa diferente. Um alien do Planeta dos Casamentos.

— Então, você é da panelinha dos ciclistas? — perguntou o amigo de Bill da faculdade de economia, sentando ao meu lado no sofá.

— Aham, na maior parte do tempo. Exceto quando bebo dez garrafas de vinho.

— Bem sensata. Callum, a propósito.

Ele estendeu a mão.

Como eu estava presa entre duas fetichistas matrimoniais, não tinha reparado muito em Callum. Ele tinha a cabeça raspada e estava vestindo uma camiseta cinza-clara, que deixava aparecer braços musculosos, e um tênis sensacional. Um Nike Air azul escuro. Eu sempre olhava para os sapatos dos homens. Sapato preto pontudo: terrível. O par certo de tênis: afrodisíaco. Lex sempre me criticava por ser muito seletiva com os sapatos dos homens. Mas e se você começasse a sair com alguém que usasse sapato preto pontudo, ou, pior ainda, sapato marrom engraxado com ponta quadrada, e depois se apaixonasse pela pessoa? Você estaria correndo o risco de passar o resto da sua vida com alguém que usa sapatos horrorosos.

— Polly — respondi, tirando os olhos do tênis e olhando para ele.

— Então você é amiga do Bill há muito tempo?

— Sim, há anos. Desde a adolescência. E vocês se conheceram na faculdade de economia?

— Sim, na LBS.

— E o que você faz hoje?

— É muito chato. Trabalho com seguros, embora esteja tentando entrar no mercado de S&R.

— O que é isso?

— Seguro contra sequestro e resgate, ainda dentro do mercado de seguros.

Ele recostou no sofá e apoiou um dos seus braços musculosos.

— Nossa, que coisa mais James Bond.

— Será? — perguntou ele, e riu.

— Você viaja muito?

— Um pouco. Gostaria de viajar mais. Conhecer mais lugares. E você?

— Trabalho numa revista. *Posh!*? — respondi, meio em tom de pergunta, pensando se ele já tinha ouvido falar.

Ele riu novamente e assentiu.

— Eu conheço. Coisa de… celebridade, não é?

— Exatamente. Castelos. Labradores. Esse tipo de coisa.

Ele sorriu para mim.

— Eu gosto de labradores. São divertidos, não?

— São doidos, mas divertidos.

— Você viaja bastante?

— Às vezes. Para montanhas geladas e com muito vento na Escócia, se estiver com bastante sorte.

— Uau, que glamour! — exclamou ele, sorrindo de novo.

Estava rolando um flerte? Bem, eu não tinha certeza. Nunca tinha certeza. Na escola, nós aprendíamos sobre flerte lendo *Cosmopolitan*, que dizia que flerte era esbarrar a mão bem de leve na outra pessoa. Também dizia que as garotas deveriam morder os lábios na frente dos garotos, ou era lamber os lábios? Sei lá, mas elas deveriam fazer algo para atrair a atenção para sua boca. Minhas habilidades para flertar não tinham progredido muito desde então, e, às vezes, quando eu tentava, era superdesajeitada. Eu encostava no braço ou no joelho de um cara *ao mesmo tempo* em que lambia meus lábios, e acabava parecendo que eu estava tendo algum tipo de derrame.

— Espera, segura a sua taça um instante — disse ele, se inclinando na minha frente.

Meu estômago revirou. Ele ia fazer o que eu estava pensando, meu Deus? Ali? Já? No apartamento do Bill? Cacete! Talvez eu não me levasse tão a sério. Talvez eu flertasse melhor do que pensava.

Mas é claro que não era nada disso, ele estava alcançando um livro. Debaixo da minha taça, na mesa de centro, tinha um livro enorme e pesado. Callum pegou e abriu sobre nossas pernas.

Ele se recostou e começou a folhear as páginas. Eram fotos extraordinárias de viagens — uma rena na neve ao redor de um lago sueco, um homem velho tomando banho nos degraus de Delhi, um vulcão na Indonésia soltando nuvens imensas de fumaça laranja.

— Quero ir nesse lugar — disse ele, apontando para uma foto de uma paisagem esbranquiçada, um lago de sal na Etiópia.

— Então, vá. E depois… vá nesse aqui.

Apontei para Veneza.

— Veneza? Você já foi?

— Não.

Era um bom momento para encostar no braço dele? Eu meio que queria fazer isso.

— Então, vou levar você.

— Ha!

Eu ri de nervoso e dei um tapa no seu antebraço.

Continuamos virando as páginas e rindo por um tempo, debatendo aonde queríamos ir, até que as fotos foram ficando um pouco desfocadas. Eu não estava mesmo me concentrando, pois Callum tinha mexido sua perna debaixo do livro e estava encostando na minha. Olhei para ele. Será que era alto? Difícil dizer assim, sentados.

— Certo, pessoal — disse Bill, do outro lado da sala, terminando sua xícara de café. — Acho que encerramos por hoje. Desculpem por acabar com a festa, mas tenho que trabalhar amanhã.

Callum fechou o livro e puxou sua perna, alongando-se no sofá e bocejando.

— Estraga-prazeres!

— Eu sei, cara, mas alguns de nós fazem algo além de beber para ganhar a vida. Temos trabalhos de verdade.

— Fale comigo quando eu estiver em Peshawar.

Ele levantou e bateu nas costas de Bill num abraço. — Bom te ver depois de tanto tempo, cara. Valeu pelo jantar.

Ele tinha a mesma altura que Bill. Cerca de um metro e oitenta. Uma altura boa. O tamanho que sempre quis num homem, para que eu não me sentisse uma girafa na cama ao lado dele. Aquela coisa de todo mundo ser do mesmo tamanho quando está deitado é uma grande baboseira.

Todos os convidados começaram a se despedir.

— Obrigada, querido — falei, dando um abraço em Bill. — Não trabalhe demais amanhã.

— De nada — disse ele de volta, com o rosto no meu ombro. — Pode deixar. Estou livre no domingo, e você? Vamos ao cinema ou algo assim? Lex já vai ter voltado?

— Sim, ela volta amanhã. Combinamos de almoçar no domingo. Quer ir?

— Talvez. Nos falamos amanhã?

Eu fiz que sim, e Bill se virou para se despedir de Lou, atrás de nós.

— Em que direção você vai? — perguntou Callum.

Estávamos de pé na calçada, diante da porta aberta. Eu estava vasculhando meu telefone, procurando o aplicativo do Uber.

— Shepherd's Bush.

— Perfeito. Já que você não está de bicicleta, vou te levar em casa.

— Por quê? Para onde você está indo?

— Para ali perto — respondeu ele. — Qual é o seu CEP?

Isso nunca tinha acontecido. Aparições do monstro do lago Ness eram mais recorrentes do que eu levando alguém para casa. Franzi a testa ao tentar lembrar o estado da minha depilação. Provavelmente, eu não deveria dormir com ele; tinha uma sensação terrível de que tudo parecia os Jardins Suspensos da Babilônia.

— O que foi? — perguntou ele, olhando para o meu rosto.

— Nada. Tudo certo — respondi rapidamente.

Além disso, eu sabia que não raspava minha perna havia semanas. Talvez meses. Então, alguns minutos depois, no banco de trás do Uber, eu estiquei a mão e tentei, discretamente, colocar dois dedos por baixo da barra da minha calça jeans para checar o quão peludas minhas pernas estavam. Pareciam duas taturanas.

— O que você está fazendo? — perguntou Callum, olhando para mim, confuso.

— Só me coçando. — Recostei de volta no banco. — Você não vai entrar comigo — avisei, com uma voz inflexível, quando o carro parou do lado de fora do meu apartamento.

— Claro que vou. Preciso garantir que você vai entrar em segurança — retrucou ele, abrindo a porta e saindo do carro.

Então, por mais receosa que eu estivesse quanto aos meus níveis absurdos de pelo corporal, deixei que ele entrasse, e ele olhou imediatamente para os armários da minha cozinha. Tirei os sapatos e sentei na mesa, fitando-o, com soluço.

— Shhhh, meu amigo está dormindo — falei para as costas dele, enquanto ele inspecionava os rótulos de cinco ou seis garrafas pela metade que tinha encontrado em uma das prateleiras.

— Essa vai servir.

Era uma garrafa de vodca barata, daquele tipo que deixa uma pessoa cega.

— Onde ficam os copos?

Apontei para o armário atrás dele.

— Não posso beber isso tudo — falei quando ele me entregou uma dose.

— Pode, sim. Vira de uma vez.

Ele engoliu a bebida dele e olhou para mim, cheio de expectativa.

Levantei o meu copo — quase engasguei só com o cheiro —, abri a boca e dei três goles.

— Isso.

Ele pegou o copo de volta enquanto eu me arrepiava toda e o colocou em cima da mesa.

— Por que será que os russos gostam tanto disso? É nojento. Engolir esse troço me deixa...

Ele me interrompeu colocando a mão no meu rosto e me beijando. A língua dele tinha gosto de vodca.

— Onde fica o seu quarto?

Apontei para uma porta, e ele me pegou pela mão, me puxou da mesa da cozinha e me levou para o quarto, onde congelei. Havia duas coisas constrangedoras que eu tinha que esconder: meu protetor auricular marrom todo encardido, na mesa de cabeceira, e meu coelhinho velho de pelúcia, um conforto da infância, que estava entre os travesseiros, com seus olhinhos de vidro olhando para mim com um ar acusatório.

Peguei os dois, abri minha gaveta de calcinha e joguei lá dentro. Por um instante, eu me senti culpada pelo meu coelho, mas depois pensei: "Você está prestes a fazer sexo pela primeira vez depois de quinhentos meses, Polly. Agora não é hora de ficar sentimental com seu bichinho de pelúcia."

Callum sentou na beirada da cama e começou a desamarrar o tênis.

— Espera, vou fazer uma coisa.

Peguei uma caixa de fósforo na mesa de cabeceira e acendi a vela que estava do lado.

E agora segue aqui uma lista de coisas que aconteceram depois, que ilustram por que eu jamais, nunca, deveria sequer poder pensar em transar com alguém.

Depois de acender a vela, sentei ao lado de Callum, e ele começou a desabotoar minha blusa. Entrei em pânico por deixá-lo fazer isso enquanto estava sentada, porque eu tinha todos aqueles rolos de gordura em cima da barriga, então deitei na cama, puxando-o junto. Ele terminou de desabotoar minha blusa, e tivemos alguns momentos pouco dignos quando me debati feito uma baleia encalhada tentando tirar os braços da blusa.

A luta do fecho do sutiã. Callum no fecho, claramente querendo ser um daqueles homens de dedos ágeis que só precisam piscar para um fecho de sutiã — qualquer um — para que ele se abra.

— Estou quase conseguindo — disse ele, após alguns segundos mexendo no fecho, enquanto eu arqueava minhas costas.

A hora de tirar minha calcinha. Isso demandou que eu balançasse minhas pernas no ar como um inseto virado ao contrário.

Callum desceu até minha barriga e ficou ajoelhado no chão, com a cabeça entre minhas pernas. Pensei em fazer uma piada sobre precisar de algum tipo de máquina para passar por todo aquele pelo, mas resolvi que isso quebraria o clima. Então, comecei a me preocupar com minha respiração. É esquisito simplesmente deitar em silêncio, por isso resolvi ofegar um pouco enquanto ele me chupava. Mas é meio difícil ofegar quando, após um início promissor, Callum — quem sabe encorajado pela minha respiração errática — começou a me lamber com a língua mais frenética, como um cachorro numa vasilha d'água. Então, quando começou a doer, em oposição à mais remota sensação de prazer, eu entendi que tinha perdido a sensibilidade na minha vagina inteira e fiquei ali deitada pensando quando seria o melhor momento para sugerir que ele subisse para perto de mim. E como se faz isso sem ofender o outro?

E fiz o pior de tudo. Dei um tapinha na cabeça dele e ele olhou para cima.

— Vem para cá — falei, num tom de voz que esperava ser sedutor e lascivo.

Ele olhou para cima do meio das minhas pernas e franziu a testa.

— Por quê? Você não está gostando?

MEU DEUS, por que sexo é algo tão constrangedor? Tem sempre que ser tão vergonhoso assim?

— Não, não. Eu só quero… hum… devolver o favor.

QUE VERGONHA! Eu achei que fosse morrer. Na verdade, eu realmente poderia ter morrido de tanto constrangimento. Então, Callum se arrastou para cima e rolou na cama, deitando de barriga para cima, ainda vestindo a cueca. Eu subi em cima dele, tentando não ficar desleixada com a postura, para que minha barriga não se dividisse em rolinhos de gordura. E então percebi que eu também não tinha tirado os pelos dos mamilos recentemente. Tarde demais. Serpenteei com meu corpo para trás até ajoelhar entre as pernas dele e começar a tirar sua cueca. Outro movimento difícil, porque tive que levantar para puxá-las de debaixo dele.

Ele não estava totalmente duro, então abri a boca e delicadamente comecei a chupar a cabeça do pênis dele. Ele gemeu. Devagar, desci minha boca até embaixo, tentando ignorar o cheiro meio estagnado. Depois de alguns minutos, os músculos da minha coxa começaram a arder. Pelo amor de Deus. Quanto tempo mais eu vou ter que aguentar isso? Movi meu joelho um pouco mais para perto, abri um dos olhos e espiei o pênis dele. Por que ele parece com uma minhoca gigante? O gemido dele começou a ficar mais alto, e eu senti uma das suas mãos na minha cabeça, pressionando minha boca para baixo. Eu já tinha lido reportagens de revistas que diziam que deveríamos chupar os testículos também, mas nunca tive certeza se eu conseguiria colocar aquilo tudo na minha boca de uma vez só. Seria como abocanhar um sanduíche do Subway inteiro. Ou era para chupar um de cada vez?

Fiquei com ânsia quando o pênis dele encostou no fundo da minha garganta, e então ele deu um grito de repente, e minha boca ficou cheia de sêmen quente. Meio salgado, meio doce. Engoli o mais rápido possível. A ideia de todo aquele esperma nadando na vodca dentro da minha barriga era pavorosa.

— Vou pegar um copo d'água.

Eu estava com a boca grudenta quando saí de cima dele e peguei um copo vazio na mesa de cabeceira. No banheiro, limpei minha boca com alguns lenços umedecidos e me olhei no espelho. Bem, essa parte já foi, o que é ótimo. E é sempre bastante gratificante chegar lá, não é mesmo? Principalmente porque depois disso, sua coxa ganha um descanso, mas também porque isso significa que você fez algo certo e que seus dentes não atrapalharam. E de qualquer forma, agora era minha vez, pensei enquanto enchia o copo com água da pia novamente, caso ele estivesse com sede. A regra é essa. Ele deveria ter se esforçado mais para me agradar no início. Mas tudo bem. Poderia compensar agora.

— Quer um pouco d'água? — sussurrei, caminhando de volta para o quarto e segurando o copo. Callum estava de pé, vestido com sua calça jeans, e com o celular na mão.

— Não, obrigado. Na verdade, vou pedir um Uber. Tenho golfe de manhã e preciso ir para casa.

O QUÊ?

— Ah. Ok. Tudo bem. Sem problemas.

— Mas obrigado. Foi ótimo.

Ele pegou a camiseta, vestiu, apalpou o bolso da calça e, enquanto eu ainda estava ali de pé, pelada, com frio, segurando o copo d'água, inclinou-se na minha direção e me deu um beijo na bochecha.

— Prazer em conhecer você.

27

— É… o prazer foi meu. Espere, vou até a porta com você.

— Que nada, não se preocupe. Posso sair sozinho. Até logo.

— Ah… Claro. Ok… Tchau — falei, ainda segurando o copo d'água, enquanto ele ia embora.

Ouvi a porta da casa se fechar, coloquei o copo na mesa e fiquei de pé, pelada no meu quarto, pensando. Isso estava na moda? Os homens agora pedem um Uber às — olhei para o meu celular — 2:54 da manhã depois de receberem um boquete, sem terem devolvido o favor? E acham aceitável?

Capítulo 2

Quando saí do quarto na manhã seguinte, Joe estava na cozinha preparando torradas. Ele estava vestindo uma cueca surrada e uma camiseta velha de rugby, ambas pequenas demais para sua figura de cem quilos.

— Bom dia, minha pequena *chou fleur*. Quer café?

Eu tinha conhecido Joe através de um anúncio nos classificados, três anos antes, quando me mudei da casa da minha mãe. Eu já estava velha demais para ter minhas calcinhas lavadas por outra pessoa, pensei naquela época. E desde então, Joe virou uma espécie de figura de namorado/irmão postiço, um amigo tanto para mim quanto para meus amigos. Nosso apartamento ficava numa esquina, em cima de uma loja de uma mulher jamaicana chamada Barbara, que era obcecada por astrologia. Eu ia lá no sábado de manhã comprar bacon e saía meia hora depois sabendo como seria meu fim de semana. Era sempre uma previsão ruim. Barbara mordia as bochechas fazendo biquinho e dizia que Marte estava fazendo algum movimento esquisito com Júpiter e que Saturno estava pela loja toda, e portanto, eu deveria ser cuidadosa com qualquer homem misterioso que cruzasse meu caminho.

— Não, estou me sentindo um pouquinho mal. Pode colocar água na chaleira para ferver?

— Como foi ontem à noite?

— Ah, você sabe. Jantar na casa do Bill. Trouxe um cara para cá, para transar pela primeira vez em novecentos anos, quase sufoquei fazendo um boquete nele, depois ele chamou um Uber e foi embora.

— Polly, minha querida, que horror! Por que ele não dormiu aqui?

— Vai saber!

Deitei no sofá e vi a garrafa de vodca na bancada da cozinha.

— Não sei como lidar com essa situação.

— Quem era ele?

— Um amigo do Bill. Meio gato. Mora em algum lugar perto daqui.

Joe sentou-se na poltrona na minha frente, com seu prato de torrada.

— Então, esse grande romance vai continuar?

— Duvido. E de qualquer forma, o cara joga golfe.

Joe se tremeu todo.

— Revoltante.

Respirei fundo.

— Por que não consigo ser uma pessoa normal e ter algum tipo de relação funcional e comum? Nem precisa ser uma relação, sabe? Só sexo, normal e simples. A única coisa que entrou na minha vagina recentemente foi um espéculo.

— Mais *poisson* no *mer*, minha querida. Se culpar não vai ajudar. Quais são os planos para o fim de semana?

— Primeiramente, eu gostaria de fechar os buracos na sua cueca — falei, olhando acidentalmente para o pênis dele. — Depois, talvez eu me mate. E nada além disso. Vou na casa da Lex amanhã. E, quem sabe, encontrar Bill. E você?

— O de sempre, só um pouco de sacanagem. Tenho um encontro hoje à noite.

— Com quem?

— Com um cara adorável chamado Marcus. Ele toca trompa.

— Olha só. Onde vocês se conheceram?

— Ele dá aula na academia. A bunda dele é igual a do Tom Daley. Talvez seja amor.

Com Joe, quase sempre era "amor". Nos últimos meses, vários desses amores haviam entrado pela nossa porta. Teve Lee, um garçom de um bar em Kilburn; Josh, que Joe conheceu na loja da Apple comprando um iPhone novo; Paddington, um soldado do Palácio de Buckingham; e Tomas, um jogador de polo argentino que insistia que era hétero, mas gostava que Joe fizesse coisas indizíveis com ele com brinquedos de couro guardados numa caixa debaixo da cama. Eu tentava não entrar no quarto de Joe, caso a caixa estivesse aberta.

Pensar na caixa de Joe me fez sentir meio fraca de novo.

— Vou voltar para a cama. Esquece o chá.

— Está bem, minha pétala. Serei silencioso mais tarde. É só o primeiro encontro, não quero assustar o pobre garoto. E não se preocupe com o fato de o cara ter ido embora daquele jeito. Acontece com todo mundo.

— Você acha mesmo?

Ele fez uma pausa.

— Não. Comigo, não.

— Que ótimo, isso ajuda muito. Obrigada.

Voltei para a cama e coloquei meus protetores no ouvido.

*

Às três da tarde, eu já tinha tomado banho, comido sete torradas com mel, bebido três xícaras de chá, e estava deitada no sofá vendo um DVD antigo de *Três solteirões e uma pequena dama*. Também tinha stalkeado cuidadosamente Callum no Instagram e passado duas horas pensando se eu deveria ou não o seguir. E então, meu celular vibrou com uma mensagem de WhatsApp de Bill.

Chegou bem em casa?

Digitei minha resposta, sem ter certeza se ele sabia sobre Callum. Eu ia contar para ele no dia seguinte, não estava a fim de fazer isso agora.

Sim! Obrigada pelo jantar! Como está o trabalho?

Ok. Mas olha, você se importa se eu não for no almoço amanhã? Vou tomar um drinque com Willow.

ÓBVIO, deixa de ser bobo. Aonde vocês vão?

Sei lá. Em Southbank, talvez. É um bom lugar para um encontro, não é?

Mandei uma sequência de emojis de "joinha" e voltei para o Instagram do Callum. A maioria das fotos era de jogos de rugby e de praias estrangeiras. Um pouco chato, para ser sincera. Por que eu estava obcecada com isso?

*

Acordei no dia seguinte me sentindo humana de novo, depois de passar a noite na horizontal, no meu sofá, comendo curry verde tailandês e arroz de coco. Lex tinha trocado nosso almoço por um brunch, o que parecia atípico, já que ela não era uma pessoa que acordava cedo. Eggstacy era um café em Notting Hill que, assim como seu nome meio doido sugeria, era especializado em café da manhã. Lindos ovos mexidos amanteigados com queijo gruyére gratinado por cima, creme de cogumelos, potinhos de feijão defumado, fatias grossas de pão branco. Manteiga à vontade. Eu me obriguei a ir caminhando até lá, para me preparar, considerando o meu jantar da noite anterior. Não havia sido um bom fim de semana em matéria de calorias.

Lex e eu nos conhecíamos desde os 11 anos de idade, quando minha mãe e eu nos mudamos para Londres. Foi o ano em que saí do Fundamental I numa escola do interior, onde tinha aula com uma professora como a srta. Honey, em *Matilda*, e fui para o Fundamental II, numa escola perto do apartamento da minha mãe em Battersea. A mesma escola de Lex. Não tinha nenhuma srta. Honey lá. Pelo contrário. Lá havia colegas de classe que já estavam interessadas em garotos, e sombras de maquiagem, e um grupo chamado Toma Essa. Lex sentiu pena de mim, do jeito que sentimos pena de um morador de rua acuado.

— Você quer ver meu caderno de adesivo? — perguntou ela um dia, na hora do lanche.

Até hoje é a melhor abordagem que alguém já usou comigo. E, do jeito doce e descomplicado que as crianças fazem, nós nos tornamos amigas. E assim permanecemos.

De lá seguimos juntas para a Universidade de Leeds, para estudar Literatura, assim como Bill, para estudar Física. Nós formamos um trio improvável. O cientista nerd (Bill), a loura baixinha obcecada por sexo (Lex) e eu, a romântica alta de cabelo cacheado aficionada por *Razão e sensibilidade* e em busca do seu próprio Willoughby.

Lex já estava sentada na mesa quando eu cheguei no Eggstacy, suando da exaustão de caminhar a Holland Park Avenue inteira. Acenei para ela da porta e fui desviando dos grupos sentados, até a mesa lá atrás.

— Oi, meu bem — falei, e ela se levantou para me abraçar. — Bem-vinda de volta. Como foi a viagem?

Ela sorriu para mim, reticente.

— Foi...

— O que houve?

— Foi... é... Isso aqui aconteceu.

Ela estendeu a mão na minha direção.

— Lex! Meu Deus!

Tinha um anel de diamante em seu dedo. Peguei a mão dela e puxei para perto do meu rosto. Um diamante do tamanho de uma bola de gude no meio do anel, rodeado de muitos outros diamantes menores.

— Você tá brincando?

— Não! Seria uma piada bem esquisita, não acha? — perguntou ela, sorrindo para mim.

— Você está noiva? Do Hamish?

— Aham! Mais uma vez, seria bastante esquisito se eu estivesse noiva de outra pessoa desde a última vez que nos vimos.

— Sim, é verdade. Óbvio. Cacete. Dá para cegar alguém com isso — brinquei, olhando para o anel de novo. — Parabéns.

Nós ainda estávamos de pé, então eu debrucei sobre a mesa para abraçá--la outra vez. Mas foi estranho. Não o abraço. A notícia. Lex noiva. De Hamish. De alguém que ela estava namorando havia, o que, um ano? De alguém em quem eu não punha muita fé. E o que se faz nessa situação? Quando sua melhor amiga está noiva de alguém que você não tem muita certeza se é legal?

— Um café, por favor — pedi para uma garçonete que estava por perto.

— Um americano bem forte, pode ser?

Ela assentiu com a cabeça e saiu.

Um breve resumo: Hamish era namorado de Lex. Noivo, acho que deveria chamá-lo assim agora. Ele era um ex-jogador de rugby que tinha virado banqueiro, com orelha de couve-flor, que Lex tinha conhecido num bar em Kennington. Eu nunca tive muita certeza sobre ele, porque era o tipo de homem que fazia piada com mulher na cozinha. Mas, sempre que eu perguntava por que Lex estava com ele, ela sorria de um jeito bobo e dizia que gostava dele. Após alguns meses namorando, ela disse que o amava.

Nós nos sentamos.

— Cacete! — eu disse outra vez. — Desculpe, estou tentando processar tudo isso. Eu não fazia ideia. Você fazia?

— Na verdade, não — respondeu ela, estendendo a mão na sua frente.

A bola de gude pegou o feixe da luz de cima e refletiu, como se estivesse piscando para mim.

— Como ele fez o pedido?

— Na cama do hotel. Um clássico do Hammy.

Eu assenti lentamente. O jeito que Lex chamava Hamish de "Hammy", às vezes, me deixava enjoada. Onde estava meu café?

— Na verdade, foi logo depois que ele tentou me estrangular com meu próprio cabelo.

Eu franzi a testa para ela.

— O quê?

— Era manhã de Ano-Novo, a gente estava na cama, começando umas preliminares, quando, de repente, ele pegou um punhado do meu cabelo e passou ao redor do meu pescoço. Pensei: "Que porra é essa?"

Um homem na mesa ao lado olhou para nós.

— O que você fez? — sussurrei.

— Eu meio que fingi estar gostando durante um tempo. Porque é isso que devemos fazer, né? E, então, ele gozou. E foi quando estávamos ali deitados depois disso que ele me pediu.

Ela deu um gole em seu chá e colocou a xícara no pires.

— Os homens são muito estranhos.

— Você gostou?

— Do pedido?

— Não! Do negócio com o cabelo. Mas sim, do pedido também.

— Eu não desgostei. É um pouco diferente, ser enforcada pelas próprias luzes. E sim em relação ao pedido. — Ela fez uma pausa e olhou diretamente para mim. — Eu sei que foi meio rápido. Mas, Pols, quando estava deitada lá, naquele quarto de hotel, pareceu a coisa certa a fazer. Sinceramente.

Eu concordei de novo. Senti que tinha milhões de perguntas que eu deveria estar fazendo. Eles já tinham escolhido uma data? Ela já tinha contado para seus pais? Já tinha pensado num vestido? Eles fariam uma festa de noivado? Mas não tinha certeza se conseguia fazer essas perguntas de forma genuína. De forma convincente. Isso era ruim? Era bem ruim, né?! Não estava apoiando minha amiga.

— Você vai ser minha madrinha, tá? — disse ela.

— Sim, claro que sim!

Eu sorri de volta, embora tenha ficado apreensiva com o convite, preocupada que isso significasse caminhar para o altar atrás de Lex como uma criança de 4 anos gigante, com um vestido pavoroso.

— Que bom. Já estou psicótica com a compra do vestido. Vou te enviar algumas datas, porque os horários ficam lotados.

Lex trabalha com relações públicas de moda. Suspeitei que ela tivesse ideias ambiciosas para o seu vestido de noiva.

— Mal posso esperar!

Pronto. Isso tinha sido convincente? Parecia entusiasmada? Não tinha certeza.

— Ah, mas não vamos falar das coisas do casamento agora. É demais para eu administrar — disse ela, como se pudesse ler minha mente. — Como foi seu fim de semana?

Finalmente, a garçonete apareceu com meu café.

— Obrigada — falei, e ela colocou a xícara na mesa. — Bem, não tive nenhum pedido de casamento — afirmei, virando a minileiteira dentro do meu café. — Fui à casa do Bill na sexta à noite, para aquele jantar.

— Ah, sim. E como foi? Senti saudade de vocês.

— Foi legal — falei, devagar. — Eu... é... eu meio que beijei um amigo dele.

Lex chegou mais para a frente na cadeira e falou alto:

— Oi?

— O que foi?

— Você esperou até agora para dar a notícia de que se deu bem? Ele é legal? Como ele é? Você pegou no pau dele?

— Lex! — sussurrei, tentando fazê-la falar baixo.

Ela deu de ombros.

— Ah, que se dane! Talvez você leve um acompanhante no meu casamento!

O homem da mesa ao lado se mexeu na cadeira de novo, como se estivesse desconfortável.

— Shhh! Lex, não acho que seja o caso. E "se dar bem" seria uma descrição generosa.

— Quem é ele?

— Só um amigo do Bill. Da faculdade de Economia. Ele se chama Callum.

— Eeeeee...? Me conta tudo!

— E nada. Ele foi para casa comigo e foi um pequeno desastre. Só isso.

— Como assim desastre?

Olhei para o homem ao nosso lado e baixei minha voz outra vez.

— Nada de mais. Eu paguei um boquete para ele e depois ele foi para casa.

— Como assim, foi para casa? Direto para casa? Logo depois de gozar na sua boca?

— Shhh. Sério. As pessoas podem ouvir. E sim.

— Você realmente não gozou?

— Não — murmurei.

Lex recostou na cadeira.

— Meu Deus, que cara mal-educado. Vamos pedir ovos mexidos?

— Você acha que eu devo segui-lo no Instagram? — perguntei.

Ainda estava pensando nisso, mas também estava preocupada de parecer um pouco desesperada. Um pouco empenhada demais. E eu nem sabia se gostava dele. Eu só estava me sentindo meio triste, e a questão era a seguinte: apesar de Callum ter ido embora depois do boquete, ainda assim eu havia ficado próxima o bastante de um pênis. E isso era raro. Para mim.

— Você quer sair com ele de novo? Você gosta dele? — Perguntou ela.

Fiz cara de dúvida.

— Sei lá. Você acha que estou desesperada?

— Porque vocês tiveram um negócio?

— É, tipo isso. Acho que é porque ele é o primeiro homem heterossexual a entrar no meu apartamento em décadas.

— E que saiu imediatamente depois... Foi logo depois mesmo? Nenhum abraço? Nenhum "nós deveríamos fazer isso de novo"?

— Nada.

— Você que sabe, meu bem, mas eu provavelmente fugiria disso.

Sempre fui ruim em deixar as coisas fluírem naturalmente. Quando eu tinha 11 anos, fui pela primeira vez numa boate com um vestido que minha mãe tinha me dado de Natal. Ela arrumou meu cabelo para aquela ocasião, depois que mostrei uma foto da revista *Just 17*. O resultado ficou mais para *Os pioneiros*, mas não deixei que aquilo me impedisse. Eu, gordinha, com 11 anos de idade, convidando o lindo Jack — o garoto que todas as meninas do sétimo ano idolatravam — para dançar. Foi um movimento particularmente ousado da minha parte, porque o lindo Jack já estava na pista de dança com sua namorada (a vaca da escola, Jenny), quando resolvi me aproximar.

— É, talvez seja melhor deixar para lá — falei.

Olhei para o cardápio e tentei me concentrar no tipo de ovos que eu queria, mas estava realmente pensando que minha melhor amiga ia se casar e eu sequer tinha um namorado. O que significava que eu ainda tinha que encontrar alguém, namorar tempo suficiente até que essa pessoa se apaixonasse por mim — e isso poderia levar anos —, antes de ser pedida em casamento. E como tinha acabado de fazer 30 — fiz um cálculo rápido na cabeça —, isso significava que provavelmente eu não estaria casada pelos próximos cinco ou seis anos. E eu tinha lido algo outro dia sobre a importância de engravidar antes dos 35 anos, caso contrário, temos algo como 3% de chance de engravidar.

— Qual ovo você vai querer? — perguntou Lex.

Mas eu não estava ouvindo. Naquele momento eu estava ficando realmente histérica. Será que eu nunca me casaria? Talvez eu simplesmente estivesse destinada a ir ao casamento de todas as minhas amigas sozinha. Talvez todos os convites de casamento que eu recebesse teriam o solitário "Polly" escrito no topo; e eu iria aos casamentos, e as pessoas perguntariam "E aí, como vai sua vida amorosa?", e eu responderia "Ainda não encontrei o cara certo!" em um tom falsamente animado, e as pessoas me olhariam com tristeza, como se eu tivesse acabado de contar a elas que estou com uma doença terminal.

E então, elas dançariam em dupla depois do jantar e eu dançaria sozinha, e todas as minhas amigas teriam filhos e eu viraria a velha esquisita assexuada — tia Polly — que tem cheiro de poeira e biscoito maisena e aparece para almoçar de vez em quando. "Tadinha da Polly", amigos diriam uns para os outros. "É uma pena, ela nunca conheceu ninguém bacana." E eu morreria sozinha no meu apartamento, e levaria meses até que alguém me encontrasse morta. Embora talvez nem fosse meu apartamento, já que eu não teria dinheiro para comprá-lo, e tampouco receberia uma pensão, e...

— POLLY! — chamou Lex.

Olhei para ela.

— Oi.

— Que ovo você vai querer?

— Ah, não sei. Eu estava pensando sobre pensão.

— Você é muito estranha — disse ela, balançando a cabeça. — Vou querer ovos mexidos com abacate. E mais uma xícara de chá.

Olhei para o cardápio novamente. Ovos, pensei. Há! Estava tudo ótimo para Lex tagarelar sobre ovos. Os ovos dela provavelmente estavam muito bem. Era com os meus que eu estava preocupada.

*

Na segunda-feira de manhã, segui minha rotina de sempre: cheguei no trabalho, deixei minha bolsa na mesa, fui ao Pret comprar café, voltei para minha mesa, conferi todas as mídias sociais no telefone e no computador, apesar de tê-las checado constantemente no ônibus a caminho do trabalho. Instagram, Twitter, Facebook... e tudo de novo.

Meu dedo pairou sobre o botão SEGUIR novamente no perfil do Instagram do Callum. Eu ainda estava obcecada com isso. Será que era uma boa ideia? Uma má ideia? Será que eu deveria? Será que não? Dentro da impossível possibilidade de eu ser presidente dos Estados Unidos um dia, eu teria que ser mais decisiva do que isso com botões nucleares. Cliquei em SEGUIR e rapidamente coloquei meu telefone de volta em cima da mesa.

— Polly, você pode vir à minha sala em dez minutos? — gritou Peregrine lá de dentro. — Precisamos saber tudo sobre essa história de Jasper Milton. Lala também. Onde ela está?

— Não sei — respondi, franzindo a testa em direção à mesa ao meu lado, onde Lala deveria estar sentada. — Vou mandar uma mensagem para ela.

Tecnicamente, o trabalho de Lala era cuidar das páginas de festas da *Posh!*, onde homens terrivelmente gordos, de rostos vermelhos, dançavam com mulheres terrivelmente magras e cheias de cirurgia plástica. Na realidade, significava que Lala mandava um e-mail para suas amigas de vez em quando perguntando se ela podia fotografar suas festas de casamento. Ela tinha 28 anos e era incrivelmente bonita. Até num dia ruim Lala parecia Brigitte Bardot meio bagunçada, com o cabelo louro amarrado no topo da cabeça e o delineador preto da noite anterior ainda nos olhos. Filha do décimo quinto conde de Oswestry, ela sabia a diferença entre uma colher de sopa e uma colher de sobremesa. Por outro lado, não sabia quem era o primeiro-ministro, quanto era um mais três, ou qualquer outra coisa. Sua vida amorosa era bastante caótica. Os homens a reverenciavam nos primeiros encontros, mas os últimos três com quem tinha saído haviam desaparecido depois de transar com ela. "Acho que talvez eu esteja fazendo tudo errado", disse Lala um pouco triste alguns meses antes, antes de encomendar *Os prazeres do sexo* na Amazon.

Bom dia, Lala. Hoje ele está atacado. Que hrs você chega? Bj.

Coloquei meu celular de volta na mesa. Trabalho seguinte: descobrir o que Jasper Milton, Marquês de Milton e famoso gostosão da alta sociedade, estava aprontando. Lala tinha saído com ele uma vez em uma sessão de fotos durante um fim de semana em Gloucestershire, e eles saíram mais algumas vezes depois. A mãe de Lala ficara encantada com a ideia da sua filha namorar o solteiro mais concorrido do país, mas ele terminou tudo com ela algumas semanas depois, quando deu um bolo nela num jantar e passou a noite num cassino em Knightsbridge, apostando em corridas de cavalo.

"Não quero sair com alguém que prefere cavalos a mim", disse Lala, chorando, no dia seguinte no escritório. Eu não quis contar para ela que isso já eliminava quase toda a aristocracia britânica.

Por trabalhar na *Posh!*, eu sabia que Jasper era sempre fotografado em festas, com um copo numa mão, um cigarro na outra, e várias mulheres ao redor. Mas não tinha lido nenhum jornal naquele fim de semana, então rapidamente dei um Google nele para descobrir do que Peregrine estava falando. E lá estava. Cliquei no título da matéria do *Mail on Sunday*:

EXCLUSIVO: ELE ESTÁ SOLTEIRO DE NOVO!

Uma foto embaixo mostrava uma figura loura e linda entrando pela porta de uma boate, com a camisa amarrotada e os pés descalços. "Alguns dizem que era só uma questão de tempo," a reportagem dizia, "mas o *Mail on Sunday* pode confirmar que Jasper, o Marquês de Milton, terminou seu relacionamento com a lady Caroline Aspidistra após míseros três meses.

Fontes próximas ao Marquês, fotografado aqui em Kensington numa noite de sexta-feira, dizem que o casal teve uma briga sobre os hábitos festeiros do rapaz, e sua volta tarde para casa da boate The Potted Shrimp, em Chelsea, no início da semana passada foi a gota d'água para lady Caroline.

Este é apenas o mais recente da pilha de términos do galã de 32 anos, que, só no ano passado, namorou a princesa Clara da Dinamarca, lady Gwendolyn Sponge e a atriz Ophelia Jenkins. Os amigos parecem preocupados que ele ainda não demonstre sinais de querer se casar."

O próprio Jasper falou ao final da matéria: "Caz é uma garota maravilhosa. Boa demais para mim, para ser honesto. Mas nós seguimos nossos caminhos separados. E isso é tudo o que vou dizer sobre esse assunto. Agora, sumam daqui e me deixem viver minha ressaca."

Além da reputação de ser um perigoso destruidor de corações, eu não sabia mais nada sobre Jasper. Cliquei na página dele da Wikipedia e desci a tela. Ele cresceu em um castelo em Yorkshire, foi expulso da escola Eton por seduzir uma diretora, depois foi para o Exército e serviu por seis meses no Iraque. O que ele estava fazendo agora não parecia muito claro, além de sair de boates, mas sua falta de classe ou de emprego não importava muito, pois ele era o próximo na linha de sucessão de uma fortuna imensa.

Ele era filho do duque de Montgomery, um militar que tinha recebido uma medalha por coragem nas Falklands, e rumores diziam que valia quinhentos milhões de euros. Também se dizia que ele tinha um coração incrivelmente mole, o que significava que Jasper herdaria um castelo de cento e vinte quartos em Yorkshire, quinze mil acres no interior do país, outros vinte mil acres na Escócia, uma casa em South Kensington e toda a arte, mobília e prataria que a família havia acumulado ao longo dos séculos.

— ESTOU AQUI! — gritou Lala, entrando pela porta. — Desculpe. Que manhã péssima! Tive os piores sonhos do mundo ontem, e o meu secador de cabelo não queria funcionar hoje. E eu não conseguia achar uma calcinha e…

— Não se preocupe, mas você-sabe-quem quer conversar conosco sobre Jasper Milton. Você viu as fofocas?

— Ai, caramba, coitado do Jaz. O que ele fez dessa vez?

Lala começou a esvaziar o bolso da calça em cima da mesa. Moedas, papel de chiclete, isqueiros, protetor labial e recibos de táxi voavam para todos os lados.

— Está solteiro de novo, aparentemente. Terminou com lady Caroline QualquerCoisa. O *Mail* publicou algumas fotos dele saindo de uma boate.

Lala olhou para mim por cima da tela do computador.

— Ah, eu sabia que essa relação não ia durar. Embora... — Ela se levantou e contou nos dedos. — Três meses. Nada mal para ele. Um recorde, provavelmente.

— VOCÊS DUAS, VENHAM ATÉ A PORRA DA MINHA SALA NESSE SEGUNDO. ESSA É UMA PUTA DE UMA HISTÓRIA.

— Só um instante, vou pegar um elástico de cabelo. Onde estão todos os meus elásticos? — perguntou Lala, inclinando na mesa e vasculhando a lixeira.

— Deixe o cabelo para lá. Vamos logo, antes que sejamos esfoladas.

— Certo, vocês duas — disse Peregrine, sem tirar os olhos da sua tela, quando entramos em sua sala. — O cara mais disputado do país está por aí dando sopa. Mais uma vez. Quero fazer um estardalhaço, então precisamos nos mexer.

— Que tal uma matéria sobre a família toda? Podemos falar com todo mundo que possa conhecer a família. Como está o duque? O que ele está sentindo? O que se passa com a duquesa? Esse tipo de coisa.

Olhei para Lala em busca de ajuda, mas ela estava desenhando uma flor em seu caderno.

— Um grande perfil da família toda, basicamente.

— Não, não, não. Os jornais já têm toda essa informação, já devem ter pessoas na vila agora, tentando cavar informações sobre a saúde do duque. Quero mais. Quero saber o que o duque come no café da manhã; o que aquela maluca daquela duquesa faz o dia inteiro; o que Jasper faz o dia todo, zanzando dentro de casa. Por que ele não consegue encontrar o amor? Por que não consegue se casar? O que está realmente procurando? Precisamos dar aos nossos leitores mais do que algumas frases de fontes sigilosas. Quero um olhar preciso, de dentro da situação.

— Posso perguntar a Jasper se ele pode nos conceder uma entrevista — falou Lala, tirando os olhos do seu caderno.

— Ele aceitaria? — perguntou Peregrine, coçando a cabeça.

Caspas voaram até o chão como pequenos flocos de neve.

— Não sei, mas posso perguntar — respondeu Lala, baixando a cabeça de volta para sua flor.

Peregrine respirou fundo. Ele tinha dificuldades com Lala, com seus atrasos, com as manhãs de segunda-feira em que Lala só chegava no escritório ao meio-dia. A lista dela de desculpas improváveis já tinha incluído insônia devido a pulgas em sua cama e uma ligação para um faz-tudo para tirar uma aranha do banheiro. Porém, o escritório precisava de Lala. Sua divagação aleatória sobre os ricos britânicos — "Ah, a propósito, esse fim de semana ouvi dizer que o duque de Anchovy está tendo um caso com seu mordomo" — eram vitais à revista.

— Ok, Lala, maravilhoso. Obrigado. Você consegue entrar em contato com Jasper agora de manhã e ver o que ele responde?

— Claro. Posso só tomar um café primeiro? Estou desesperada por um café, não dormi muito essa noite.

— Tá bem, vá tomar um café. Depois, você pode, por gentileza, encontrar Jasper para nós? Você pode tentar fazer essa minicoisinha agora de manhã?

— Sim, sim, vou encontrá-lo, Peregrine, não se preocupe. Tadinho do Jaz.

— Enquanto isso, Polly, quero que você cuide de tudo. Então, pode começar fazendo pesquisa. Procure assuntos antigos. Fizemos uma entrevista com o duque há cinco anos. Acho que foi quando ele pisou numa arma e atirou em um dos seus labradores por acidente.

— Pode deixar.

Passei o resto do dia me revezando entre pesquisar sobre os Montgomery e checar obsessivamente o Instagram para ver se Callum tinha me seguido de volta. Se, em algum momento, eu precisava me afastar da minha mesa — para ir à sala de Peregrine, ao banheiro, ao Pret na hora do almoço —, levava meu celular e continuava checando de maneira obsessiva. Mas até às cinco e meia da tarde, Callum ainda não tinha me seguido de volta, e meu humor estava oscilando em algum lugar entre o alto risco de depressão e o suicídio.

*

— Temos boas notícias — disse Lala na manhã seguinte, na sala de Peregrine, enrolando um chumaço de cabelo ao redor da caneta. — Jasper disse que vai conceder a entrevista exclusiva porque confia em nós. Mas eu não quero fazer. Seria um pouco estranho, sabe, dadas as circunstâncias...

— Ótimo, Lala. Obrigado. Parabéns pela coisa mais produtiva que você já fez até hoje. Quando ele pode?

— Ele sugeriu no último fim de semana de janeiro, em sua casa. O castelo dos Montgomery. Eles vão caçar, portanto todos estarão em casa. E ele disse que quem quer que faça a entrevista é bem-vindo para juntar-se a eles no sábado, durante a caçada, e depois ficar para o jantar à noite. Pode ser?

— Por que estão nos dando tanto acesso? — perguntei, desconfiada.

Normalmente, tínhamos meia hora com o entrevistado. Tínhamos que enviar por e-mail a lista inteira de perguntas inofensivas com antecedência:

qual sua cor favorita? Qual é seu signo? Qual é seu animal preferido?, e depois um guarda-costas sentava conosco durante a entrevista, como um rottweiler, aguardando o momento de acabar com o jornalista, caso tivéssemos a audácia de desviar das perguntas pré-definidas.

— É... não sei. Acho que a família realmente quer se redimir, e acham que somos a melhor opção para fazer isso acontecer. Prometi a eles que seria uma matéria bacana — afirmou Lala. — E vamos fazer isso, não vamos?

— Claro que sim! — exclamou Peregrine. — Será excelente. Já posso ver a manchete: CAÇANDO COM O SOLTEIRO MAIS COBIÇADO DA INGLA-TERRA! Polly, gostaria que você fizesse a entrevista, portanto, cancele seus planos para o fim de semana e comece a se preparar. Quero que descubra tudo o que puder sobre ele. Por que ele não consegue engatar num namoro firme? O duque e a duquesa estão o pressionando para se casar? Ele acha que encontrará a Parceira Perfeita um dia? E você pode falar com o pessoal do setor de fotos, quero fotos de Jasper em todas as idades. Como pajem no casamento do rei de Lichtenstein, seu primeiro dia em Eton, os anos de universidade, nas competições de cavalo, caçando etc. Tudo.

— Claro — respondi, mas de repente fiquei nervosa. — La, o que eu devo vestir? E o jantar, é uma boa ideia ficar?

— Você vai precisar de um casaco de lã, um chapéu e botas para caça. Ah, e meias de caça também. E depois, provavelmente será só black tie no sábado à noite.

— *Só* black tie?

— Ah, você sabe, um vestido ou uma saia. Midi ou longo. Salto alto — completou Lala.

— Polly, pare de se fixar nos detalhes — disse Peregrine. — Lala, vai com ela até o figurino. Resolvam por lá.

De volta ao meu computador, tinha uma pequena notificação vermelha do Instagram: Callum havia me seguido de volta. Só vinte e quatro horas depois, pensei, o que parecia estranho quando todos têm seus telefones consigo o tempo *todo*. E depois, pensei: pare de ser tão psicótica.

— Lala, olha! Ele me seguiu de volta.

— Quem?

— O cara do fim de semana, Callum, que te contei.

— Ah, siiiim. O que mora em Brixton?

— Não, não. Esse é o Bill. Você conheceu Bill.

Ela franziu a testa para mim.

— Você sabe quem é. Cabelo escuro, trabalhava no Google e agora está desenvolvendo seu próprio aplicativo.

— Ah, sim. Fofo. Com covinhas, não é?

Eu franzi a testa.

— Você tem um gosto esquisito. Mas não, não estou falando do Bill.

— De quem, então?

— Do Callum.

— Ele é o do Instagram?

— Como assim?

— É ele que acabou de te adicionar no Instagram?

— SIM. Meu Deus, parece que vamos morrer de velhice nessa conversa.

— Mas quem é ele?

— Um amigo do Bill. A gente se beijou na sexta à noite, depois do jantar. Você realmente não se lembra de quando te contei tudo isso ontem?

— Quando?

— Quando fomos comprar café depois de falar com Peregrine sobre Jasper.

— Ah, naquela hora. Pols, eram onze da manhã de segunda-feira. Mal consigo lembrar meu próprio nome às onze da manhã de segunda-feira.

— Então vou ter que te contar tudo de novo?

— Sim. Vamos lá. Vamos até o figurino e você me conta tudo lá.

*

Enquanto eu repetia toda a história de sexta à noite, Lala e Allegra, editora de moda francesa da revista (que tinha o apelido de Legs, pernas em inglês, uma vez que as suas eram mais finas do que um par de hashi), vasculhavam sites em busca de roupas de lã adequadas. Depois de meia hora de interjeições na frente da tela, elas decidiram que eu precisava de:

Um casaco de lã da Ralph Lauren.

Um chapéu marrom de feltro com uma pena espetada ("Você tem que usar um chapéu, Pols. A realeza gosta de todo mundo usando chapéu, porque assim podem fingir que estamos vivendo duzentos anos atrás e que eles ainda mandam em tudo").

Um par de botas de hipismo Jimmy Choo.

Um vestido preto midi da Dolce & Gabbana.

Um sapato de salto da Charlotte Olympia.

— E nada de muita maquiagem, Pols. Eles não gostam de maquiagem em excesso. — acrescentou Lala, inflexível.

— Por quê? O que há de errado em passar maquiagem?

— É vulgar. Faz você parecer que se esforçou demais para ficar bonita.

— Está bem. E o que devo fazer com meu cabelo?

— Não pode estar perfeito demais, pois isso sugere que você é fútil e que passou o dia inteiro se preparando.

— Em vez de correr do lado de fora matando animais.

— Exatamente. Está feliz? Nunca se sabe, você pode se apaixonar perdidamente por Jasper e acabar se casando com ele. Imagine só. Ah, mas você não precisa mais de um namorado.

— Ele não é meu namorado. Você não ouviu uma palavra da minha história?

— Mas você quer que ele seja? Você gosta dele, caso contrário não teria passado o dia todo falando dele.

— Tive que passar o dia todo falando dele porque você não estava ouvindo. E eu realmente não sei. Acho que, talvez, ele seja só um passatempo. Ou, quem sabe, seja só meu relógio biológico apitando.

— O que é *essa* relógio? — perguntou Legs.

Por ser francesa, ela não gostava da maioria das coisas, mas especificamente de: pessoas gordas, diversas formas de carboidrato, os ônibus de Londres, sapato sem salto, qualquer tipo de roupa confortável ou funcional, Peregrine e chuva.

— É algo que supostamente despertamos ao fazer 30 anos — expliquei.

— Significa que você quer ter filhos.

— Aff. Você não pode ter um filho. Bebês não são nada chiques — afirmou Legs.

— Não, não. Bem, não quero dizer "não" exatamente. Quero tê-los em algum momento. Mas não agora. De qualquer forma, nem tenho dinheiro para isso. Mal tenho dinheiro para pagar meu almoço.

— Aff!

Legs também não era muito fã de almoço. Ela sempre bebia um café americano com leite de macadâmia de café da manhã, uma coca diet de almoço e depois diversos Martinis em qualquer jantar da moda que ela tivesse à noite, enquanto empurrava um pedaço de peixe tão pequeno que mal se via, e tampouco se comia, ao redor do prato.

*

Naquela semana, fiz meu dever de casa sobre os Montgomery, ou seja, pesquisei-os no Google e folheei páginas de edições antigas da *Posh!*. Até onde consegui descobrir, havia quatro personagens principais, os quais estariam todos lá durante o fim de semana. O foco principal era Jasper, obviamente. Jasper, de 33 anos, Marquês de Milton. Um playboy gentil de cabelo claro, alto e obcecado por corridas de cavalo. Ao que tudo indicava, ele tinha uma educação impecável até aproximadamente dez minutos depois de dormir com você, quando perdia todo o interesse e voltava a ler o *Racing Post*. Após sair do Exército, voltou a morar em casa e aparentemente aprendeu a administrar a fortuna da família.

E, então, tinha seu pai, Charles, o duque de Montgomery. Claramente, como ex-major do Exército, ele era o tipo de homem que sempre comia torrada com geleia em sua casa de 153 quartos às 7:55 da manhã; depois do café, fazia cocô precisamente às 8:40, antes de caminhar com seu labrador preto; e então se sentava às 9:30 para escrever uma carta para o *Telegraph* sobre o estado dos Forças Armadas. Ele tinha sido hospitalizado algumas vezes para fazer cirurgias de coração, de acordo com vários jornais, e permanecia frágil como uma ervilha.

A esposa do duque, mãe de Jasper, era uma mulher chamada Eleanor, a duquesa de Montgomery. Ela cresceu em um castelo na Escócia e era louca. Total e completamente louca, de acordo com entrevistas antigas na *Posh!*, em que ela só falava sobre suas galinhas. Até onde percebi, era apaixonada por sua ninhada. Em certo momento, teve 39 galinhas, todas com nomes diferentes. Ela contou a um jornalista que, quando nasceram, o segredo era carregar os pintinhos dentro do sutiã para criar laços com eles. "Nunca esmaguei nenhum deles", disse ela. "Eu os amo como amo meus filhos. Talvez até um pouco mais."

Enquanto isso, a irmã de Jasper, lady Violet, era apaixonada por seu cavalo. Aparentemente, ninguém na família conseguia estabelecer relações humanas normais. Portanto, no lugar delas, eles construíam amizades íntimas e questionáveis com seus bichos. Violet tinha 25 anos e também morava na casa de Yorkshire, tinha feito um curso de culinária, um de secretariado, um numa fundação de arte e um de costura. Como era de se esperar, ela tinha esgotado suas opções de cursos. Não tinha namorado, embora uma vez tivesse sido apontada como um caso do príncipe Harry. Quem nunca?

Portanto, era isso o que me esperava no fim de semana, a família que eu teria que entrevistar para uma matéria de oito páginas da *Posh!*, para provar como era uma família normal e íntegra.

Minha mãe me mandou uma mensagem naquela mesma tarde:

Recebi a carta. A consulta será às 16:15 do dia 2 de fevereiro, no hospital St. Thomas. Você vai poder, querida? Bj

Chequei minha agenda. Seria na semana depois da minha ida ao castelo de Montgomery, então eu pediria para Peregrine me liberar durante a tarde. É claro, fácil fácil. Te ligo mais tarde. Bjs.

Capítulo 3

Na manhã de sábado, peguei o trem das 7:05 saindo da estação de King's Cross, que chegou na estação de York logo antes das dez, onde um taxista ocioso do lado de fora aceitou minha corrida.

— Vai para o castelo? — perguntou ele.

O carro dele tinha cheiro de cachorro.

— Sim, por favor — respondi.

Fechei os olhos e recostei no banco, tentando demonstrar que eu não estava a fim de papo.

— Conheço o jovem lorde Jasper — falou o homem, enquanto ligava o motor do carro.

— Ah — respondi, com os olhos ainda fechados.

— Faço corridas para ele desde que ele era menino.

— Ah.

— E se você me perguntar...

Eu não estava perguntando.

—... tem algo estranho com aquela família. Todo aquele dinheiro, todos os quartos, todos os cavalos. E agora o lorde Jasper nos jornais outra vez. Ainda sem esposa. E toda aquela história da duquesa com o guarda-costas. Não está certo.

— O guarda-costas?

— Ah, sim — disse ele, assentindo. — Se me perguntar, acho nojento esse comportamento, enquanto o coração do marido vai de mal a pior. Se minha Marjorie pensasse numa coisa dessas algum dia, eu teria algo a dizer sobre isso. Não que eu tenha dado margem a reclamações para ela nesse departamento.

Resolvi fofocar sobre esse detalhe pessoal:

— Todo mundo sabe sobre a duquesa?

— Ah, sim. Todo mundo que mora por aqui. E Tony, o guarda-costas, fala disso toda noite no bar.

— Há quanto tempo isso está acontecendo?

— Há anos, até onde sei. Olha, uma coisa eu digo, se a minha Marjorie...

Vinte minutos depois, ele encostou o carro do lado de fora da porta principal.

— Chegamos. São vinte e cinco libras. Quer que venha buscar a senhorita mais tarde?

— Não, obrigada. Vou passar a noite.

— De qualquer forma, aqui está o meu cartão. Nunca se sabe.

Saí do carro e olhei para cima. O lugar fazia o castelo da Disney parecer uma miniatura. Havia torres e gárgulas fazendo caretas em vários cantos. Era o tipo de lugar de onde um barão medieval traidor planejaria sua marcha a Londres. Bati com a aldrava de metal na porta da frente. Nada. Bati de novo. Nada. Olhei através do vidro para o corredor e vi uma lareira grande. Não havia sinal de atividade humana — só um urso de pelúcia enorme ao lado do piano de cauda.

Constrangida, caminhei lentamente no jardim de frente da casa à procura de outra porta, como um camponês que tinha vindo pagar o aluguel. E então, depois de um arco de pedra enorme à direita do castelo, vi uma porta se abrindo de repente e uma figura masculina, toda vestida de lã, marchar para o lado de fora, seguido por um labrador preto. Chapéu de lã, casaco de lã, calça de lã. A única coisa que não era de lã era o rosto do homem: todo vermelho.

Ele se virou e gritou para trás:

— EU DISSE A TODO MUNDO QUE PRECISÁVAMOS ESTAR PRONTOS ÀS ONZE HORAS, E, COMO SEMPRE NESSA FAMÍLIA, ESTÃO TODOS ATRASADOS. Não sei por que nunca conseguimos fazer nada na hora, é uma desordem infernal...

O homem coberto de lã me viu.

— E VOCÊ, QUEM É? — berrou ele.

— É... olá. Eu sou... é... Sou da revista *Posh!*. Estou aqui para conversar com Jasper, para fazer uma entrevista com ele.

Ele franziu a testa.

— Ah, a jornalista — rugiu ele, mais ou menos no mesmo tom que alguém diria "ah, o pedófilo".

— Eu vim e... vou passar a noite... e depois escrever uma matéria... — eu gaguejei.

— Não tenho nada a ver com isso, seu assunto é com meu filho Jasper. É provável que ele esteja no quarto. Você vai ter que me dar licença um instante, estou tentando sair para essa maldita caçada. — O duque de Montgomery virou-se para gritar na direção da porta: — MAS TODO MUNDO ESTÁ ATRASADO PRA CACETE HOJE! — Ele olhou para mim. — Entre por aqui e procure por Ian. Ele vai guiar você na direção certa. E se você conseguir que qualquer membro da minha família se apresse, será maravilhoso. Onde está meu maldito cachorro? Ah, você está aqui, Inca. Vamos, garoto.

Ele passou por mim por baixo do arco de pedra, com o cachorro ao seu lado, deixando a porta aberta.

Lá dentro havia um cômodo com cheiro de mofo e toalha molhada, e estava cheio de casacos, botas, chapéus, varas de pesca e camas de cachorro. Nenhum ser humano. Entrei, ansiosa, sentindo-me uma intrusa e preocupada que um alarme soasse a qualquer segundo. Passei para um corredor tão comprido que eu não conseguia enxergar o fim. Retratos enormes olhavam para mim das paredes. Observei o mais perto, que retratava uma mulher normal em um vestido verde, com o cabelo branco preso em coque.

"Duquesa de Montgomery, 1745" estava escrito na plaquinha embaixo. Havia mais dos Montgomery alinhados pelo corredor. Homens Montgomery, mulheres Montgomery, gordos Montgomery, magros, com barba, bebês Montgomery. Uma nuvem de fumaça de cigarro veio em minha direção quando comecei a andar no corredor.

Um grito agudo veio de dentro de um cômodo à esquerda.

— Quem está aí? Ian, é você? Não consigo achar minha calça.

— É... não, não é Ian — respondi.

E então, espiando dentro de uma cozinha enorme, vi uma mulher sentada na mesa, com um cigarro nas mãos e fumaça subindo como uma serpente em direção ao teto. Ela vestia uma camisa polo verde-escura e uma calcinha branca. Estava sem calça.

— Quem é você? — perguntou ela.

— Polly. Desculpe interromper. É que me disseram para entrar e procurar uma pessoa chamada Ian, pois estou aqui para falar com Jasper. Sou da *Posh!*. — Eu estava falando muito rápido. — A revista, sabe?

A mulher tragou lentamente seu cigarro.

— Sim, estou tentando encontrar Ian também. Preciso da minha calça. Nós estamos todos atrasados hoje e totalmente enrascados com meu marido. Como sempre.

— Ah.

Falei de um jeito que esperava que sugerisse empatia e ao mesmo tempo tranquilidade por estar tendo a honra de ver a duquesa só de calcinha. Quem era e onde estava Ian?

Um cachorro que parecia Bertie estava dormindo todo enroscado no encosto de um sofá debaixo da janela da cozinha.

— Ah, que lindo! —Apontei com a cabeça na direção dele e tentei puxar assunto sobre qualquer coisa que me fizesse parar de pensar na calcinha da duquesa. — Vocês têm um terrier?

A duquesa olhou para trás por cima do ombro:

— Ele era um terrier, sim. Um Yorkshire chamado Toto. Mas está morto.

— Ah.

— Ele também está morto — disse ela, apontando para um porquinho--da-índia laranja em cima de uma prateleira ao lado do fogão.

— Ah, entendi.

— Não consigo enterrar esses bichinhos, sabe? Então, mando o taxidermista da cidade embalsamá-los — disse ela, dando outro trago no cigarro.

— Talvez faça o mesmo com meu marido um dia.

Felizmente, ouvi o som de passos se aproximando.

— Ian, aí está você! — exclamou a duquesa. — Não consigo achar minha calça. Você viu em algum lugar?

Eu me virei. Aparentemente, Ian era o tipo de mordomo gigante, com bem mais de um metro e oitenta de altura, vestido de uniforme, com o cabelo penteado com esmero para o lado. Uma calça de lã estava esticada sobre seu braço.

— É essa aqui, madame?

— Sim. Você é um anjo.

A duquesa apagou seu cigarro e se levantou. Ela era alta e tinha pernas finas e pálidas. Olhei para o chão, resoluta.

— A propósito, essa é Holly. Ela veio entrevistar Jasper. Quanto tempo vai ficar por aqui?

— Bem, hoje durante o dia e à noite, acredito, se não for um problema. Quer dizer, não preciso dormir, só preciso...

— Não, passe a noite, sim — disse a duquesa, pegando a calça de lã das mãos de Ian. — É ótimo termos sangue novo em casa — disse ela, o que soou como uma ameaça. — Você vai sair conosco?

— Não tenho certeza — respondi, confusa. — O que isso... é... o que isso significa?

— O quê?

— O que você acabou de dizer. Sair?

— Ah — disse ela, surpresa, e, bem lentamente, como se estivesse falando com uma criança pequena, completou: — Você vai sair para caçar conosco?

— Com uma arma?

Ela sorriu para mim.

— Querida, não, nós não lhe daríamos uma arma. Você não parece uma caçadora treinada. Sair quer dizer ir conosco e assistir. Um frio terrível, um tédio pavoroso. Mas você pode ficar junto com Jasper.

Fiquei aliviada.

— Ah, está bem. Então, sim, acho que sim. Se não for um problema para vocês.

— Você tem roupa de caça? — perguntou ela, de pé para vestir sua calça.

Vestiu uma perna e depois a outra. Ela manteve contato visual comigo durante o tempo todo. Parecia um striptease reverso esquisito.

— Ah, sim. Aqui na minha bolsa.

— Que bom. Nós já estamos completamente atrasados. Ian, alguém já arrumou um quarto?

— Sim, senhora.

— Maravilha. Nesse caso, mostre a Holly o quarto dela, para que possa se trocar bem rápido. Não posso nem falar a confusão que vai ser se não estivermos no estábulo nos próximos dez minutos. E leve-a ao quarto de Jasper depois, pode ser?

Ela saiu e seguiu em direção ao quarto das botas.

— É Polly, na verdade — falei a Ian, desculpando-me.

— Seja bem-vinda, senhora — respondeu ele, estendendo uma mão gigante para pegar minha mala.

Segui Ian. Ele saiu lentamente da cozinha e voltou para o corredor, passou pelos Montgomery mortos, subiu uma escada em caracol, passou por outro corredor, desceu alguns degraus acarpetados, virou-se e abriu uma porta.

— É aqui. A senhora vai ficar no antigo quarto da babá. Há um banheiro por aqui. Vou esperar alguns minutos até que se troque, e então eu a levarei até lorde Jasper.

— Ótimo, obrigada.

Entrei no quarto enquanto Ian fechava a porta atrás de mim. Parecia que não havia sido reformado havia anos. Papel de parede floral, um carpete amarelado e uma colcha rosa em cima de uma cama de solteiro estreita.

Pressionei minha mão no colchão e fiz uma careta quando senti uma mola. Havia um furão embalsamado com olhinhos rosa assustadores em cima da cornija. Meu celular vibrou dentro da bolsa. Era Lala.

Já chegou? Me mantenha informada. Bjs

Joguei o celular em cima da cama. Eu responderia mais tarde, precisava vestir minha calça de lã. Alguns minutos depois, eu parecia uma dama exploradora vitoriana em busca das fendas empoeiradas do império. Era para parecer isso mesmo? Vasculhei minha bolsa à procura do batom e passei um pouco. Depois olhei no espelho. Se Joe pudesse me ver, ele teria um ataque cardíaco de tanto rir.

Um toque discreto na porta e uma tosse delicada do lado de fora.

— Desculpe, desculpe, já estou indo.

Joguei o batom em cima da cama e abri a porta.

— Magnífica — disse Ian. — Venha comigo.

Em um passo tranquilo, que aparentemente era o preferido de Ian, eu o segui de volta pelos degraus acarpetados e pelo corredor.

— Lorde Jasper — chamou Ian, parando do lado de fora da porta fechada. Dentro do quarto, eu podia ouvir Van Morrison tocando. — A jornalista de Londres está aqui comigo.

Van Morrison parou de cantar.

— Jesus! — exclamou ele.

— O nome dela não é Jesus, senhor. Ela se chama Polly — afirmou Ian.

— Boa! — disse Jasper, que riu e abriu a porta sorrindo para mim. — Polly, olá. Qualquer amiga da Lala é minha amiga.

O cara era gato, tenho que admitir. E mais alto do que eu esperava, com olhos azuis e cabelo louro, que ele jogava de um lado para o outro. Vestia uma calça curta de lã justa, com um elástico logo abaixo do joelho, e sua camisa, desabotoada, era larga. E estava descalço. Será que ninguém nessa família conseguia se vestir de maneira apropriada?

Jasper estendeu a mão.

— Como vai?

Mas eu não tive um segundo sequer para responder, porque ele imediatamente virou-se para Ian.

— Agora, Ian, meu querido, eu não consigo encontrar um mísero par de meias de caça. Quer dizer, não sei o que você faz com elas. Você as come? Compro um milhão de pares todo ano, e quando a temporada de caça começa outra vez, todas elas somem. É o fim da picada, vou lhe dizer.

— Vou dar uma olhada no quarto do seu pai, senhor.

Ian se virou e desapareceu em silêncio pelo corredor.

— Bem, Polly, desculpe. Essa casa é um manicômio, como provavelmente você reparou. Já conheceu meus pais?

— Sim, seu pai estava lá fora com seu cachorro, e sua mãe estava na cozinha, procurando uma calça.

— E aqui estou eu, procurando minhas meias. Que vergonha que somos! — disse ele, e jogou o cabelo para o lado de novo. — Você está estupenda. Já saiu para caçar antes?

Olhei para baixo, para a minha roupa de lã:

— Ah, obrigada. E não, nunca.

Jasper começou a abotoar sua camisa.

— Só preciso de dois segundos e, se as meias me permitirem, nós podemos ir. A propósito, como é sua relação com cachorros?

— Com cachorros?

— Você se incomoda com eles? Gosta de cães?

— Ah, não… quer dizer, sim, eu amo cachorros. Cresci com cães. Minha mãe tem um terrierzinho chamado Bertie.

— Que lindo. O meu é um labrador com um comportamento abominável chamado Bovril. Você se importa de cuidar dele hoje enquanto eu estiver atirando? Vou lhe dizer onde ficar e tudo mais.

— Claro. Sem problemas. E a entrevista?

— Que entrevista?

— Bem, eu preciso sentar com você em algum momento e conversar sobre… você sabe, as fotos do jornal e… — Eu fugi do assunto, nervosa.

— Ah, não se preocupe com isso, nós teremos milhões de horas no jantar hoje à noite. Agora, vamos encontrar essas meias.

*

Uma hora mais tarde eu estava atrás de Jasper em um campo do lado de uma montanha íngreme, segurando a coleira de Bovril com uma mão e meu chapéu com a outra. Havia outros cinco homens espalhados pelo campo, cada um segurando uma arma, e cada um com uma mulher de pé atrás deles, também segurando a coleira de um labrador de uma cor diferente. O vento fazia barulhos estranhos em nossa direção, vindo de um bosque no fundo do campo, um estranho som melancólico, com o som de passos quebrando a vegetação rasteira grossa.

— O que é isso? — perguntei a Jasper.

Ele não respondeu.

— Jasper? — chamei, batendo no ombro dele. — O que é... esse... barulho?

Mexi a boca sem emitir som, lentamente, e apontei para as árvores.

Ele colocou a mão na orelha e puxou um protetor laranja.

— Espere um minuto. O quê?

— Desculpe. Só não sabia o que era esse barulho.

— São os batedores. Eles estão...

— O que são batedores?

— São as pessoas que espantam os pássaros. E eles estão lá no bosque, do outro lado, caminhando em nossa direção, para espantar os pássaros, fazê-los voar para cá. E então... *pou*. Entendeu?

Não parecia muito justo, um monte de gente gritando numa floresta, tentando fazer os faisões voarem na direção de uma fila de homens armados, de pé, numa montanha. Ao meu lado, Bovril bocejou e deitou no chão. Procurei meu celular no bolso, com as mãos já dormentes de frio. "Batedores, pessoas que espantam pássaros", digitei no aplicativo de anotações, com dedos firmes. "Jasper tem um cão chamado Bovril. Duquesa louca, embalsama todos os animais de estimação da família."

Um som alto e repentino à minha direita me fez pular, então guardei o celular de volta no bolso e olhei para cima. Vi um faisão rodopiando em pequenos círculos na direção do chão. Ele caiu e fez barulho. Bovril olhou para ele, depois para mim, e então choramingou.

Dei outro pulo quando a arma de Jasper disparou. O cheiro de pólvora se espalhou pelo ar, e outro barulho soou atrás de nós, enquanto aquele faisão caía no chão.

— Solte Bovril da coleira, por favor — pediu Jasper.

Ele estava com os olhos fixados no céu, como se estivesse procurando o símbolo da Força Aérea Alemã.

Bovril, feliz por estar livre, correu na direção do faisão morto, pegou-o pelo pescoço e trotou de volta, obediente, largando a ave aos meus pés. Olhei para baixo e afastei meu pé um centímetro, pensando se a política de devolução da Jimmy Choo aceitaria botas com sangue de faisão. Seria malvisto, provavelmente.

O som de tiros soou. De repente, dezenas de pássaros saíram voando do bosque. Cobri minhas orelhas com as mãos e olhei para o céu. Choviam faisões à medida que o tiroteio avançava, alguns caindo do céu como pedras, alguns voando logo acima da cerca atrás deles. *Eu seguiria voando, se fosse vocês, continuaria seguindo até chegar em algum lugar bacana e quente, como a África*, desejei para eles.

Jasper resmungava o ocasional "caralho", e uma pequena pilha de cartuchos vermelhos vazios se acumulava atrás dele. Bovril, por outro lado, galopava para lá e para cá, pegando faisões e montando, com orgulho, uma pilha aos meus pés. Alguns ainda estavam se debatendo, e fiz uma careta. Que nojo! O que eu estava fazendo nesse campo gelado? Tudo o que eu queria era sentar com Jasper e fazer a entrevista.

Um assovio soou, e Jasper baixou sua arma.

— Bem, até que não foi tão ruim, certo? Devia ser uns sessenta e poucos pássaros voando.

Tadinhos, foi o que pensei.

— Hmm — murmurei. — Há quanto tempo você faz isso?

— Desde os 6 anos de idade.

— Seis? Eu ainda estava aprendendo a ver as horas aos 6 anos.

— Meu pai me iniciou bem cedo. Bem, vamos lá. Mais uma volta, e depois fazemos um lanche.

— Volta? De carro?

Estava torcendo para que pudéssemos ir embora.

— Não, não, sua urbaninha terrível. É o que estamos fazendo agora. Uma "volta" é isso, ficar de pé num campo esperando que os pássaros sejam espantados em nossa direção. Portanto, temos uma a mais, depois lanchamos, e então provavelmente faremos mais umas duas voltas. Almoçamos, e depois quem sabe mais duas voltas, vai depender da luz.

O dia se prolongou diante de mim. Meus dedos estavam brancos de frio e meus pés possivelmente da mesma cor, apesar de estarem envolvidos em meias de lã que me pinicavam. Seria maravilhoso para Peregrine se eu sucumbisse ao congelamento enquanto fazia uma caçada em Yorkshire.

*

O almoço foi no castelo, em uma sala com cabeças de animais mortos olhando para nós. Cabeças de veado penduradas na frente deles, de raposas rosnando, uma cabeça de zebra, uma de javali, uma de algum outro animal que se parecia com um cervo, mas tinha chifres enrolados. Olhei para elas. Nunca víamos cabeças de zebra no programa de decoração *60 Minute Makeover*.

— Nós matamos o último jornalista que veio se hospedar conosco.

O dono da voz era o duque, que surgiu atrás de mim.

— Estou brincando — acrescentou ele, antes que eu tivesse chance de responder. — Vamos, lá, pessoal. Sentem-se, todos.

Eu estava sentada entre um homem vestindo meias amarelo-fluorescentes com uma roupa toda de lã, chamado Barny, e outro convidado chamado Max. Como soube depois, Barny, na verdade, chamava-se Barnaby e era o quinquagésimo primeiro na linha de sucessão ao trono britânico. Não tinha um emprego, mas morava numa casa da família em Gloucestershire e passava seu tempo atirando. Quando não estava atirando, pescava ou fazia hipismo.

— Ah! — exclamei, sentindo que meu leque de conversa fiada estava começando a diminuir.

O homem parecia obcecado em matar coisas.

— Você viaja bastante?

— Não. Viajar para fora do país é horripilante. Exceto para os Alpes. Vou esquiar lá três ou quatro vezes por ano. Gosto de caçar tigres na Índia, mas estão dificultando muito essa atividade hoje em dia.

— Barny, você não pode dizer esse tipo de coisa — falou Max, entrando na conversa. — Polly, desculpe. Barny é completamente chocante, mas somos todos amigos desde os tempos de colégio, e não conseguimos nos livrar dele.

— Que grosseria! — exclamou Barny. — Não haverá convite de caça para você esse ano, Maximillian.

— Está vendo, Polly? Barny nos chantageia para sermos amigos dele. É trágico.

Olhei para Jasper, sentado na cabeceira da mesa, com uma loura sentada de cada lado, sorrindo para ele com adoração. Seu habitat ideal, imaginei. Ele havia desabotoado a gola da camisa e estava um pouco debruçado sobre a mesa, contando alguma história para elas. Pegou uma garrafa na sua frente e encheu a taça das duas enquanto falava, e então apoiou a garrafa de volta e olhou para mim, do outro lado da mesa. Olhou nos meus olhos e deu uma piscadinha. *Fala sério*, pensei, *não sou tão fácil assim*.

Eu me virei para Max, achando que, se ele não fosse um aliado, pelo menos era alguém com quem eu poderia conversar, e perguntei sobre as outras pessoas:

— Max, quem são as outras pessoas aqui? Quer dizer, óbvio, sei quem são Jasper e o restante da família. Mas não conheço os outros. Você conhece todo mundo?

— Eu sinto muito — disse ele, dobrando o guardanapo e o colocando em cima da mesa.

— Por quê?

— Bem, coitada de você, tendo que frequentar esse lugar. Nós parecemos totalmente absurdos? — perguntou Max.

Eu não sabia exatamente como responder.

— Não — falei, após uma pausa. — Só estou tentando entender quem são as pessoas.

— Está bem, vou lhe dizer quem são todos. Então, ao lado do pai de Jasper está Willy Naseby-Dawson, ela é...

Olhei para a garota loura de novo.

— Por que ela se chama Willy se é uma mulher?

— É o apelido de Wilhelmina. É de uma família alemã, e é mulher de Barny. Coitada. E do outro lado está Archie Spiffington, que se casou com a garota com quem Barny está conversando agora, Jessica. Eles se casaram no ano passado porque ela estava grávida. Seu pai ficou possesso e insistiu que eles juntassem os laços. A família dela é ridícula de rica. O tataravô dela foi quem inventou as estradas de ferro ou algo assim. Enfim, foi um casamento enorme em Londres, e seis meses depois nasceu o filho deles, Ludo, que agora tem 7 meses, acho. Sou o padrinho dele.

— Ah, que amor. Onde está Ludo?

— Não faço ideia, provavelmente com a babá em Londres. E depois, do outro lado de Jessica, está Seb. Sebastian, lorde Ullswater. Um personagem bastante controverso. Ele já foi do Exército, mas hoje vende armas para qualquer um que queira comprar. É casado com aquela garota do outro lado de Jasper, a que está à minha direita, chamada Muffy.

— E você? — perguntei.

— O que tem eu?

— É casado?

Max jogou a cabeça para trás e riu.

— Sou gay, minha querida. Você não consegue perceber porque estou usando essa calça de macho?

— Ah, entendi — falei, um pouco sem graça. — Embora pudesse ser casado mesmo assim.

— Sim, é verdade — disse ele, assentindo.

— Você tem namorado?

— Não. Sou péssimo com namorados.

— Max — chamou Barny do meu outro lado. — Ninguém aqui quer ouvir sobre sua vida amorosa durante a sobremesa.

— Eu gostaria de ter uma, Barny, meu querido, mas já faz muito tempo que não sei o que é isso.

— Você deveria conhecer meu amigo que mora comigo, Joe — falei a Max. — Você é bem o tipo dele.

— É mesmo? Qual é o tipo dele?

— Bem, na verdade, é um leque bastante extenso, eu diria. Mas moreno, bonito e engraçado. E você é tudo isso.

— Tá certo — vociferou o duque da outra ponta, batendo os punhos na mesa. — Terminem suas sobremesas e vamos voltar ao que interessa.

— Vamos lá — disse Max para mim. E então, direcionou a cabeça para o outro lado da mesa. — Jasper, vou roubar Polly para passar a tarde comigo. Violet, por que você não vai com seu irmão? Preciso conversar com Polly sobre o amigo dela.

A irmã de Jasper. Eu mal tinha notado a mulher sentada a três cadeiras à minha esquerda. Ela parecia bem mais quieta do que seu irmão falastrão.

— Por mim, tudo bem — respondeu Violet, colocando seu guardanapo delicadamente em cima da mesa. — Se mais alguém quiser minha ajuda, avise. Parece que vai chover à tarde.

*

Eu estava atrás de Max, esperando os tiros começarem de novo, quando a chuva caiu. Depois de descongelar o suficiente para segurar os talheres durante o almoço, minhas mãos já estavam duras de frio outra vez. Max levantou, com a arma pendurada no braço e um cigarro apoiado nos lábios.

— Você está bem?

— Sim, sim, estou bem. Quem precisa de mãos?

— Você vai voltar para Londres depois daqui?

— Não, vou passar a noite. Ainda não fiz minha entrevista com Jasper.

Ele exalou a fumaça no ar.

— Corajosa! Você já conversou com Vossa Graça?

— Com quem?

— Com o duque e a duquesa.

— Não, não muito.

À distância, avistei o duque de pé do outro lado do campo. A duquesa havia anunciado depois do almoço que não viria para a caça da tarde, pois tinha trabalho a fazer em seu galinheiro.

— Eles estão se estranhando — afirmou Max, apagando o cigarro na lama com a bota. — Realmente se estranhando.

— Eu percebi.

— É por isso que Jasper é um pouco... complicado às vezes.

— Vocês se conhecem a vida inteira?

Ele assentiu novamente.

— Fomos para o jardim de infância juntos. Depois ficamos na mesma casa em Eton, até ele ser expulso. E depois, na Universidade de Edimburgo. Ele é um bom amigo. Ficou ao meu lado na escola quando eu saí do armário. Não que minha sexualidade fosse uma grande surpresa para alguém. Querida, olhe para mim!

Eu ri. Max estava vestindo roupas de lã, mas também vestia uma meia rosa, uma camisa rosa, uma gravata amarela e um gorro rosa.

— Ele é um bom amigo... Sei que todos nós nos deixamos levar um pouco, às vezes...

— Como assim?

— Aquelas fotos, depois que ele terminou com Caz, são um caso montado — disse Max, levantando a sobrancelha para mim. — Jasper sabe exatamente quem contou aos jornais que ele havia terminado com ela, quem contou aos fotógrafos onde ele estava naquela noite. Mas não vai falar nada. É um cara muito orgulhoso.

Um tiro foi disparado no fim da fila e um faisão caiu pelos ares na direção do chão.

— Certo, lá vamos nós de novo. Hora de se concentrar — disse Max, virando-se e erguendo sua arma.

*

De volta ao castelo, era hora do chá da tarde. O tipo de chá que lemos nos romances de Dickens. Sanduíches, enroladinhos de salsicha, torta de fruta, pãezinhos e chá em chaleiras de verdade. Além de vinho do Porto. Vinho do Porto! Em taças de vinho em miniatura! Joe e eu bebíamos algumas garrafas baratas de Pinot Grigio da loja de Barbara quase toda noite, mas não bebíamos como essa tropa. O sangue do duque devia ser 93% de álcool, imaginei, enquanto o observava enxugar mais uma taça do líquido vermelho espesso.

Depois de cerca de meia hora de pé no canto da sala de visitas, descongelando minhas mãos novamente numa xícara de chá, os amigos de Jasper começaram a ir embora e eu fugi, aliviada, para o meu quarto. Tomei um banho quente de banheira com direito a algumas porções de um vidro meio velho de óleo de banho que encontrei no armário do banheiro. Sylvia Plath disse uma vez que um banho de banheira curava tudo, algo que sempre achei levemente irônico, porque a pobre Sylvia logo se matou. Mas eu precisava de um banho para conseguir organizar meus pensamentos. Aquele jantar no início da noite prometia ser uma mistura de *Downton Abbey* e *Coronation Street*, enquanto todos comiam sua sopa educadamente. Ou bebiam sua sopa.

O que se faz com a sopa? Enfim, todo mundo estaria fazendo algo com sua sopa e conversando sobre o dia, enquanto os humores estavam em ebulição. Quem sabe até voasse sopa no jantar!

Uma vez que ninguém na casa, ou melhor, no castelo, parecia conseguir se mover sem algum tipo de álcool nas mãos, Ian me levou até o andar de cima com algo que eles chamavam de *hot toddy*. Alguns dedos de uísque, um pouco de água quente e uma colher de mel, ele explicou.

— Vai esquentar a senhora — disse ele.

Eu girei o copo, espirrando água quente e oleosa para fora da banheira. O negócio queimou minha garganta enquanto descia.

Meu celular vibrou de repente na cama. Eu saí da banheira, enrolei-me numa toalha áspera, peguei o telefone e deitei na cama estreita e pequena, com fumaça saindo do meu corpo. Era Lala de novo.

Como está tudo por aí, Pols? Você gostou do Jaz? Mande beijos para todo mundo. Não se esqueça do lance da maquiagem. Bjs

Digitei rapidamente uma resposta.

Tudo certo. Não se preocupe. Te conto na segunda. Bjs

Ainda com o corpo quente e úmido da banheira, eu me levantei para colocar o vestido longo que Legs e Lala tinham insistido que eu usasse. Nada de meia-calça, pois aparentemente era algo muito comum. Eu me olhei no espelho de corpo inteiro. Uma jovem rebelde e indisposta, de 20 e poucos anos, olhou-me de volta. Mas teria que descer assim mesmo, com aquele salto ridículo que elas tinham arrumado para mim, tão alto que poderia me dar até vertigem.

Peguei meu celular novamente e chequei a hora. Quase sete da noite. Eu precisava achar a sala de visitas, onde Ian tinha me dito que a família se encontraria para tomar um drinque. Mais drinques! E eu ainda não tinha sentado com Jasper para entrevistá-lo. Eu havia rascunhado mais algumas anotações no meu telefone — seu gosto por Van Morrison, o hábito de tirar o cabelo dos olhos constantemente, o comentário de Max sobre ele ser "orgulhoso" —, mas precisava que Jasper falasse sobre seus relacionamentos. Precisava que ele se abrisse um pouco comigo. Eu não podia vir até aqui e voltar com tão pouco para Peregrine. Talvez mais drinques pudessem ajudar, pensei, enquanto fechava a porta do quarto atrás de mim e descia as escadas como uma bêbada cambaleante, apoiando no corrimão. Um relógio de parede antigo soou levemente no andar de baixo, mas fora isso, a casa estava silenciosa. As instruções de Ian para que eu voltasse à sala foram com as seguintes frases: "Desça para o andar de baixo, vire à esquerda e ande uns

45 metros no corredor. Então, vire à direita em outro corredor, dê três passos e a sala de visitas estará à sua direita."

O som de copos tilintando, seguido de um grito bem alto, serviram como uma pista para mim. Era exatamente o tipo de grito agudo que devia vir de uma duquesa raivosa e potencialmente violenta.

— NÓS ESTAMOS JANTANDO, ELEANOR. PORRA, ESTOU FALANDO SÉRIO.

Outro grito agudo. Fiquei paralisada na porta. Era grosseiro entrar no meio de uma discussão, mas também era bem grosseiro ficar de pé escutando. Pensei se não deveria voltar lá para cima. Mas eu já conseguia sentir uma bolha se formando no meu dedo mindinho, por causa do salto desgraçado. Eu estava pairando no corredor, como se brincasse de um jogo de música de estátua, quando ouvi uma pequena tosse atrás de mim.

— Polly, você está aqui — disse Ian. — Venha comigo, e vamos arrumar uma bebida para você.

Ele passou por mim, carregando uma bandeja de prata com diversos copos de Martini.

— Tem certeza?

— Claro que sim, não se preocupe — afirmou ele, abrindo a porta.

A duquesa estava de pé ao lado da lareira, ainda em sua roupa de caça. O duque estava sentado em uma poltrona vermelha grande. Inca veio em minha direção e arrastou seu focinho molhado por cima das minhas partes íntimas.

— Faça seu maldito cachorro se comportar — disse a duquesa, irritada.

— Não tem problema — falei, limpando o rastro do focinho molhado de Inca do vestido de três mil libras.

— Foi muito gentil da sua parte se arrumar tão lindamente, Polly, mas nós somos totalmente informais aqui — disse o duque, que estava vestindo uma camisa azul, uma calça vermelha de moletom e pantufas de veludo. — Ian, o que tem para o jantar?

— Acho que o chef está fazendo suflê de cogumelo com perdiz assada, e *syllabub* de ruibarbo de sobremesa, Sua Graça. E também temos queijos, se quiserem.

— Sim, tudo o que precisamos é de um pouco de queijo — disse o duque em tom grave.

— Bem, se me permitem — comunicou a duquesa —, vou subir, trocar de roupa e sair. Portanto, creio que não iremos jantar juntas, Polly, mas meu marido e as crianças cuidarão de você.

Ela olhou para o duque e saiu da sala, batendo a porta ao passar.

— Quer um drinque, Polly? — perguntou o duque. — Vou beber mais um. Algo forte, acho. Que se danem os médicos.

*

Depois do clima de guerra do início, o jantar foi quase decepcionante de tão tranquilo. Jasper, o duque, Violet e eu nos sentamos na ponta de uma mesa imensa de mogno na sala de jantar. A luz vinha de diversos candelabros de prata, dançando nas paredes verde-escuras, e um urso polar embalsamado de dois metros e meio fazia uma sombra enorme na sala na outra ponta da mesa. Era do avô dele, o duque me contou, um dos quarenta e seis ursos polares que ele havia trazido como troféu das suas expedições de caça no Ártico em 1906.

Não houve nenhum grito. Nada da duquesa. Violet (vestindo calça jeans e camiseta) falou sobre seus cavalos, o duque falou sobre os animais que havia matado, Jasper (de calça jeans e camisa polo azul), silenciosamente, deu alguns pedaços de perdiz para Bovril. Eu me senti completamente inadequada por estar vestida como se fosse para um cabaré, mas tirei o sapato debaixo da mesa. Esfreguei meus pés um no outro enquanto o duque me fazia perguntas sobre Londres.

— Tem gente demais em Londres — disse ele, limpando a boca com seu guardanapo ao final do jantar e levantando-se.

E então, ele anunciou que precisava levar Inca para passear, e Violet disse que queria tomar banho. O que deixou Jasper e eu sentados numa ponta da mesa, com velas ainda acesas, e Ian cantarolando enquanto recolhia tigelas e guardanapos sujos.

— Outra garrafa? — perguntou Ian.

— Creio que sim, não acha? — respondeu Jasper, empurrando sua cadeira para trás e esticando as pernas para a frente. — Está bem, Polly, vamos resolver logo isso.

— Resolver logo o quê?

— A entrevista, nossa pequena conversa. O que você quer saber sobre mim e esse manicômio?

— Ah, entendi. Está bem. Por que você chama de manicômio?

— Do que mais você chamaria? Meu pai é um homem vitoriano cujo maior desejo é que tivesse lutado na Guerra dos Bôeres. Minha mãe é mais feliz zanzando no galinheiro com seu amigo, o guarda-costas.

— Ah. Então, isso é... — Jasper ergueu a sobrancelha para mim. — Sabido...?

— Sim, notícia bastante velha. A vila inteira sabe disso. Ficam indo e voltando há anos. Desde quando eu era pequeno. Eu não me importo, mas acho que Violet provavelmente se incomoda. Então, em vez de pensar nisso, ela pensa em cavalos da hora que acorda a hora que vai dormir.

Peguei meu telefone do bolso e sacudi na direção dele.

— Um instante. Posso gravar essa conversa?

Ele sorriu para mim.

— Ah, minha inquisidora! Não sabia que estava dando uma entrevista para o *Newsnight*.

— Você não está. Mas eu meio que preciso gravar. Posso?

— Claro que sim. Vou dizer muitas coisas incrivelmente inteligentes.

— Veremos — brinquei, mexendo no telefone para ter certeza de que estava gravando. — E você?

— O que quer dizer com "E você"?

— Você é maluco como todo mundo?

— Não — respondeu ele. — Sou o mais são de toda a trupe.

Ele sorriu novamente e jogou o cabelo para o lado, tirando-o dos olhos.

— E seu término? E aquelas fotos?

— Que fotos?

— As que saíram no jornal.

Ele olhou dentro dos meus olhos. Era perturbador, como se conseguisse enxergar diretamente dentro do meu cérebro. Uma espécie de Paul McKenna da realeza.

— Não quero falar de Caz — retrucou ele. — Ela é uma garota adorável. Só não deu certo. Ou então eu não sou o cara certo... — disse ele, e desconversou. — E essas fotos... Tudo bem, em certo momento, eu me comportei mal e deixei um pouco de raiva escapar. Saí e me comportei como um idiota. Mas não acho que ser fotografado tropeçando na saída de uma boate seja a pior coisa do mundo. — Ele se aproximou, ajeitando-se na cadeira e ainda olhando no fundo dos meus olhos, e completou: — Perdão, Polly, eu cometi um pecado.

Tive um ataque de riso.

— Bela tentativa, mas você não vai conseguir se safar dessa com charme.

Ele recostou de volta, pegou a garrafa de vinho e encheu nossas taças.

— Está bem, vá em frente. Pergunte o que quiser.

Ergui a sobrancelha para ele.

— Estou tentando desvendar você.

— Isso não é uma pergunta.

— Só estou tentando entender se as brincadeiras são uma barreira.

— Uma barreira?

— Uma máscara. Se estão encobrindo algo mais sério. Você faz muitas brincadeiras.

— O que você esperava?

Eu franzi a testa.

— Não sei. Que você ficasse mais desconfiado, mais na defensiva.

— Você achou que eu seria um cretino ignorante que não sabe nem soletrar o próprio nome?

— É, talvez, um pouquinho. Quer dizer, como alguns dos seus amigos na hora do almoço, por exemplo.

Eu estava pensando em Barny.

— Sim. A maioria deles é péssima, certo? Mas... — disse ele, dando de ombros —, ainda assim são meus amigos, nós nos conhecemos desde o colégio. E eles não têm a intenção de ser tão imbecis. Simplesmente nasceram assim.

— E você não?

— Não. Eu sou diferente.

Jasper sorriu.

— Diferente como?

— Está bem. Sei que tem todo esse... — Ele lançou o braço para a frente e apontou para a sala. — Mas, às vezes, eu só quero algo normal. Uma família normal, que não queira se matar o tempo todo. Um emprego normal em Londres. Uma namorada normal, para ser sincero, que não se pareça com um cavalo e fale de cavalos e queira se casar comigo para morar num castelo e ter mais cavalos.

— Ah, então você quer uma namorada? — Senti que esse era o momento de pressioná-lo mais um pouco, tentar alfinetá-lo. — Acha que chegou a hora de uma relação de verdade?

Ele olhou para mim de novo, sério.

— Quem está perguntando?

— Eu estou perguntando.

Era complicado perguntar para alguém sobre seus sentimentos mais pessoais. Mas Peregrine queria frases sobre a vida amorosa de Jasper ditas por ele, então eu precisava fazê-lo falar. Eu precisava de um pouco de sensibilidade do homem mais cobiçado do país, uma rachadura em sua armadura de virilidade.

— Então tá, você está solteiro de novo, e sei que não quer falar sobre lady Caroline... Caz... mas qual é o problema com todas as mulheres?

Sua taça de vinho congelou no ar, antes que ele a colocasse de volta à mesa.

— Polly, não acredito. "Com todas as mulheres"? Quem te falou isso?

— Sei que você já namorou Lala, por um período curto, e sei de mais algumas outras. E os rumores sobre você e a princesa dinamarquesa no ano passado, por exemplo?

Jasper fez cara feia.

— Clara. Jantei com ela uma vez e foi só. Um senso de humor terrível. Ela não riu de nenhuma das minhas piadas.

— Tá certo. E as suas fotos com a lady Gwendolyn Sponge?

— Nada de mais. Nossos pais são amigos de longa data.

— Quem foi a mulher que você levou para esquiar no ano passado?

Ele franziu a testa para mim.

— Vocês foram fotografados rindo num teleférico juntos — adicionei.

A expressão dele mudou.

— Ah, Ophelia. Sim. Ela é um amor. Mas tão inteligente quanto Bovril. Debaixo da mesa, Bovril mexeu o rabo ao ouvir seu nome.

— Tá bem. Mas imagino que haja… muitas mais.

Ele respirou fundo.

— Muitas mais. Sinceramente, quem inventa esses absurdos?

— Então, é tudo mentira? Todas essas histórias sobre o lendário Jasper Milton são absurdos?

— Minha Pequena Inquisidora, você está me provocando. E afinal, por que minha vida pessoal importa tanto para você? — perguntou ele, olhando para mim com a expressão firme. — Por que você está vermelha?

Coloquei a mão na bochecha.

— Deve ser o vinho.

— Ah. Pensei que poderia ser porque eu estou flertando com você.

— É assim que você flerta? Estou impressionada que você consiga levar alguém para a cama desse jeito.

Ele riu.

— *Touché.*

Jasper jogou o cabelo para o lado, tirando-o dos olhos, mais uma vez. E por um segundo, literalmente um segundo, juro, imaginei como seria ir para a cama com ele e deslizar meus dedos em seu cabelo. Mas pensei em Lala e disse a mim mesma para tomar um gole de água. Eu não podia sair por aí fantasiando com meus entrevistados. Kate Adie jamais faria isso. Tentei voltar ao assunto.

— Mas você acha que vai aquietar em algum momento? Encontrar uma pessoa? Casar, ter filhos, fazer isso tudo?

Ele respirou fundo de novo e recostou na cadeira.

63

— Talvez. Não sei. Como uma pessoa sabe isso? Você sabe?

— Isso não é sobre mim.

— Viu? Você também não sabe. Não é assim tão fácil, não acha?

— O que não é fácil?

— Relacionamentos, vida, envelhecer e perceber que as coisas são mais complicadas do que você supunha.

— Você se acha injustiçado?

— Não — respondeu ele, balançando a cabeça. — Não é isso o que estou dizendo. Na grande loteria da vida, como meu pai gosta de dizer, sei que eu me saí muito bem. Mas quer saber? Talvez, às vezes, eu não queira assumir esse papel. Não quero que me digam quanta sorte tenho porque posso dedicar minha vida toda a um castelo extravagante e a um patrimônio que requer atenção constante, e não quero aparecer no jornal saindo bêbado de uma boate. Mas isso não significa que eu saiba o que quero de fato.

Fiquei em silêncio e olhei para uma pintura da sexta duquesa de Montgomery, uma mulher gorda e pálida, num vestido verde, olhando com indiferença para nós da parede. Olhei da pintura para Jasper, que de repente sorriu para mim.

— Qual é a graça?

— Ah, não sei. Eu, sentado aqui, falando com você sobre o quão terrivelmente difícil é minha vida. Vamos beber mais vinho, e você segue me fazendo suas perguntas inteligentes — disse ele, pegando a garrafa e enchendo nossas taças outra vez.

— Você fica incomodado com o que as pessoas dizem? Com o que os jornais dizem?

— Seria mentira se dissesse que não. Às vezes, fico. Mas depois lembro que eles não sabem a história de verdade.

— Que seria…?

— Ah, suponho que é o fato de sermos um monte de desajustados disfuncionais tentando se virar, como todo mundo. Só que… nessa casa enorme. Mas você não pode escrever isso — disse ele, inclinando a cabeça na direção do meu telefone, ainda gravando em cima da mesa. — Eu vou me encrencar. Mais encrenca. "Pobre garotinho rico", todo mundo vai dizer.

— Mas é um belo argumento de defesa — falei, sorrindo para ele.

Eu não podia levar a história triste dele tão a sério, mas ainda assim sentia um pouco de empatia. Bem pouquinho.

— Não — retrucou ele. — Desculpe. Você não pode usar. Isso foi só para você entender. Mais ninguém. E você?

— O que quer dizer?

— Qual é a sua história? Por que você está aqui me entrevistando?

Eu me senti constrangida.

— É... não é uma história muito empolgante. Cresci em Surrey e, quando meu pai morreu, minha mãe e eu nos mudamos para Battersea, onde ela mora desde então. Eu gostava das aulas de gramática na escola, então meu professor disse que eu deveria pensar em ser jornalista. Mas acho que ele quis dizer política e notícias do mundo, não castelos e labradores. Sem ofensa.

— Não fiquei ofendido.

— Mas está bom por enquanto.

Ele assentiu em silêncio.

— Você tem namorado?

— Eu que deveria fazer as perguntas.

— Você está fazendo. Só estou sendo enxerido.

— Por acaso, não. Não tenho. Sou um pouco como você, acho. Relacionamentos não são o meu forte.

— Que bom — disse ele. — Não consigo imaginar você com um Ed ou um James, morando num apartamentinho horroroso em Wandsworth.

— Ah, entendi. Não é um homem do povo. Você é metido?

— Estou brincando. Os meus amigos mais próximos se chamam Ed e James. Mas vamos lá, Polly, você precisa andar logo com isso ou nós não vamos chegar a lugar algum. Se vamos nos casar um dia, você precisa parar de ser tão séria.

— Você é ridículo — falei, mas ri.

Não consegui evitar. Claramente, ele era o tipo de homem que nossa mãe nos avisa para ter cuidado, mas também era muito charmoso. Mais charmoso do que eu havia achado mais cedo naquele dia. Mais charmoso do que os jornais diziam. Ou, quem sabe, fosse o vinho...

— Por que não deveríamos nos casar? Acho você extremamente doce. E engraçada. E você obviamente não sabe nada sobre cavalos, o que é um bônus.

E então, ele se inclinou para a frente e me beijou. Rápido. Seus lábios encostaram nos meus por uns dois ou três segundos, no máximo, e eu puxei minha cabeça para trás. Reflexos lentos, admito. Mas, em minha defesa, eu estava muito bêbada.

— Nem pense nisso — falei com minha voz mais mandona, me afastando.

— Não?

— Não. Isso aqui é trabalho. Para mim, pelo menos. E logo quando eu estava começando a gostar de você.

— Eu estraguei tudo? — perguntou ele, ainda inclinado para a frente, ainda sorrindo para mim.

Eu ignorei a pergunta.

— Suas técnicas de sedução podem ter funcionado com Lala, mas não comigo.

Ele respirou fundo e recostou na cadeira.

— Ah, minha boa e velha Lala. Como ela está?

— Ela está muito bem. É... mais ou menos. Você conhece Lala.

— Eu gostei dela de verdade — afirmou ele, olhando para a mesa, como se estivesse em transe. — Só não era o momento certo... Ou foi outra coisa. Não sei... Mas você não vai escrever sobre mim e ela, certo?

— Você e Lala? Não. Não se preocupe.

— Que bom. Eu não ligo que escrevam um monte de coisas sobre mim, mas não quero causar problemas para ninguém. Quer dizer, eu faço por merecer, sei disso. Mas as outras pessoas não.

Ele apoiou sua taça de vinho e eu tentei pensar em algo para dizer, mas não consegui. Então, ficamos sentados em silêncio por um momento, enquanto antepassados de peruca olhavam de cara feia para nós das paredes. O clima da conversa tinha mudado, mas eu não tinha certeza do porquê.

— Acho que é hora de dormir — disse ele depois de um tempo. — Vou mostrar o caminho até o seu quarto.

Eu o segui em silêncio pelo corredor longo e pelas escadas. Estava me sentindo desconfortável com as coisas. Com o dia todo. A família inteira deveria estar num manicômio. Eu sabia que Peregrine esperava que minha matéria retratasse a família radiante, falasse do quão íntegros todos eram. Passasse um batom na vida no castelo e fosse lisonjeira com o duque e a duquesa. Mas a verdade é que todos eles pareciam um pouco perdidos. Presos. Embora, após conhecer Jasper, eu pudesse ao menos escrever sobre o quão inseguro ele era na vida real, o oposto à forma com que os jornais o retratavam. Eu certamente poderia fazer isso, pensei, enquanto tentava alcançar o zíper das costas do meu vestido. Meus Deus, eu demoraria umas cinco horas para sair de dentro dessa roupa.

Capítulo 4

—Conseguiu aproveitar? — perguntou o taxista quando entrei em seu carro na manhã seguinte, bem cedo.

Eu tinha procurado seu cartão depois de decidir sair à francesa, antes do café da manhã, para que não vivesse mais nenhum constrangimento acompanhado de bacon e ovos. Eu não queria falar com ninguém, pois estava com aquele tipo de ressaca que achava que fosse morrer.

— Mais ou menos — respondi, fechando os olhos.

— Conversou com o duque?

— Um pouco — respondi, ainda de olhos fechados.

— E com a duquesa?

— Conversei mais com ela, na verdade. — Eu tinha que acabar com essa conversa. Como poderia fazê-lo ficar quieto?

— Então, vai voltar para Londres?

— Vou.

— De volta para a Grande Fumaça. Não sei como você consegue. Gosto da vida mais calma.

— Mmm — respondi, quase convencida.

— Não consigo lidar com todo esse estresse de Londres, entende o que quero dizer? Pessoas correndo o tempo inteiro. E todo aquele barulho. Como você dorme à noite com aquele barulho? Aquele tanto de ônibus e carros. E gente.

— Consigo dormir em qualquer lugar — murmurei.

Como agora, pensei, *literalmente nesse exato segundo.*

— Não, não dá para mim. Sou mais feliz aqui. Só eu e minha Marjorie. Eu dirijo meu táxi, ela trabalha na biblioteca municipal. Ela ama morar aqui, de verdade. Diz que gosta da paz.

— Mmm. Posso imaginar.

— Eu mesmo não sou um grande leitor. Mas ela ama livros. Está sempre com a cabeça dentro de um livro, minha Marjorie.

— Mmm. Olhe, não quero ser indelicada, mas você se importa se eu dormir um pouquinho? Estou um pouco cansada.

— Não, não, você está certa. Tire um cochilo. Li uma reportagem outro dia sobre o sono. Como se chamava? "O Poder do Cochilo", acho. Era algo do tipo.

Tenho dificuldade para dormir. Você já teve? Não toda noite, mas às vezes. Minha cabeça bate no travesseiro e o cérebro continua ligado, sabe como é?

Eu não respondi. Meu cérebro parecia que ia sair pelo nariz. Eu estava preocupada se ia ou não contar para Lala sobre o beijo. Não que se possa chamar aquilo de beijo. Mas, mesmo assim, será que eu deveria mencionar?

Meia hora depois, cheguei na estação de trem, paguei o taxista mais falante de toda Yorkshire e me instalei no Vagão do Silêncio, abastecida para a viagem: um café com leite grande, uma coca diet, uma garrafa grande de água com gás, dois croissants e um pacote de batata chips de sal e vinagre.

"Senhoras e senhores, sejam bem-vindos a York. O destino deste trem é a estação King's Cross, em Londres, e ele para em todas as estações até Peterborough, onde haverá uma troca para o serviço de ônibus para..."

Puta merda. Peguei meu celular. Havia três e-mails de Peregrine perguntando como estava sendo o fim de semana, uma mensagem de texto da minha mãe dizendo que Jeremy Paxman tinha ido muito mal no programa *Celebrity Bake Off* ontem à noite e ela achava que ele seria eliminado, uma mensagem de Bill com um link para a crítica de um restaurante francês novo em Shepherd's Bush e uma mensagem de Lex pedindo para que eu ligasse para ela "imediatamente". É provável que fosse algum tipo de história sexual sórdida. Estrangulada com macarrão de abobrinha. Palmadas na bunda com uma espátula. Esse tipo de coisa. Ela podia esperar. Eu não tinha forças para essa conversa, e, de toda forma, eu estava no Vagão do Silêncio. Peguei no sono antes de dar sequer um único gole no café.

*

Veio um cheiro ruim do apartamento quando abri a porta. O tipo de odor reconhecível para quem já adentrou o quarto de um garoto adolescente. Um cheiro de mofo e urina. Na sala, Joe estava deitado no sofá de cueca e camiseta, assistindo *Antiques Roadshow*, com pacotes de batata chips vazios espalhados ao redor dele. Uma garrafa grande de Gatorade estava apoiada em sua barriga, como um montinho de pedras no topo de uma montanha.

— Meu anjo está em casa! — disse ele, girando a cabeça em direção à porta.

— Não estou me sentindo muito angelical, já aviso logo.

— Ah, querida. A entrevista não foi boa?

— Foi... é... como foi a entrevista? — Larguei minha mala na mesa da cozinha e me joguei no sofá na frente dele. — Para início de conversa, eu provavelmente não deveria ter beijado meu entrevistado.

— Você não fez isso!?

— Não exatamente. Ele tentou, mas eu disse que não.

— Pols! Mas por quê? Isso não tem nada a ver com você.

— Eu sei, eu sei. Mas eu estava tentando ser profissional. Ou algo assim.

— Você gostou dele?

— Não. Ele não é o meu tipo. Ele é gostoso, mas de um jeito muito óbvio. Alto. Louro, meio... atlético, sabe. Blá-blá-blá.

Joe fechou os olhos.

— Esses são os *piores*. Os que são obviamente gostosos.

— Não seja cruel, estou sem forças. Quase morri de ressaca no trem.

— Aqui, toma um pouquinho de Gatorade. E depois senta aí e me conta tudo.

— Não, não, eu vou nessa. Acho que preciso de um banho quente e cama.

Joe respirou fundo e virou sua cabeça de volta para a televisão.

— Você é muito chata. Eu te conto tudo.

— Até demais, às vezes, eu diria. E o que você fez no fim de semana? Além de marinar no sofá.

— Ah, nada de mais. Saí com um monte de gays ontem à noite no Soho. Fiquei completamente bêbado e terminei a noite no Mr. Wong's comendo frango agridoce.

— Transou com alguém?

— Não. Fim de semana no zero a zero para mim. É por isso que estou buscando consolo nas batatinhas. Mas estou muito feliz que você tenha tido um pouco mais de romance do que eu, minha querida. Estava começando a me preocupar que você estivesse ficando enferrujada.

— Não tive romance nenhum, mas fico feliz em saber que você tem uma compreensão tão clara de como a anatomia feminina funciona.

— Mas não é isso? Ah, Pols, Fiona Bruce é a única mulher que existe para mim. Olhe para ela, sendo legal com aquele homenzinho, elogiando seu relógio horroroso.

— Acho que vou abandonar você aqui, ok? Vou tomar banho e seguir imediatamente para a cama, para encarar você-sabe-quem amanhã.

— Seu namorado novo?

— Quem é meu... Ah... Não, Peregrine.

— Você ligou para sua mãe?

Joe e eu tínhamos um pacto que todo domingo à noite ligávamos para os nossos pais.

— Merda. A Lex me mandou mensagem pedindo para ligar para ela também. Ai, meu Deus, eu não estou a fim. Vai ser muito horrível se eu as ignorar?

— Manda uma mensagem, assim sua mãe não vai se preocupar e os outros vão saber que você está viva.

— Ok, obrigada, papai.

— De nada. Agora vá para o seu quarto. Você foi uma garota muito malvada.

Mandei uma mensagem de texto para minha mãe quando deitei na cama.

Acabei de chegar em casa. Vou dormir. Te ligo amanhã para fofocarmos, tá? Bjs

Depois, escrevi para Lex.

Acabei de chegar. Vou dormir. Longa história. Te ligo amanhã. Você está bem ou com algum tipo de machucado sexual? Bjs

Um pequeno detalhe: é claro que troquei as mensagens. Minha mãe respondeu:

Querida, eu deveria estar com algum tipo de machucado sexual? Que bom que chegou em casa. Falamos amanhã. Bj

*

Fui para o escritório na manhã seguinte sentindo-me como um soldado fraco da Primeira Guerra Mundial na manhã da batalha de Somme. Pedi um café americano extraforte no Pret. Seria Um Daqueles Dias.

Na minha lista de afazeres:

1) *Escrever 2.500 palavras sobre o Marquês de Milton, do jeito que Peregrine gostaria, revelando o Jasper "de verdade", o rapaz charmoso, amante da natureza e íntegro que seria o décimo quarto duque.*
2) *Ligar para Lex, que tinha me mandado uma mensagem ontem à noite — extremamente dramática — para dizer que, se eu não ligasse para ela hoje de manhã, ela lançaria uma maldição em mim.*
3) *Ligar para minha mãe para falar sobre Bertie, Jeremy Paxman e a consulta no hospital.*
4) *Escrever para Bill.*
5) *Decidir o que falar para Lala sobre Jasper.*

Meu celular vibrou na minha mesa e eu dei um pulo. Era uma mensagem. De um número desconhecido.

Espero que você tenha chegado inteira em seu apartamentinho horroroso. Estou curioso sobre o que vai escrever. Jantamos essa semana? J

Olhei, em choque, para a tela durante alguns segundos. J de Jasper? Jasper tinha me mandado uma mensagem. Escrevi de volta para ele.

Como você conseguiu meu telefone, seu esquisito?

Tenho meus segredos. Jantar na sexta?

Já terei terminado a matéria até sexta

Está bem. Podemos conversar sobre ela no jantar. O italiano, na Kensington Park Road, às 20h, está bom para você?

— Bom dia, Polly.

Pulei na cadeira novamente quando a porta da sala se abriu e deixei o telefone cair. Era Peregrine.

— Bom dia.

— Como foi lá? O que conseguiu? — perguntou ele.

— Foi... é... eu consegui... foi...

— Ah, vamos lá, Polly. Você é jornalista, use as palavras. O que ele disse?

— Várias coisas. Muita pressão, ele se estressa de vez em quando, sabe quem vendeu as fotos para o jornal, a vida da família é um pouco complicada e tal. Vai dar uma boa reportagem.

— Que bom. Consegue me entregar hoje à tarde? Até às cinco horas?

— Acho que sim. Deve dar tempo.

— Ótimo. — Ele fez uma pausa na porta da sua sala e apertou os olhos na minha direção. — Você está bem? Está com uma cara horrível.

— Ah, não. Não, estou bem, obrigada. Devo ter pegado uma gripe de passar o dia do lado de fora ou algo assim.

— Bem, nesse caso, tome um remédio e mãos à obra. Duas mil e quinhentas palavras. Minha mesa. Fim da tarde.

Foi por isso que não tive tempo de ligar para Lex nem para minha mãe naquela manhã. Apesar de não precisar me preocupar com Lala que, aparentemente, estava doente e não tinha ido trabalhar.

Desculpa, Pols, acho que estou com intoxicação alimentar e não vou trabalhar hoje. Como foi a entrevista? Bjs

Lala parecia ser incrivelmente azarada com intoxicação alimentar às segundas-feiras, mas pelo menos eu tinha um dia a mais para pensar no que diria a ela sobre Jasper, pois tinha concordado em jantar com ele.

Te conto amanhã. Vai dormir, sua tonta. Bj

*

Precisei de cinco xícaras de café e incalculáveis calorias, mas às cinco da tarde eu havia escrito duas mil e quinhentas palavras perfeitamente organizadas sobre Jasper e sua família — a versão censurada. Segundo minha matéria, eles eram excêntricos — naturalmente —, mas as pessoas não preferiam os aristocratas assim? Não havia sentido em existir um duque que passava a vida como um monótono professor de geografia. Quanto a Jasper, ele era charmoso e, sim, um homem assumidamente bonito que amava seu labrador e preferia esquecer a pressão de herdar um pedaço tão grande de terra.

Supondo-se que ele herdaria quinhentos milhões de libras, achei uma quantia absurdamente generosa, mas essa era uma matéria para a revista *Posh!*, e não para o jornal *Guardian*, e nossos leitores iriam assentir e simpatizar com ele do alto de seus próprios castelos. A duquesa, escrevi com cuidado, estava em ótima forma e tratava os funcionários do castelo de maneira "amigável". E Violet era uma menina doce e quieta, que geralmente preferia seu pônei às pessoas. Escrevi: "Por sorte, o castelo é supervisionado por Ian, o mordomo, uma espécie de Jeeves moderno, que caminha silenciosamente pelos corredores carregando peças de roupa essenciais, garrafas de vinho tinto e o eventual cão perdido. Se você pedir, ele também faz um excelente *hot toddy*.

— Ótimo — disse Peregrine, andando em direção à minha mesa, com a matéria nas mãos. — Só alguns ajustes. Então, você gostou dele?

— De quem?

— De Jasper. Você foi muito gentil com ele.

— Ah, sei. É… sim, gostei dele. Ele é… divertido.

— Mmm. Pode dar uma olhada nos meus comentários? Acho que pode acrescentar só mais algumas linhas sobre a família como um todo. Nunca é demais sermos legais com eles, é bom mantê-los do nosso lado. Depois, pode seguir adiante. E peça fotos ao departamento de arte.

— Claro.

— Vamos mantê-los do nosso lado.

Sinceramente, eu não poderia ter sido mais legal com essa família louca, confusa e amante de guarda-costas.

*

— Fiz uma massa com legumes congelados. Espero que goste — disse minha mãe quando cheguei para jantar em sua casa naquela noite.

— Que delícia! Como foi seu dia?

— Ah, foi bom. Teve uma mulher chata que passou quatro horas decidindo que cor deveria colocar nas cortinas do quarto, mas, tirando isso, o dia foi tranquilo. Como foi o seu? Como ficou a matéria, afinal?

— Deu tudo certo. Tive que ser um pouco cuidadosa com ela.

— Por quê?

— Ah, porque a família toda é completamente maluca, mas não posso escrever isso. E o pobre do Jasper...

— Quem é Jasper?

— O filho.

— Ele não pode ser tão pobre se é filho de um duque.

— Bem, não, ele não é pobre. Só quis dizer que tem pais que vivem em guerra, então ele vagueia por aquele castelo sozinho, tentando evitá-los.

— Por que ele não arruma um emprego?

— Ele meio que tem um emprego. Está aprendendo a administrar os bens.

— Ele é bonito?

— É... um pouco.

— Um pouco?

— Ele é alto, louro e muito charmoso. Meio que tentou me beijar, despretensiosamente.

Eu não tinha segredos com minha mãe. E vice-versa.

— Querida! Que emocionante! Mas o que significa "meio que"?

— Ele tentou me beijar, mas eu não deixei. Pareceu... pouco profissional.

— Ah, vocês, meninas de hoje, e todo o seu profissionalismo — disse minha mãe, resmungando em frente à geladeira. — Onde está aquele queijo? Sei que está escondido aqui em algum lugar. Ah, achei, debaixo do patê de peixe.

Ela pegou um pedaço pequeno e um pouco seco de cheddar.

— Tente ser um pouco romântica às vezes, Polly, meu amor.

— Aham, vou tentar.

Dei uma olhada para dentro da panela no fogão. Era um molho marrom indefinido.

— Você acha que vai vê-lo de novo? — perguntou minha mãe em sua voz "casual".

— Bem, por acaso, sra. Bennet, vou jantar com ele na sexta. Ele disse que é para conversar sobre a reportagem.

— Um encontro! Que boa notícia! — Exclamou ela, antes de olhar para mim, estreitando os olhos. — O que você vai vestir?

— Não faço ideia.

— E você vai pentear seu cabelo?

— Sim.

— Além disso, você vai mesmo poder ir comigo na consulta sexta-feira? Às quatro e quinze no St. Thomas?

— Sim, é claro.

— Tem certeza? Eu posso ir sozinha. Se você precisar se arrumar para o seu jantar, sabe…

— Não, não, é claro que vou com você. Já avisei Peregrine.

— Acho que não deve demorar muito. Uma hora e pouco, talvez. Deve dar tempo de você chegar em casa e lavar seu cabelo.

— Ufa. Graças a Deus.

— Não seja sarcástica, Polly. Homens não gostam de sarcasmo.

*

Foi só quando eu estava no ônibus, voltando para casa, que me lembrei que tinha que ligar para Lex.

— Finalmente! Onde você esteve durante toda minha vida? — disse ela, implicante.

— Desculpe, desculpe, desculpe. Tive alguns dias doidos, e agora estou voltando de um jantar na casa da minha mãe. O que aconteceu?

— Só queria saber se você está livre na sexta à noite para a nossa festa de noivado.

— Ah, entendi — falei. — Que legal! E sim, claro.

E, então, lembrei do jantar com Jasper.

— Ah, é… Na verdade, merda, não. Desculpe, meu bem. Eu aceitei jantar com… uma pessoa na sexta.

— Com quem? — perguntou Lex, soando indignada.

— Com o cara que entrevistei no fim de semana. Jasper Milton.

— Tipo um encontro?

— Não. Tipo um jantar.

— Desconfio que um jantar na sexta à noite soe como um encontro.

— Sinceramente, não é. Acho que ele só quer se certificar de que eu disse coisas legais sobre ele.

— Ok. Você pode vir tomar um drinque antes do seu jantar que não é um encontro? Uma taça de espumante?

— Sim, provavelmente. Onde vai ser?

— Portobello Road.

— Ok, perfeito. Devo ir, sim.

Após desligarmos, pensei novamente se Lex estava fazendo a coisa certa ou se só estava envolvida com as futilidades de um casamento. O anel, a festa de noivado, o vestido. Tudo parecia tão fútil que eu estava preocupada se ela havia esquecido do principal do matrimônio.

*

Encontrei minha mãe na sexta-feira às quatro. Eu a vi de longe, sentada em um banco do lado de fora da entrada principal do hospital, encolhida em seu casaco vermelho, e senti uma pontada de tristeza. Ela parecia totalmente sozinha. Vulnerável. Não era sempre que eu desejava que meu pai ainda estivesse vivo, porque eu não conseguia me lembrar muito dele. Lembrava apenas de sentar ao seu lado no carro, ouvindo Dire Straits, enquanto ele tamborilava os dedos no volante, e das suas botas de jardinagem cheias de terra na porta da cozinha. Às vezes, eu me sentia culpada por não lembrar de mais coisas. Mas quando me adaptei à escola em Battersea e minha mãe conseguiu um emprego na loja, nossa vida em Londres tornou-se tão radicalmente diferente da vida no bairro calmo em Surrey que esqueci quase tudo. Talvez fosse um mecanismo de defesa. Um psicólogo caro poderia assentir e dizer que tirei tudo da minha cabeça deliberadamente. Vai saber. Não era sempre que isso me incomodava. Mas naquele momento, do lado de fora do hospital, eu desejei que meu pai estivesse aqui.

Minha mãe soou bem menos vulnerável quando cheguei ao banco onde ela estava.

— Olhe todas essas pessoas fumando, gente. Que desgraça! — exclamou ela em voz alta, gesticulando com o braço.

— Shhh, mãe. Elas vão ouvir. — Inclinei-me para beijá-la. — Não ligue para eles. Para que ala nós vamos?

— Só um instante — disse ela, e então vasculhou sua bolsa e puxou o papel. — Ala Bill Browning.

Nós entramos pela entrada principal, descemos a escada, pegamos um elevador, passamos por corredores com fotos de enfermeiras sorridentes e pôsteres sobre lavar as mãos, até que chegamos a uma porta que dava na ala.

— Olá, posso ajudá-las? — perguntou uma recepcionista, sem tirar os olhos do computador.

— Sim. Meu nome é Susan Spencer e estou aqui para fazer uma ressonância magnética. Estamos um pouco adiantadas, porque o exame está marcado para as quatro e quinze. Tem problema? Termos chegado mais cedo?

Minha mãe estava nervosa. A recepcionista não olhou para nós.

— A carta, por favor.

Sorri para minha mãe, o que esperava ser um sorriso reconfortante, e observei as outras pessoas na sala de espera. Era uma tarde típica, grupos de pessoas, a maioria idosas, com cabelo grisalho e rosto pálido, sentadas com cara de tédio. Parecia que a morte seria até uma distração bem-vinda.

— Certo, sra. Spencer. Vou chamar o responsável e seguiremos daqui. Está bem? — perguntou a recepcionista, aumentando a voz no fim da frase, como se estivesse falando com uma criança.

— Vamos sentar, mãe?

— Sim, vamos. Espero que Bertie esteja bem sem mim lá na loja — disse ela, olhando para o relógio.

— Ele está ótimo. É a última coisa com que você precisa se preocupar.

— Eu sei, eu sei.

Ela estava torcendo um lenço entre os dedos. Mudei de assunto.

— Quais são seus planos para o fim de semana?

— Ah, nada de mais. Acho que vou trabalhar na loja amanhã. E pensei em ir à igreja no domingo.

— À igreja?

— Sim. Aquela na Battersea Park Road. Aparentemente, há um pároco discreto e antigo lá. Não obriga as pessoas a se beijarem depois das preces. Não suporto quando tem que fazer isso.

— Ah, legal. Não é porque você…

Interrompi minha fala. Pelo que me lembrava, a última vez que minha mãe tinha ido à igreja foi quando meu pai morreu.

— Achei que poderia ser algo tranquilizador — afirmou ela, ainda torcendo o lenço em seus dedos. — Só mesmo ir até lá, pensar nas coisas, rezar um pouco.

— Quer que eu vá com você?

Assim que falei, me arrependi. A ideia de ir até Battersea no domingo de manhã, sentar num banco duro, dentro de uma igreja fria, cercada de cristãos entusiasmados, não me preenchia com o Espírito Santo.

Mas era tarde demais, porque minha mãe olhou tão esperançosa que eu tive que aceitar.

— Ah, você iria? É porque não conheço ninguém que frequente essa igreja. Mas imagino que haja um café ou alguma coisinha depois.

— Talvez até um bolinho, se tivermos sorte. Claro que vou com você.

— Susan Spencer?

Um enfermeiro de macacão azul e sapato branco apareceu na sala de espera.

— Oi — respondeu minha mãe, olhando para ele, surpresa. — É um homem — disse ela, cochichando para mim discretamente.

— Olá, eu sou Graham — apresentou-se o enfermeiro, estendendo a mão. — Serei seu enfermeiro hoje. Por favor, venha comigo para podermos nos livrar logo de toda a papelada chata.

— Olá, sou a filha dela — falei, rapidamente me intrometendo antes que minha mãe pudesse dizer algo ofensivo para Graham. — Eu me chamo Polly. Posso ir junto com vocês?

— Claro que sim. Quanto mais, melhor. Venham comigo.

Nós passamos pelas portas de mola atrás de Graham, descemos um longo corredor com roupas de cama listradas em um dos lados e entramos numa pequena sala. O sapato de Graham fazia barulho enquanto ele caminhava.

— Agora, vamos dar uma olhada nisso — disse ele, sentando-se e abrindo uma pasta azul em sua mesa. — Então, Susan, você veio fazer uma ressonância magnética hoje. Vou dar um robe para você vestir, e o exame não deve demorar muito. Assim que acabarmos de preencher esses formulários, você pode trocar de roupa. Estimamos que o processo todo deva levar cerca de uma hora. Agora, pode me confirmar que não está usando nada de metal?

Minha mãe balançou a cabeça.

— E você não comeu nem bebeu nada na última hora?

Ela balançou a cabeça de novo.

— Estou doida por uma xícara de chá.

— Ah, sinto muito. Tenho certeza disso — falou Graham, simpático.

Olhei para um pôster na parede atrás do computador, que dizia: ENFRENTE O CÂNCER. Uma família sorridente estava de mãos dadas; uma menininha loura no meio dos pais. Uma frase boba. É claro que se enfrenta o câncer. Ninguém convida o câncer. Ninguém diz: "Entre, câncer, deseja uma xícara de café?".

Graham separou cuidadosamente quatro blocos de papel na mesa em sua frente, de quatro cores diferentes.

— Disseram que, quando tivéssemos computadores, seria muito mais fácil, mas, sinceramente, olhe toda essa papelada! É trabalho dobrado. Meu Deus. Posso confirmar mais algumas informações?

Ele conferiu o endereço da minha mãe, data de nascimento, histórico médico.

— Você, Polly, é a responsável por ela hoje, certo?

— Acho que sim — respondi, sorrindo.

— Desculpe por termos tantas coisas para perguntar, mas é por segurança. Eu não faria esse trabalho se não fosse exatamente assim — disse Graham.

— Está certo — concordou minha mãe.

Eu assenti e tentei assumir a expressão de uma adulta responsável. Era estranho, como se nossos papéis tivessem sido trocados. Em que idade começamos a cuidar dos nossos pais, em vez do contrário? Precisei da minha mãe desde o segundo em que nasci, e ainda precisava dela, até hoje, quando tinha algum raro drama romântico ou cistite de vez em quando, ou quando Peregrine fazia algo enlouquecedor. Mas quando os pais começam a precisar mais de nós do que nós deles? Talvez fosse agora, pensei, nessa sala de hospital. Talvez fosse nesse exato segundo.

— Acho que isso é tudo — disse Graham, colocando os adesivos com o nome da minha mãe nas quatro pilhas de papel e virando-se para mim. — Polly, vou levar sua mãe até a enfermaria para trocar de roupa. Susan, quando estiver lá, o dr. Singh, radiologista, irá conduzi-la durante o exame.

Minha mãe fez que sim, e eu quis dizer algo reconfortante.

— Parece que estamos num episódio de *Grey's Anatomy* — falei.

— Você vai ficar bem na sala de espera, Polly? — perguntou Graham, depois de uma pequena pausa. — Ou temos uma cafeteria lá embaixo, se preferir.

— Não, está tudo bem. Não se preocupe comigo. Trouxe um livro, vou ficar só esperando. Você está bem, mãe?

— Sim, sim. Graham vai cuidar de mim.

— Vou mesmo.

Vi os dois caminharem pelo corredor, o sapato de Graham fazendo barulho no chão de linóleo.

Depois de voltar lá para baixo e passar por dezenas de corredores, tantos que parecia que eu estava dentro do filme *O iluminado*, encontrei uma cafeteria com uma fila enorme do lado de fora.

— Com licença, a senhora gostaria de um café? — perguntou a mulher atrás do balcão, quando cheguei lá na frente.

— Ah, desculpe. Minha cabeça estava a quilômetros de distância — falei. — Gostaria, sim. Um café americano com leite, por favor.

— Quer algo para comer?

— Não, obrigada. Tenho que entrar num vestido hoje à noite.

Não sei por que senti a necessidade de dividir isso com a moça da cafeteria. Quem sabe uma distração, para não pensar na minha mãe deitada lá em cima, fazendo sua ressonância.

As mesas aqui estavam tão depressivas quanto a sala de espera lá em cima. Pessoas idosas sentadas sozinhas, lendo jornal. E um homem na cadeira de rodas, com um tampão num olho, jogando cartas, solitário.

Sentei ali por cerca de uma hora, alternando entre ler um livro e ver fotos no Instagram. Lex tinha postado uma foto de suas unhas feitas. Ela escolheu um filtro que deixava seu anel de noivado excepcionalmente brilhante. "Me preparando para os drinques hoje à noite!", ela tinha escrito. Por que as pessoas agem como se tivessem sido lobotomizadas assim que ficam noivas? E então pensei no vestido que tinha resolvido usar à noite. Era um tomara-que-caia vermelho da Topshop, um pouco curto, mas achei que poderia usá-lo com meia-calça preta e sapato baixo. Ficava um pouco menos vulgar com sapato baixo. Meu telefone vibrou na minha mão meia hora depois. Era minha mãe.

Já acabei. Estou aqui na enfermaria tomando um chá. Bj

— Foi tranquilo, na verdade — disse ela, quando a encontrei lá em cima. — É um pouco assustador quando você entra no início, mas eles colocaram uma música calma enquanto eu estava deitada, e eu quase dormi.

— E eles disseram algo?

— Não, só que vou receber uma carta com o resultado.

Ouvi o sapato de Graham fazendo barulho em nossa direção e olhei para cima.

— Tudo certo, Susan? Que bom que conseguiu seu chá. Você deve receber outra carta ou uma ligação do seu clínico geral em mais ou menos uma semana, para conversar sobre o resultado. Agora, você está liberada.

— Maravilha. Muito obrigada.

— Não tem de quê. Só pegue leve por hoje. Polly, você vai ficar com sua mãe hoje?

— Não, não, ela tem um encontro! — exclamou minha mãe.

— Bem… — disse Graham, parecendo confuso. — Tenham um excelente fim de semana.

*

Levei minha mãe de volta para Battersea de Uber, ignorando sua insistência de que isso era um absurdo e que nós deveríamos pegar o ônibus 77. Coloquei a chaleira para ferver, corri na esquina para pegar Bertie na loja de cortinas e voltei para o apartamento dela.

— Vamos, Bertie, anda, faz logo esse xixi.

Bertie cheirou um poste e lentamente, como um idoso indo ao banheiro de madrugada, levantou a pata e fez xixi. Então subi com ele até a casa da minha mãe e deixei os dois sentados no sofá assistindo a um episódio de *Morse*.

Depois disso, peguei o ônibus para casa, pensando na minha lista de afazeres. Deveria me arrumar como se estivesse indo para um encontro, certo? Estar preparada e tudo mais. Não faz sentido algum sair para jantar com um homem peluda como uma criatura da floresta. Principalmente depois do desastre com Callum. *Callum!*, pensei quando entrei no banho. Merda, eu ainda não tinha contado nada sobre ele para Bill. Não que eu tivesse que fazer isso. Só achei que deveria. Talvez eu devesse fazer uma piada sobre isso hoje à noite, pensei enquanto pegava a gilete.

Raspei praticamente meu corpo inteiro, exceto o rosto; conferi a pinta debaixo do meu queixo e tirei o pelo preto grosso que saía dela como um pé de feijão de vez em quando; passei o hidratante corporal da Tom Ford para ocasiões especiais, que eu usava nos incríveis e raros momentos em que eu tirava minha roupa como parte de um trabalho em grupo, em vez de por conta própria; coloquei tanta maquiagem que parecia o Danny La Rue; entrei no pequeno vestido vermelho e caminhei até o bar da festa de Lex. *Não posso, de jeito nenhum, beber demais antes do jantar*, falei para mim mesma.

A festa de noivado era num bar chamado Bananas, na Portobello Road. Tinha que subir três andares de escada, o que me fez começar a suar dentro do vestido.

— Oi, querida — disse Lex quando cheguei, esbaforida, no bar.

— Oláááá, noiva mais linda! — falei. — E você! — acrescentei quando vi Hamish, de pé ao lado dela no bar. — Parabéns. Que notícia boa!

Eu provavelmente não ganharia um Oscar pela minha performance, mas serviria.

— Obrigado, Pols — respondeu ele. — Agora, pegue um drinque. Vamos ficar bêbados.

Hamish, um homem enorme como um totem, pegou uma taça de espumante de uma bandeja no bar.

— Vocês já falaram sobre possíveis datas?

— Já — respondeu Lex. — Estamos pensando no segundo fim de semana de julho. Em casa, toldo no jardim, essas coisas. Sei que está em cima da hora, mas não quero esperar até o verão do ano que vem.

— Você está desesperada para casar comigo, não está, querida? — brincou Hamish.

— Mas chega de falar de nós — afirmou Lex, ignorando-o. — Podemos falar sobre o seu encontro, por favor?

— Pegou um peixão, hein? — comentou Hamish. — Muito bem, Pols. Já faz… o quê? Alguns anos, não?

Dei um sorriso falso para ele.

— Não é um encontro. É um jantar. Um jantar de trabalho.

— Se não é um encontro, por que você está usando um vestido tão curto que dá para ver sua calcinha? — perguntou Lex.

— Eu sei — concordei. — Acha que está um pouco além da conta?

— Não. Você está maravilhosa. Ele vai querer deitar na mesa e transar com você antes de vocês se sentarem.

— Lex…

— E você colocou seu hidratante especial?

— Talvez.

— É definitivamente um encontro — concluiu ela.

Eu tinha esquecido que Lex sabia sobre meu hidratante especial.

— Desculpe por só poder ficar um pouquinho — falei, fazendo cara de culpada.

— Não seja boba. É seu primeiro encontro em décadas, vá se divertir.

— Quem vai vir hoje à noite? — perguntei, me preparando impedir que mais alguém falasse sobre minha vida amorosa como se fosse um fenômeno histórico raro.

— Várias pessoas. Umas quarenta. Pais, alguns colegas de trabalho, amigos da faculdade. O de sempre. E Bill vai trazer a namorada nova.

— Namorada?

— Sim, a que trabalha com design de interiores ou algo assim. Tem um nome engraçado.

— Aaaahhhh, sei, falamos dela há algumas semanas. Não sabia que eles já estavam se chamando de namorados.

Era irracional, mas fiquei com raiva por Lex saber disso antes de mim.

— Bem, deve ser algo especial, para ele trazê-la aqui hoje. Ah, meu amor, veja, são seus pais — disse Lex quando um casal de meia-idade apareceu na porta e olhou ao redor, nervoso. — Desculpe, amiga, você se importa se formos cumprimentá-los?

— Não, claro que não — falei. — A noite é de vocês.

Fiquei encostada no bar vendo se tinha alguém que eu conhecia, enquanto mais pessoas chegavam, homens dando abraços de urso uns nos outros, mulheres dando beijos no ar, gritando e trocando cartões. Em quantas festas de noivado eu já tinha ido em bares de Londres? Quinhentas milhões, talvez. Sorri para um garçom que se aproximava com uma bandeja de salgadinhos de salsicha.

— Sim, por favor — falei, ignorando os palitos e pegando o salgadinho com a mão.

E, então, eu o vi entrar. Callum. Fiquei tão surpresa que engoli meu salgadinho inteiro e olhei para ele no exato momento em que minha garganta contraiu. Coloquei a mão na frente da boca para impedir que a salsicha reaparecesse e voasse pelo bar, me virei para o bar e me inclinei para ter um acesso de tosse, o mais silencioso e discreto possível.

— Você está bem?

Ouvi a voz de Callum atrás de mim e, logo depois, uma mão nas minhas costas.

Eu engoli e me virei. Meus olhos estavam lacrimejando depois de engasgar. Um ótimo momento.

— Sim, desculpe, foi só…

— Uma reação alérgica ao me ver?

— Haha, acho que não. Aparentemente, não estou capacitada para engolir direito.

Sorri para ele e depois me senti incomodada por parecer tão amigável.

— Ah, é mesmo? — disse ele.

Fiquei vermelha.

— O que você está fazendo aqui?

Essa foi melhor, pensei. Fria e desapegada. Era o caminho que eu deveria seguir.

— Ah, muito obrigado — respondeu ele, inclinando-se atrás de mim e apoiando o braço no bar para pegar uma taça de espumante da bandeja. — Mais uma?

Ele apontou a cabeça na direção do meu copo vazio.

— Sim, por favor. Obrigada.

Por que ser inglês e educado torna IMPOSSÍVEL *ser distante?* Legs jamais teria esse problema, pensei. Ela seria simplesmente francesa e despreocupada.

Callum pegou minha taça vazia e me passou uma cheia.

— O que quero dizer é: de onde você conhece os dois? — continuei, tentando soar distante.

— Eu só conheço Hamish — respondeu ele.

— De onde?

— Do rugby.

— Aaaahh, entendi.

— E como você está? Na verdade… — disse ele, e balançou a cabeça. — Esquece. Posso começar de novo?

Franzi a testa para ele.

— Como assim?

— Eu agi muito mal naquele dia. Desculpe por ter sido um babaca.

Ele fez uma pausa, e houve um momento constrangedor em que eu não sabia o que dizer. Estava preocupada de estar com bafo de salsicha, e ele estava bem próximo a mim. E então, fomos interrompidos.

— Ela está aqui!

Vi Bill se aproximar com uma mulher loura atrás.

— Oi, cara. Desculpe, bafo de salsicha — falei, inclinando-me para cumprimentá-lo com um beijo.

— Meu preferido — retrucou Bill. — E essa é Willow — acrescentou ele, segurando a mão da menina loura.

— Muito prazer.

Eu me inclinei para dar um beijo em Willow, e ela estendeu a mão para mim, então, de um jeito esquisito, nós fizemos as duas coisas ao mesmo tempo. Ela, obviamente, não estava com cheiro de salsicha; tinha cabelo louro com cheiro de marshmallow.

— Oi — disse ela. — Billy me falou muito de você.

Billy?

— Oi, cara — disse Bill para Callum, apertando a mão dele. — Não sabia que você conhecia esse pessoal.

— Só Hamish, na verdade. Nós jogamos rugby no mesmo clube.

— Olá — disse Willow.

Ela sacudiu o cabelo em cima de Callum. Ah, não. Ela era do tipo que sacudia o cabelo.

— E então... — disse Bill. — Aqui estamos todos. Que boa notícia desses dois, não? — perguntou ele, e apontou a cabeça na direção de Lex e Hamish.

— Aham, talvez — murmurei.

Eu estava aliviada por ele parecer não ter reparado nada estranho entre mim e Callum. É claro que eu não poderia fazer nenhuma piada sobre ele agora, com Willow e Callum ao lado. Eu teria que guardar para outro dia.

— Ai, caramba, estamos nesse tipo de humor hoje?

Bill sabia o que eu pensava de Hamish, que eu não achava que ele era bom o suficiente para ela.

— Não, não — respondi, ciente de que Callum estava ouvindo. — É só... um pouquinho, só isso.

— Pols — repreendeu Bill.

83

— Tá bem, tá bem.

— E onde está Joe? — perguntou Bill.

— Tocando em algum show em Wigmore Hall.

Bill assentiu, e depois olhou para as minhas pernas.

— Por que você está usando um vestido tão curto?

— Vou jantar com uma pessoa.

— Aaahh. Um encontro? — perguntou Willow.

Foi um pouco irritante o jeito que ela disse "Aaahh". Um pouco condescendente. E jogou o cabelo de novo.

— Não. É só um cara que entrevistei na semana passada. Sou jornalista — expliquei.

— Ah, sim, Billy me contou. É alguém famoso?

— É… um pouco. Ele se chama Jasper. Jasper Milton.

— Ai meu Deus, é ele — disse Willow, com os olhos arregalados. — Eu o conheço. Quer dizer, não conheço. Mas sei de quem está falando. Uau! Que legal! Definitivamente, é um encontro. Mas, sem ofensas, ele normalmente não namora modelos?

Não fiquei ofendida, pensei. E então, assenti com a cabeça.

— Uau! — repetiu Willow, com os olhos esbugalhados.

— Nunca ouvi falar — afirmou Bill.

— Ah, Billy, como não? Ele vive no jornal — explicou Willow.

Billy. Nunca vi ninguém chamando ele desse jeito. Por que ele não pedia para ela parar?

— Não nos jornais que eu leio — retrucou Bill. — E por que você o entrevistou?

— Ele é filho de um duque. Portanto, perfeito para a baboseira da *Posh!* E estava no jornal outro dia. De novo. Saindo bêbado de uma boate.

— Mas se você já fez a entrevista, por que vai jantar com ele hoje?

— Deeeeus, desculpe. Não sabia que precisava da sua permissão e de uma carta da minha mãe para jantar com alguém.

Fomos interrompidos por um som de copos tilintando do outro lado do bar. Era Hamish, batendo em seu copo.

— Desculpe interromper a bebedeira de todos, mas acho que deveria dizer algumas palavras breves. Primeiro, agradecer meus pais pela festa de hoje, portanto, bebam bastante, porque é na conta do meu pai. — Ouvi comemorações de todos os lados. — Mas realmente quero agradecer a Lex. Porque sei que alguns de vocês acharam que tudo foi rápido demais. Mas eu sei que quero passar o resto da minha vida com ela. Simplesmente sei.

Portanto, levantem suas taças para brindar à minha futura esposa. Estou louco que chegue logo o mês de julho para que eu possa levá-la ao altar.

Mais comemoração.

Revirei os olhos e olhei para o meu celular.

— Bem, vou nessa. Tchau, pessoal.

Eu me agachei para pegar minha bolsa e joguei um beijo para eles, para que não precisasse passar por todo aquele ritual constrangedor de beijar pessoas para quem eu só tinha dito oi, tudo de novo. Eu ainda estava preocupada com o meu bafo de salsicha em cima de Callum. Precisava encontrar um chiclete velho perdido no fundo da bolsa.

— NÃO VAI PRA CAMA COM ELE NO PRIMEIRO ENCONTRO, POLS — gritou Bill do outro lado do bar.

O bar inteiro olhou para mim.

Capítulo 5

—Oi — disse Jasper, levantando da mesa para me cumprimentar com um beijo.

Eu me imaginei entrando no restaurante de um jeito calmo e talvez até sedutor, mas, obviamente, estava totalmente afobada.

— Oi, como você está? Onde posso colocar meu casaco? Ah, vou pendurar no encosto da...

— Madame, me permite pendurar seu casaco? — perguntou um garçom.

— Sim, por favor. Obrigada. — Tirei o casaco e, no mesmo instante, derrubei um copo inteiro de água na mesa com o cotovelo. — Ai, meu Deus, desculpe, desculpe.

Peguei meu guardanapo para secar a água e um garfo caiu e tilintou no chão. Percebi que as outras mesas fizeram uma pausa com seus talheres no ar e observaram. Enquanto isso, a água escorria como um pequeno riacho da mesa e começava a formar uma poça ao lado da minha cadeira.

— Madame, não se preocupe. Vou pegar uma toalha — disse o garçom — e um garfo limpo.

— Talvez a madame precise de uma bebida? — perguntou Jasper.

Ele se sentou de volta na cadeira da nossa mesa, discretamente colocada no canto do restaurante. Jasper parecia relaxado, talvez até bonito, com calça jeans e uma camisa azul-clara, com as mangas puxadas na altura do cotovelo. Ele se inclinou para me entregar seu guardanapo.

— Que entrada!

— Um pouco diferente do que planejei — eu disse, e sorri enquanto o garçom retornava.

— Aqui está, madame.

Ele colocou um guardanapo novo no meu colo, arrumou um outro garfo na mesa e um novo copo d'água, e então agachou-se para secar a água com a toalha.

— O que gostariam de beber? — perguntou ele, levantando-se.

— É... não sei. O que você está bebendo? — Olhei para Jasper.

— Estou terminando um gim-tônica e talvez mude para vinho.

— Tinto?

— O que você quiser.

— Tinto, então.

— Uma garrafa de Montepulciano, por favor — pediu Jasper.

— Safra de 2004, senhor?

— Exatamente.

— Você é cliente cativo aqui? — perguntei quando o garçom saiu com a toalha encharcada nas mãos.

— Um cativo esporádico. Sempre que estou em Londres. Eles têm uma vitela excelente. E como está a matéria que você escreveu sobre mim?

— Já terminei.

— Você disse muitas coisas ruins?

— Não, só algumas. Na verdade, fui incrivelmente legal e deixei de fora alguns detalhes que poderia ter incluído.

— Tipo?

— Deixa para lá. O que você fez essa semana?

— Nada de mais. Fui a alguns lugares visitar uns fazendeiros. Tive outra discussão com minha mãe.

— Sobre o quê?

— Você pode imaginar.

— Ah.

Eu me senti constrangida.

— Exatamente. Imagino que você não tenha citado nada disso na sua matéria, certo?

— Não, não. Claro que não. Não é o foco da revista, isso é mais… coisa de jornal.

— E como está minha amiga Lala?

— É… está bem.

— Você contou a ela do nosso jantar?

— Não, não exatamente.

No fim, eu havia desistido. Lala tinha ficado "doente" na segunda e na terça, e na quarta eu havia decidido que deveria ver o que aconteceria no jantar antes de mencionar qualquer coisa.

— Por que não?

— Achei que não valia a pena comentar. É só um jantar, nada de mais.

— Polly, isso magoa!

Eu ri.

— O que? Por quê?

— Eu gosto de você. Curti muito a nossa conversa lá em casa. Apesar da sua esquisitice e de ser estabanada, e da sua inabilidade de aceitar elogios, acho você engraçada e inteligente. E gosto dessas qualidades. Muito mais interessante do que jantar com mais uma Henrietta que conversa comigo sobre tipos de papel de parede.

— Então você já conheceu algumas Henriettas?

Ele levantou a sobrancelha.

— Não isso de novo.

— Está bem, prometo. Não preciso mais interrogar você.

— Que bom. Mas o que vamos comer? Estou morrendo de fome, acho que vou pedir duas entradas.

Acabou sendo um jantar longo. Bebemos duas garrafas de vinho, sem passar por mais nenhum momento esquisito, nem água escorrendo, nem eu dizendo coisas constrangedoras.

— E qual é a questão com seus pais? — perguntou ele em certo momento.

— Questão?

— É. Os meus são doidos, mas ainda estão casados, seja lá por qual motivo. Mas… você falou que seu pai… não está mais por aqui, certo?

— Sim, ele morreu quando eu tinha 10 anos, então…

— De quê?

— De que ele morreu?

— É.

— Infarto. Muito repentino. Um momento, estava no jardim, e no outro, *puf*, foi embora. Minha mãe o encontrou caído sobre as flores.

— Então você não se lembra dele?

— Não muito. Lembro da minha mãe ficar de cama durante bastante tempo depois disso. E eu sobrevivi a base de biscoitos.

— Biscoitos? — repetiu ele, franzindo a testa.

— Sim. Amanteigados e de chocolate. E torradas. Teve muita torrada com geleia lá em casa.

— E onde vocês moravam?

— No interior, em Surrey. Mas tivemos que vender a casa, e então mudamos para Londres, para minha mãe arrumar um emprego.

Normalmente, quando eu contava que meu pai tinha morrido quando eu era pequena, as pessoas ficavam esquisitas, como uma freira num clube de striptease, e gaguejavam algum tipo de pêsames. Gostei que Jasper não fez isso. Ele não ficou nem um pouco sem jeito. Foi um alívio.

— E onde sua mãe está agora?

— Aqui até hoje. Em Battersea. Com um cachorro.

— Ela não se casou de novo?

— Não. Ela é tão inábil com os homens quanto eu.

Não tinha planejado falar a última frase.

— É mesmo? — perguntou ele, sorrindo para mim.

— Quer dizer, não exatamente. Isso soou esquisito. Estou brincando.

— Então é por isso que você é tão defensiva com os homens?

— Ahn? Como assim?

— Porque seu pai morreu quando você era muito nova. Nenhum homem jamais conseguiu ficar à altura dele e tal?

— Ora, não percebi que estava falando com um psicólogo. Por que o interrogatório?

— Ah, você sabe tudo sobre mim. Só estou tentando igualar o jogo.

— Tudo? Tem certeza?

Ele deu de ombros.

— Não tenho nenhum segredo. Exceto que sou um depravado sexual. Ah, e também não gosto de ervilha.

— E agora que você me conta? Esse poderia ter sido meu furo de reportagem.

— Eu ser um depravado sexual? — perguntou ele, sorrindo.

— O negócio da ervilha.

Jasper riu.

— Você é engraçada — afirmou ele.

Nós continuamos conversando e bebendo vinho tinto, enquanto as mesas ao redor pagavam e iam embora, e um garçom começou a varrer o chão de um jeito obviamente teatral.

— A conta, por favor — pediu Jasper, um pouco depois, acenando de longe para ele.

Procurei minha carteira na bolsa e me preparei para o jogo sem graça do "eu pago", "não, eu pago", "vamos dividir".

— Nem pense nisso — falou Jasper.

— Não, eu quero, é sério. Podemos ao menos dividir?

Mesmo tendo sugerido isso, eu rezei para que ele não aceitasse, pois isso ia significar uma luta para pagar o aluguel do mês e possivelmente a venda de um rim.

— Não, não podemos.

Ele colocou o cartão na mesa.

Vestimos nossos casacos e saímos do restaurante. Eu estava com uma sensação estranha na barriga. Ou era o risoto de frutos do mar que tinha comido, ou nervosismo.

— Obrigada pelo jantar — agradeci. — Foi ótimo.

— De nada, madame.

— Acho que vou pegar um táxi para casa — falei rapidamente.

Era nervosismo. Mas por que eu estava nervosa? Não fazia ideia se Jasper estava planejando ou esperando algo. Exceto por aquela coisa que ele tinha dito sobre o quarto e o fato de ter pagado o jantar. Que tinha sido caro. Será que estava esperando algo em troca?

— Eu vou chamar um táxi para você.

Jasper ergueu a mão enquanto um táxi preto virava a esquina com a luz acesa. *Viu?*, falei para mim mesma, ele não estava planejando nem esperando nada. E eu me senti um tiquinho arrasada.

O táxi parou um pouco à frente.

— Boa noite.

Eu me aproximei para dar um beijo na bochecha de Jasper. Quando estava indo para a outra bochecha, ele foi mais rápido e, de repente, a boca dele estava grudada na minha e nós estávamos nos beijando. De verdade dessa vez. Com língua e tudo mais.

— Desculpa — falei alguns segundos depois ao taxista, que estava esperando pacientemente com a janela aberta.

— Até mais — disse Jasper, abrindo a porta do carro. — Manda uma mensagem quando chegar em casa. — Ele fechou a porta e pegou uma nota de vinte libras da carteira. — Muito obrigado — disse ao taxista, entregando a nota.

Eu me inclinei para a frente.

— Devonport Road, logo na saída da Goldhawk, por favor?

Enquanto o carro partia, eu acenei para Jasper como uma criança — por que fiz isso? — e depois me recostei no banco. Procurei meu telefone na bolsa, que tinha acabado de vibrar com uma mensagem.

Passei a noite toda querendo fazer isso.

Em circunstâncias normais, eu consideraria esse tipo de mensagem um pouco bajuladora. Algo que Zac Effron diria num filme besta adolescente. Mas embora eu tenha tentado não ficar — disse para mim mesma que era o tipo de mensagem que ele provavelmente mandava para as mulheres o tempo todo —, fiquei um pouco alvoroçada. Vinha de Jasper. Jasper Bonito, Marquês de Milton, o playboy que geralmente namorava modelos e garotas perfeitas. Mas fui interrompida em meu sonho romântico porque passamos em um quebra-molas e fiquei com soluço.

*

— Deus do céu, Polly! — exclamou Barbara, a lojista, quando coloquei minha cestinha em cima do balcão na manhã seguinte.

A cesta continha uma dúzia de ovos, um pacote de bacon defumado, um pacote de pó de café, uma caixa de leite vegetal, um pacote de pão de forma branco (não estava a fim de pão integral), uma caixa de suco de laranja e uma caixa de bolo de gengibre.

— O que foi?

— Polly, meu amor, você está pavorosa!

Barbara balançou a cabeça e fez uma cara fúnebre, como se estivesse diante de um túmulo num enterro.

— Ah, ok, obrigada.

— E tudo isso?! — perguntou ela, gesticulando em direção à cesta. — Tem comida aí para alimentar um exército de elefantes. Você não pode comer tudo isso sozinha.

— Não, não. Joe está lá em cima.

Eu tinha saído do apartamento alguns minutos antes e vi Joe desaparecer no banheiro com uma partitura nas mãos, e resolvi que o melhor a fazer era evacuar imediatamente a casa durante um tempo — bastante tempo — e ficar vagando pelos corredores da loja de Barbara.

— Você saiu ontem à noite, não é? — perguntou Barbara, enquanto pegava os ovos para passar no escâner de preços.

— Na verdade, tive um encontro.

Eu tinha desistido de insistir no debate jantar/encontro, já que Jasper tinha me beijado. Para mim, a linha entre jantar e encontro era ultrapassada quando alguém colocava a língua dentro da minha boca.

Barbara largou os ovos de volta na cesta e jogou as mãos para cima.

— Ah, Polly! Que boa notícia. Excelente notícia. Com quem? — perguntou ela, semicerrando os olhos. — Foi com um homem?

Olhei para trás para ver se não tinha ninguém com pressa para tomar café da manhã na fila.

— É... sim, sim, foi com um homem. Meio alto, louro, muito charmoso.

— Parece bonito. Ah, querida, quebrei um ovo — disse ela, abrindo a caixa. — Pegue lá uma outra caixa.

Voltei ao corredor e peguei outra caixa.

— E onde ele levou você? — perguntou minha inquisidora, quando entreguei os ovos.

— Num restaurante italiano em Notting Hill.

— Que legal — disse Barbara, assentindo e colocando o suco de laranja dentro de uma sacola de plástico. A porta se abriu e outro cliente entrou. — Mas por que você não está muito animada, Polly? Eu estou mais feliz do que você.

Olhei de novo para o outro cliente, sem saber se queria que um estranho ouvisse os conselhos amorosos de Barbara.

— Não, eu estou animada, sim. Só um pouco surpresa também, só isso.

— Vocês, capricornianos, nunca estão felizes — afirmou Barbara. — Vá tomar um banho. Vai se sentir melhor. Tia Barbara sabe das coisas. Ela sempre sabe.

— Farei isso. Obrigada. Cinco milhões de calorias devem ajudar também — respondi, pegando a sacola plástica de cima do balcão.

— Depois me conta tudo — gritou Barbara, enquanto eu chegava na porta. — Imagine só, meu anjo, você pode estar casada no Natal!

Lá em cima, Joe tinha saído do banheiro e estava enchendo a chaleira, vestindo cueca e sua camiseta preferida, que dizia "Serei Bach" e um pequeno desenho de Bach embaixo.

— Como estava Vossa Majestade?

— Ah, daquele jeito, toda mística a respeito da minha vida amorosa.

— O quê?

— Eu contei a ela sobre meu jantar com Jasper ontem à noite.

Joe colocou a mão na testa de um jeito teatral.

— Pols, é claro! Relatório completo, por favor.

— Espere aí — disse, e coloquei a sacola do mercado para o lado. — Ovo mexido ou frito?

— Mexido. Você comprou bacon?

— Sim. E pão branco e suco de laranja e mais café.

— Ah, como eu te amo! Passe o bacon para cá que eu corto. Você faz os ovos e me conta tudo.

— Bem, fui primeiro no brinde de noivado de Lex e Hamish, o que foi bom, pois pude me preparar um pouco com um drinque.

— Você quer dizer uns três ou quatro, mas sim, continue — disse ele, parando na frente da grelha e distribuindo as fatias de bacon.

— Ok, inspetor Clouseau. Enfim, fui embora e segui para aquele italiano na Kensington Park Road. Aí ficamos lá umas três horas, só conversando.

— E...?

— E o quê?

— Pelo amor de Deus, Barbara Cartland. Preciso de um pouco mais que isso. Você deu uns pega nele?

— Bem, *ele* meio que me deu uns pega. Mas foi estranho porque ele tinha chamado um táxi para mim e o taxista ficou ali vendo a coisa toda enquanto ele me beijava.

— E não rolou uma chance de ele vir para cá?

— Não! Eu nem tinha certeza se era um encontro.

— Ah, fala sério! — exclamou Joe, revirando os olhos.

— Enfim. O cara é um playboy, então provavelmente não vai dar em nada e eu nunca mais vou ouvir falar dele. Mas foi legal.

— Ah, relaxa, Pols. Você nem conhece ele direito. Só ouviu histórias, não foi?

— Sim, mas onde há fumaça, há fogo. E Lala disse que...

— Lala tem a inteligência e a sensibilidade de um pedaço de pão — Joe interrompeu, colocando duas fatias na torradeira. — Talvez até menos.

— Bem, ele de fato me mandou uma mensagem quando eu estava no táxi a caminho de casa, dizendo que passou a noite toda querendo me beijar.

— Acho até um pouco romântico. O que você respondeu?

— Só agradeci pelo jantar.

Ele respirou fundo.

— Nossa, como eu queria que você soubesse flertar direito.

— Chega. Pegue os pratos. Estou faminta.

*

Não havia muito espaço na nossa sala. Era mais uma continuação da cozinha do que um cômodo em si. A TV ficava no canto, em cima de um aparador da Ikea que Joe arrumou quando nos mudamos para cá, havia três anos. Tinha dois sofás velhos, um de cada lado, cada um posicionado num lugar estratégico para que nós dois tivéssemos o ângulo perfeito para assistir televisão deitados. Cada um tinha seu próprio sofá: o do Joe era marrom, e o meu era um sofá-cama bege menor. Uma mesa de centro baixa posicionada exatamente entre os dois sofás para ficar a um braço de distância de cada um. A mesa normalmente ficava coberta com, no mínimo, quatro canecas com chá até a metade (eu), pacotes de batata chips (Joe), revistas (eu) e partituras (Joe).

Depois de mais uma ida à loja da Barbara naquela tarde, a mesa de centro estava repleta de garrafas de Gatorade e pacotes vazios de salgadinho.

— Temos que fazer alguma coisa, Joe — falei, espreguiçando-me no sofá.

— Não podemos passar o dia todo deitados aqui.

Eu também estava olhando para o celular toda hora, era irritante. Ele estava em cima da minha barriga, para que, no segundo em que chegasse uma mensagem, eu soubesse. Eram três da tarde e nada. Por que as garotas enlouquecem no segundo que qualquer homem demonstra o mínimo interesse? No mesmo horário no dia anterior, eu era um ser humano racional normal, preparada para jantar com um cara que tinha entrevistado. Vinte e quatro horas depois, eu observava meu telefone como Glenn Close em *Atração fatal*. Que alquimia misteriosa nos fazia nos comportar desse jeito? As únicas duas mensagens que eu tinha recebido durante o dia todo foram:

Minha mãe, conferindo se eu iria mesmo encontrá-la na igreja amanhã.

Onze horas na St. Saviour. Polly, meu amor, penteie o cabelo, tá bem? Bj

Bill me perguntando como tinha sido o jantar com "Lord Byron" e se eu queria ir ao cinema no dia seguinte assistir a *Star Wars*. Eu tinha dito que não, que preferia comer minha própria cabeça, depois o convenci a ir à igreja comigo e minha mãe. Bill conseguia ser um homem fácil assim.

— Por que ele está fazendo um suflê se nunca fez isso na vida? — perguntou Joe do outro sofá, revoltado com o programa *Come dine with me*.

— Essas pessoas são idiotas.

— Joe, fala sério. Precisamos fazer alguma coisa.

Ele se virou para mim.

— Tipo o quê? Porque eu realmente poderia ficar aqui deitado o dia todo.

— É depressivo demais, sórdido demais. Podemos sair e fazer algo?

— Tipo o quê?

— Não sei. Preciso de uma distração.

Ele olhou diretamente para meu telefone.

— Você jantou com ele ontem à noite. Ele mandou uma mensagem enquanto você estava no táxi a caminho de casa. Você pode parar de ser uma dessas garotas?

— Não estou sendo. Só estou...

— Sendo carente.

— Um pouco.

— Ok. Se você quer mesmo fazer algo, um amigo meu está dando uma festa de aniversário no Soho hoje. Nós podemos dar uma passadinha lá.

— Qual amigo?

— Você não conhece. Anthony. Mais um gay no grupo do sopro. Ele toca trompa.

— Ele tocou a sua trompa?

— Não, nada disso.

— Ok. Onde é a festa?

— No Green Carnation.

Eu franzi a testa.

— Um piano-bar — explicou ele. — Aquele na Wardour Street.

— Ok. Um amigo gay está fazendo sua festa de aniversário num piano-bar no Soho. Sinceramente, parece uma cena saída de *A gaiola das loucas*. E, a propósito, esqueci completamente, tem um amigo do Jasper que conheci que acho que você vai gostar. Chamado Max. Gato. Engraçado.

— Conheceu quando?

— Quando fui na casa de Jasper.

— Ai, Pols. Jasper isso, Jasper aquilo. Que paixonite, hein?

Joguei uma almofada nele.

— Não tem paixonite nenhuma, só estou tentando ajudar você. Mas se não quer...

— Podemos falar disso no ônibus. Vamos.

*

Três horas depois, nós estávamos no Green Carnation, ao redor de uma mesa, os dois já sem ressaca e na terceira rodada de bebida.

— Há quanto tempo você e Joe moram juntos? — perguntou Anthony.

Anthony era um escocês baixinho com a cabeça raspada, vestindo uma camisa com gravata-borboleta, na qual havia uma etiqueta pregada que dizia BEIJE-ME AGORA. É MEU ANIVERSÁRIO.

— Há quase quatro anos. O que é mais tempo do que qualquer relacionamento que eu já tenha vivido com um homem.

— Amor à primeira vista?

Olhei para o bar, onde Joe estava gesticulando para o barman, erguendo as duas mãos para demonstrar que queria dez Jägerbombs.

— Tipo isso.

— Você tem que aturar todo tipo de absurdo?

— Às vezes. Embora as coisas tenham estado calmas nos últimos tempos.

— É mesmo? O Sedutor da Academia perdeu o borogodó? — perguntou Anthony, em voz alta, enquanto Joe colocava a bandeja de shots na mesa.

— Anthony, você realmente fala uma quantidade enorme de merda — afirmou Joe. — Só estou dando uma pausa. E também ando muito ocupado com minha amiga aqui.

— Ah, é? — falou um tal de Scot.

— Primeiro os shots. Vamos lá, bebe um desses.

Joe passou um Jägerbomb para Anthony e entregou o resto para vários outros amigos sentados ao redor da mesa, cujos nomes eu havia esquecido no instante em que eles haviam me dito.

Anthony virou seu shot e colocou o copo vazio na mesa, fazendo barulho.

— E qual é a fofoca?

— Não é fofoca. De verdade. Não tem nada para fofocar — respondi.

— Tem sim. Ela saiu com um dos homens mais cobiçados da Inglaterra — afirmou Joe.

— Sua sortuda! — exclamou Anthony. — Quem é o cara?

— Ele se chama Jasper.

— Tá, mas Jasper de quê?

— Jasper Milton. Ele tem aquele castelo e…

— Eu sei quem é. Aquele que estava no jornal outro dia — disse Anthony.

— Exatamente — confirmou Joe. — E foi zero profissional. Ela foi passar a noite naquele castelo imenso em Yorkshire para entrevistar o cara e acabou pagando um boquete nele debaixo da mesa de jantar.

— Mentira? — perguntou Anthony, parecendo maravilhado.

— Joe! Claro que não, desculpe decepcioná-lo. Ele só tentou me beijar na mesa de jantar.

— Mas você está saindo com ele agora? — perguntou Anthony.

— Não. Nós só jantamos juntos ontem.

— E…?

— E nada — respondi simplesmente. — Jantamos e ele me beijou antes de me colocar num táxi de volta para casa.

— E vocês já se falaram desde então?

— Ele mandou uma mensagem quando eu estava no táxi, mas hoje não. Peguei meu celular e chequei pela 2.829ª vez no dia. Nada dele ainda.

— Você mandou mensagem para ele?

— Não!

— Por que não?

— Porque não. Preciso esperar ele mandar primeiro.

— Quem disse?

— Essas são as regras! — Anthony balançou a cabeça, e eu continuei: — Eu juro. Não posso escrever. Ele vai achar que isso significa que quero casar com ele. Todos os homens acham isso quando a gente manda mensagem.

— E você não quer casar com ele?

Eu tive um ataque de riso.

— Anthony, para com esse surto. Essa é uma daquelas conversas que, se ele ouvisse, eu teria que me matar. É por isso que as mulheres ficam malfaladas.

— Só não entendo por que você não escreve para ele. Você sabe que ele gosta de você. Qual é o problema?

— Simplesmente porque não é assim que as coisas funcionam. Vamos tomar outro drinque e parar de falar disso.

— Mas você vai continuar checando seu telefone a cada dois segundos e meio?

— Vou.

*

Vinte minutos depois, meu telefone vibrou. Era ele.

Entendo que isso pode parecer excesso de ansiedade, mas você não está livre hoje, está? Eu estou e queria te ver. J

— Ele parece muito elegante — disse Anthony, lendo a mensagem de trás do meu ombro.

— O que respondo? — perguntei.

— Vá para casa se depilar — insistiu Joe. — Rápido.

E assim, entrei num Uber a caminho de casa, depois de responder a Jasper que eu estava livre e perguntar se ele queria vir à minha casa "para tomar um drinque".

Eu tinha uma hora, então me depilei e cobri meu corpo com meu hidratante Tom Ford. Tornozelos, braços, barriga, coxas. Peitos? Não. Meio estranho passar hidratante nos próprios mamilos.

Minha gaveta de calcinha estava mais decadente que um banco de roupas para caridade. Calcinhas pretas da M&S tamanho G, porque eu gostava de conforto; calcinhas cinza da M&S tamanho G, que foram brancas por cerca de cinco minutos quando eu as comprei, anos antes; "calcinhas divertidas", com listras e bolinhas, que eu tinha comprado em algum momento na Topshop, com o intuito de animar a vida. Qualquer coisa "sexy" estava no fundo da gaveta, enterrado no meio de meias-calças antigas.

Resgatei uma calcinha preta de renda francesa e segurei na minha frente. Parecia muito pequena. Quando foi que eu tinha conseguido colocar minha bunda ali dentro? Vesti uma perna e caí no chão. Que droga. Fiquei meio irritada. Lembrei que ainda precisava escovar os dentes. Fui fazer isso e voltei à gaveta de calcinhas, à procura do meu sutiã "sexy". Eu sabia que tinha um sutiã preto de renda em algum lugar. Meu sutiã de festas. Estava escondido debaixo de uma meia de corrida.

Já de calcinha e sutiã, olhei no espelho e cutuquei minha barriga com o dedo indicador. Não era o ideal. Minha calcinha afundava um pouco na minha cintura. Mas seria assim mesmo. Não dava para ver direito com uma calça jeans por cima. Preta. Camiseta preta decotada. Pés descalços, porque parecia confortável e talvez um pouco sedutora. Olhei para minha unha do pé, pintada de vermelho escuro havia algumas semanas. Olhando rapidamente nem parecia que o esmalte estava velho.

Passei hidratante com base no rosto, acrescentei algumas camadas de rímel e coloquei um pouco de blush na bochecha. Voltei ao espelho para olhar como eu estava. Estava bem. Casual. Relaxada.

A campainha tocou. *Ok, Polly*, disse a mim mesma enquanto descia a escada, *fique calma. Fique tranquila. Fique...* Tropecei no penúltimo degrau e caí batendo na porta, fazendo um estrondo.

— Polly?

Ouvi a voz de Jasper do outro lado da porta.

— Merda — falei entredentes.

Meu tornozelo parecia que tinha explodido.

— Não foi a recepção mais delicada que já vi. — Ele fez uma pausa. — Você está bem?

— Sim, tudo bem — respondi, tentando levantar naquele pequeno espaço entre o último degrau e a porta. — Merda, meu tornozelo está doendo.

— Me deixe entrar e eu dou uma olhada. Fiz curso de primeiros socorros uma vez. Pode ser que você precise de respiração boca a boca.

Eu levantei com cuidado e me apoiei na perna esquerda, segurando o corrimão com a mão direita, e abri a porta.

— Oi — falei, abrindo a porta apoiada em uma perna. — Desculpe, é que está doendo de verdade.

— Por que você está se desculpando? Vamos lá — retrucou.

Ele agachou e me pegou no colo.

— Não, Jasper, me põe no chão, eu sou muito pesada, você não vai conseguir me carregar escada acima. Sinceramente, consigo ir pulando, me põe no chão...

— Fica quieta — disse ele, subindo a escada. — Eu carrego animais de fazenda. Consigo carregar você.

Lá em cima, ele me colocou no sofá de Joe e subiu a barra da minha calça.

— Está bem inchado. Você consegue mexer?

Eu girei lentamente o tornozelo.

— Sim.

— Então não está quebrado. Você só precisa de gelo.

Ele olhou para trás e foi vasculhar o freezer. Trouxe um pacote de cubinhos de cenoura congelados e colocou delicadamente sobre meu tornozelo. Eu fiz uma careta.

— Está tudo bem? — perguntou ele.

Eu fiz que sim.

— Que bom — disse ele. — Agora, a bebida.

— Sim — concordei. — Garrafa de vinho em cima da mesa. Abridor na gaveta ao lado da pia. Taças na prateleira.

Ele abriu o vinho, pegou duas taças e voltou para o sofá trazendo tudo. Estendeu uma taça para mim, levantou meus joelhos com o braço e sentou no sofá, com minhas pernas no colo dele.

— Bem — concluiu Jasper —, você claramente é uma mulher de entradas dramáticas.

Eu ri e fiz cara de dor quando meu tornozelo tremeu.

— Ai, não me faz rir.

Ele olhou para mim, colocou o vinho no chão e levantou minhas pernas de novo.

— O que você está fazendo?

Ele não respondeu. Simplesmente se ajoelhou, tirou o pacote de cenoura e beijou meu tornozelo.

— Está melhor?

Fiz que sim.

Ele beijou de novo. E depois mais para cima, e mais, e mais, subindo pela minha perna. Chegou na minha coxa e olhou para mim.

— Fiquei feliz por você estar livre hoje.

— Eu também. Embora, na verdade, eu estivesse num bar, mas aí você mandou a mensagem e...

Jasper colocou a mão na minha nuca, puxando-me delicadamente para perto dele.

— Chega de falar. — Ele passou a mão no meu cabelo e puxou levemente. — Onde é seu quarto?

Apontei com a cabeça na direção da porta ao lado do banheiro.

Ele levantou, me pegou no colo de novo, me carregou para o quarto e me colocou em cima da cama. Eu ri de nervoso.

— Qual é a graça? — perguntou ele.

— Nada. Só nunca fui carregada desse jeito. É algo bem... é... parece algo saído de um filme. Porque sou alta e estou sempre preocupada de ser pesada demais para ser...

— Você vai ficar falando sem parar?

— Não, não. Desculpe — eu disse e apertei os lábios.

— Que bom — disse ele, ajoelhando-se ao meu lado. — Levante os braços.

— Sua babá ensinou você a tirar a roupa das mulheres assim?

— O que acabei de dizer? — repetiu ele.

Levantei meus braços, ele tirou minha blusa e jogou no chão atrás de mim. Depois, ele tirou a própria camisa, antes de deitar para me beijar.

— Suas paredes são à prova de som? — perguntou ele.

— Por quê?

— Por que você acha? Quero fazer você gemer. Mas não quero que mais ninguém ouça.

Ele colocou a mão por baixo do meu sutiã e acariciou meu mamilo com o dedo.

— Gemer? Como você sabe que eu faço isso?

Ele apertou meu mamilo enquanto beijava meu pescoço.

— Aaaaaah.

— Como imaginei.

— Ah, então você é desses, é? Curte barulho?

O que devo fazer? Eu só estava ali deitada. Devo arranhar as costas dele?

— Curto pessoas se divertindo — afirmou ele, arqueando as costas enquanto eu passava minhas unhas levemente.

99

— Pessoas?

Jasper recuou e revirou os olhos.

— Olha só, a partir desse momento acabou a conversa. Nem mais uma palavra. O único barulho que quero ouvir de você são sons de prazer. Fechado?

Eu sorri.

— Fechado.

De fato, fiz alguns sons de prazer. Três sons de prazer altos e sinceros ao longo da noite. O primeiro, quando ele tirou minha calcinha e colocou a cabeça entre as minhas pernas. O segundo, quando deslizei por cima dele, bem devagar, e depois um pouco mais rápido, enquanto ele usou as mãos para me fazer gozar outra vez. E o terceiro, finalmente, quando ele me colocou de joelhos, virada para a cabeceira da cama, colocou minhas mãos da parede e me penetrou por trás, dando a volta com uma das mãos para alcançar meu mamilo. Três vezes. Meu recorde. Era como comer entrada, prato principal e sobremesa. Nenhum homem jamais havia me feito gozar três vezes numa noite, até porque sexo pode começar a causar um pouco de dor, não é verdade? Ele me deu tanto prazer que nem me incomodei com o fato de ser quatro horas da manhã quando caímos no sono. E eu esqueci completamente do meu tornozelo.

*

O problema na manhã seguinte foi que acordei precisando fazer xixi. E minha barriga estava borbulhando e fazendo sons alarmantes. Olhei para Jasper, que aparentemente ainda dormia, deitado de barriga para cima, com o rosto virado para o outro lado. Eu tinha que ir ao banheiro antes que ele acordasse. Mas e se ele acordasse quando eu levantasse e me ouvisse no banheiro? Ou, pior ainda, e se eu levantasse e deixasse algum cheiro ruim no banheiro, e logo depois ele quisesse fazer xixi? É provável que ele fosse embora imediatamente, se isso acontecesse. Se ele entrasse no banheiro e percebesse o que eu tinha acabado de fazer. E eu nunca mais ouviria falar dele. Então, resolvi ficar ali, deitada, com a barriga fazendo barulhos e a bexiga cheia. Estava extremamente desconfortável. Girei meu tornozelo por baixo do edredom. Pelo menos não estava sentindo dor.

Alguns minutos se passaram. Talvez eu devesse simplesmente ir ao banheiro e acender um fósforo, não? Mas ainda assim, ele poderia acordar, perceber o que eu tinha feito e sentir repulsa. Antes de Hamish, Lex sempre tomava um comprimido de Imodium se soubesse que ia dormir com alguém. Algo que sempre achei que me deixaria inchada. Mas ela insistia que era melhor ficar inchada do que qualquer tipo de incidente constrangedor no banheiro.

Mais alguns minutos se passaram. Olhei para o meu telefone: 6h41. Cedo. E se eu fosse ao banheiro e abrisse todas as torneiras para disfarçar o barulho? Será que ia funcionar? Mas podia ser que ele acordasse, mesmo assim, e quisesse usar o banheiro depois de mim.

Será que alguém no mundo já tinha sido tão patético assim?

Mais tempo passou. Resolvi que precisava ir. Simplesmente precisava. Eu sairia da cama no maior silêncio possível, abriria as torneiras, abriria a janela, usaria o banheiro, acenderia um fósforo e abanaria o ar com uma toalha. E, então, eu me sentiria melhor. Muito melhor. Ir ao banheiro, escovar os dentes. Voltar em silêncio para a cama. Coloquei uma perna para fora do edredom e encostei a ponta do dedo no chão.

— O que você está fazendo? — perguntou Jasper, virando o rosto em minha direção.

Meu plano estava arruinado.

— Nada — respondi, recuando minha perna e puxando-a para debaixo do edredom. — Só estou me espreguiçando.

Ele passou a mão na minha barriga e no meu mamilo esquerdo, que endureceu instantaneamente. Ele levantou a cabeça, puxou o edredom e começou a chupar meu peito. Meu Deus. Eu realmente precisava ir ao banheiro. Mesmo. Mas ia ter que tentar segurar. Passei o dedo nos meus dentes rapidamente para tentar limpá-los um pouquinho, enquanto Jasper focou sua atenção no meu mamilo direito. Ele não parecia nem um pouco preocupado com meu bafo matinal.

Capítulo 6

Minha mãe ficou muito feliz em ver Bill, que sempre, com muita educação, demonstrara muito mais interesse em cortinas do que eu.

— Bill, meu querido — disse ela, lançando os braços ao redor dele do lado de fora da igreja St. Saviour.

A cabeça dela batia na altura do peito dele, o que formava uma visão bíblica sutil. Uma mulher pequenina e grisalha num casaco de inverno com os braços envoltos num homem alto, de calça jeans e All-Star.

— Polly, você precisava mesmo vir de tênis? — perguntou ela, virando para me beijar.

— Não são tênis, são sapatênis. E de qualquer forma, Bill também está usando um desses.

— Não invente história, Polly, isso não é legal — disse minha mãe enquanto entrávamos na igreja. — O que o vigário vai pensar de você, toda desarrumada?

— Imagino que ficaria muito feliz até se estivéssemos todos pelados, mãe. Isso provavelmente dobraria a congregação.

Havia duas fileiras de bancos de cada lado do corredor, e exatamente duas pessoas sentadas separadas na fileira da frente. Elas se viraram para trás quando entramos.

— Shhhh, Polly. Você não pode ser vulgar dentro da igreja.

— É, Pols, fala sério. Por favor, tente manter um pouco de decoro na casa de Deus — disse Billy, cutucando minhas costelas.

— Ai! Não faça isso. Estou um pouco dolorida hoje — comentei.

— Por quê? O que você fez ontem à noite? — perguntou ele.

— Fiquem quietos, vocês dois — pediu minha mãe, colocando a mão para o alto para nos silenciar. — Venham. Vamos sentar aqui?

Ela gesticulou para um banco a quatro fileiras do altar.

— Não parece que teremos uma onda repentina de fregueses — respondi, entrando no banco com almofadas de reza para apoiar o joelho.

— Fique em silêncio, por favor. Vou rezar um pouquinho.

Minha mãe ajoelhou em uma almofada e apoiou a testa nas mãos, no encosto da frente.

Recostei no banco e observei nossos dois colegas ao lado. Um era uma senhora chinesa pequenina; o outro era um homem de meia-idade sentado encolhido em seu casaco, lendo a seção de esportes do jornal *Sunday Times*.

— Olha — sussurrei para Bill, apontando com a cabeça na direção do homem. — Não é muito católico ler jornal na igreja, é?

— Acho que Deus tem que agradecer por todo mundo que ele conseguir conquistar nos dias de hoje. Guarde o celular.

— Está bem, papai.

Coloquei o celular no silencioso e o joguei na minha bolsa.

Atrás de nós veio o som de passos. Virei e vi uma família entrar pelo corredor. Um homem que parecia cansado, vestindo calça chino e mocassim, segurava um garotinho louro pelas mãos, seguido de uma mulher com um casaco vermelho e cabelo escuro cacheado segurando uma garotinha mais nova, com uma boneca no colo.

— Andrew, querido, vamos sentar aqui — ordenou a mulher, apontando para o banco atrás de nós. — Você não se importa, né? — perguntou ela.

— Não, não, de jeito nenhum — respondeu Bill — Quanto mais gente, melhor.

— Andrew, entre você primeiro, depois Demetrius. Que bom garoto você é! Depois a mamãe vai entrar entre você e Perséfone. Perséfone, por favor, não coloque o dedo no nariz na igreja. Certo, entramos todos?

— Deixei meu livro de colorir em casa — resmungou o menino.

— Demetrius, você não precisa do seu livro de colorir. Nós vamos cantar várias canções de amor sobre Jesus — retrucou a mulher. — Perséfone, será que DÁ para parar de colocar o dedo no nariz?

Olhei para Bill de soslaio. Ele estava travando a mandíbula e com os olhos fechados, segurando o riso. Minha mãe ainda estava ajoelhada, com a cabeça entre as mãos.

E então, outra pessoa adentrou a igreja. Uma mulher de casaco floral e boina. Ela seguiu rápido para a frente e sentou-se em um banco à direita do altar, tirou o casaco e pegou um caderno de música. Ela acenou para a mulher chinesa, e depois pegou um gravador de dentro da bolsa. Com delicadeza, colocou o gravador na ponta do banco, antes de apertar o botão "play". Um som metálico de órgão se espalhou pelo altar.

— Todos de pé! — instruiu ela, levantando-se.

Nós nos levantamos, enquanto uma figura de branco andava até o altar. A vigária tinha cabelo escuro e comprido.

— É uma mulher! — sussurrou minha mãe.

— Aham — murmurei de volta, no volume mais baixo que consegui.

— Ninguém me falou isso. Só dizia "Rev. E. W. Housley" na placa lá fora. Não dizia nada sobre ser uma mulher.

— *Shhh*, mãe, ela vai ouvir. Todo mundo vai ouvir.

— Acho que não me incomodo em ser uma mulher — continuou ela, me ignorando. — Só é muito moderno.

— Nós vivemos em tempos modernos, Susan — sussurrou Bill.

— Acho que vivemos mesmo — respondeu minha mãe, olhando para a reverenda Housley enquanto ela parava na frente do altar e assentia para a mulher de boina, que parou a música.

— Bom dia a todos — disse a celebrante, sorridente. — Que lindo ver novos rostos entre nós. Sejam muito bem-vindos a este serviço de eucaristia na St. Saviour. Para começar, vamos cantar uma das minhas preferidas, "Lead Us Heavenly Father, Lead Us".

— Uma escolha tradicional — afirmou minha mãe, assentindo em aprovação.

A mulher de boina apertou "play" outra vez e a gravação do órgão começou. Bill, que tinha cantado no coral da escola, imediatamente juntou-se à cantoria, com sua voz grave ecoando entre os bancos na direção da janela de vidrilho colorido, lá na frente. Atrás de mim, a voz aguda da mulher de cabelo cacheado:

— *O'er the world's tempestuous sea...* Andrew, diga ao Demetrius para ficar em pé direito!

*

Teve café depois da missa em uma saleta pequena e fria, à esquerda da igreja, decorada com desenhos catastróficos de crianças.

— Olá... vigária — minha mãe cumprimentou, apertando a mão dela. — Eu me chamo Susan.

— Seja bem-vinda, Susan! — disse a mulher, sorrindo de um jeito que sugeria muita animação em conhecer alguém novo. — E quem você trouxe junto?

— Essa é minha filha, Polly.

Eu dei um passo à frente, apertei a mão da vigária e também recebi um sorriso beatífico.

— E esse é Bill — acrescentou minha mãe.

— Bill, olá, que prazer conhecê-lo. Gostou da missa? — perguntou a vigária.

— Foi bastante entusiasmada, não foi? — respondeu Bill. — E isso é o principal.

— É verdade!

A vigária olhou para nós, animada com seus novos bezerrinhos. Ao mesmo tempo, a mulher de cabelo cacheado correu até nós, segurando a mão de uma criança.

— Vigária! Que missa linda! Demetrius gostou muito, não foi?

Demetrius olhou para o chão.

— E Perséfone adorou as canções, não foi, meu amor? Diga à vigária qual foi a sua preferida.

— Eu não adorei as canções. Eu odiei — afirmou Perséfone.

— Ah, minha querida, vamos tentar melhorar na semana que vem, não vamos?

A vigária sorriu para Perséfone, que segurava sua boneca de cabeça para baixo com uma das mãos e cutucava o nariz com a outra.

— Ela está brincando — disse a mãe. — Tem o senso de humor do pai. Onde ele está? Andrew? Andrew? — Ela escaneou a pequena sala, com o cabelo balançando na altura nos ombros. — Vamos lá encontrá-lo, mas muito obrigada mais uma vez, vigária. Nós nos vemos na semana que vem.

— No mesmo horário de sempre! — exclamou a mulher, ainda sorrindo, e quando todos tinham enfim saído em segurança da sala, seu rosto voltou ao normal e ela respirou fundo. — Eles só frequentam a igreja porque precisam das vagas na escola do bairro.

— Ah! — lamentou minha mãe.

— Sidney! Oi, como você está? Venha conhecer essas pessoas bacanas.

Ela gesticulou para o homem que estivera lendo o *Sunday Times* e que agora estava circundando a bandeja de biscoitos no canto.

Sidney pegou um biscoito e veio até nós.

— Essa é Susan, e a filha de Susan, Polly, e Bill. Vocês são casados? — perguntou ela, olhando para mim e Bill com um olhar interrogatório.

— Deus, não! — respondi. — Quer dizer, desculpe, não, não somos casados. Somos só amigos.

— Há quanto tempo você frequenta essa igreja, Sidney? — perguntou minha mãe, voltando sua atenção para ele.

— Há uns dois anos, acho. Não é isso, vigária?

Sidney vestia um casaco de nylon velho, estava com o jornal debaixo do braço e farelos de biscoito no queixo.

— É, acredito que seja isso mesmo. Mais ou menos quando cheguei aqui. Você é um dos nossos mais fiéis, não é verdade?

Sidney sorriu.

— Acho que, hoje, posso dizer que sim. Sermões muito bons, porque ela não fica embromando durante horas.

— Assim, todos podemos chegar em casa para o almoço!

— Exatamente, Susan — respondeu a vigária. — É para isso que servem os domingos. Uma parte pequena para rezar, e a parte maior para almoçar.

Meu tipo de vigária.

*

É claro que Lala não estava em sua mesa na segunda de manhã quando cheguei, mas, pelo menos, tive mais tempo de ensaiar. "La, tenho que confessar uma coisa…" Não, assim eu parecia culpada. "La, preciso te contar uma coisa…" Dramático demais. "La, nesse fim de semana aconteceu a coisa mais engraçada do mundo. Jasper me levou para jantar na sexta à noite e eu transei com ele no sábado. Três vezes. E ontem de manhã também, na verdade."

Complicado.

Lala chegou numa nuvem de fumaça de cigarro, meia hora depois.

— Bom dia, Pols. Como você está? Eu… *Cof, cof, cof.* Meu Deus, peguei o pior resfriado de todos os tempos, nem deveria ter vindo.

— La…

— Sei que foi porque fiquei do lado de fora o sábado inteiro, andando a cavalo. Estava um frio congelante em Gloucestershire, realmente pensei que fosse morrer várias vezes.

— La…

— E aquela desesperada, Sophia Custard-Hardy, estava lá. Meu Deus, ela é terrível. Ficou dando em cima de todos os caras e estava completamente bêbada e…

— *Lala.*

Ela se assustou.

— O que foi?

— Nada, na verdade. Só queria que você soubesse que eu e Jasper jantamos juntos na sexta e…

— Você e Jaz? — Lala levantou e colocou as mãos nos bolsos do casaco. — Onde estão meus lenços?

— Aham.

— Para falar da reportagem? — Ela ainda estava vasculhando os bolsos em vez de olhar para mim. — Sinceramente, o que eu faço com eles? Por que sempre desaparecem?

— Mais ou menos.

— Pensei que você já tivesse escrito a matéria, não? Ah, olha, aqui tem um. Ela pegou um pedaço de um lenço no fundo da sua bolsa.

— Sim, eu já tinha.

— Então, por que você foi jantar com ele?

— Foi meio que um encontro.

— Um encontro? Você? Com Jaz?

Lala olhou para mim, com as mãos congeladas no rosto e um lenço úmido entre os dedos.

— Tipo isso.

Ela assoou o nariz e franziu a testa.

— Aconteceu algo?

— Nós nos beijamos na calçada do lado de fora do restaurante, e eu entrei num táxi e fui para casa. Só isso. Mas aí, no sábado, eu encontrei com ele de novo...

— Com Jasper?

— Aham.

— De novo?

— Isso.

— Por quê?

— Ele me mandou uma mensagem. E perguntou se eu estava livre. E eu meio que estava... Então, ele foi até minha casa e... é... nós dormimos juntos.

Seu lenço úmido ainda estava pairando no ar.

— Você dormiu com ele?

— Meio que sim. Quer dizer, sim. Não teve muito sono assim — eu disse e ri para ela, nervosa. — Mas foi isso. Você se incomoda? Por favor, diga que não. Simplesmente aconteceu.

Ela piscou para mim.

— Não, não me incomodo. Nem posso, não acha? Faz anos que Jasper e eu namoramos. É só um pouco... estranho, só isso.

— Estranho bom?

— Acho que sim. Só... Como tudo começou? No castelo de Montgomery?

— Mais ou menos. Mas sinceramente, La, nem acho que será algo importante. Você sabe como ele é.

— Sim. Tenha cuidado, Pols. Você está gostando dele?

— Na verdade, não sei. Gosto dele como pessoa, bem mais do que achei que gostaria. Mas não acho que vamos nos casar, não entre em pânico.

Quer dizer, isso foi o que eu disse para ela, mas obviamente uma pequena parte de mim — a pequenina parte psicótica que se esconde dentro de todos nós — tinha imaginado se seria melhor se casar no Castelo de Montgomery no verão ou no inverno e se já havia existido uma duquesa chamada Polly antes. Mas a parte mais sensata do meu cérebro chegou, me mandou parar de ser absurda e disse que garotas de classe média de Surrey não se casam com futuros duques, exceto em livros românticos bobos.

— Meu Deus! — exclamou Lala, interrompendo meu devaneio. — Você teria Eleanor como sogra.

— Verdade. Imagina só! — falei rapidamente.

107

— Eu imaginei uma vez. Mas, por sorte, provavelmente, escapei disso. Vou fumar um cigarro e comprar um café. Quer um?

— Não, não, obrigada.

Ufa, pensei, enquanto Lala desaparecia em direção ao Pret. Pelo menos eu tinha contado a ela. E ela pareceu tranquila com a notícia. Portanto, isso estava resolvido.

*

As notícias naquela tarde não foram tão boas quando minha mãe me ligou. Atendi o telefone com uma mão, segurei entre a orelha e o ombro e continuei descendo a tela do Twitter.

— Oi, mãe. Como você está?

— Oi, querida. Achei que deveria te ligar...

A voz dela estava falhando um pouco. Parei de mexer na tela.

— Mãe, o que houve?

— É que recebi a carta do médico.

— E o que diz?

— Eles acham que é... ou parece que acham que é alguma coisa. Que é um tumor. — disse ela, e começou a chorar.

— Ai, meu Deus, mãe. Que merda. Desculpe. Ok... espere... o que mais diz na carta?

— Só que...

Prantos.

— Só que...

Mais prantos.

— Só que está no estágio dois, seja lá o que isso signifique. Não sei o que é estágio dois. Como acham que vou entender isso?

Minha mãe começou a chorar mais e eu ouvi Bertie latir no fundo.

— Ok.

Eu não conseguia suportar ouvir minha própria mãe chorando no telefone. O que eu poderia dizer de reconfortante? Minha cabeça entrou no modo prático.

— Eles disseram alguma coisa sobre o que fazer agora?

Ela soluçou outra vez, e Bertie latiu mais alto.

— Disseram que vão entrar em contato para falar sobre datas da cirurgia. E, talvez, sobre quimioterapia. Quimioterapia! Polly, vou perder todo meu cabelo.

— Ah, mãe, eu sinto muito. Mas... vai crescer de volta. E escute, existe um plano. Isso já é muita coisa. Um plano para resolver tudo isso.

Eu estava me agarrando em qualquer coisa, mas não sabia o que dizer. O que se deve dizer à sua mãe quando ela liga e diz que foi diagnosticada com câncer?

— Estou aqui com você, mãe — falei com delicadeza.

— Desculpe ligar para você no trabalho, filha — disse ela, e soluçou novamente.

— Não seja ridícula, estou aqui sempre que você precisar. Bem, vamos pensar, então. O próximo passo é esperar eles entrarem em contato para falar sobre as datas da cirurgia?

Ela fungou.

— É, acho que sim.

— Está bem. Me avise no segundo em que isso acontecer, para eu tirar uns dias de férias.

— Você não precisa fazer isso.

— Mas é claro que vou fazer. E Joe vai ficar superempolgado em cuidar de você também. O que ele mais ama é sentar no sofá e assistir televisão. Então, mãe, não se preocupe, de verdade. Nós daremos conta de tudo. Estamos todos aqui. Vai ficar tudo bem.

Vai ficar tudo bem. Tinha que ficar tudo bem. Mas a verdade é que eu estava sem chão. Não sabia o que dizer e não sabia nada sobre câncer. É uma doença que está em todo canto, em filmes, na TV, em anúncios no metrô, em camisetas de maratona, mas nunca conheci ninguém próximo que tenha tido. Era uma sensação terrível, saber que um tumor — que palavra grotesca! — tinha começado a se desenvolver dentro do corpo da minha mãe. Mas alguns cânceres eram piores do que outros, não eram? Ouvimos pessoas dizerem "Puxa, câncer de fígado, coitado, esse é um dos ruins". Como se alguma outra forma de câncer pudesse ser "boa". Mas onde ficava o câncer de mama nessa escala dos bons e ruins? O que significava estágio dois? O estágio dois vem logo depois do estágio um, então não podia ser tão ruim, não é? Mas havia quantos estágios?

— Obrigada, meu amor — agradeceu minha mãe. — Agora, volte ao trabalho.

— Tá bem, mas eu te amo. E te vejo mais tarde para jantar, ok? Por que eu não levo algo para gente, só dessa vez?

— Não, não. Tem um pedaço de salmão que já está começando a dar cheiro na geladeira, é melhor a gente comer logo.

Esse não era o momento para começar a falar sobre os hábitos de armazenamento da minha mãe.

109

— Ok, vou levar uma garrafa de vinho. E provavelmente uma barra bem grande de chocolate.

— Maravilha. Obrigada, querida — disse ela, então parou e assoou o nariz. — E depois posso contar tudo sobre aquele moço gentil que conhecemos na igreja ontem.

— O quê?

— Sidney, aquele com o jornal. Nós almoçamos juntos num bar ali perto. Ele é muito gentil. Perdeu a mulher há alguns anos.

— Você teve um encontro, mãe?

— Não exatamente. Eu não estava vestida para um encontro. Mas foi um ótimo almoço.

— Uau! Mas tudo bem, vamos conversar sobre isso hoje à noite.

De repente, tínhamos muita coisa para conversar à noite.

— Ok, filha. Vejo você lá pelas sete.

Desliguei o telefone e abri o Google. Digitei "Câncer de mama estágio dois". "No estágio dois, as células cancerígenas já se espalharam de seu local original pelo tecido que envolve o seio", dizia o primeiro site que entrei. Fiquei enjoada ao pensar naquela coisa "se espalhando" pelo corpo da minha mãe. Por quanto tempo esse negócio já estava secretamente se alastrando, essa pequena minhoca malévola esperando para atacar? E o que poderíamos fazer para impedi-la?

Capítulo 7

Minha mãe foi internada no hospital três semanas depois, para fazer a cirurgia. A gente ouve falar em lista de espera e pessoas vivendo em corredores de hospitais, mas até que tudo foi bem rápido. O procedimento chamava-se tumorectomia — outro termo médico cruel sobre o qual tivemos que nos informar —, que significava a remoção de um tumor e de vários linfonodos infectados em seu peito.

Antes da cirurgia, deitada na cama do hospital com uma camisola branca, a maior preocupação dela parecia ser Bertie, que estava passando miniférias comigo e com Joe, enquanto ela não estava em casa. Você poderia pensar que ele era um bebê recém-nascido, e não um terrier incontinente de 9 anos, ao olhar as instruções que vieram junto com ele.

— Você vai levá-lo para dar uma volta e respirar ar puro, não vai? — perguntou ela enquanto esperávamos as enfermeiras para levá-la para a sala de operação. — E não se esqueça de comprar o tipo certo de ração pastosa, a latinha de frango, não é a de carne. Essa não faz bem para ele. E um pouco de cenoura ou alguns vegetais misturados. Mas não pode ser tomate, ele não gosta. E lembre-se de encher o pote de água dele.

Eu assenti com a cabeça.

— Ele está ótimo. Joe já até o levou para passear hoje. Não precisa entrar em pânico, mãe.

Joe tinha me mandado uma mensagem mais cedo sobre o passeio deles: Levei Bertie ao parque ao lado do conservatório. Ele fez um cocô de dinossauro. Jamais terei filhos. Mas achei que minha mãe não precisava desse tipo de detalhe antes da cirurgia.

Duas enfermeiras em uniformes azuis chegaram para levá-la meia hora depois, ou um pouco mais.

— Vejo você em breve — disse ela, apertando minha mão.

E eu assenti e pressionei meus lábios, para que ela não me visse chorar enquanto era levada embora. Eu vinha sentindo ondas constantes de terror nas últimas três semanas. E se não desse certo? E se a pequena minhoca malévola em seu corpo continuasse se alastrando? E se não conseguíssemos controlar?

Sentei na sala de espera por duas horas, tentando ler meu livro, mas fracassando, pois chegava no fim de uma frase e percebia que tinha esquecido o início. Tentei, então, ler uma revista, mas eu não ligava muito para o novo Botox no joelho de Kim Kardashian. Olhei o Instagram e me senti incomodada com as fotos de cachorros e ovos. Bill mandou uma mensagem pedindo que eu avisasse quando minha mãe saísse da cirurgia. Respondi com um emoji de "joinha" e pensei se veria Jasper essa semana. Tínhamos feito planos vagos para o sábado, mas eu disse que dependeria da saúde da minha mãe.

Tínhamos nos encontrado três vezes desde aquela noite do tornozelo torcido. Todas as vezes ele vinha para minha casa tarde da noite, e toda vez nós íamos direto para o quarto e passávamos a noite fazendo todo tipo de posição que normalmente se vê no Cirque du Soleil. Olhei para um pôster na parede na minha frente. O QUE VOCÊ SABE SOBRE CÂNCER DE PRÓSTATA?, dizia em letras maiúsculas escandalosas. Eu provavelmente não deveria estar pensando em posições sexuais na sala de espera de um hospital enquanto minha mãe estava sendo operada.

Cerca de uma hora depois, ela voltou da sala de recuperação, pálida e dormindo.

— Ela está bem — disse a enfermeira —, só está sedada e ainda vai ficar grogue por algumas horas.

Assenti e segurei firme a mão da minha mãe, para que ela soubesse que eu estava ali.

*

Voltei para o hospital na manhã seguinte e a encontrei bem animada. Quase normal.

— Queria uma xícara de chá — disse ela, ainda deitada na cama.

O zumbido distante de um programa matinal, vindo de uma televisão do lado de fora, espalhava-se pela ala.

— Tenho certeza de que podemos providenciar — falei, olhando para trás a procura de uma enfermeira. — Só um minuto, vou tentar encontrar alguém.

A cirurgia tinha sido um sucesso, de acordo com o dr. Ross, um médico escocês que tinha estudado medicina em Edimburgo, fato que deixou minha mãe feliz, pois ela julgava ser uma universidade "adequada".

— Não como aquelas universidades inventadas em lugares como Bournemouth — disse ela, enquanto ele fazia sua ronda pela ala naquela manhã.

Ela passaria mais uma noite no hospital, o dr. Ross disse, e depois provavelmente teria alta para ir para casa, onde precisaria descansar por duas semanas, para que os pontos cicatrizassem.

Não consegui achar uma enfermeira para pedir uma xícara de chá, então fui até a cafeteria lá embaixo, local que estava se tornando bastante familiar.

— Oi, querida — disse a mulher enorme que operava o caixa.

Ela havia decidido, em algum momento inoportuno de sua vida, tatuar a sobrancelha.

— Oi — respondi, sorrindo. — Estou de volta. Queria uma xícara de chá.

— Nada para comer? Você parece exausta, meu bem. Aqui, por que não leva um desses? A data de validade é hoje mesmo — sugeriu ela, pegando um brownie com uma pinça e colocando dentro de um saquinho de papel.

— Ah, ok, obrigada.

— Você precisa se alimentar, uma menina alta desse jeito — disse ela, e me entregou o saquinho.

Que gentil, pensei, pegando o saquinho e sorrindo para ela.

Enquanto esperava o chá, olhei para o celular. Lex tinha mandado mensagem mandando um beijo para minha mãe e perguntando se eu poderia encontrá-la algum dia da semana para conversar sobre meu vestido de madrinha. Fiquei incomodada com o fato de ela estar tagarelando sobre seu casamento enquanto eu estava no hospital com minha mãe, então eu a ignorei. Coloquei o celular no bolso da calça e voltei para o quarto, onde encontrei minha cadeira ocupada por um homem de casaco cinza com o cabelo penteado.

— Polly, você se lembra de Sidney, não lembra? — perguntou minha mãe.

Ela havia recostado na cama e jogado o cabelo para trás por cima do travesseiro, parecendo uma espécie de Botticelli desengonçado. A cortina agora estava presa em sua cama.

— Sim, é claro. Oi, Sidney.

Coloquei o chá na mesa de cabeceira, sem saber como cumprimentá-lo. Um aperto de mão? Um abraço? Estendi o saquinho com o brownie.

— Quer um pedaço? A moça da cafeteira me deu de graça.

— Ah, que gentileza — falou Sidney. — Aqui, Polly, sente-se.

— Não, não. Polly ficou aqui a manhã toda — disse minha mãe. — Sidney, fique sentado.

— Eu encosto aqui na cama, sem problemas — falei. — Tem certeza de que não quer um pedaço de brownie?

— Não, não, estou satisfeito. Obrigado, Polly. Não quero ficar sem fome para o almoço.

Sidney, de casaco de lã, sapato irlandês marrom lustroso de cadarço e cabelo repartido na lateral, não parecia um homem que se atrevesse a fazer estripulias que estragassem seu apetite para o almoço.

Botei a mão no saquinho e comecei a comer.

— O que você faz, Sidney?

— Ele está aposentado agora — respondeu minha mãe, enquanto Sidney abria a boca.

— Ah. E o que você fazia?

— Ele era advogado do ramo imobiliário — disse minha mãe, cuja energia parecia não diminuir, apesar de ter feito cirurgia havia menos de vinte e quatro horas.

— Um tédio terrível, creio — completou Sidney. — Não era um trabalho tão empolgante quanto o seu. Susan me contou sobre ele.

— Ah, é mesmo?

— Bem, um pouco. E, é claro, tudo sobre os seus encontros com o novo cara.

— Ah.

— Ele parece muito interessante — acrescentou ele.

113

— É. Talvez. Vamos ver.

Pensei pela octogésima sexta vez se deveria escrever para Jasper sobre a noite de sábado e, pela octogésima sexta vez, resolvi que deveria esperar que ele escrevesse para mim. Estava tentando agir mais tranquilamente do que todas as outras vezes. Nunca enviar mensagem primeiro. Nunca ser a última a mandar mensagem. Mas meu telefone estava sempre a alguns centímetros de distância de mim e, no segundo em que a tela acendia, eu o pegava, como um galgo atrás de um coelho.

— Vamos ver no que vai dar — repeti vagamente para Sidney.

— A Polly é terrivelmente cínica com relação aos homens — afirmou minha mãe.

— Ah — falou Sidney, olhando para baixo e mexendo no punho da sua camisa.

Amassei o saquinho de papel e sacudi as migalhas de brownie da minha calça.

— Bem, mãe, se você está se sentindo bem, acho que vou nessa. Vou para casa e deixarei vocês dois em paz, tá bem?

De repente eu me vi desesperada por um pouco de ar livre e a solidão do meu apartamento.

— Sim, sim, claro. Obrigada, querida. Você vai se lembrar de levar Bertie para passear, não vai?

— Vou.

— E os detalhes da comida dele?

— Sim, prometo. Ele está bem. Está se divertindo vendo *Eggheads* com Joe. — Dei um beijo na cabeça dela e acenei, de forma esquisita, para Sidney. — Foi um prazer revê-lo. Até logo.

— Com certeza — afirmou Sidney, acenando para mim antes de se voltar para minha mãe. — Pensei em fazermos palavras cruzadas, Susan, se você estiver disposta.

— Ah, sim — respondeu minha mãe, sorrindo.

Deixei Sidney vasculhando em sua bolsa à procura do exemplar de *Telegraph*.

Bertie dormiu na minha cama naquela noite, algo que eu tinha proibido na noite anterior, porque ele roncava. Mas ele chorou e arranhou minha porta com a patinha quando apaguei a luz do quarto, e acabei cedendo e deixando ele entrar.

— Mas você não vai dormir debaixo das cobertas. Aqui há limites. Só por cima — falei enquanto Bertie pulava em cima da cama.

Ele deitou e respirou fundo antes de (eu ouvi de verdade) soltar um pequeno pum.

*

Na manhã seguinte, eu estava de volta na *Posh!* quando Peregrine me chamou na sua sala.

— Você está com muita coisa hoje, Polly?

— Só estou escrevendo aquela matéria sobre as clínicas de hidrocolonterapia mais populares de Londres.

— Termina essa primeiro, depois tenho outra coisa para você.

— Ah, é? — perguntei, esperançosa.

Minha matéria sobre Jasper ia sair essa semana, e eu esperava que Peregrine começasse a me passar trabalhos maiores. Mais entrevistas. Eu estava de saco cheio de entrevistar labradores de celebridades.

— Eu almocei com a condessa de Stow-on-the-Wold ontem, e ela me contou que deveríamos dar uma olhada no sheik... Espere, escrevi em algum lugar. Um nome engraçado.

Ele digitou em seu computador.

— Sim, é isso. Sheik Khaled bin Abdullah. Aparentemente, ele acabou de comprar uma casa perto dela em Gloucestershire. Ele é de... como se pronuncia isso, Cutter?

— Catar?

— Isso, é isso mesmo. Seja lá onde for.

— Oriente Médio.

— Tanto faz. Ele está causando um frenesi em Gloucestershire, porque quer cavar sua propriedade para construir uma pista de pouso para o seu jatinho particular. E está roubando os funcionários de todo mundo. Parece que a pobre da condessa acabou de perder seu segundo jardineiro.

— Descuido dela.

— O quê?

— Nada, nada. Tá bem, vou começar a pesquisar, pode ser?

— Sim, por favor. Ela me contou que ele gosta muito de corrida de cavalos.

— Ah, vou perguntar ao Jasper então. Ele deve saber de algo.

— Jasper? Jasper Milton?

Eu tinha falado o nome dele sem pensar. Esqueci completamente que não tinha mencionado o fato de estar saindo com Jasper para Peregrine, temendo justamente um interrogatório.

— Ah, é. Eu meio que... encontrei com ele algumas vezes recentemente — expliquei, pensando em deixar as coisas o mais vagas possível.

— Ele está te cortejando?

Pensei na última vez em que Jasper e eu havíamos transado, quando ele me deitou de bruços na minha cama, colocou as mãos na minha bunda, afundou o rosto entre minhas nádegas e me fez gozar com a língua. Eu estava extremamente preocupada com o rosto dele tão perto do meu... ânus, mas acabei relaxando e gritando com a cara no travesseiro.

— É... um pouquinho, acho — respondi para Peregrine.

— Polly, que notícia maravilhosa! Me avisa quando for a hora de comprar um chapéu!

*

Segundo o Google, o sheik era um bilionário de 29 anos, que tinha estudado nos Estados Unidos, mas havia se mudado recentemente para Londres. Tinha uma casa enorme em Mayfair e outra ainda maior em Gloucestershire. Tinha um bigode que parecia um chefe de drogas mexicano e cílios imensos. Mandei uma mensagem para Jasper.

Você sabe algo sobre o sheik Khaleb bin Abdullah? Bj

Ele me ligou na mesma hora.

— Talvez. Quem está perguntando?

— Eu, obviamente. Tenho que tentar conseguir uma entrevista com ele. Ou escrever o perfil dele.

— Posso perguntar a ele, se quiser.

— Jura? Você conhece ele?

— Um pouco. Eu o conheci em Ascot no ano passado. Ele é amigo do Barny.

— Quem é Barny?

— Aquele que sentou do seu lado no almoço lá em casa.

— Ah, sim, ele. Como eles são amigos?

— Propriedades vizinhas em Gloucestershire, embora a de Barny seja maior. Para a irritação do sheik. Ele está eternamente tentando comprar mais terras dele, mas Barny sempre diz que não e que imigrantes não deveriam poder comprar terras aqui.

— Jesus, esse cara! Mas tudo bem, se você não se importar em perguntar a ele, seria maravilhoso.

— Seu desejo é uma ordem. Vou dizer que essa garota devastadora, inteligente e incrível com quem estou saindo quer fazer inúmeras perguntas inescrupulosas a ele.

— Saindo?

Sorri e olhei para Lala ao meu lado, que estava com Bertie no colo. Ela estava dando umas balinhas para ele.

— Não gosto da palavra "encontrando". É muito americana.

— Você está falando que nem o seu amigo Barny.

— Ah, fala sério, admita. "Encontrando" é uma palavra terrível.

Eu ri.

— Não seja tão pedante. Onde você está?

— Indo para Londres, na verdade. Tenho uma reunião administrativa amanhã. Eu ia chamar você para sair, mas meu pai quer ver algumas coisas comigo hoje à noite.

— Não, não se preocupe. Eu tenho que me concentrar um pouco no sheik. Além disso, minha mãe vai para casa hoje e eu preciso ir até lá.

— Beleza. Eu vou ligar para ele e já ligo de volta para você. E nosso jantar de sábado está de pé?

— Ah, sim. Eu não tinha certeza se você ainda estaria livre, e teve toda a história da minha mãe e…

Eu estava tagarelando de um jeito esquisito.

— Não, não, estou completamente livre — afirmou ele. — Acho que você está precisando que eu te resgate e te leve para sair.

Eu sorri e olhei para baixo.

— Está bem. Obrigada.

— Como vai seu amante? — perguntou Lala, dando a Bertie outra bala enquanto eu desligava.

— Ele está bem. Ele conhece o sheik sobre quem Peregrine quer que eu escreva. Será que ele deveria estar comendo isso, La?

— Ele ama essas balinhas. Olha… — Ela colocou a mão no pacote e deu uma em formato de ovo frito para Bertie. Ele mastigou rapidamente, engoliu e olhou para Lala com as orelhas de pé, pedindo mais uma. — E eu sei de quem você está falando. O sheik das corridas de cavalo. Eu já o vi em várias ocasiões. Parece um cara gentil, ele lembra um ursinho de pelúcia.

— Um ursinho de pelúcia bem rico — falei, aliviada por fugir do tópico Jasper.

Eu ainda me sentia desconfortável em conversar com Lala sobre ele, principalmente porque, havia pouco tempo, ela tinha começado a dizer que não saía com ninguém "há anos" e que ia morrer sozinha e ser exibida no Museu de História Nacional como um fóssil.

Um e-mail de Bill apareceu na tela do meu computador.

Hola! Anima um jantar? Vou terminar o trabalho cedo hoje. O de sempre?

Ele se referia ao restaurante italiano na Pimlico Road que Bill gostava porque eles davam quantos pãezinhos você quisesse de entrada. Digitei minha resposta rapidamente:

Bem que eu queria, mas preciso ir ver minha mãe. Ela volta para casa do hospital hoje. Bjs

Eu estava planejando pegá-la no hospital de carro para levá-la para casa, mas Sidney aparentemente havia se disponibilizado para buscá-la. Ele parecia bem romântico.

Bill escreveu de volta no mesmo instante.

Claro. Você quer passar um tempo sozinha com ela ou a paciente já pode receber visita? Eu levo o jantar, se não for me intrometer. Imagino que você esteja precisando de um pouco de apoio moral, não?

Escrevi de volta para ele dizendo que eu ia amar. E minha mãe também.

*

Bertie ficou muito feliz por voltar para casa e para minha mãe naquela noite, o que foi meio ofensivo. Assim que eu o coloquei no chão, ele saiu correndo para a sala e pulou no sofá onde ela estava deitada.

— Ai, meu Deus! Bertie, desce daí. Mãe, você está bem?

Ela estava quase totalmente encoberta por uma pilha de cobertores.

— Estou muito bem, obrigada, querida. Oi, Bertie, você se divertiu nas suas férias? Ela cuidou de você?

— Sim, cuidei. Ele foi muito mimado no escritório — falei.

Ela não precisava saber das balinhas. Bertie teve uma dor de barriga terrível depois daquilo e arruinou um canteiro dos jardins do Kensington Park.

— Onde está Sidney?

— Ele tem jogatina com os amigos hoje, e eu não queria que ele perdesse. Que horas Bill vai chegar?

— Umas sete, ele disse.

— Perfeito. Bem, eu tenho que beber a velha e entediante água, mas abra uma garrafa de vinho que está na geladeira.

— Tá bem, farei isso.

— E você tem certeza sobre a comida de restaurante? Tem uns peitos de frango na geladeira que eu comprei há alguns dias.

— Sim — falei firme, servindo-me de vinho. — Foi Bill que sugeriu. Mais fácil. Menos louça para lavar.

— Tá bem — minha mãe aceitou. — Vou comer o frango outro dia da semana, então.

Bill chegou meia hora depois, e eu abri a porta e dei de cara com ele de pé segurando sua maleta, uma sacola e um buquê de lírios.

— Oi, oi. Acho que exagerei um pouco no vinho. E na comida. E no chocolate também, para ser sincero.

— Idiota — falei, pegando a sacola. — Mas ao menos é um idiota adorável. Entra logo antes que você seja atacado pelo cão de guarda menos assustador de Battersea.

— Oi, Bertie — disse Bill, agachando-se para fazer carinho em sua cabeça. — Susan, quero um abraço apertado — brincou Bill, quando entrou em casa. — Não vou perguntar como você está porque imagino que você esteja de saco cheio de ouvir isso. Mas vim preparado com vinho e petiscos e um homus levemente esquisito e brilhante que encontrei na lojinha aqui da esquina. E isso.

Ele levantou os lírios na sua frente.

Minha mãe, ainda sentada no sofá, abraçou Bill, enquanto eu tirava as compras da sacola na cozinha.

— Ah, Bill, menino lindo, eu estou bem — respondeu ela. — Melhor agora, depois de ver você. Polly, pode colocar essas flores na água? E Bill, quero saber tudo sobre essa sua nova namorada.

— Ah! As notícias viajam rápido nesse lado da cidade.

Ele ergueu a sobrancelha para mim, e eu lhe entreguei uma taça de vinho.

— Eu não contei quase nada para ela — garanti.

— Bem — começou Bill, sentado no sofá em frente à minha mãe —, o nome dela é Willow, e ela é adorável.

— E como vocês se conheceram?

— No Tinder, aquele aplicativo, sabe. Pols já contou sobre ele?

— Sim. Obrigada, William, eu tenho 61 anos, não 161. Já ouvi falar. As coisas só eram bem diferentes no meu tempo.

— Cartas levadas por pombos-correio? — brincou Bill.

Ela bateu no braço dele.

— Não. A gente se conhecia em festas, essas coisas. Mas aí eu conheci Mike e foi isso.

— Você nunca olhou para trás e repensou? — perguntou ele, com a boca cheia.

— Não, nunca.

— Mas como você sabia, mãe? — perguntei da cozinha, onde estava cortando os cabos dos lírios. — As pessoas estão sempre dizendo: "A gente simplesmente sabe". Mas e se a gente não souber? Ou se a gente achar que sabe, mas, na verdade, não souber nada?

Eu ainda estava tentando ir devagar com Jasper. Tentando não colocar o carro na frente dos bois, não imaginar qual seria o nome dos nossos filhos (Olive? Sempre gostei desse nome para uma menina). Eu ainda não conseguia acreditar que nós estávamos "saindo". Todas as vezes que Jasper tinha passado a noite comigo (tudo bem, foram somente três, mas ainda assim...), eu tinha acordado na manhã seguinte surpresa de encontrá-lo na minha cama. O que um marquês gato estava fazendo ali? Eu estava convencida de que ele se cansaria do meu apartamento úmido e terminaria comigo a qualquer instante. Mas aí... ele tinha dito no celular mais cedo que queria me "resgatar" — fiquei repetindo a palavra na minha cabeça inúmeras vezes —, então talvez eu devesse ter um pouco mais de esperança.

Minha mãe franziu a testa.

— Como assim "como você sabia"? Você está falando de Jasper?

— Ai, Deus, ele não — disse Bill, com a boca cheia.

— Bill....

— O quê?

— Não julgue! Você nem conhece ele.

— Pols, fala sério. Ele é um playboy, você mesma me disse. Susan, você tem que ficar do meu lado. Não estou muito confiante sobre esse cara.

Olhei para minha mãe, que abriu a boca e fechou em seguida.

— E de qualquer forma — continuei —, eu fui muito legal com Willow na festa de noivado da Lex.

— Por que não seria? — perguntou Bill, novamente com a boca cheia.

— Por nada. Ela é bacana.

— Bacana?

— É. Bacana. Superdoce. Quer dizer, ela provavelmente não vai descobrir a cura do câncer, mas se é isso o que você quer, tudo bem — falei, arrumando as flores na mesa da cozinha antes de colocar a mão na boca. — Ai, meu Deus, mãe, desculpe. Não pensei no que falei.

— Polly, querida, que bobagem. Mas vocês dois, parem de se implicar. Sou eu quem está com câncer agora, então vale o que eu digo, e eu digo para pedirmos comida no restaurante indiano.

— Ótima ideia — concordou Bill, olhando feio para mim.

Peguei o cardápio preso na geladeira e entreguei à minha mãe.

— Não estou com tanta fome, vou comer só uma coisinha. Escolhe para mim — disse ela, passando o cardápio para Bill.

120

— Estou morrendo de fome — disse ele, segurando o cardápio com uma mão e usando a outra para passar uma tortilha no homus como se fosse uma colher. — Então, vamos pedir *bhajis* de cebola de entrada. E eu vou comer um frango amanteigado. Já vem acompanhado de *chapati*, não é?

— Sim — respondi e peguei o cardápio da mão dele. — Vou pedir o frango *jalfrezi*. E arroz branco. Mãe, você tem chutney em casa?

— Provavelmente, enterrado no fundo do armário.

— Vou pedir um chutney de manga extra, só para garantir — completei, nada animada com a ideia de enfiar a mão no fundo do armário da minha mãe. — Então, um arroz branco e, Bill, qual arroz você quer?

— Branco está bom para mim. Muito, por favor. Hoje, eu pago.

— Menino adorável! — exclamou minha mãe.

Capítulo 8

Por volta de meio-dia do dia seguinte, Lala chegou no escritório e jogou a bolsa na mesa de um jeito dramático.

— Pols, acho que o meu DIU caiu.

— Como assim caiu? Ele deveria ficar preso lá dentro.

— Sim, eu sei. *Supostamente*. Mas também sei que deveríamos checar a cordinha de vez em quando, e eu não consigo senti-la.

Ela tirou o casaco e fez login no computador.

— La, acho que não consigo resolver isso agora antes do almoço — falei, tentando me distrair após ler o e-mail de Lex que tinha acabado de aparecer na minha caixa de entrada.

Você fica feliz em usar rosa como madrinha? E pensei em sapatos que combinassem. E o cabelo meio preso, meio solto. Bjs

Eu realmente não achava que rosa caía bem em mim.

Sim, claro. Que tom de rosa? Bj

Meio cor de boca. Além disso, você quer trazer Jasper como seu acompanhante? Minha mãe vai EXPLODIR de alegria se tiver um marquês de verdade no mapa de assentos. Bjs

Recostei na minha cadeira e pensei. Era um pensamento atípico, mas carinhoso, a ideia de levar alguém comigo em um casamento. E não era um alguém qualquer. Era Jasper comigo no casamento, de pé ao meu lado, como um casal normal. Em vez de ficar lá de pé como um enfeite de chapéu, procurando na igreja toda um homem bonito e solteiro. Mas ainda parecia muito cedo para convidá-lo.

A voz de Lala interrompeu meu devaneio:

— E se estiver boiando em algum lugar do meu corpo? E se estiver preso em um rim? Ou nos pulmões?

— Espera um segundo, La. Meu celular está tocando.

Era Jasper. Merda, a matéria! Ele devia estar me ligando para falar da matéria na *Posh!*. Tinha sido publicada hoje.

Peguei meu telefone na mesa e fui até o corredor.

— Oi — atendi o mais tranquila que consegui.

— Bom dia — disse ele.

Ele parecia sério? Talvez um pouco? E se tivesse odiado? E se os pais dele tivessem odiado?

— Então, eu preciso te falar uma coisa.

AI, MEU DEUS, ERA ISSO, NÃO ERA? ELE ESTAVA TERMINANDO TUDO. Falei para mim mesma para respirar fundo. *Acalme-se, Polly, vocês só saíram juntos algumas vezes. Você nunca ia casar com ele mesmo. Sua carreira é mais importante do que um homem.*

— O que foi?

— Falei com o sheik Khaled e ele pediu para nós ficarmos lá.

— O quê? O que significa isso, ficarmos lá?

— É, ficarmos lá. Nós dois irmos para a casa dele em Gloucestershire e ficarmos hospedados em um dos quartos.

— Ah, ok — respondi, sentindo o alívio se espalhar pelo meu corpo. — Quer dizer, que máximo, obrigada. Achei que você estivesse ligando para falar da matéria.

— Qual matéria?

— Da sua matéria!

— Ah, já saiu?

— Sim!

— Excelente. Vou pedir a Ian para me trazer um exemplar assim que desligar o telefone. Mas, escute, Khaled quer que a gente vá nesse fim de semana.

— Nesse? Daqui a dois dias?

— É — respondeu Jasper. — Pensei que eu poderia pegar você no sábado de manhã e chegaríamos a tempo de tomar um drinque.

— Ah, tá bom — falei. — Vou só checar com minha mãe se ela vai ficar bem.

— Será só a noite de sábado — explicou ele. — Trago você de volta no domingo.

— Tenho certeza que não terá problema algum — falei, rápido, torcendo para que Sidney estivesse disposto a uma seção de palavras cruzadas no sábado à noite. — Vou falar com ela, mas está ótimo. Obrigada. Vou poder entrevistá-lo?

— Com certeza encontraremos um tempinho, meia hora, para vocês sentarem e conversarem. Acho que ele está bastante animado em aparecer na *Posh!*, para ser sincero. Ele vê como uma espécie de aceitação na sociedade britânica, ser colocado ao lado de duques e tal. Ele perguntou se você vai querer tirar fotos.

— Não sei ainda.

— E disse que quer conversar comigo sobre alguns cavalos. Então pode ser mutualmente benéfico.

— Maravilhoso. Obrigada de novo. Peregrine não vai se aguentar de alegria.

— Que bom. Bem, então vai lá e conte a ele, e eu vou ler todas as coisas péssimas que você disse sobre mim.

— Não foram péssimas — falei. — Prometo. Bem, acho que prometo. Espero que você goste. Espero que seus pais gostem.

— Ah, não se preocupe com isso, eles nunca leem nada.

Desliguei o telefone e voltei para minha mesa, onde Lala me olhou com uma cara duvidosa.

— Você está apaixonada por ele?

— O quê? La, não. Estamos saindo há, o quê, algumas semanas. Não estou apaixonada por ele. Só estou… gostando dele.

Sorri. Na verdade, eram cinco semanas e seis dias exatamente, desde que eu tinha ido ao castelo de Montgomery. Mas Lala não precisava saber que eu estava fazendo algo tão patético quanto contar os dias.

— Ah, amiga. Você definitivamente está apaixonada por ele — afirmou ela, voltando-se para o computador e balançando a cabeça. — Isso é um desastre. Enfim, preciso procurar "DIU desaparecido" no Google.

Jasper me enviou uma mensagem uma hora depois.

Ficou incrível. Você foi muito generosa comigo e com minha família. Obrigado. Você é especial. Bj

Meu estômago deu uma cambalhota e eu fiquei tonta. Não consegui evitar. Apesar de ter dito a mim mesma para ser sensata, olhei para a mensagem dele durante um bom tempo na minha mesa. "Você é especial." Somente três palavrinhas, mas significavam muito para mim.

Meu Deus! Às vezes, era muito cansativo ser mulher.

*

Encontrei Legs no balcão da sala do figurino na quinta-feira de manhã, bebendo seu café e fazendo careta para a arara de roupas na sua frente. Eu tinha pedido ajuda novamente com roupas para o fim de semana.

— Bom dia, Legs.

Ela respirou fundo.

— Não sei como isso vai dar certo. Chanel mandou algumas coisas, mas são tamanho de passarela e… — Ela olhou para o café na minha mão (com leite integral). — Você veste o quê? Tamanho 42?

— Mais para 40.

Ela respirou fundo de novo.

— Vai ser difícil. Mas vou tentar dar um jeito.

— Se não se importar…

— Então, você precisa de algo para um jantar sábado à noite, *oui?*

— Isso.

— Mmmm — disse ela, olhando para minha cintura. — Ok. Experimenta esses.

Ela me entregou diversos cabides de roupa e pegou o café da minha mão.

— Tá bem. Vou correr no banheiro e experimentá-los.

— *Non*, aqui. É mais rápido e eu posso ver como você fica. Vai ali — disse ela, me empurrando para trás de outra arara cheia de roupas.

Tirei minha calça jeans e minha blusa de um jeito inseguro, de costas para Legs.

— Polly! — disse ela, horrorizada. — O que você está fazendo?

— O quê? — perguntei, olhando para trás, constrangida. — Você disse para eu me vestir aqui.

— *Non*, o seu sutiã! Sua calcinha! Você não pode usar essas coisas. Sinceramente, isso é alguma brincadeira, *non?*

— Como assim?

— Polly, minha vó usa uma lingerie mais sexy do que essa. Vou ligar para uma amiga na Rigby & Peller e você vai até lá na hora do almoço.

— E gastar milhões de libras em um pedaço de renda que vai me coçar e me arranhar, e possivelmente ficar tão enfiado na minha bunda que vai me causar sérias lesões internas? Não, obrigada.

— Não, não, não será um milhão de libras. Ela vai dar um desconto. Você não pode usar essa lingerie, Polly. Como ficou o vestido?

Eu tinha entrado num vestido de lã preto curto, com uma tarja de couro e um zíper que subia no meio das costas.

— Quase não consigo alcançar o zíper.

— Venha aqui.

Fui até ela.

— Respire fundo.

— Estou respirando. Você pode só…

Legs, com a delicadeza de um guarda de campo de concentração, subiu o zíper de uma vez, prendendo um pedacinho do meu pescoço lá em cima.

Ela deu um passo para trás e me analisou.

— Vai funcionar. Quando você tiver um sutiã melhor.

*

— Olá, eu me chamo Polly — disse para uma mulher de meia-idade que vestia um batom rosa vibrante atrás do balcão da Rigby & Peller, na hora do almoço. — Acredito que Allegra tenha ligado. Da revista *Posh!*.

— Ah, Polly. Oi, aqui é a Carol. Sim, está tudo resolvido, só preciso que você dê uma olhada na loja e escolha as coisas que gostou. E então vou tirar suas medidas e nós seguiremos daí.

Eu concordei e olhei ao redor. Sutiãs castanho-avermelhados, cor de pêssego, pretos. Opções demais. Legs disse que a loja já tinha sido responsável por fazer a lingerie da rainha. Mas será que Vossa Majestade usava isso mesmo? Achei que ela precisasse de algo confortável para todas aquelas viagens, todas aquelas inaugurações de fábrica entediantes que ela tinha que ir. Para impedir que suas costas doessem. E então, pensei, por que estou pensando nos seios da rainha? Olhei um corpete com espartilho branco, que fechava com pequenos ganchinhos na frente, e o toquei.

— Você está procurando algo especial? — perguntou Carol do balcão.

— É… acho que só alguns sutiãs novos e umas calcinhas combinando — respondi, olhando para o corpete. — Esse provavelmente é um pouco demais para mim.

— Tive uma ideia, querida. Por que você não vai até um trocador e eu levo algumas peças para você? Em que cores está pensando?

— Ah, preto mesmo. Talvez branco. Mas branco sempre parece que fica…

— Um pouco amarelado na costura? — comentou Carol, baixando a voz de um jeito conspiratório.

— Eu ia dizer cinza.

— Cinza também — disse ela, abrindo uma das cortinas do trocador. — Entre aqui. Qual é o seu tamanho? Acho que...

Ela deu um passo para trás e olhou para o meu peito.

— Talvez 36C?

— Em geral é 34C, mas depende um pouco.

— Você não vai querer nada sobrando nas costas, querida. Espere, volto em dois minutos.

Carol reapareceu logo em seguida com o braço repleto de sutiãs de renda. Pêssego, amarelo, azul-bebê, laranja, preto e um castanho-avermelhado horroroso, cor de veias de varizes. Experimentei tantos sutiãs que achei que fosse ficar com as costas assadas, mas no fim, escolhemos um sutiã preto, um sutiã azul-bebê e "calçolas" combinando, como Carol insistiu em chamá--las. E o corpete. Eu tinha experimentado a pedido de Carol, apesar do meu medo de ficar parecendo um teste para o Sea World. E, na realidade, ficou incrivelmente lindo. Sexy até, que nunca era um adjetivo que eu tinha pensado em usar para mim. Prendia a cintura e me deixava com os seios das protagonistas de Jane Austen. Menos orca, mais Beyoncé.

— Então — disse Carol no balcão, após dobrar tudo em um papel de seda com a reverência de um bispo. — Tudo fica... duzentos e quarenta e uma libras, por favor.

— Ah, Carol, desculpe. Allegra tinha mencionado algo sobre um desconto?

Fiquei constrangida em precisar perguntar, mas não podia gastar o PIB da Bélgica em paninhos para os meus mamilos.

— Aham, já acrescentei, coração. Quarenta por cento é o desconto para imprensa. Espero que seja suficiente, certo?

— Claro — respondi, olhando para baixo e vasculhando minha carteira em busca do meu cartão de crédito. — Só queria checar. E obrigada.

A lingerie teria que virar uma herança de família. Eu as passaria adiante para minhas filhas. Se ficassem amareladas na costura seria uma pena.

*

Jasper me pegou na portaria de casa no sábado à tarde.

— Rápido, vamos, vamos, ou ficaremos presos com ela por anos — falei, fechando a porta da Range Rover dele enquanto Barbara olhava de dentro da loja. Imediatamente, eu me preocupei em como sentar de forma que minha coxa não se espalhasse no banco de couro.

— Já entrei para comprar cigarros — falou Jasper, acenando para Barbara. — Ela me disse que você é capricorniana, e portanto eu deveria ficar atento ao seu humor instável.

— Ah, queria que ela não tivesse falado nada! Ela é um perigo à sociedade.

— Bem — disse ele, ligando o carro. — Pronta?

— Sim — respondi. — Primeiro fim de semana fora.

— Primeiro?

Fiquei vermelha.

— Quer dizer, não. Não necessariamente. Não quis dizer que terão outros. Só quis dizer que estamos indo viajar. Juntos. Pela primeira vez.

Jasper teve um ataque de riso.

— Ah, putamerda, não seja cruel — falei.

— Você é a pessoa mais fácil de implicar em toda Grã-Bretanha, Polly Spencer. Vamos indo, para tentarmos chegar antes da meia-noite.

*

Little Swinbrook era um desses vilarejos que um visitante americano descreveria como "antiquado". Havia um lago com alguns patos do lado, grama verde cuidadosamente aparada e um bar com teto de palha chamado Duck & Doorknob.

— Essa é a casa do conde e da condessa de Stow-on-the-Wold — anunciou Jasper.

Ele apontou para um portão enorme de madeira à direita do carro. "Swinbrook Hall" estava escrito numa placa em cima dele. Estiquei-me no banco e tentei olhar por cima do portão, mas a entrada era irritante de tão reservada, com arbustos enormes plantados dos dois lados.

Ele diminuiu a velocidade e entrou num caminho de cascalho a cem metros da estrada, do outro lado. Tinha um portão de metal, que lentamente começou a abrir na nossa frente, revelando outro portão de metal por trás.

— E acho que essa é a de Khaled. Ele leva segurança bem a sério — comentou Jasper, seguindo adiante até ficarmos espremidos como um sanduíche entre os dois portões. Ele abriu a janela e debruçou na direção de um interfone na parede. — Boa noite. Jasper Milton.

Uma resposta inaudível veio do interfone. De repente, um barulho do portão se fechando atrás de nós, um estrondo, antes que o da frente começasse a deslizar para os lados.

— Abre-te, Sésamo — ordenou Jasper.

— O que acontece se ele quiser dar um pulo rapidinho no vilarejo para comprar leite? Levaria dias.

— Provavelmente tem alguém que cuida do leite para ele — respondeu Jasper, dirigindo devagar num caminho de pedrinhas com campos muito bem aparados dos dois lados.

E então, a casa apareceu. Era enorme. Como o Palácio de Buckingham, com degraus que levavam à entrada principal, pilares de pedra dos dois lados e uma enorme curva de cascalho na frente. Mas Jasper seguiu pelo caminho de pedra, passando por um arbusto de azaleias.

— Aonde estamos indo? — perguntei, olhando para a casa atrás de nós.

— Entrada dos fundos. Nunca se entra pela entrada principal. Ele disse para seguirmos para um campo atrás da casa.

— Então, por que eles têm uma entrada principal?

— Pela beleza. E para eventos, festas, esse tipo de coisa.

— Eu fui para a entrada principal quando cheguei ao castelo de Montgomery.

— Eu sei. Eu estava vendo tudo do quarto, rindo enquanto atravessava a grama.

— Mentira?

— Claro que estava. Eu achei ótimo, para ser sincero. Estava esperando alguma mulher careta de meia-idade, e de repente, vi você e...

— E...?

— Fiquei intrigado.

— Ficou intrigado porque me viu atravessando a grama como se fosse um ladrão?

— Exatamente. Tinha algo cativante naquilo tudo. — Jasper parou o carro e inclinou-se no banco, colocando a mão debaixo do meu queixo e puxando meu rosto para me beijar. — Tá bem, vamos lá. Vamos entrar.

Ele saiu do carro e abriu o porta-malas, jogou a mala dele por cima do ombro e pegou a minha. Chequei meu rosto no espelho retrovisor e saí do carro exatamente quando a porta da casa se abriu.

Era um homem vestido de fraque preto e calça risca de giz cinza.

— Boa noite, senhor. Sou Edmund. Posso levar suas malas?

— Muito gentil, obrigado.

Subi os degraus de pedra atrás de Jasper.

— Olá — falei, acenando, meio desajeitada, para o mordomo.

Eu deveria cumprimentá-lo com um aperto de mão? Não sabia exatamente o que fazer. Mordomos não eram algo comum em minha vida até alguns meses antes, e agora eu conhecia dois. Dois mordomos! Desse jeito, eu precisaria de alguém para colocar pasta na minha escova de dente em breve.

— Boa noite, madame. Permita-me levá-la ao seu quarto.

Edmund nos conduziu pela casa, em silêncio. Candelabros de ouro, espelhos de ouro, mesinhas de ouro, cadeiras de ouro e corrimões de ouro nas escadas. Era como andar pela casa de um rei francês descontrolado. Então, ele parou na frente de uma porta no primeiro andar. Nela, havia um pequeno cartão escrito à mão, que dizia "Marquês de Milton e srta. Polly Spencer".

— É aqui, senhor — disse Edmund, entrando e colocando nossas malas perto de uma janela que dava para a frente da casa, a entrada de carros e o jardim de árvores.

— Muito obrigado, Edmund. E onde está o sheik?

— No estábulo, senhor. Ele pediu para ficarem à vontade e descerem para tomar um drinque às sete horas.

— Perfeito.

— Desejam algo mais por agora?

— Eu não negaria um copo de uísque, se tiver — respondeu Jasper. — Polly, você gostaria de beber alguma coisa?

Eu estava inspecionando o banheiro. Uma banheira de ouro. Tinha até um bidê de ouro e um assento de vaso de ouro. Será que eu poderia colocar uma foto do assento de ouro no Instagram ou pegaria mal?

— Polly!

— Oi? — perguntei, colocando minha cabeça para fora do banheiro.

— Você quer um drinque agora? Temos mais ou menos uma hora até os drinques lá embaixo, eu vou beber um uísque.

— Ah, nesse caso… uma vodca-tônica seria ótimo, se possível.

— Claro, madame.

Edmund inclinou sua cabeça alguns milímetros novamente e saiu do quarto.

— Finalmente! — comentou Jasper.

Ele afrouxou a gravata para retirá-la com o paletó e lançou tudo no sofá na ponta da cama. Uma cama de dossel de ouro com uns quinze travesseiros em cima.

— Temos uma hora livre — disse ele, olhando para mim e sorrindo. — O que deveríamos fazer?

— Jeeves não vai voltar a qualquer segundo com nossos drinques?

— Aham.

129

— Então, vou entrar no banho e lavar meu cabelo.

Tirei a roupa no banheiro e passei alguns minutos vasculhando o chuveiro, tentando descobrir quais eram as torneiras de água fria e quente. Dentro do box havia potes grandes de xampu e condicionador Guerlain. Pensei se poderia levá-los comigo para casa. Provavelmente não. Levantei o braço para checar a situação das axilas.

E, de repente, a porta do chuveiro se abriu e, antes que eu pudesse me virar, o braço de Jasper entrelaçou minha barriga e o corpo dele pressionou o meu por trás.

— Oi — falei, e imediatamente me preocupei de o rímel estar escorrendo pelo meu rosto e eu estar parecendo uma gótica triste.

— Oi — respondeu ele, levantando meu cabelo molhado e beijando meu ombro.

Sempre me preocupo com o sexo no banho. Geralmente é uma coisa que fazemos de pé, certo? A não ser que você esteja num daqueles chuveiros para idosos, onde tem bancos. Se *não houver* um banco de apoio, é fisicamente esquisito.

Por exemplo, o sexo cara a cara no chuveiro. Nunca fui uma daquelas garotas pequenas que os homens podem levantar com um braço e segurar contra os azulejos. Isso nunca vai acontecer. O cara quebraria a coluna.

Então, em vez disso, o homem tinha que me abordar como se estivesse fazendo a dança da cordinha, flexionando os joelhos um pouco, para que a cintura dele ficasse abaixo da minha. E depois eu tinha que colocar uma perna para o ar, possivelmente pressionando meu pé contra a parede, como apoio, ou talvez ele segurasse meu pé no alto. Fica parecendo a *Dança dos Famosos*.

Outra opção seria ficar na frente, de cara para a parede, e ele atrás mim. Como Jasper estava agora.

— Coloca as mãos na parede…

Eu me inclinei para a frente, apoiei minhas mãos no mármore e imaginei como estariam as celulites na parte de trás da minha coxa. Mas não tive muito tempo para me preocupar com isso, pois Jasper estendeu a mão e apertou meu mamilo direito com força. Com força.

— Aaaaah — gemi de um jeito que poderia parecer que eu estava gostando ou não.

Eu não queria sugerir que não estava no clima, porque era meio careta. Não era sexy. Então, o som que fiz poderia significar "Que delícia, faz mais forte", apesar de Jasper estar sendo bem bruto, ou também poderia querer dizer: "Você se incomoda de apertar com um pouco menos de força?".

Ele pegou o chuveirinho, destravou e virou na minha direção, posicionando-o de forma que a água mirasse direto no meu clitóris. Também não estava totalmente nesse clima, mas fiz um "aaah" mais encorajador, e Jasper entrou em mim.

— Isso... é... sensacional — disse ele no meu ouvido, antes de beijar meu ombro novamente.

— Você acha, é? Uhmm...

Ele aproximou o chuveirinho ainda mais, e o jato de água começou a bater com força. Lucy Hastings sempre falava sobre se masturbar no chuveiro quando estávamos no colégio, mas eu nunca entendi como, porque a pressão da água era muito forte. A única coisa que peguei no chuveiro da escola foi uma verruga.

— Uhmmm... — gemi de novo, colocando minha mão sobre a de Jasper no chuveirinho e afastando-o um pouco.

Jasper penetrou mais fundo. E de novo, e de novo, bem devagar, segurando o chuveirinho com uma mão e minha cintura com a outra. Depois de um tempo, realmente era melhor do que o chuveiro do colégio. Muito melhor. Tão bom que até esqueci da celulite e, depois de alguns minutos, gozei, com "aaaahs" altos e objetivos, seguida de Jasper, alguns segundos depois.

— Uau! — exclamou ele, ainda dentro de mim, apoiando uma de suas mãos sobre a minha na parede.

Ficamos assim por um tempo, com a respiração forte e a água do chuveirinho espirrando em nossos pés.

— Vamos — disse ele, quando eu já estava ficando com frio. — Vamos tomar aquele drinque.

Ele abriu a porta do chuveiro e pisou no tapete.

— Em dois segundos — respondi, sem querer agachar e pegar o chuveirinho no chão enquanto ele ainda estava ali de pé, olhando para minha bunda. — Só vou passar condicionador no cabelo.

*

A sala de visitas estava cheia quando Jasper e eu descemos para tomar os drinques. Eu me senti um pouco insegura ao entrar. Tinha colocado o corpete debaixo do vestido Chanel e estava preocupada que estivesse restringindo o sangue de circular até a minha cabeça. Como aquelas pobres vitorianas faziam? Deve ser por isso que estavam sempre desmaiando por aí e pedindo sais de amônia.

— Ah, Jasper! — exclamou um homem que reconheci como sendo o sheik, vindo em nossa direção.

Ele deu um abraço em Jasper.

— Bom vê-lo de novo, Khaled — falou Jasper, dando um tapinha em suas costas. — E essa é minha namorada, Polly.

O sheik soltou Jasper, deu um passo para trás e olhou para mim.

— Como vai, Polly? — perguntou ele, estendendo a mão.

Foi um aperto leve, como segurar a mão de um coala. E ele era mais baixo do que eu imaginava, com cabelo escuro repartido para o lado com esmero e um bigode que caía sobre o lábio superior como uma lesma.

— Muito bem, obrigada. E obrigada por nos receber.

— Não há de quê. E o que vocês gostariam de beber? Não permito álcool aqui. Então, temos suco de romã ou água mineral, se quiserem.

Ele olhou para mim com um olhar questionador.

— Ah. É... um suco de romã seria delicioso, obrigada.

Ele teve um ataque de riso e passou uma de suas mãos estranhamente delicadas sobre o bigode.

— Estou brincando com você, Polly. Que loucura é essa, proibir o álcool? Claro que temos bebidas alcoólicas. Você gostaria de uma taça de espumante?

Eu sorri e respirei fundo, o máximo que conseguia dentro do corpete.

— Sim. Perfeito.

— Jasper? — perguntou o sheik.

— Espumante seria excelente, Khaled. Obrigado.

O sheik levantou a mão para o ar e estalou os dedos:

— Duas taças de espumante, por favor.

No canto, embaixo de uma pintura a óleo em tamanho real do sheik de uniforme militar, um garçom de gravata borboleta-branca e casaca se mexeu rápido, como se tivesse tomado um choque na bunda, serviu duas taças de espumante e as trouxe numa bandeja de ouro.

— Muito bem, obrigado, obrigado — disse o sheik, dispensando o garçom com as mãos. — Agora vocês precisam conhecer os outros convidados.

Ele se virou para um sofá atrás dele, onde uma mulher loura estava sentada com as pernas cruzadas, ao lado de um homem de rosto rosado, vestindo um casaco de lã. Um cachorrinho caramelo dormia entre eles.

— Barny! — disse Jasper. — Não sabia que você vinha.

Barny tirou os olhos da perna da mulher e se levantou para cumprimentar Jasper.

— Olá, meu caro.

É claro. Jasper tinha mencionado que Barny era amigo do sheik.

— Holly, não é isso? Que bom vê-la novamente.

Barny inclinou-se para me dar um beijo na bochecha.

— Quase! Polly, mas tudo bem — respondi.

Ele exalava uísque.

— E essa é Emile — apresentou o sheik, apontando para a loura no sofá.

Emile lentamente descruzou as pernas, pegou o cachorrinho dormindo no colo e se levantou. Ela estava descalça, um par de sapatos dourados jogados do lado do sofá.

— Boa noite — disse ela, cumprimentando Jasper primeiro e depois virando-se para me cumprimentar. — *Isso* é Frank.

Ela estava ninando o cachorro nos braços como se fosse um bebê.

— Ah, que amor — falei. — O que ele é?

— Ele é cachorro — respondeu ela.

— Não, não, desculpe. Quis dizer, qual é a raça dele?

— Pequinês.

— Ah, é claro. Que amor! PG Wodehouse amava pequineses, ele tinha vários.

— Ah, preciso conhecê-lo! Onde ele mora?

Felizmente, o sheik interrompeu nesse momento:

— Jasper, amanhã você precisa conhecer meu estábulo.

— Com certeza. Vou adorar — respondeu ele.

— Sabe, Polly, meus cavalos são como filhos — explicou o sheik. — Eu amo todos eles.

— Claro — falei. — Minha mãe tem um terrier chamado Bertie, então entendo totalmente.

O sheik pareceu confuso.

— Que raça de cavalo é essa?

— Ah, não, não, desculpe, não é um cavalo. É um cachorro. Um cachorrinho.

— E sua mãe leva o cachorrinho para competições?

— Não, não. É só um animal de estimação. Por isso, entendo você amar seus cavalos.

— Sei — disse o sheik, que parecia não entender coisa nenhuma.

E então, um outro casal apareceu na sala de visitas.

— Ah, Ralph! Olá, olá. Sejam bem-vindos. Entrem. Peguem uma bebida!

O sheik acenou para os dois se aproximarem.

O casal entrou no cômodo. A mulher era encantadora, parecia uma estrela de cinema dos anos 1940. Usava um vestido de veludo, com o cabelo louro preso em coque e os lábios pintados perfeitamente de vermelho.

— Ah, olha só! — disse Jasper, olhando para o homem.

Ralph sorriu.

— E aqui está ele, o velho canalha. Que bom te ver! — exclamou ele, caminhando para cumprimentar Jasper com um aperto de mão.

Jasper cumprimentou a loura com dois beijinhos.

— Que bom ver vocês dois. Essa é a Polly — acrescentou ele, e me coloquei ao seu lado.

— Olá — falei, tímida.

Ralph era tão bonito que achei que não podia olhar diretamente para ele. Alto, cabelo castanho e dentes brancos perfeitos, todo americano.

— Prazer, Borboleta — disse a mulher ao lado de Ralph. — Uma brincadeira antiga de colégio — acrescentou rapidamente. — Não pergunte o porquê.

— Não perguntarei — falei —, mas por que você é um canalha? Fiquei intrigada.

Levantei minha sobrancelha para Jasper.

— Ah, você sabe, Jasper Milton — disse Ralph, me deixado cega com a visão de seus dentes. — O deus louro de Eton, um diabo no campo de cricket, um diabo fora do campo de cricket. Quebrando janelas e partindo corações por todo canto. Nós o venerávamos.

— Que besteira — retrucou Jasper, passando o braço ao redor da minha cintura. — Eu quase nunca quebrei janelas e tampouco parti corações. Eram elas que estavam sempre partindo o meu, se bem me lembro.

Ele deu um beijo no topo da minha cabeça e eu senti um frio na barriga.

O sheik acenou a mão pequenina no ar:

— Pessoal, sentem-se, por favor.

Borboleta e eu fomos sentar juntas no sofá perto da lareira. Eu me sentei com cuidado, caso meu espartilho não resistisse à pressão, soltasse e um botão vermelho atingisse o olho de alguém.

— Você conhece Jasper há muito tempo? — perguntou ela.

— Não — respondi —, há alguns meses. Fui entrevistá-lo no castelo de Montgomery. Trabalho na revista *Posh!*, conhece?

— Conheço, claro. Você escreveu aquela reportagem. Eu li — disse ela, sorrindo para mim. — Você foi muito gentil com ele.

— Gentil demais?

Ela deu um gole em sua taça de espumante e balançou a cabeça.

—Não. Você foi certeira.

— Você conhece a família?

— Não muito bem. Ficamos hospedados lá algumas vezes. Mas Ralph e Jasper meio que cresceram juntos, então eu o conheço um pouco melhor do que o resto da família. Ele é um cara legal, sabe?!

— Acho que sim.

— E você já tinha conhecido o sheik? — perguntou ela em voz baixa. Balancei a cabeça. — Nem eu. Engraçado ele, não?

— Aham.

— Todo mundo está tentando fazer amizade com ele porque ele tem muito dinheiro. Mas será outra pessoa na semana que vem. Um outro árabe. Ou um russo. Ouvi dizer que os chineses estão ganhando muito dinheiro agora.

— É... sim, parece que estão — falei, tomando outro gole de espumante.

Pensei no tipo de conversa que tinha no bar com Bill e Lex, onde passávamos horas discutindo se era melhor ter braços no lugar de pernas ou pernas no lugar de braços.

Borboleta suspirou e recostou no sofá, mas então deu um grito, levantou rápido e derrubou sua taça de espumante.

— Querida — disse Ralph, que veio correndo até ela. — O que houve?

— Tem um... Tem um rato debaixo da almofada — afirmou ela.

— Um rato?

— Um rato morto. Ou talvez uma chinchila.

O sheik estalou os dedos novamente e o garçom veio correndo, agachou-se e, com cuidado, pegou pelo rabo o que era, claramente, um rato. Ele colocou o rato em sua bandeja de ouro, depois pegou a almofada do chão e a colocou de volta no sofá, afofando-a algumas vezes.

— Pronto, madame — disse ele.

Borboleta sentou-se lentamente de volta no sofá.

— Obrigada.

Emile veio do outro lado da sala.

— Acho que *posso* ser Frank. *Traz eles* para dentro, às vezes, e deixa para mim como um tipo de... como se diz... *cadeau*?

— Um presente — disse Jasper, tentando ajudar.

— Sim, exatamente. Um presente. *Garroto* feioso — disse Emile.

Ela riu e cutucou Frank, que levantou a cabeça quando Borboleta gritou, mas agora estava com os olhos fechados de novo.

E então, um gongo soou no corredor.

— Pessoal, por favor, vamos à sala de jantar? A refeição está servida — avisou o sheik.

*

— Pode me perguntar o que quiser, Polly, qualquer coisa — disse o sheik, quando todos já estavam acomodados na sala de jantar.

Nós estávamos sentados em espécies de tronos de ouro onde os monarcas da era Tudor haviam sido coroados. Diversos candelabros de ouro estavam espalhados pela mesa.

Pensei se deveria perguntar se ele preferia ter pernas no lugar de braços ou braços no lugar de pernas, mas achei melhor não.

— Está bem. Por que você se mudou para cá, para Little Swinbrook? O que o trouxe dos Estados Unidos?

— Ah, eu amo o clima inglês — respondeu ele, lançando um pedaço de pão na boca.

— É mesmo?

Ele deu uma risada e revelou seu pedaço de pão mastigado dentro da boca.

— Não, Polly, é outra piada.

— Ah, entendi — falei, rindo de nervoso.

Peguei minha taça de vinho e dei um gole grande. Naquele momento percebi que seria uma noite longa.

— Mas por que você ama tanto a Inglaterra?

— São os costumes daqui — respondeu ele. — Todos os costumes ingleses. Como atirar e caçar, e a obsessão com esses cães pretos enormes.

— Labradores.

— Sim, exatamente — disse ele. — Eu tenho dez.

— Dez labradores?

— Sim, estão todos lá fora. Você pode vê-los amanhã, se quiser.

— Claro.

Ele assentiu em aprovação.

— E as casas enormes, como essa — continuou ele, recostando na cadeira e abrindo os braços. — Elas são magníficas. Nós não temos nada assim no meu país.

— Mas você precisa voltar para casa muitas vezes? Não tem funções oficiais?

Ele balançou a mão de um jeito despojado.

— Meu irmão faz todas essas coisas. É muito quente para mim em Doha.

— Então, você não viaja para lá muitas vezes?

— Às vezes. Tenho um avião. Então, se quiser, vou. Se não, fico aqui com meus labradões. *Labradões?* — perguntou ele, e olhou para mim, em dúvida.

— Labradores.

— Ah, é, labradores.

— Ouvi falar nesse avião, sheik Khaled. Ouvi dizer que você está querendo construir uma pista de pouso?

— Queria construir uma pista pequena, sim, mas meus vizinhos já estão fazendo um estardalhaço por isso.

— Ah, entendo — disse, de um jeito que achei ser empático.

— Além disso, meu avião não é grande. Não é um avião da Força Aérea, Polly. Só tem um quarto — disse o sheik, que então se mexeu na cadeira e olhou para mim. — Mas tenho outra ideia e preciso do conselho de vocês.

— Ok.

— Como eu me torno um duque?

— É…

— Porque comprei essa casa enorme e tenho todos esses cachorros e cavalos, e agora gostaria muito de me tornar um duque. Mas como? — perguntou ele, franzindo a sobrancelha para mim.

— Bem… Acho que você não pode simplesmente ser nomeado duque.

— Mas e o Príncipe William? Ele é duque.

— É, isso é… verdade — respondi lentamente, olhando na direção de Jasper, mas ele estava ocupado conversando com Borboleta. — Mas ele é da família real, então é um pouco… diferente.

— Sou da família real também — retrucou o sheik, parecendo afrontado.

— Claro que sim — falei rapidamente. — É só que… temos um sistema complicado aqui.

— Vocês, ingleses, e sistemas… É muito confuso. Posso simplesmente pagar para virar duque, Polly?

— Acho que não é um título que dê para comprar. É preciso ser nomeado.

— Mas você acabou de dizer que ninguém se torna duque.

— Não, não se torna — respondi, olhando novamente na direção de Jasper.

— Ajudaria se eu ficasse amigo da rainha? — perguntou ele.

— É… Você poderia tentar.

— Ok. E se eu convidar a rainha para vir à minha casa ver meus cavalos? Ela poderia vir jantar e eu mostro a ela meu estábulo. E ela pode ficar hospedada, se quiser. Não é um problema para mim.

— Boa ideia — falei, já exausta.

*

Depois do jantar, voltamos para a sala de visitas, onde acabei sentando no sofá ao lado de Barny, com mais uma dose de uísque nas mãos. Um garçom estava circulando na sala com uma bandeja de ouro e uma caixa de charutos.

— Está gostando de tudo, então? — perguntou Barny, inclinando-se e pegando um charuto da caixa.

— De tudo?

— Da pompa. Do luxo. Do esplendor de namorar um marquês.

Ele pegou o que parecia ser uma tesourinha de unha na bandeja, cortou a ponta do charuto, devolveu-a e o garçom saiu.

Olhei para o outro lado da sala. Jasper não conseguia escutar, estava ao lado da lareira de ouro com Ralph.

— É, tem sido… esclarecedor, acho — falei, decidindo encarar numa boa.

Não dê trela, ouvi minha mãe dizer dentro da minha cabeça. Sua outra frase favorita era "vire a cara para o outro lado". Os dois mantras funcionariam nessa situação. Embora eu não pudesse virar a cara nesse instante porque não teria com quem conversar.

— Quanto tempo você dá, então? — perguntou Barny.

— Dou o quê?

— Para você e meu amigo Jasper?

— Me diga você, Barny, já que está tão interessado.

Ele recostou no sofá e riu, e um pouco de uísque espirrou do seu copo.

— Muito bom. Muito boa. Melhor do que todas as outras.

— Não estou tentando ser boa. Só não sei o que vai acontecer entre nós dois, eu não tenho bola de cristal.

— Ah, é? Mas está em busca de cristais, não?

A tentativa de não dar trela não estava dando muito certo.

— Não seja escroto — falei, incomodada por não conseguir pensar em nada mais articulado.

Barny permaneceu calmo, recostado no sofá, com as pernas cruzadas.

— Querida, só estou sendo sincero. Já vi várias garotas aparecerem durante todos estes anos. Ele promete o mundo a elas. Todas pensam que vão acabar morando no castelo. Nenhuma dura mais de alguns meses. — Ele tragou seu charuto e exalou fumaça para cima, na direção do teto. — De certa forma, você poderia dizer que estou cuidando de você.

— Ah, entendi, é claro que é isso o que você está fazendo. Que gentil, obrigada.

— Não há de quê — respondeu ele.

— E onde está sua mulher, já que está tão preocupado com a relação dos outros?

Ele deu outro gole de uísque e o gelo tilintou no copo quando o baixou de volta.

— Em Londres, acho. Não tenho certeza, para ser sincero.

— Tudo bem por aí? — perguntou Jasper, tocando em meu ombro, de repente.

— Sim — respondi rapidamente.

— Barny está se comportando?

— Mais ou menos — falei, forçando uma risada.

— Pensei em subirmos, se você quiser — disse ele para mim. — Estou exausto.

— Boa ideia — concordei, levantando.

— Boa noite, meu velho Barny — disse Jasper. — Até amanhã.

— Boa noite, Jaz — respondeu ele. — E boa noite, Holly.

— É Polly — consertei.

— Desculpe. Sou péssimo para lembrar os nomes das namoradas de Jasper.

Ele abriu um sorriso malicioso.

— Já chega, obrigado, Barnaby — retrucou Jasper, pegando minha mão e me puxando para longe do sofá. — Vamos nos despedir de Khaled e subir para o quarto.

*

Uma vez lá em cima, fiquei aliviada. Principalmente por ter saído da sala de visitas e de perto de Barny. Mas também por soltar meu corpete, para que meus órgãos pudessem se rearrumar em seus lugares dentro do meu corpo. Escovei meus dentes, mas não tirei a maquiagem. Era cedo demais para Jasper ver meu rosto natural. Algo terrível para a pele, dormir maquiada, mas paciência. Voltei para o quarto confiante, vestindo uma calcinha francesa, e Jasper me observou da cama. Ele tinha simplesmente tirado a roupa e jogado o terno, a calça, a camisa e a meia no chão.

— Ele foi um pesadelo? — perguntou ele quando coloquei minha cabeça em seu peito.

— Quem?

— Barny.

— Ah, não, nem um pouco. Consigo lidar com ele.

— Essa é minha garota — disse ele, beijando minha cabeça.

Jasper caiu no sono em minutos. Fiquei acordada por cerca de uma hora, sentindo-me estranha nessa casa enorme de ouro. Quase com saudade de casa. Os amigos dele achavam que éramos só um namorico. Justo, pois eu também achava. Um pouco. Parecia uma fantasia, todos esses fins de semana em mansões com mordomos. Mas se a coisa ficasse séria, será que me aceitariam um dia? E será que fins de semana como esse se tornariam normais?

Peguei no sono e sonhei que tinha braços no lugar das pernas.

*

Depois do café-da-manhã (ovos e bacon arrumados na sala de jantar em tigelas de ouro, garçons uniformizados servindo-nos café e suco de laranja), o sheik levou Jasper e eu para o prometido tour nos estábulos. E para ver seus labradores.

— Por aqui, por aqui — disse ele, andando pela trilha de cascalho na nossa frente.

Ele estava vestido como Sherlock Holmes para a ocasião: botas de couro, calça de lã, casaco de lã e um chapéu de caçador peculiar.

Os estábulos ficavam num quadrado enorme de pedra no fim da trilha. Nós passamos por um arco e entramos num pátio pavimentado, com a cabeça de vários cavalos espiando nas portinholas dos dois lados. Eu me distraí enquanto Jasper e Khaled falavam sobre eles, porque não sabia ao certo o que era um capão e não estava muito interessada em ouvir sobre esperma de garanhão. Nunca entendi por que pessoas ricas amam tanto cavalos. A maioria dos cavalos de Khaled parecia entediada, de pé em seus quadradinhos, mastigando feno de um jeito ocioso. Sei que são majestosos, mas um cavalo é só um cavalo. Quatro patas e um rabo. Como um cachorro grande. Só que mais caro e com mais funções laborais do que um cachorro. E menos prático. Você não pode entrar com um cavalo no metrô. E ainda assim, como se isso fosse possível, a aristocracia era quase mais obcecada com cavalos do que com cachorros. Eles podiam passar horas discutindo sobre linhagem. Linhagem, veja bem! De um animal! Se você chegar ao ponto de se preocupar com a ascendência do seu cavalo, com certeza precisa de mais emoção na vida.

— Polly, você está bem? — perguntou Khaled enquanto caminhávamos pelo pátio, me tirando dos meus devaneios.

— Estou sim.

— Você quer ver meus cachorros, eu sei — disse ele, sorrindo para mim.

— Claro que quero — respondi, empolgada.

Passamos de volta pelo arco e saímos para a direita, onde havia um canil enorme. Ao nos ver, os labradores pularam no portão de metal, abanando o rabo. Khaled abriu o portão e deixou que todos saíssem.

— Como eles se chamam? — perguntei, tentando fazê-los parar de cheirar o meio das minhas pernas.

— Todos eles têm nomes de reis ingleses — respondeu ele. — Esse é Albert, aquele é Edward, aquele outro é Alfred. Temos Henry ali e... Vamos fazer uma cruza de James, esse aqui, e quando os filhotes nascerem, quero ficar com algumas fêmeas, para poder nomeá-las em homenagem às rainhas inglesas.

Uma hora e pouco depois, nós nos despedimos e Jasper me deixou na estação de trem de Swindon, pois ele tinha que voltar dirigindo para Yorkshire. Era páreo duro, pensei no trem, escolher quem era mais maluco: a família Montgomery ou o sheik Khaled.

Capítulo 9

Alguns dias depois, eu estava sentada no meu computador pesquisando quantas calorias tinha um croissant de amêndoas quando o telefone de Enid tocou:

— Calma! — disse ela, claramente tentando amansar a pessoa do outro lado da linha. — Calma, calma, não se preocupe, vou enviá-la até aí agora mesmo.

Ela desligou o telefone e olhou para minha mesa.

— Pols, Alan está enlouquecido. Ele pediu para você descer à recepção imediatamente.

— O quê? Por quê?

— Ele não disse. Só falou que é urgente.

Peguei o elevador, pensando no que poderia ser tão urgente a ponto de Alan, o zelador do prédio, me pedir para descer imediatamente. Provavelmente um relações-públicas de algum lugar tinha me enviado algum novo produto inútil. Uma garrafa de leite de dente-de-leão. Um chapéu de chocolate.

A porta se abriu e eu saí na recepção, embora mal conseguisse me mexer, já que havia inúmeros buquês de rosas brancas para todo canto — do elevador até a mesa da recepção, cobrindo todo o hall de entrada do prédio.

— O que está acontecendo? — perguntei, andando cuidadosamente na ponta dos pés entre os buquês até a mesa.

— Você que me diz — falou Alan, enquanto um homem espiava pela porta de entrada.

— São muitas rosas. Cinquenta buquês — afirmou o homem. — Você pode assinar aqui? — perguntou ele, acenando para nós com uma prancheta lá da porta.

— Não, não posso. Peça a Polly, aqui, para assinar, já que são para ela.

— Para *mim*?

— Sim. Esse lugar acaba comigo. Já vi muita coisa por aqui, mas nunca cinquenta buquês de rosa.

— Mas quem mandou?

— E eu sei? Você deve ter um admirador secreto.

Cinquenta buquês. Um número descabido de flores. Isso significa que são... tentei fazer a conta na cabeça... milhares de libras em flores. Fui até o homem com sua prancheta. Só poderia ser de Jasper. *Que lunático*, pensei, balançando a cabeça e sorrindo, enquanto devolvia a prancheta assinada. Mas eu estava extasiada, é claro. Era o ato mais romântico e fantasioso que alguém já tinha feito por mim.

— Desculpe, Alan, é um caos, eu sei. Acho que é só um amigo fazendo um gesto grandioso.

Ele resmungou.

— Você tem cada amigo!

— Aham — murmurei de volta, agachando para olhar um dos buquês. — Tem algum cartão? — perguntei, olhando para o entregador.

— Não sei, senhora. Só dirijo o carro de entrega.

— Polly, você sabe o quanto gosto de você — disse Alan —, mas esse negócio é um risco de incêndio e precisa sair daqui.

— Tá certo, cinquenta buquês de flores dentro d'água são um risco de incêndio — retruquei.

Inspecionei outro buquê, mas nada de cartão. Outro buquê. Nada também. E mais outros cinco. Não, nenhum tinha cartão.

— Quer que eu ligue para o escritório e peça para alguém descer para ajudar? — perguntou Alan.

— Quero, você se importa?

Atravessei a recepção como um sapo, agachando e inspecionando cada buquê à procura de um cartão, levantando de novo e tentando outro.

Alguns instantes depois, o elevador se abriu e Lala e Legs apareceram.

— *Mon dieu!* — exclamou Legs.

— São do Jaz? — Perguntou Lala.

— Acho que sim — respondi, ainda agachada. — Vocês se importam de me ajudar a levá-las lá para cima?

Fizemos cinco viagens de elevador para conseguir levar todos os buquês.

— Achei um cartão, Pols — disse Lala, na última viagem.

Arranquei do papel celofane e abri:

Polly,
Obrigado pelos seus conselhos quanto à rainha. Estou ansioso para ler a entrevista.
Minha enorme admiração,
SAR sheik Khaled

— Ah, foi o sheik quem mandou! — falei, me sentindo frustrada.

Quer dizer, era muito gentil da parte dele, mas eu queria que tivessem sido de Jasper. Eu tinha achado que ele estava levando isso a sério, "nós" a sério, depois de viajarmos juntos e ele me enviar cinquenta buquês de rosa.

— Ele está apaixonado por você? — perguntou Lala.

— O sheik? Não, com certeza não — respondi. — Provavelmente, ele acha que é isso o que deveria fazer. Como comprar dez labradores.

— *Non.* Foi *a* sutiã da Rigby & Peller — garantiu Legs. — Eu falei, ele é mágico.

*

As flores não foram a única coisa que recebi naquele dia. Chegou também uma caixa de papelão da House of Fraser: meu vestido de madrinha. Abri a caixa na minha mesa, com Lala e Legs assistindo.

— *Oh non!* — exclamou Legs, colocando a mão na boca assim que viu a cor.

Não era nada rosa. Era roxo e de um tecido tipo crepe, junto com uma faixa marrom amarrada na frente com uma presilha brilhante de paetê.

Segurei o vestido na minha frente e olhei para elas em busca de apoio moral.

— Sabe aqueles filmes de colégio americano, que sempre tem uma garota toda errada que se veste completamente inadequada no baile de formatura? — perguntou Lala. — Esse é o tipo de vestido que ela usa. Sem ofensas.

— Não ofendeu — respondi.

— *A* vestido é bem *feia* — acrescentou Legs.

— Ai, gente, eu tenho que usar porque foi a Lex que escolheu.

Elas me olharam em silêncio, em choque.

— Talvez eu possa melhorá-lo com alguns acessórios, ou com um penteado, quem sabe? — especulei, olhando para Legs. — Ou com um sapato bacana?

— Polly, nada vai melhorar *essa* vestido. É *o* coisa mais *feio* que meus olhos já *ouviram*.

— Já viram — corrigi, dobrando o vestido horrível e guardando-o de volta na caixa.

— Jaz será seu par no casamento? — perguntou Lala.

— Ainda não sei — respondi, olhando para ela.

Ainda não tinha tido coragem para convidá-lo, embora talvez agora já pudesse, depois do fim de semana. Depois de já termos viajado juntos. Mas pensar nele me vendo vestida como o emoji de beringela me dava vontade de me esconder.

— Ele não pode ver você dentro disso — disse Legs. — Se ele *ver*, nunca mais vai querer fazer sexo com você.

*

Mas eu tinha mais um convite inconveniente para fazer a Jasper: almoço com minha mãe. Ela queria dar um grande almoço de domingo em sua casa no fim de semana seguinte, um dia antes da sua primeira sessão de quimioterapia.

— Quero estar rodeada de juventude. Lindos rostos jovens — dissera ela. — E Sidney, é claro. E quero conhecer Jasper antes de perder meu cabelo. O que ele vai achar de mim se me conhecer como uma águia careca?

Portanto, eu disse que escreveria para todo mundo para ver quem estaria livre. Jasper foi convidado, assim como Joe e Bill. Lex e Hamish não poderiam comparecer pois passariam o fim de semana com os pais dela no interior — "reunião pré-casamento", ela explicou por mensagem durante a semana. *Quando for duquesa*, pensei, escrevendo uma resposta para ela, *vou banir esse tipo de expressão*.

Fiquei nervosa com a ideia de convidar Jasper. Apresentá-lo para a família. Digo, para minha mãe e Bertie. Além de ser a primeira vez que ele interagiria. Um passo importante. No fim, eu não precisava ter ficado assim. Jasper disse que adoraria e perguntou qual vinho deveria levar.

Mas me distraí da pergunta dele com uma outra pergunta de Bill:

Posso levar Willow? Bj

Aquilo me incomodou um pouco. Eu não sabia se queria Willow lá, jogando o cabelo para os lados como a crina de um cavalo. Mas escrevi de volta:
É claro! Bj

*

Quando Jasper, Joe e eu chegamos em Battersea naquele domingo, o apartamento tinha cheiro de carne e havia uma discussão sobre batatas. Bill já estava lá, assim como Willow, sentados de pernas cruzadas no chão e falando com minha mãe, deitada no sofá em seu vestido amarelo.

— Vocês chegaram mais cedo — falei, cumprimentando Bill com um beijo. Ele estava com um pano de prato no ombro. Acenei para Willow no chão.

— Oi, oi. Não precisa levantar. Mesmo.

E ela não levantou.

— Achei que sua mãe precisasse de ajuda — comentou Bill —, mas o querido Sidney, aqui, parece ter resolvido tudo.

Sidney, vestindo um avental cor-de-rosa, segurava um saco de batatas perto do forno.

— Vou fervê-las primeiro — disse ele, olhando para Bill. — É assim que faço batata há quarenta anos.

— Sinceramente, se as descascarmos e jogarmos no forno, não acho que vá fazer diferença alguma — retrucou Bill.

— Sem dúvida ficam mais crocantes do meu jeito — afirmou Sidney.

— Acho que nunca cozinhei batatas — disse Jasper.

Ele entrou na cozinha, seguido de Joe, colocou duas garrafas de vinho tinto na mesa, e imediatamente virou-se para minha mãe no sofá.

— Você deve ser Susan — disse, inclinando-se para cumprimentá-la com dois beijinhos. — Sei que sim, pois você é tão encantadora quanto sua filha.

— Bobagem — respondeu minha mãe, vermelha de vergonha.

— E que apartamento magnífico! — acrescentou Jasper.

Achei que ele estava exagerando um pouquinho na mentira e, de canto de olho, vi Joe rindo.

Havia teias de aranha nos cantos das paredes e nuvens de sujeira cobriam as janelas. Mas minha mãe ficou lisonjeada novamente:

— Ah, meu querido!

— Olá. Eu sou Willow — disse Willow, e notei que ela deu um jeito de cumprimentar Jasper com um beijo.

— Que tipo de homem nunca cozinhou uma batata antes? — perguntou Bill.

— Não é um dos meus pontos fortes, cozinhar — respondeu Jasper. — Sou Jasper, à propósito.

Ele estendeu a mão para Bill cumprimentá-lo.

Bill tirou o pano de prato do ombro lentamente, enxugou as mãos, jogou o pano novamente sobre o ombro e apertou a mão de Jasper. Eu me senti como o naturalista David Attenborough, assistindo a dois gorilas se cumprimentarem no meio da selva.

— Prazer em conhecê-lo — falou Bill, olhando para Jasper.

E talvez eu tenha inventado isso, mas acho que vi as narinas dele se abrirem levemente.

— Você se importa se eu puxar minha mão de volta, cara? — retrucou Jasper, soltando a mão de Bill e esfregando-a com a outra mão. — É como apertar a mão de Golias.

— Já chega, gente! — eu interrompi. — A testosterona nessa casa é suficiente para deixar uma mulher grávida. Quem quer vinho?

— Quem está grávida? — perguntou minha mãe do sofá.

Sidney voltou-se para o forno.

— Vou me concentrar nas batatas.

Uma hora e pouco depois, já havia duas garrafas no lixo e a cozinha estava mais calma. Eu estava acrescentando as ervilhas à panela, vendo Willow e Jasper conversarem no canto da sala. Era o que eu temia, ela jogando o cabelo para todos os lados. Poderia ganhar uma medalha de ouro nas Olimpíadas por lançamento de cabelo, pensei, semicerrando os olhos na direção dela.

— Acho que precisamos de mais uns vinte minutos — falou Sidney, agachando-se e olhando para as batatas dentro do forno.

— Vou fazer a carne — avisou Bill. — Pols, onde tem papel-alumínio?

— Aqui.

Abri uma gaveta, entreguei um rolo para Bill, e depois baixei o tom da minha voz:

— Como estão as coisas com…? — perguntei, apontando com a cabeça para Willow.

— Ah, bem, estão bem. Ótimas, na verdade. Ela meio que está morando comigo agora.

— O quê? O que significa "meio que morando comigo"?

Bill nunca tinha morado com mulher nenhuma, até onde eu me lembrava.

— Tecnicamente, ela está entre mudanças, então, está ficando lá em casa. É legal, estou gostando.

— Uau. Será que… quer dizer… você acha que vai ser algo definitivo?

— Não sei. É bom voltar para casa e ter alguém com quem comer junto em vez de tomar uma cerveja e bater uma. — Dei um tapa no braço dele. — Estou brincando! Mas é verdade.

Nós dois olhamos para o sofá, onde Willow e Jasper estavam profundamente engajados numa conversa. Ela tinha dobrado o joelho e estava inclinando na direção dele, mas Bertie tinha se enfiado entre os dois. Bom garoto.

*

— Gostaria de dizer uma coisa — falou minha mãe, da cabeceira da mesa, depois de terminarmos de comer. — Esse foi um almoço delicioso com todas as minhas pessoas preferidas. E não sei como vou me sentir nesses próximos meses, mas estou muito feliz por estarem aqui agora.

Ela ergueu a taça.

— Tim-tim — disse Joe, que, numa estimativa conservadora, tinha bebido duas garrafas de vinho tinto sozinho.

— Batata excelente — elogiou Jasper, erguendo a taça na direção de Sidney.

Sidney ficou sem graça.

— Ah, obrigado, Jasper. E a carne também estava muito boa — acrescentou rápido, olhando para Bill.

— Trabalho em equipe — afirmou Bill. — Acho importante um homem saber cozinhar.

Tentei chutá-lo por baixo da mesa.

— Ai! — disse Willow, na minha frente.

— Desculpe — falei. — Cãibra.

— Acho que vocês todos deveriam ir dar uma volta — disse minha mãe. — Levem Bertie junto.

— Eu topo — disse Jasper.

— E a louça? — perguntei.

— Deixe aqui — respondeu Sidney. — Sua mãe e eu vamos fazer palavras cruzadas e, mais tarde, resolveremos isso.

— Ah, o amor — falou Joe.

— Já para fora — minha mãe repetiu.

Quando ouviu as cadeiras arrastando no chão, Bertie começou a latir.

— A coleira dele está no corrimão — gritou minha mãe enquanto descíamos a escada e saíamos pela tarde nebulosa de abril.

Nos portões do parque Battersea, Joe começou a cantar "Jerusalém".

Acabei ficando ao lado de Willow e achei que deveria fazer algum esforço para estabelecer uma conversa, em vez de atacá-la fisicamente.

— E então... como vai o trabalho?

— Vai bem — respondeu ela. — Na verdade, é aquilo, né, meio chato. Mas paga as contas e, você sabe, não pretendo continuar fazendo isso para sempre.

— Como assim?

Ela olhou para mim, surpresa.

— Ah, vou trabalhar durante um tempo, claro, mas depois quero ter filhos. Não estou dizendo que isso vai acontecer amanhã. Mas em algum momento. Eu nunca fiz muito o estilo de uma mulher de carreira. — Ela fez um gesto de aspas no ar com os dedos quando falou "mulher de carreira". — Sei que isso não é algo muito moderno nem feminista da minha parte —acrescentou, fazendo de novo o gesto de aspas ao dizer "moderno" e "feminista".

— Mmm — murmurei de volta.

Ela soava como Lala, que dizia que só estava trabalhando na *Posh!* até conhecer um marido. Depois, queria se mudar para o interior, comprar alguns cachorros e ter filhos. De vez em quando, eu tentava protestar e, gentilmente, sugerir que ela pensasse em sua carreira. Mas Lala normalmente ignorava e perguntava o que eu achava do nome Algernon para menino. Olhei para Jasper e Bill caminhando na nossa frente, e Joe logo à frente, ainda cantarolando "Jerusalém".

— E vocês já falaram sobre isso?

— Sobre filhos? Não, ainda não — respondeu Willow.

— Mmm — murmurei novamente.

Eu não queria me comprometer muito. Eu sabia que Bill queria ter sua empresa funcionando e prosperando antes de sequer pensar em formar uma família. Pensei se deveria alertá-lo: "Ei, cara, se liga. Sei que você só está namorando há alguns meses, mas Willow já está lá na frente, pensando em bebês". Os homens podiam ser bem reticentes com esse tipo de coisa.

— E você e Jasper? — perguntou ela.

— O que quer dizer?

— Você acha que vai se casar com ele?

Tive um ataque de riso.

— Não faço ideia.

Eu não ia admitir para Willow que já tinha pensado nisso.

— Então vocês não conversaram sobre isso?

— Não! Só estamos saindo juntos há, o quê, dois meses. — A pergunta me lembrou que eu ainda tinha que criar coragem para convidá-lo para ir comigo ao casamento de Lex. — Ele ia surtar e fugir para quilômetros de distância.

— Eu não teria tanta certeza, depois da nossa conversa antes do almoço.

— Por quê? O que ele disse?

— Ah, só que gostava muito de você e que você era muito diferente de todo mundo que ele já tinha namorado.

— Ah é?

Eu sorri e senti uma onda de alívio. Assim como o fim de semana na casa do sheik Khaled, o fato de ele ter dito isso parecia uma indicação de que Jasper estava levando nossa relação a sério. Talvez "sério" fosse uma palavra muito forte. Mas reforçava que eu era mais do que um dos seus flertes, eu esperava.

— Aham! — exclamou Willow. — Portanto, você não precisa mais fingir.

— Fingir o quê?

— Que está tranquila e relaxada quanto a isso.

— Mas eu estou tranquila e relaxada!

— Tá — disse ela, revirando os olhos. — Ah, posso fazer uma pergunta?

— Claro.

— Estou pensando em fazer uma festa-surpresa de aniversário para Bill. Em algumas semanas. O aniversário dele é numa sexta-feira, então achei que deveríamos fazer alguma coisa, mas ele fica dizendo que odeia aniversário.

— É, ele não é muito fã mesmo. Trauma de infância — falei vagamente.

Eu sabia o motivo real. Bill tinha me contado havia alguns anos. Ele tinha sofrido bullying na escola porque era uma criança nerd, muito antes de nos conhecermos. E num ano específico, seu aniversário de 8 anos, ele estava muito entusiasmado porque sua mãe tinha feito um bolo de robô para ele. Mas só uma pessoa apareceu na sua festa, o outro nerd da sala. E os dois ficaram brincando de passa-anel, sentados, um na frente do outro no chão. Bill nunca mais fez uma festa de aniversário desde então. Mas eu não sabia se ele queria que Willow soubesse disso tudo, então fiquei quieta.

— Só quero fazer algo para comemorarmos, mas por enquanto é segredo. Você pode me mandar uma lista de nomes para eu convidar? Caso eu esqueça alguém.

— Claro — respondi.

Fiquei pensando se deveria alertar Bill sobre isso também. Era o tipo de coisa que ele ia odiar.

Mais à frente, Joe parou e gritou:

— Pols, você tem um saco plástico? Bertie acabou de fazer cocô.

*

Depois da nossa caminhada, Jasper voltou para Yorkshire, então Joe e eu voltamos para nosso apartamento em Shepherd's Bush, sentamos no sofá e cantamos

"Songs of Praise" enquanto dividíamos uma barra de chocolate ao leite gigante. Minha mãe me mandou uma mensagem com seu veredito naquela noite:

Jasper é um amor. Superlegal com Bertie. Excelente signo. Você acha que Bill está bem? Bj

Pergunta estranha. Escrevi de volta.

Acho que sim, por que não estaria? Bj

Ela não respondeu. Fui ignorada pela minha própria mãe. Provavelmente estava fazendo palavras cruzadas ou outra coisa com Sidney.

*

Enid estava lixando as unhas em sua mesa quando cheguei no escritório no dia seguinte. Avistei as nuvens de pó de unha flutuando em direção ao tapete.

— Bom dia, Enid. Tudo bem?

— Acabei de quebrar uma unha.

— Ah, sei. Espero que não seja grave.

— Nada! Vou sobreviver — respondeu Enid, sem olhar para mim. — Ele quer uma reunião com todo mundo.

Ela apontou com a cabeça na direção da sala de Peregrine.

— Por quê?

— Não sei. Falou algo sobre uma sessão de fotos para a capa — disse ela, ainda lixando as unhas.

— Que horas?

— Às dez.

— Então dá tempo de comprar um café?

— Sim, se for rápido — respondeu ela, e franziu a testa. — Você está bem?

— Eu? Sim, nunca estive melhor. Por quê?

Ela fez uma pausa e observou meu rosto.

— Você está horrível. Já tentou algo para essas bolsas pretas? — perguntou ela, circundando uma de suas unhas vermelhas na frente dos seus próprios olhos.

— Ah, muito obrigada.

— É só um toque, meu amor. Não leve seu corpo à exaustão.

— Vou comprar um café. Volto em cinco minutos.

— Ok, minha querida.

No fim, a reunião era para falar sobre uma sessão de fotos para a capa da revista e para discutir com a seguinte equipe ao redor da mesa de Peregrine:

1) Legs, de calça jeans preta e uma blusa regata preta. Aparentemente, sem sutiã.

2) Lala, bastante revolucionária hoje, numa calça apertada de couro e uma camiseta do Che Guevara, cabelo preso no topo da cabeça com um laço grosso vermelho.

3) Jeffrey, o diretor de arte da revista, um homem de 45 anos com bigode, que estava sempre vestido com um terno de três peças, munido de um relógio de bolso, e que trazia seu buldogue francês chamado Bertrand para o trabalho todos os dias.

4) Eu, meio irritada por ter abandonado meu bolinho de mirtilo na mesa.

— *Achtung*, pessoal — cumprimentou Peregrine, enquanto nós nos sentávamos nas cadeiras. — Temos que colocar nossas cabeças para funcionar e criar uma ideia para fotografar a nobre Celestia Smythe.

— Que é *essa*? — perguntou Legs.

— Filha do lorde Smythe — respondeu Peregrine, para rostos sem expressão alguma. — Ah, vamos lá, minha gente. Vocês sabem quem é. Ex-banqueiro que se tornou conselheiro do primeiro-ministro. Polly, pelo amor de Deus, você tem meio neurônio. Tem que saber de quem estou falando.

Eu assenti. Lembrava vagamente do nome dele de algum escândalo havia uns anos. Ele tinha abandonado um banco grande, com um salário enorme, após um desastre administrativo, e de alguma forma tinha acabado como membro sênior do Partido Conservador.

— Enfim, ela tem 18 anos e um livro de culinária com receitas de abacate para ser lançado em breve. Portanto, eu disse que ela poderia sair na capa de junho, o que significa que precisamos ter uma ideia brilhante.

Legs fez um som de nojo.

Peregrine girou a tela do Mac para que pudéssemos ver uma foto. Ela parecia bastante com o que se espera de alguém que escreve um livro de culinária com receitas com abacate. Bonita, aceitei, meio a contragosto, e reluzente de saúde. Cabelo castanho comprido, olhos verdes enormes e cílios como o da Betty Boop.

— Se quisermos fotografá-la para a capa de junho, precisamos vesti-la de Chanel — afirmou Legs. — Prometemos a capa para eles.

— Tudo bem — concordou Peregrine —, mas precisamos pensar numa ideia diferente. Com conceito. Não quero mais uma foto de uma socialite vazia sorrindo para a câmera. Precisamos de algo melhor do que isso. Jeffrey, alguma ideia de fotógrafo?

— Bem, tem uma fotógrafa japonesa jovem que eu adoraria chamar, antes que ela seja roubada pela *Vogue* — disse ele. — Gosta de flores. Faz fotos

151

com flores meio que espalhadas por todo canto. — Jeffrey mexeu o braço na sua frente para demonstrar as flores espalhadas, e depois gritou. — Ah! Que tal se usarmos abacates ao invés de flores?

Peregrine franziu a testa.

— O quê?

— Ou uma banheira de abacates? — continuou Jeffrey, animado. — Como em *Beleza americana*. Sabe, quando ela está deitada na cama com pétalas? Só que em vez de pétalas, colocamos abacates.

— Mas Jeffrey, ela tem que estar de roupa. Com uma roupa da Chanel — enfatizou Legs.

— Eu sei — respondeu Jeffrey —, mas ela pode estar deitada de roupa numa cama de abacates. Ou... que tal uma foto com ela de roupa e uma máscara facial de abacate? Poderia ser bem divertido.

— Gosto disso — disse Peregrine. — É ousado. Diferente.

— Por que não apelamos e a colocamos vestida numa daquelas fantasias chiques de abacate? — eu sugeri, brincando.

— Polly! Isso é brilhante! Posso visualizá-la vestida de abacate, com um sapato de salto e joias da Chanel.

Ai, merda, ele levou a sério.

— E quero que você faça a entrevista também, por favor — pediu ele, olhando para mim.

— Sobre abacates, imagino.

— Sim, por favor. Focada no livro, mas cubra todo o resto também. Vida familiar, vida amorosa. O de sempre.

— Sem problemas — respondi, me perguntando se George Orwell já tinha feito alguma entrevista com alguém sobre abacates.

— Vai ser um estrondo, já posso sentir — afirmou ele, esfregando as mãos. — Vamos transformar Celestia na nova Cara.

Legs fez outro barulho de nojo.

— Tá certo. Obrigado a todos. Vamos seguir com o dia, então?

Era o sinal de Peregrine para todo mundo sair de sua sala, mas, enquanto estávamos de pé, ele disse:

— Polly, você pode ficar só mais um instante?

— Claro.

Todo mundo saiu e eu permaneci na minha cadeira.

— Só queria dizer que gostei muito da sua entrevista com o sheik Khaled. Você tem um olhar especial para os detalhes. Continue assim. Gostei, principalmente, da parte sobre o vaso sanitário de ouro.

152

— Ah! — exclamei, surpresa. — Obrigada.

— Além disso, andei pensando... Como vão as coisas com Jasper?

— Vou ter que contar tim-tim por tim-tim desse relacionamento para você, não é, chefe?

— Nada disso — respondeu ele, colocando o dedo indicador dentro da narina direita. — Você me conhece, Polly, eu tenho um interesse genuíno no bem-estar da minha equipe.

— Fico muito tocada pelo seu interesse, e está indo tudo bem. Ótimo, na verdade. Feliz?

— Que maravilha. Vamos transformar você numa duquesa — disse ele, tirando o dedo do nariz e limpando no descanso de mouse. — Me lembre de te dar um aumento na sua próxima avaliação.

— Jura?

— Não, claro que não. Obviamente, não temos dinheiro para isso. Mas você fez um excelente trabalho. E a ideia do abacate... maravilhosa. Estava inspirada.

— De... nada. E, sendo assim, você se importa se eu sair mais cedo hoje?

— Por quê?

— É o primeiro dia de quimioterapia da minha mãe. Vou levá-la ao hospital St. Thomas.

— Ah, querida, é claro. Você não precisa pedir esse tipo de coisa, Polly. Vá sempre que quiser. Tire o tempo que achar necessário. E mande beijos para sua mãe.

— Pode deixar.

*

Peguei o metrô para o hospital naquela tarde sentindo, sinceramente, um pouco de pena de mim mesma. Eu estava chafurdada numa playlist de músicas dos anos 1980 do Spotify que não estava ajudando. Olhei para as pessoas ao redor no vagão. Provavelmente todas elas conheciam alguém que tinha câncer. Talvez até elas mesmas tivessem. E todas pareciam bem, não pareciam? A vida seguia seu caminho. Troquei olhares com um homem na minha frente, com uma camiseta com os seguintes dizeres: ISSO NÃO É CALVÍCIE. É UM PAINEL SOLAR DE UMA MÁQUINA DE SEXO. Portanto, quase todo mundo ali parecia bem.

Encontrei minha mãe sentada na recepção do St. Thomas.

— Como você está se sentindo? — perguntei.

— Estou um pouco cansada. Não dormi muito bem essa noite.

— Ah, mãe, sinto muito.

— Não fui eu. Foi Sidney. Ficou acordado a noite toda. Teve problemas com a próstata.

— Entendi. — Não sabia se conhecia Sidney o suficiente para falar sobre sua próstata. — E agora, para onde vamos?

Minha mãe abriu a bolsa.

— Para a ala da oncologia. Tem um nome, espere aí... Ala Farber.

— Está bem, então vamos. Você vai entrar, sair, e logo estará no sofá de casa com uma xícara de chá.

— Boa tarde, minhas queridas — falou uma enfermeira na recepção da ala.

— Olá — cumprimentou minha mãe. — Eu sou Susan Spencer.

— Susan, seja bem-vinda. E essa é sua irmã?

A recepcionista olhou para mim.

— Sou filha dela — respondi.

Não sabia se a enfermeira estava brincando ou não.

Ela riu e sua bochecha chacoalhou.

— Eu sei, querida. Imaginei. Susan, que horas você está agendada?

— Às três.

— Uma enfermeira irá buscá-la para... Ah, aqui está ela. Essa é Beatriz.

— Olá — disse Beatriz, uma mulher pequenina, dentro de uma roupa escura de enfermeira. — Qual de vocês é Susan?

— Sou eu — disse minha mãe.

— Mas eu posso ficar com ela? — perguntei.

— Claro que sim — respondeu Beatriz. — Venham as duas comigo. Susan, vamos começar. — Ela colocou minha mãe em uma cadeira grande no canto. — Você tirou sangue na sexta-feira, pelo que vejo. E estava tudo certo.

— Sim — concordou minha mãe. — O dr. Ross disse que os níveis estavam bons.

— É disso que gostamos — falou Beatriz. — O que farei agora é medir sua pressão arterial e sua temperatura. E, se estiver tudo bem, vamos começar.

Minha mãe assentiu e começou a puxar a manga da blusa. Olhei ao redor, para o resto da ala. Cerca de uma dúzia de pacientes estavam sentados em poltronas verdes iguais, todos conectados a soros. Uma senhora mais velha, com o rosto enrugado como uma uva-passa, estava sentada numa poltrona com um travesseiro no colo e um jornal em cima. Em outra cadeira verde, havia uma mulher mais jovem, de meia-idade, usando um cachecol cor-de-rosa na cabeça, assistindo a algo em seu iPad. Perto da cadeira da minha mãe, havia um homem de pantufa, dormindo. Ou, pelo menos, rezei para que estivesse. Será que tinha morrido? E se ele tivesse morrido? As pessoas morriam naquela ala? Olhei para o seu peito para ver se estava respirando.

— Ele está bem — disse Beatriz, ao ver minha cara. — Só está dopado. Ele está aqui desde as dez da manhã. Coitado de Martin!

— Ele não tem acompanhante?

— Não — respondeu Beatriz. — Pega o ônibus sozinho em Norwood. Deus o abençoe.

Olhei para minhas mãos, tentando não pensar em Martin terminando seu tratamento e voltando para casa sozinho novamente.

— Está tudo certinho com você — disse ela para minha mãe alguns minutos depois. — Então, vamos começar.

Ela amarrou um torniquete no braço da minha mãe e apertou. Depois, pegou um pacote de plástico de seu carrinho e abriu. Era uma agulha. Trinquei meus dentes e olhei para a mulher de cachecol rosa na cabeça. O que eu mais amava quando pequena era um machucado com casquinha no joelho, para ficar cutucando, mas, hoje em dia, só de olhar para uma agulha já fazia meu estômago revirar.

— Só preciso achar uma veia, Susan, e vou aplicar a carboplatina.

— Está bem — respondeu minha mãe, com a voz trêmula.

Segurei a outra mão dela e apertei.

— Vamos… — disse Beatriz para si mesma, franzindo para a agulha. E um instante depois — Não, isso não vai funcionar. Desculpe, Susan, tenha paciência comigo.

— Polly, meu amor, está tudo bem. Você não precisa apertar minha mão tão forte — pediu minha mãe.

Afrouxei o aperto. Minhas mãos estavam suadas.

— Desculpe. Não sou nenhuma Florence Nightingale, não é verdade?

— Vamos tentar de novo — falou Beatriz. Virei minha cabeça para o outro lado de novo, enjoada. — Agora assim, tudo certo — afirmou ela após conseguir pegar uma veia. — O que vou fazer é conectar essa agulha à bolsa de infusão, e então vai levar noventa minutos. Quando acabar, você precisa ficar sentada durante meia hora, Susan, só para checarmos se está tudo bem. Depois disso, você poderá ir para casa.

Olhei para a bolsa de remédio gotejando por cima da cabeça da minha mãe. Não parecia muito venenosa. Era transparente, como uma bolsa de água.

— Preste atenção no nível disso aqui — disse Beatriz. Ela apontou a cabeça na direção da bolsa, enquanto conectava o braço da minha mãe a um tubo pendurado nela. — Ele irá baixar bem devagar, e você vai saber quando já estiver na metade do caminho. Agora, você está pronta. O *timer* vai apitar quando seu medicamento terminar.

— Obrigada — agradeceu minha mãe outra vez.

— De nada. Estarei por aqui, na ala, então me avise se tiver qualquer problema.

Um apito repentino soou na cadeira de Martin.

— Vou checar Martin — afirmou Beatriz, movendo-se em direção a ele.

— Você quer seu jornal, mãe?

— Não — respondeu ela. — Quero falar sobre Jasper.

— O quê? Agora?

— É, agora. Temos uma hora e meia para isso.

— Você gostou dele, não gostou?

— Claro que gostei. Ele é charmoso. Educado. E comeu toda a comida que estava no prato — disse ela. — É um rapaz amável. Fiquei positivamente surpresa, para ser sincera. Ele não parece nada esnobe.

Franzi a testa.

— O que você quer dizer com isso?

— Ah... é que... não sei... acho que esperava que ele fosse todo "Olá, como vai?", e falasse como o príncipe Charles. Mas ele pareceu bem normal.

Eu ri.

— Sim. Bastante. Para alguém que cresceu num castelo.

— Ele ajudou a tirar a mesa e foi muito gentil com Bertie. Gostei muito dele. Mais do que achei que gostaria.

— Que bom. Eu também. Foi o que pensei quando o conheci.

— Mas achei Bill um pouco quieto demais. Ou nervoso. Ele está bem? Como está o trabalho dele?

— Achou? Acho que ele está bem. Ocupado, tentando montar o aplicativo e conseguir investimento, mas acho que ele está amando ser seu próprio chefe, tocar seu próprio negócio. — Fiz uma pausa. — O que você achou de Willow?

— Ah, achei legal também — respondeu minha mãe —, e bem bonita, não é? Um cabelo tão lindo. Queria ter aquele cabelo.

— Aham — retruquei.

Eu esperava que minha mãe fosse dizer que também a achou um tiquinho irritante, assim eu me sentiria menos escrota por pensar o mesmo. A caminho de casa depois do almoço no domingo, fiz uma piada com Joe sobre Willow organizar uma festa-surpresa para Bill, e até ele me disse que eu estava sendo injusta. Talvez eu simplesmente devesse parar de ser tão superprotetora.

*

Minha mãe estava um pouco mais quieta duas horas depois, quando finalmente pegamos um Uber a caminho de casa.

— Você está bem? — perguntei.

— Sim, só estou cansada. Mas isso pode ter mais a ver com a noite passada do que com o medicamento.

Reparei que ela se recusava a usar a palavra "quimioterapia".

— Estamos quase em casa. Já, já você vai tomar uma xícara de chá. Ou até um drinque. Você pode?

— Não, não. Acho que um chá e um banho. E depois, cama.

— Sidney vai dormir com você hoje?

— Não. Ele está com Bertie essa noite. Ele queria ficar, mas eu disse que não sabia como estaria me sentindo, então era melhor que ele ficasse em casa.

— Ah, não quero que você fique sozinha essa noite. Quer que eu durma com você?

— Não, meu amor. Vou ficar bem. Chá e cama. Já estou caindo de sono.

— Você está enjoada?

— Não, só com sono.

Ela foi para a cama assim que chegamos, e fiz uma anotação mental para pesquisar no Google o medicamento de quimioterapia dela. Nós sabíamos que o cabelo dela ia cair, o dr. Ross tinha avisado. Mas eu estava tentando não pesquisar mais nada sobre câncer. Sobre o estágio do câncer dela. Sobre o tratamento. Mas agora, levando minha mãe exausta para casa no fim da sua primeira sessão de quimioterapia, eu me senti muito desolada. Outras pessoas tinham famílias grandes. Que se reuniam em casa para passar o Natal. Ou se reuniam em mesas enormes de restaurantes em aniversários e cantavam alto quando um bolo aparecia, e todo mundo ao redor da mesa batia palma para sua mãe ou seu pai. Ou irmão ou irmã. Ou tio ou sobrinha. Ou primo ou cunhado. Eu sempre senti um pouquinho de inveja quando alguém falava algo sobre um parente. *Que sorte*, eu pensava. *Ter algum parente. Ter uma família grande.*

Porque eu tinha uma família pequena. Minha mãe. Ela era toda a minha família. Minha família inteira. E eu era a dela. Bertie, acho, era um tipo de membro honorário. Um cão mais humano do que qualquer outro que já tinha conhecido. Mas mesmo com Bertie, éramos uma unidade familiar pequena. Uma família pequena. E eu não conseguia suportar a ideia de que minha família ia desaparecer. Que só sobraria eu. E Bertie. Uma pessoa e um cachorro não formam uma família, formam? Não se pode sentar num restaurante no seu aniversário com seu cachorro do lado. Bertie não podia cantar "Feliz Aniversário" para mim ou fazer um biscoito no Natal. Então, resolvi, sentada no ônibus para casa, que a única alternativa era que minha mãe melhorasse e nossa pequena unidade familiar continuasse intacta. Tinha que ser assim.

Capítulo 10

Naquela semana, encontrei Lex para tomar um drinque no bar Windsor Castle, logo atrás da estação de metrô Notting Hill Gate. Ela mandou um e-mail alguns dias antes dizendo que precisava de uma "reunião pré--casamento". Eu respondi dizendo que só iria se ela prometesse nunca mais usar essa expressão novamente.

— Pedi uma garrafa de vinho branco para nós — disse Lex, quando a encontrei no jardim do bar.

Sentei e tentei cruzar as pernas debaixo da mesa de madeira. Por que eles faziam essas mesas para gnomos?

— Maravilha, obrigada. E batata. Estou morrendo de fome. Preciso de uma porção de batata.

Lex não levantou a cabeça do caderno que estava na sua frente.

— Não para mim. A dieta para o casamento já começou. As "bodas de aipo", como as pessoas dizem.

Fiz um cálculo rápido nos dedos. Estávamos em abril. O casamento seria em julho. Ou seja, em... três meses.

— O que você está fazendo? — perguntou Lex, enquanto eu tamborilava meus dedos na mesa, contando os meses.

— Nada, só checando se... eles ainda funcionam.

— Você está ficando cada vez mais esquisita. Mas escute, fiz uma lista de tudo o que precisamos fazer.

Ela balançou o caderno para mim. Na capa, estava escrito NOIVA. *Pelo amor de Deus.*

— Você e Hamish?

— Não, não. Eu e você.

— Que legal! — exclamei, com o entusiasmo de alguém que acabou de saber que tem um meteorito a caminho da Terra e que todo mundo vai morrer amanhã de manhã.

— Então, você está a cargo da despedida de solteira. Tem alguma ideia sobre locais?

— Uhm...

— Não quero que você tenha muito trabalho. É só um fim de semana em algum lugar. Pensei em Ibiza, mas talvez não seja uma boa opção para ir em junho. Muita gente. Ou Lago de Como. Laura, do meu trabalho, disse que Lago de Como é lindo em junho.

Laura é uma idiota, pensei.

— E fiz uma lista de pessoas — continuou Lex. — Somos dez, no total.

— Beleza.

— É que tem algumas pessoas que não posso simplesmente ignorar. Se eu convidar Rachel do trabalho, preciso chamar Laura. Vou chamar só Sal da faculdade. E não posso não convidar minhas primas e várias amigas do colégio. Pelo menos fiz o convite, pode ser que nem todas compareçam. Vou mandar o e-mail de todas elas para você. E talvez criar um grupo no WhatsApp, para que todo mundo se conheça antes. O que você acha?

— Aham. O que Hamish vai fazer para a despedida dele?

— Vai para Praga. E eu não quero saber os detalhes. Então, vou fazer o grupo do WhatsApp e você organiza a despedida. Pensei em dividir as funções entre você e Sal, pois ela é boa com essas coisas.

Ufa, pensei. Sal sabia planejar festas. Eu não a via desde o jantar de Bill, em janeiro, mas imaginei que, já que ela também estava noiva, saberia o que fazer.

Lex continuou tagarelando, e meu celular acendeu com uma mensagem de Jasper, que ia vir dirigindo do Castelo de Montgomery para passar a noite comigo.

Estarei com você por volta das 10. Bj

— Claro, claro — disse vagamente para Lex, enquanto respondia à mensagem de Jasper.

Mal posso esperar para te ver. Se eu sobreviver até lá. Conversa eterna de casamento com Lex aqui. Bjs

— E você já sabe se Jasper será seu mais um? É só que a cerimonialista precisa saber para organizar os lugares nas mesas.

— Ah, sim, desculpe. Sempre me esqueço de perguntar para ele. Até quando você precisa saber?

— Até a próxima semana, pode ser?

— Ok, pode deixar. Vou perguntar.

Lex fez uma linha em seu caderno e assentiu.

— A propósito, Hammy disse que Callum também vai. Portanto, se Jasper não puder ir, pelo menos você terá alguém com quem flertar.

— Lex, acho que esse…

Mas ela me interrompeu e continuou falando:

— E precisamos falar do fim de semana do casamento em si. Vou tirar minha licença do trabalho na terça-feira e vou para casa. Quando você quer ir? Sei que isso significa você pedir alguns dias de folga no trabalho, mas teremos muita coisa para fazer. Pensei em você ir na quinta-feira, pode ser?

— Claro.

Meia hora depois, após debatermos se Lex deveria estar com o cabelo preso ou solto, sobre a lua de mel deles (para Bora Bora, embora Lex estivesse preocupada com o Zika vírus) e se ela deveria comprar roupas íntimas brancas ou azul-claras para o casamento, ela respirou fundo e colocou a caneta na mesa.

— É coisa demais para fazer. Acho que estou ficando com rugas de tudo isso. Olhe para minha testa aqui. — Ela apontou para um lugar logo acima da sua sobrancelha direita. — Está vendo essa linha de expressão? É nova. Vi hoje de manhã, quando estava escovando os dentes. Acho que vou fazer Botox.

Eu analisei a testa dela.

— Lex, há crianças de 7 anos de idade com mais rugas do que você. Não se preocupe, tudo vai dar certo.

Ela respirou fundo de novo.

— Espero que sim. E como você está? O que anda acontecendo na sua vida?

— Tudo bem. Exceto o fato de ter levado minha mãe para sua primeira sessão de quimioterapia na segunda-feira.

— Merda — disse Lex. — Merda, merda, merda. Sou a pior amiga do mundo. Desculpe. Como foi? Como ela está? Como você está?

— Meio triste. Uma sala cheia de gente conectada a bolsas de veneno. Já estive em lugares mais alegres. Mas minha mãe foi maravilhosa. Não parou de falar um segundo. Bem, até a hora que a levei para casa, quando ela já estava bem cansada. E agora temos que esperar para ver. Ela fará outra sessão em algumas semanas.

— Quantas sessões ela vai precisar fazer?

— Três, no total, com intervalos de três semanas cada.

Lex assentiu.

Eu tinha falado com minha mãe mais cedo naquele dia e ela estava bem. Incrivelmente bem. Dormindo. Não estava enjoada. Observando a escova de cabelo todos os dias para ver se tinha tufos, mas não tinha nada ainda.

— Como chegamos ao ponto em que conversamos sobre o seu casamento e as sessões de quimioterapia da minha mãe? — perguntei a Lex. — Quando foi que isso aconteceu? Digo, literalmente, quando isso aconteceu? Estamos tão velhas assim?

— Só Deus sabe — respondeu ela. — Embora a gente tenha passado a maior parte dos nossos 20 anos bêbadas, né? Então, provavelmente foi por ali.

— É.

— Outra garrafa?

— Claro, por que não?

*

Por que tem que ser uma grande questão?, pensei enquanto estava deitada no peito de Jasper na minha cama, à noite. Não é uma grande questão. É simplesmente uma pessoa chamando a outra para um casamento. Não o seu próprio casamento. O de outra pessoa. Controle-se!

— Tenho uma pergunta — falei, hesitante.

— Uau — respondeu ele. — Estou encrencado?

— Não, mas parece que alguém está com peso na consciência. Você acha que deveria estar encrencado?

— Por que você acha que eu acho que estou encrencado?

— Ok, para, esquece a encrenca — falei, rindo. — Você não está encrencado. Eu tenho uma pergunta.

— E qual é?

— Você sabe que essa semana eu estava falando com Lex sobre o casamento dela...

— Polly Spencer, você vai me pedir em casamento?

— Não! — respondi, dando um tapa no peito dele. — Para. Se concentra.

— Que bom. Porque quando esse momento chegar, eu planejo ser a pessoa a fazer o pedido.

Por um momento, fiquei em choque.

— Tá beeem, agora eu fiquei sem graça. Vou fingir que você não disse isso...

— Não vou te pedir em casamento.

— Ok, obrigada! Quer dizer... deixa para lá... Meu Deus, você está piorando tudo.

161

— Tá, talvez eu peça você em casamento.

— Para! Literalmente, para.

— É muito fácil implicar com você.

— Podemos voltar à pergunta?

— Em vez de você me ouvir falar sobre nos casarmos?

— Aham.

— Sabia que você fica incrivelmente sexy quando fica frustrada? — perguntou Jasper, se colocando em cima de mim e prendendo-me debaixo dele. Fechei os olhos.

— Ok. A pergunta é: você topa ser meu acompanhante no casamento de Lex?

Ele riu.

— Era isso?

— Era!

— Estou um pouco decepcionado de você não ter me pedido em casamento agora — disse ele, afundando a cabeça em meu pescoço e me beijando.

— Para. É sério, você está me deixando sem graça.

Ele olhou para mim e sorriu.

— Claro que topo. Vou adorar.

— Mesmo?

— Mesmo, claro, óbvio. Espero que você use um vestido de madrinha sensacional.

*

Algumas semanas depois, cheguei ao estúdio em East London para a sessão de fotos de capa de Celestia Smythe e toquei o interfone ao lado de uma porta preta enorme debaixo de um arco de ferro.

— Oi, eu sou da revista *Posh!* — falei.

A porta fez um clique e eu a abri. Havia uma mulher sentada na recepção com a palavra VIDA tatuada no pescoço.

— Olá — disse ela. — Estúdio três, lá em cima, no final do corredor.

Lá em cima, no estúdio, encontrei a fotógrafa agachada sobre as mochilas das câmeras, e vi Legs e Jeffrey, ambos de pé ao lado da arara de roupas. Outra mulher de cabelo ruivo reluzente estava de pé ao lado de uma mesa ali perto, organizando pincéis e esponjas de maquiagem. Uma música de rock tocava ao fundo.

— Bom dia — falei para todos, indo em direção à mesa de café coberta de croissants, frutas e sucos.

— Olá — respondeu a fotógrafa, que levantou e veio na minha direção. Ela vestia uma boina de lã e uma parca de lã sobre uma camiseta preta. Calça jeans preta. Botas Dr. Martens. Uma fotógrafa clássica.

— Olá, eu sou Polly — falei, cumprimentando-a. — A jornalista.

— Kimiko, prazer em conhecê-la. Acho que a sessão vai ser fabulosa.

— Aham.

Observei as diversas pilhas de caixas no canto da sala. Abacates. Quinhentos abacates, sobre os quais Enid tinha passado a semana toda resmungando no escritório. "Onde vou arrumar quinhentos abacates? Não posso simplesmente chegar no supermercado e comprar tudo lá, posso? Me diz" e blá-blá-blá.

— Olá, eu sou Rachel — disse a mulher que organizava os pincéis de maquiagem, aproximando-se.

— Rachel, oi, prazer — respondi, cumprimentando-a também. — Vou só até ali perguntar uma coisa para Legs. Você já conheceu Legs e Jeffrey? — perguntei, apontando com a cabeça na direção deles.

— Sim, claro. Já viramos amigos.

— Que bom — falei.

Legs, como sempre, parecia mais emburrada que uma nuvem negra.

— Não acho que Chanel vai ficar feliz com isso — disse ela, gesticulando para a arara de roupas.

Havia cerca de uma dúzia de vestidos pendurados. Cheguei perto e encostei em um minivestido prateado, com centenas de penas costuradas na barra. Parecia algo que uma dançarina usaria em *Lago dos Cisnes*.

— Lindo, *non*? — comentou Legs.

— Aham.

Eu estava tentando me imaginar dentro dele. Para o trabalho? Para ir ao mercadinho de Barbara de manhã para comprar cereal?

— Polly, bom dia — disse Jeffrey.

— Oi, Jeff. Como estamos?

— Acho que vai dar tudo certo. Olhe, o que acha?

Ele desenrolou um pedaço de feltro verde que estava no chão ao seu lado. Era a fantasia chique de abacate.

— Vai ficar fabuloso na capa — afirmou ele.

Por sorte, não precisei responder, pois ouvimos um estrondo na porta atrás de nós, que se abriu completamente, e uma mulher com um chapéu imenso adentrou o estúdio. A Honorável Celestia Smythe, imaginei.

— Bom dia — disse uma voz bem aguda debaixo do chapéu.

— Olá — respondi. — Você deve ser Celestia, certo?

— Aham, como vai? — perguntou ela, estendendo uma mão pequenina e pálida na minha direção.

Eu a cumprimentei, e ela puxou a mão de volta e retirou o chapéu, sacudindo a cabeça como se estivesse fazendo uma propaganda de xampu. Seu cabelo era cheio e brilhoso como o de Kate Middleton. Presumi que fosse devido a todo aquele abacate.

— Vou apresentar você para o pessoal— falei, mostrando ao redor. — Essa é Legs, nossa diretora de moda, que vai vesti-la.

Celestia estendeu a mão novamente.

— Como vai? — repetiu ela para Legs, que a cumprimentou sem dizer uma palavra.

— E esse é Jeffrey, nosso diretor de fotografia. Ele teve uma... ideia brilhante para o conceito de hoje.

— Jeffrey, oi, como vai?

— Excepcionalmente bem, obrigado, srta. Smythe — respondeu Jeffrey, antes de se curvar para ela. — É uma honra conhecê-la.

— E essas são Kimiko, a fotógrafa, e Rachel, a maquiadora.

— Prazer enorme conhecer todos vocês — disse Celestia, sorrindo pela sala.

Ela era ainda mais bonita pessoalmente, eu precisava admitir. Tinha olhos verde-limão e era do tamanho de uma fada da floresta. Minhas mãos deviam dar a volta na cintura dela.

— Vamos começar com cabelo e maquiagem? — perguntei. — Pensei em entrevistá-la enquanto você se prepara, se não se incomodar.

— Claro — falou ela, piscando para mim com aqueles cílios enormes.

— Ah, desculpe. Você quer um café ou alguma outra coisa? Um croissant?

Ela estremeceu, como se eu tivesse perguntado se ela queria dançar quadrilha.

— Ah, não, obrigada. Trouxe minhas vitaminas de abacate comigo.

— Sem problemas — falei, sorrindo. — Vou só encher meu copo de café e podemos começar.

Alguns minutos depois, ela estava sentada com os olhos fechados, em uma cadeira rotatória na frente de Rachel, que passava uma esponja em seu rosto. Eu estava sentada de pernas cruzadas no chão, com o telefone ao meu lado, gravando a conversa.

— Você tem uma pele linda — disse Rachel para Celestia.

— Ah, que gentil da sua parte — respondeu ela. — É a vitamina E.

— Então, os abacates... — comecei. — Me conte sobre eles.

Não era exatamente um bom começo, mas eu sabia que se iniciássemos falando de abacates, eu poderia me aprofundar mais depois e começar a perguntar sobre sua vida amorosa.

— Ah, sim, eu sempre fui grande fã de abacate — respondeu Celestia. — Sempre pedia abacates no café da manhã. Como comemos ovo poché, sabe?

Eu assenti.

— Em cafés?

— Exatamente — respondeu ela, reluzente.

— Mas como surgiu a ideia do livro?

— Eu estava no meu café preferido, o King's Road, há uns meses, conversando com minhas amigas sobre o que eu queria fazer quando saísse de Edimburgo...

— Você fez faculdade lá, certo? — perguntei. — Estudou História da Arte?

— Isso. Eu amo Dandy Warhol. Enfim, eu estava naquele café e tinha acabado de comer ovos com abacate. Estava passando as fotos no meu Instagram, olhando as centenas de outras fotos de ovos e abacate, e pensei que tinha algo especial nos abacates. Eles estão tão populares hoje em dia, não é?

— Aham — respondi. — Você sempre gostou de cozinhar?

— Nossa, não! — disse ela, sacudindo a mão no ar. — Nossa empregada sempre fez isso em casa. Mas cozinhar com abacates é tão fácil. Você literalmente corta ao meio, retira a casca e a semente, e pode fazer o que quiser.

— Sei. Então, que tipo de receita terá no livro? E, desculpe, qual é mesmo o título?

— Vai chamar *Deusa Verde* — respondeu Celestia. — Não é um título inteligente? E tem todo tipo de receita que inventei. Mousse de abacate, torrada com abacate, vinagrete de abacate, abacate recheado, brownie de abacate, máscara para pele de abacate... — Rachel passou delineador em uma das pálpebras. — Vou enviar uma cópia autografada para você, quando lançar.

— Ah, que maravilha! Obrigada — agradeci, embora eu estivesse bastante cética em relação ao quão maravilhoso o livro seria. — Agora, preciso perguntar. O que você faz quando não está pensando em abacates? Onde você mora, o que gosta de fazer no seu tempo livre?

— Bem, ainda moro em Chelsea, enquanto estou trabalhando no livro. Era coisa demais, sair de casa, encontrar meu apartamento e trabalhar ao mesmo tempo.

— Aham...

— E eu amo ficar com meu cachorro. Ele é um pug chamado Pasta. E fazer compras. *Amo* fazer compras. E tomar café da manhã no King's Road, claro — disse ela.

— E amigos e... um namorado, quem sabe?

— Costumo sair com Gussy Mountbatten e Sally Battenberg, não sei se você os conhece. — Ela abriu um dos olhos e olhou para mim. Eu as conhecia de notícias de festas, ambas filhas de duques, ambas na linha de sucessão do trono, de alguma forma. — E nada de namorado, não. Eu estava namorando Frank von Trapsburg, em Edimburgo, mas ele não era minha alma gêmea.

Kimiko interrompeu do outro lado da sala, onde ela estava enchendo uma banheira com abacates:

— Rachel, quanto tempo você acha que ainda leva?

Rachel ergueu o rosto de Celestia.

— Uns dez minutos.

— E eu preciso, talvez, de uns quinze, para ela experimentar esses vestidos — completou Legs, sentada ao lado da arara de roupas.

— Perfeito — concluiu Kimiko.

*

Celestia foi maravilhosa na hora de deitar na banheira de abacates, tenho que confessar. Ela ficou de calcinha na frente de todos nós — pele branquinha feito leite, como Cleópatra, e bumbum firme como um pêssego — e entrou, feliz, dentro da banheira.

— Ai, meu Deus, isso é *hiláááááario*.

Kimiko e Jeffrey colocaram estrategicamente mais abacates ao redor dela, antes de Kimiko começar a tirar fotos de cima de uma escada.

— Coloque o queixo um pouquinho para cima, Celestia. Ótimo — disse Kimiko. *Clique, clique, clique.* — Cabeça um pouquinho para esquerda. — *Clique, clique, clique.* — Rachel, você pode tirar esse fio de cabelo do rosto dela? Ótimo, obrigada.

Clique, clique, clique. E assim seguiu.

Legs sentou, irritada, ao lado da arara de roupas.

— Prometo que vamos colocar um Chanel nela em algum momento — eu disse para ela. — Vamos só tirar as fotos da banheira e depois podemos colocá-la em um desses vestidos, fazendo malabarismo com os abacates ou algo assim.

Legs virou os olhos.

— Karl não vai gostar *de isso*, mas ok.

A coisa toda levou seis horas. Seis horas. Quatro fotos diferentes. Celestia na banheira coberta de abacates; Celestia no vestido de penas da Chanel segurando dois abacates na frente dos peitos; Celestia na fantasia chique de abacate usando diversas camadas de pérolas da Chanel; Celestia em um terninho de renda da Chanel com máscara de abacate por todo o rosto. Um pedaço de abacate caiu na gola do terninho, o que fez Legs quase explodir de raiva, mas eu disse a ela que mandaríamos lavar a seco e Chanel jamais saberia.

— Isso foi bem divertido — afirmou Celestia, de pé, só de calcinha e camiseta, perto da arara de roupas.

— Ficou lindo — falei. — Obrigada por aguentar firme o dia todo. Para onde você vai agora?

— Ah, vou para casa, e depois acho que vou para a ioga — respondeu ela. — Preciso me alongar.

Ela esticou a coluna e encostou no chão com a ponta dos dedos. Jeffrey ficou vermelho ao olhar e rapidamente virou o rosto para o outro lado da sala.

— O que vai fazer hoje à noite? — perguntou Legs, olhando para mim enquanto jogava um vestido sobre o braço. — Vai encontrar Jasper?

— Jasper é seu namorado? — perguntou Celestia, ficando de pé e esticando os braços em cima da cabeça.

— Bem, não tenho certeza se somos namorados. Mas é uma pessoa com quem estou saindo. Mas ele mora em Yorkshire, então é um pouco... complicado durante a semana.

Celestia franziu a testa, com os braços ainda esticados sobre a cabeça, no ar.

— Você está falando de Jasper Milton?

Olhei para ela, surpresa.

— Sim, por quê? Quer dizer, você o conhece?

É claro que ela o conhecia, pensei depois. Toda a aristocracia se conhecia. Eram basicamente todos parentes uns dos outros.

Celestia abaixou os braços de novo e balançou a cabeça.

— Não, não, eu não o conheço, mas meu irmão estudou em Eton com ele. E eu sempre o achei um gato. Há quanto tempo vocês estão saindo?

— É... há uns dois meses — respondi.

Ficar ali, de pé, com a minha calça jeans larga e tênis, ao lado de uma pequena ninfa com a pele perfeita como Celestia, enquanto ela perguntava sobre Jasper, me deixou sem graça. Senti como se ela estivesse me analisando, como se estivesse tentando entender por que alguém como Jasper sairia comigo.

— Meu Deus, estou com inveja. Ele é um sonho. E engraçado. Jake sempre disse que ele era engraçado.

— É, ele é mesmo.

Torci para que ela se vestisse e nós todos fôssemos logo para casa. De repente, eu estava exausta e queria um banho de banheira. Uma banheira quente repleta de bolhas, em vez de abacates.

— Mandou bem! Você não se sente a garota mais sortuda do mundo?

— Às vezes — respondi, tentando encontrar uma desculpa para mudar de assunto.

— Legs, você sabe a que horas que o carro chega? — perguntei.

Legs tirou os olhos das camadas de vestidos Chanel que estava fazendo em uma mala gigantesca para levar de volta ao escritório.

— *Oui*, acabei de receber uma mensagem, ele acabou de chegar.

— Ótimo — respondi.

Eu não queria voltar para o escritório, mas podia fingir que tinha que ir embora com Legs para fugir do estúdio.

— Só um minuto, só vou fechar isso aqui e nós podemos ir.

— Adorei conhecer você — falei, virando para Celestia.

— Eu também! — exclamou ela, inclinando-se para me abraçar. — Quem sabe vejo você com Jasper em algum momento?

Não se eu puder evitar, pensei.

*

E-mails de Willow lotaram minha caixa durante a semana toda, falando sobre os preparativos da festa-surpresa de Bill. Finalmente, foi decidido que todos deveriam chegar no apartamento dele na sexta-feira, às seis e meia, para se esconder, antes de Bill chegar por volta das sete.

E se ele ficar preso no trabalho?, alguém tinha perguntado numa sequência de e-mails com umas quarenta pessoas. Achei que as pessoas que clicavam no "Responder a todos" em e-mails como esse não deveriam ter acesso à tecnologia. Willow tinha respondido dizendo que ela ia "garantir" que ele saísse na hora certa.

Joe começou uma nova troca de e-mails separada comigo e com Lex.

Aposto que ela prometeu um boquete para ele, quando ele chegar em casa...

Eu respondi, cautelosa:

Gente, podemos ser suuuuper cuidadosos para que nenhum de nós aperte o botão errado e envie essas mensagens de volta para Willow?

Um e-mail de Lex apareceu:

O que você disse, Joe? O filtro do meu e-mail bloqueou.

Imaginei, como fazia inúmeras vezes todos os dias, o quão mais produtiva eu seria sem a distração constante dos e-mails eróticos dos dois.

Enquanto isso, eu estava tentando escrever a entrevista de Celestia. Peregrine tinha uivado de alegria quando viu as fotos de manhã, dizendo o quanto tinha adorado. Respirei fundo e olhei para a página do Word em branco na minha frente. Eu não sabia por mais quanto tempo eu conseguiria entrevistar pessoas sobre seus cachorros e livros de culinária de abacate. Tudo bem, provavelmente eu não iria migrar da *Posh!* para um emprego num jornal e escrever sobre a crise nuclear iraniana. Mas senti que precisava começar a pensar em alguma outra coisa. Um trabalho mais sério. Mas onde?

Capítulo 11

No início da noite de sexta-feira, Lex, Hamish, Joe e eu estávamos deitados no carpete do quarto de Bill, esmagados entre a cama e a parede. O resto das pessoas da festa-surpresa estavam escondidas na cozinha, agachadas atrás de vários móveis. Joe estava equilibrando uma garrafa de cerveja na sua barriga.

— Joe, segura direito essa cerveja. Vai acabar derramando — eu falei, mandona.

— Relaxa! — retrucou ele.

— Que horas são? — perguntou Lex do outro lado.

— Três para as sete — respondeu Hamish, levantando o pescoço para olhar a hora no relógio da cabeceira de Bill.

— Esse é meu tipo de festa — comentou Joe, bocejando. — Acho que vou ficar aqui quando ele chegar.

— Ele vai saber — falou Lex. — Ninguém na história conseguiu fazer uma festa-surpresa bem-sucedida.

Eu ouvi Willow tentando calar as pessoas na cozinha e reprimi-las levemente. Ela tinha feito um esforço enorme. Bexigas espalhadas pelo apartamento todo, bandeirinhas de FELIZ ANIVERSÁRIO penduradas na cozinha, uma banheira cheia de garrafas de prosecco e um bolo escondido em cima da geladeira, que ela nos mostrou, do Thomas, a Locomotiva, pois Thomas e Seus Amigos era o desenho preferido de Bill quando ele era pequeno.

— Minha perna está dormente — falou Joe.

— Preciso fazer xixi — resmungou Hamish.

— Quero mais uma bebida — afirmou Lex.

— Pessoal, *shhh*, são só mais alguns minutos. Lex, se você não consegue ficar alguns minutos sem uma taça de vinho, você precisa ir num médico. Ou num terapeuta.

— Ok, ok.

Nós ficamos deitados em silêncio por alguns minutos, enquanto ouvíamos mais tentativas nervosas de silêncio na cozinha.

E então, ouvi a voz de Bill.

— Oi, querida. Cheguei.

O barulho da porta da frente se fechando.

— SURPRESA! — Todo mundo que estava escondido na cozinha gritou.

— Vamos levantar — falei, enquanto permanecíamos imóveis no chão do quarto e mais gritos de surpresa e comemoração soavam pelo apartamento.

— Finalmente — disse Lex, sentando. — Quem quer uma bebida?

— Eu — afirmaram Joe e Hamish em uníssono.

— Eu também — completei, levantando do chão. — Vamos lá, vamos ser simpáticos.

Nós entramos na cozinha, onde Bill estava de pé, em seu blazer, com um braço sobre o ombro de Willow.

— Você é brilhante — disse ele para ela. — Eu não fazia a menor ideia.

— Jura? — perguntou ela, olhando para ele.

— Juro — respondeu ele, sorrindo e beijando-a.

Ele não estava sendo sincero. Eu sabia só de olhar para o seu rosto. Era um sorriso forçado. O tipo de risinho que uma criança faz na foto de fim de ano da escola.

— Vocês dois, por favor, comportem-se — brincou Joe, dando um abraço em Bill.

— Feliz aniversário, cara — falei, abraçando Bill depois de Joe sair do caminho. — Minha mãe te mandou um beijo.

— Como ela está?

— Bem. Ah, aquela coisa. Começou a cair um pouco de cabelo. Mas ela está bem.

Ele me puxou de volta para um abraço.

— Que merda, Pols.

— Tudo bem, cara. Hoje é seu aniversário. Não vamos falar de nada disso.

— Onde está o Lorde das Trevas? — perguntou ele.

Eu revirei os olhos.

— Vindo de Yorkshire, então não sabe se vai conseguir chegar a tempo. Ele disse que depende do trânsito.

— Excelente.

— Bill!

— O quê?

— Você sabe o quê.

— Eu disse "excelente".

— Ok. Vamos pegar uma bebida.

Lex e eu enchemos nossas taças de vinho, Hamish e Joe pegaram mais cerveja na geladeira, e nós todos sentamos na mesa do lado de fora. Era uma daquelas tardes de sexta-feira quando se pode sentir o verão chegando — aquela luz bonita, pássaros cantando felizes, o ar pesado da fumaça de algum vizinho fazendo linguiça na churrasqueira. Estava tudo ótimo. Estava tudo excelente. Estava tudo... *Ah, merda*. Eu vi Callum pela janela da cozinha.

— O que ele está fazendo aqui? — sussurrei.

— Ele quem? — perguntaram todos.

— Callum.

Hamish virou-se na cadeira para olhar.

— Hamish — murmurei. — Não faz isso. Ele vai ver você.

— Ele é meu amigo. Qual é o problema de me ver?

— Mas não é meu amigo — afirmei.

— Quem é Callum? — perguntou Joe.

— Aquele que foi lá em casa há alguns meses — respondi.

Joe olhou para mim sem saber.

— Aquele que foi embora no meio da noite, sabe? — Ele continuou com um olhar perdido. — Você sabe, sim. O cara que eu paguei um boquete e pegou um Uber para casa porque tinha que jogar golfe de manhã.

Joe jogou a cabeça para trás e começou a rir.

— Ah, aquele cara. Ele é ótimo. Sinto saudade dele.

— Você nem o conheceu.

— É, mas gostei do estilo dele.

— Um clássico do Callum — acrescentou Hamish. — Um garanhão.

Eu revirei os olhos.

— Será que devo ir até lá falar com ele?

171

— Não — respondeu Lex. — Fique aqui. Ele pode vir falar com você. E quando Jasper vai chegar?

Olhei para o meu telefone. Eram oito da noite.

— Não sei. Ele disse que depende do trânsito.

Olhei para dentro da cozinha e meus olhos encontraram os de Callum. Merda. Eu acenei, bem displicente. Ele sorriu de volta e começou a caminhar na direção da porta. Merda.

— Joe, não é para dizer nada constrangedor.

— Como o quê?

Não tive tempo de responder, pois Callum já estava ao lado da mesa.

— Olá — disse ele, inclinando-se para me dar um beijo na bochecha.

— Oi — respondi com uma voz nada natural. Por que fiz isso? Por que eu estava sendo tão esquisita? Eu já tinha colocado o pau dele na minha boca. — Como você está?

— Ótimo — respondeu ele —, melhor agora que estou vendo você. E você, cara.

Ele estendeu a mão para cumprimentar Hamish e depois deu um beijo em Lex.

— Olá, futura sra. Wellington.

— Ah, pare com isso — disse Lex, sorrindo para ele.

Traidora.

— Você se importa se eu sentar?

— Não, não. Sente-se aqui — respondeu ela, gesticulando em direção à cadeira ao seu lado.

— Prazer, Joe. — Do outro lado da mesa, Joe olhava para Callum como se fosse meu pai, protetor e sério. — Eu moro com Pols.

— Ah, sei — falou Callum —, não muito longe de mim. Moro em Shepherd's Bush também.

— Sei — afirmou Joe, ainda fitando-o.

— E aí, o que você tem feito? — perguntei para Callum.

— Como vai sua pontuação no golfe? — perguntou Joe, implicando.

Callum riu, nervoso.

— Ah, sim. Eu não ando jogando muito ultimamente. Estou num emprego novo.

— Que bom, cara! — exclamou Hamish.

— Ah, parabéns — eu acrescentei. — Com… não consigo lembrar o que você estava procurando.

— Um tipo de seguro privado. Chama-se S&R. Sequestro e resgate.

172

— Uau! — disse Lex, sentando-se mais na ponta da cadeira. — Soa viril e empolgante. O que significa?

— Basicamente, que eu faço seguro para empresas de frete e negócios fora do país. Mas em locais onde a segurança é complicada. África, parte do Oriente Médio, esse tipo de coisa.

— Então, você trabalha no ramo de seguros? — perguntou Joe, com indiferença. — Você é vendedor de seguros?

Eu tentei chutá-lo, mas errei, e acabei batendo meu tornozelo na barra de metal debaixo da mesa.

— Basicamente, sim — respondeu Callum, sorrindo para Joe. — Mas o que você tem feito? — perguntou, olhando para mim.

— Ah, ela arrumou um namorado incrivelmente rico e gato — respondeu Joe.

— Joe!

— O quê? É verdade. O cara transa como um soldado de Roma.

— JOE!

— Ah, fala sério, eu escuto vocês. As paredes lá de casa são finas feito papel.

— Desculpe por ele — falei, olhando para Callum.

Ele pareceu desconfortável, fiquei feliz em perceber.

— Ah, sim, eu lembro. Da festa de noivado. Um playboy da alta sociedade, ou coisa assim, não era?

Cheguei a abrir minha boca para responder, para começar dizendo que, na verdade, ele não era o playboy que todos achavam. Isso estava começando a me incomodar, ter que ficar constantemente defendendo Jasper. Mas Joe me interrompeu.

— Quem quer mais vinho? — perguntou ele, apontando para as nossas taças vazias. — Vou pegar outra garrafa.

— Vou com você — disse Lex.

— Não precisa. Consigo trazer uma garrafa sozinho.

— Não, quis dizer que vou entrar com você — consertou Lex, fazendo uma careta para Joe. — E você, Hamish, venha me ajudar a abrir outra garrafa.

— Lex, meu amor, você, de todas as pessoas, não precisa de ajuda para abrir uma garrafa de vinho.

— Venha comigo agora — sussurrou ela para ele.

— Ah, tá bom. — Hamish obedeceu, levantando-se. — Cal, meu chapa, até já.

Os dois entraram.

— Então... sim — eu continuei. — Aquele cara... De quando vi você pela última vez... O nome dele é Jasper. Ele está chegando daqui a pouco, na verdade. Você vai conhecê-lo. Ele é melhor do que as pessoas pensam.

Callum deu um gole em sua cerveja.

— Que bom, fico feliz — respondeu ele depois de um tempo. — Ele me derrotaria numa luta?

Olhei para seus braços musculosos.

— Não sei. Talvez. Ele é bem alto.

— Ah, caras altos. Odeio — disse ele, sorrindo para mim.

— Ha. Enfim, e você?

— O que tem eu?

— Como vai sua vida amorosa?

— Péssima. Arrumar encontros em Londres é como estar em uma zona de guerra.

— Você parece gostar de zonas de guerra.

— Até gosto, mas não são muito propícias para um romance.

Eu ri novamente, e depois olhei para a cozinha, onde Joe e Lex estavam nos assistindo.

— Preciso ir ao banheiro. Você se importa? Estou desesperada para fazer xixi — falei, levantando. — Você não precisava dessa informação, não é?

— Olhe, somos amigos agora. Amigos compartilham esse tipo de coisa. Mas volte e venha falar comigo.

— Ok, farei isso.

Desviei de Lex e Joe e fui diretamente para o banheiro, pois eu estava genuinamente desesperada para fazer xixi. Sentei e me senti um pouco tonta. Ah, isso era bom. Callum e eu éramos amigos agora. Bons amigos. Irmãos. Irmãos que flertam um pouco. Mas irmãos, no fundo.

Levantei e saí do banheiro para lavar as mãos. Foi quando ouvi Willow na porta ao lado, no quarto.

— Deveríamos convidá-los para jantar qualquer dia, sabe? Só nós e eles.

— Talvez — respondeu Bill.

— Acho que deveríamos. Seria divertido. Ah, vamos! Só porque você não gosta dele?

— Eu não *desgosto* dele, só não quero que Pols se machuque.

Deixei a toalha cair no chão.

— Você não sabe se isso vai acontecer — afirmou ela.

— Não tenho certeza. Homens como ele... Bem, vamos ver.

Eu estava dividida entre querer ficar e ouvi-los profetizar mais sobre minha vida amorosa, interrompê-los e dizer: "Com licença, será que vocês podem deixar que eu me preocupe com meu próprio relacionamento?", ou evitar ser descoberta entreouvindo por trás da porta do quarto deles. O medo de ser descoberta ganhou, então eu voltei, na ponta dos pés, para a cozinha, onde Joe e Lex tinham colocado uma música antiga da Britney para tocar.

— Pols — gritou Joe. — Vem para cá.

Eu sorri para eles e apontei com a cabeça para o lado de fora.

— Estou tranquila. Vou sentar do lado de fora um pouco.

Callum ainda estava lá, fumando.

— Ai, perfeito. Tem um para me dar? — perguntei.

— Claro — respondeu ele, colocando o maço em cima da mesa. — Não sabia que você fumava.

— Na verdade eu não fumo... Só... de vez em quando.

Eu sabia que não deveria, mas estava abalada.

— Pode pegar.

Nós fumamos sentados em silêncio por alguns instantes, e eu ouvi novamente a conversa dentro da minha cabeça. Então, era isso o que todo mundo pensava. Que logo ele ficaria entediado e seria o fim. Não era uma surpresa, pensei. Futuros duques donos de castelos não deveriam namorar garotas de Battersea. Mesmo que todos nós tivéssemos sido doutrinados pelos desenhos da Disney a acreditar que isso poderia acontecer. Merda de Cinderela.

— O que vai fazer nesse fim de semana? — perguntou Callum.

— Devo ficar com minha mãe. Ela não está muito bem.

— Ah, sinto muito. O que ela tem?

Eu expirei a fumaça lentamente no ar.

— Câncer de mama.

— Porra, sinto muito mesmo.

— Ela já operou, então é só quimioterapia agora.

— É brutal — retrucou ele. — Meu pai fez também. Quimioterapia, digo.

— Câncer de quê?

— De fígado, alguns anos atrás.

— E como ele está agora?

— Ele não está mais aqui.

— Eu sinto muito.

— Não, não sinta. Já faz bastante tempo, tá tudo bem.

Sentada na mesa do jardim de Bill, conversando sobre isso ao entardecer, percebi que Jasper e eu nunca tínhamos conversado direito sobre minha mãe. Que ele nunca tinha perguntado, de fato. Que todas as vezes que eu tinha mencionado o câncer ou o tratamento dela era porque eu mesma tinha começado a falar sobre isso. Bill sempre perguntava dela, até Lex sondava se ela estava bem, quando terminava de tagarelar sobre seu casamento. Mas Jasper... nem tanto. Embora eu soubesse que ele tinha seus próprios problemas familiares.

Meu celular acendeu, de repente, na mesa. Era ele.

Você se importa se nos encontrarmos na minha casa? A M1 está um pesadelo.

Eu sorri rapidamente para Callum, e respondi a mensagem.

Claro que não. Que horas?

Daqui a mais ou menos meia hora. Pode ser?

Mandei um emoji de sorriso de volta.

— É o playboy? — perguntou Callum.

— Aham — respondi. — Puro azar, ele não vem mais. Dirigiu o dia todo, então sou eu que vou encontrá-lo.

Nunca tinha ido à casa dele antes. Em dois meses de namoro, ele sempre agiu de forma estranha quanto a irmos para lá, pois era onde Violet morava e os pais dele ficavam quando estavam em Londres.

— É uma grande tragédia.

— Vocês, homens, são animais — eu brinquei.

— Não discordo de você — afirmou ele.

Voltei para a cozinha, coloquei minha taça na pia e olhei ao redor procurando Bill, para me despedir. Eu o encontrei no corredor conversando com uma menina que não reconheci.

— Pols, essa é Emma, uma das colegas de trabalho de Willow. Emma, essa é Polly.

— Oi, Emma. Desculpe, adoraria ficar e conversar, mas tenho que ir.

— Aonde você vai? Já? — perguntou Bill. — Ainda nem falei direito com você. E tem uma pessoa na cozinha que quero que você conheça. Ele tem um site de notícias. Acho que vocês deveriam conversar. Quem sabe ele não precisa de novos jornalistas?

— Desculpe — falei, meio fria, ainda lembrando da conversa que tinha ouvido dele com Willow. — Mas Jasper acabou de vir dirigindo de Yorkshire, então eu disse que iria encontrá-lo.

— Você está bem?

— Sim, tudo bem — respondi. — Ele só está exausto, acho que não está muito disposto para uma festa.

Eu podia ouvir Joe e Lex cantando Rita Ora no fundo.

— Ok, vai lá, então — retrucou Bill, vindo me dar um abraço. — Mas você está me devendo uma. Sair do aniversário do seu melhor amigo para... na verdade, não quero pensar no que você está indo fazer. Simplesmente vá. Eu o abracei rapidamente e fui embora.

*

A casa de Jasper era em South Kensington, num daqueles quarteirões enormes de Londres com jardins particulares e imensas casas brancas ao redor, com pilares do lado de fora. Olhei para o meu telefone. Ele disse número 43. Rezei para os pais dele não estarem. Nem Violet. Eu não gostaria de encarar a duquesa adentrando o banheiro enquanto eu fazia xixi. Mas presumi que o motivo de eu poder dormir aqui pela primeira vez era justamente eles estarem em outro lugar.

— Número 43 — falei ao motorista, enquanto nós observávamos os números ímpares crescentes.

Saí do carro e ele foi embora exatamente quando Jasper chegou em sua Range Rover.

— Como foi a viagem? — perguntei quando ele saiu do carro.

— Péssima, mas estou aqui agora — respondeu ele, me beijando.

— Oi — falei, sorrindo para ele quando ele afastou o rosto.

— Olá, madame — disse ele, com o rosto ainda bem perto do meu. — Quantas garrafas?

— Não muitas.

— Claro que não. Vamos entrar e vou tentar alcançar seu nível alcoólico.

Ele procurou a chave no bolso da calça e abriu a porta. O hall de entrada era maior do que meu apartamento inteiro. Com chão de mármore branco, fotos em preto e branco, retratos de família nas paredes. E um abajur na mesinha de canto, aceso.

— Tem certeza de que seus pais não estão aqui? — Chequei.

— Acabei de deixá-los em Yorkshire. Portanto, a não ser que tenham se teletransportado como mágica para cá, tenho certeza.

— E sua irmã...?

— Também está em casa, em Yorkshire.

— Posso seguir com meus sapatos?

Jasper riu.

— Aham, pode. Vamos entrar.

Pisei no chão de mármore e ele fechou a porta atrás de mim. Até o cheiro era caro. De polidor de prata e sofá de couro.

177

Eu o segui pelo mármore e alguns degraus que davam na cozinha. Parecia o tipo de cozinha que se vê em romances de época. Panelas de cobre penduradas num pedaço de parede sobre o fogão. Um forno à lenha enorme. Uma mesa de madeira extensa em que cabiam, pelo menos, vinte valetes e vinte criadas da copa.

Jasper abriu um dos armários, e era uma geladeira gigantesca.

— Uma taça de vinho branco?

— Claro — respondi.

Ele fechou a porta e abriu outro armário para pegar duas taças.

— Você já morou aqui? — perguntei, olhando ao redor.

Eu estava em choque. Era uma dessas mansões que lemos sobre no *Evening Standards*. O tipo de casa que custa trinta milhões de libras e tem sete andares, uma sala de cinema, três porões, um bunker nuclear e uma piscina.

— Em Londres? Não, nunca. Fico aqui de vez em quando, mas tento evitar quando tem mais alguém.

— Quantos quartos tem nessa casa?

— Honestamente, não sei — respondeu ele. — Oito? Nove?

— Mas é pequeno demais para você estar aqui com outro membro da sua família?

Achei esquisito ele querer evitá-los num lugar desse tamanho. A não ser, pensei de repente... A não ser que ele não quisesse que eles me encontrassem. Pensei na conversa que eu tinha ouvido mais cedo naquela noite e senti uma pontada de dúvida. Talvez Bill estivesse certo. Talvez fosse só uma questão de tempo.

— Você conheceu minha família — afirmou ele, entregando-me a taça.

— Aham.

Ou eu estava só sendo paranoica?

— Como foi a festa? — perguntou ele.

— Boa. Conversei com alguns amigos antigos. Deixei Joe cantando na cozinha. Uma noite de sexta-feira típica, sabe?! Como você está?

— Eu estou... — Ele fez uma pausa, como se estivesse pensando. — Estou bem. Senti saudade de você durante a semana.

Era a primeira vez que ele me dizia que tinha sentido saudade.

— Jura? — perguntei, sorrindo para ele.

Era patético, na verdade, a velocidade e a facilidade com que essa frase fez com que minhas preocupações evaporassem.

— Juro.

Ele colocou sua taça na bancada e veio em minha direção, envolvendo meu rosto com as mãos.

— Senti saudade de você também — falei, ficando vermelha.

— E eu senti *muita* saudade — concluiu ele, passando os braços na minha cintura e me puxando para perto.

— Está com saudade agora?

Ele não respondeu. Só me beijou, passou a mão no meu cabelo e segurou meu pescoço.

— Vamos subir?

— Para um dos seus quinhentos quartos?

— Não seja ridícula.

— Ok, ok. Mas e o vinho?

— O interessante sobre taças de vinho é que elas são móveis...

Tinha um elevador do lado de fora da cozinha. Um elevador de verdade, com uma daquelas grades de metal que você tem que fechar antes dele se mover. Jasper apertou o botão do quarto andar e nós subimos lentamente, com ele me pressionando contra a parede, com a taça de vinho numa mão e a garrafa na outra. E então, o elevador parou.

— Vamos lá — disse ele, abrindo o portão de metal novamente. — Segunda porta à direita.

O quarto dele dava para a frente da casa, com vista para a praça. Tinha uma cama de dossel de um lado, de frente para uma escrivaninha de madeira antiga. Ele colocou a garrafa e a taça em cima da escrivaninha e fechou a cortina. Havia várias fotografias pelas paredes.

— Que fofo o mini Jasper — falei, inclinando-me para olhá-las.

— Um lunático perigoso, armado com uma bola de críquete.

Jasper veio por trás de mim e passou meu cabelo para um dos lados, para que pudesse beijar meu pescoço.

Tentei me virar, mas ele não deixou.

— Fique assim — sussurrou ele no meu ouvido.

Ele colocou as mãos por baixo da minha blusa, subiu pela minha barriga, soltou meu sutiã e puxou minha blusa por cima da cabeça. Levantei minhas mãos para alcançar a cabeça dele atrás de mim.

— Para baixo — ordenou ele. — Esticadas. Em cima da mesa.

Obedeci. Ele passou as mãos pelo meu corpo e abriu o botão da minha calça. Desceu minha calça jeans e minha calcinha pela perna até o tornozelo.

— Tira.

Tentei fazer isso de um jeito levemente sexy em vez de pular como um bebê elefante. É bem difícil tirar uma calça jeans justa de forma sedutora.

E lá estava eu, pelada, ainda de costas para ele, enquanto suas mãos corriam novamente pelas minhas pernas e minha cintura. Até que ele me virou.

— Deita na cama — instruiu ele.

— Podemos diminuir um pouco a luz para ficar menos...

— Deita na cama. De costas. — Ele andou até a porta, fechou-a e diminuiu a luz. Andou de volta em direção à cama e acendeu uma vela na mesa de cabeceira. — Coloca os braços em cima da cabeça e deixa assim — ele pediu, enquanto tirava a camisa.

Ele ajoelhou ao meu redor e começou a beijar meus punhos, cruzados em cima da minha cabeça. Foi descendo pelo meu braço esquerdo, e depois pelo braço direito. Beijou meu ombro esquerdo. Meu ombro direito. Me perguntei, por um instante, se eu tinha passado desodorante. Acho que sim. A cena de sexo em *O encantador de cavalos*, onde Robert Redford lambe o sovaco peludo de Kristin Scott Thomas veio em minha mente. Eu tinha assistido esse filme quando era adolescente e me preocupei durante muitos anos se ser "bom" no sexo significava lamber os pelos do sovaco. Mas depois me dei conta de que Kristin Scott Thomas morava na França havia muito tempo e achei que isso explicava tudo.

Jasper continuou descendo pelo meu corpo com sua boca, mordendo levemente meus mamilos e beijando minha cintura. Ofeguei de prazer ao pensar na língua dele entrando em mim e coloquei minhas mãos na sua cabeça, acariciando seu cabelo.

— Deixa as mãos em cima da cabeça — disse ele — ou eu vou amarrá-las.

— Está bem, Christian Grey — respondi. E então, ele parou e levantou. Olhei para ele. — O que foi?

Ele pegou a vela, ajoelhou ao redor da minha cintura e virou um pouco, para que a cera escorresse entre os meus seios e descesse pela minha barriga. As gotas de cera arderam por um segundo e logo endureceram.

— Você gosta disso? — perguntou ele.

— Aham... — respondi, embora eu não estivesse totalmente convencida.

Cera quente de uma vela da Jo Malone era o mais próximo de Marquês de Sade que eu já tinha vivido na minha vida sexual. Mas eu me preocupei com os lençóis. Cera é um inferno para sair na lavagem.

Ele inclinou a vela de novo para que continuasse pingando na minha barriga. Eu também estava bem nervosa com isso. Cera quente no clitóris deve doer, certo? E era uma vela perfumada. Eu estava sempre atenta ao aviso sobre óleos e sais de banho perfumados causarem candidíase. Cera de vela perfumada devia ter o mesmo efeito. Mas Jasper parou e colocou a vela de volta na mesa de cabeceira, antes de tirar a calça e a cueca e começar a meter.

Respirei fundo e passei meus braços pelas suas costas enquanto ele entrava em mim, de novo, e de novo. Forte. E fundo. Tão fundo que parecia que ele ia deslocar um rim. Mas, então, ele parou de novo, ajoelhou entre as minhas pernas, lambeu os dedos e começou a massagear delicadamente meu clitóris. Comecei a mexer minha cintura e ele enfiou os dedos em mim.

— Não, não! Faça o que estava fazendo, aí em cima — falei entre respirações ofegantes.

Ele voltou a massagear meu clitóris. Até o momento em que eu estava para explodir, quando ele tirou a mão e colocou o pau de novo. Eu gozei, pressionando seu corpo, e ele rugiu no meu ouvido ao gozar também. Então ficamos ali deitados, ofegantes, encharcados de suor.

— Uau! — exclamou ele, respirando no meu ouvido. — Passei a semana toda pensando nisso.

— Eu também.

— Você gostou? — perguntou ele, levantando a cabeça e olhando para mim. — Da cera?

— Gostei — respondi. — Muito.

Mas brincar com cera quente era definitivamente uma atividade para as noites de sábado, jamais para as noites de terça, pensei. Sempre fico nervosa com essas conversas sobre o que um gosta versus o que o outro não gosta. Tipo quando um homem pergunta "Qual é a sua fantasia?" e você quer responder "Assistir a um filme no sofá com um pacote de Maltesers", mas precisa pensar numa posição impossível e dizer que gosta de se vestir de enfermeira desobediente, porque é isso o que acha que ele quer ouvir.

— Posso tomar um banho?

Jasper saiu de cima de mim, observando a cera endurecida na minha barriga.

*

Deixei Jasper na manhã seguinte e fui para casa, mas antes entrei no mercadinho de Barbara para comprar leite.

— Como vai o tal namorado, hein?

— Vai bem, obrigada.

Distraída, chequei as datas de validade do leite semidesnatado. Barbara sempre arrumava as caixas de leite com as que estavam para vencer na frente, enterrando os mais frescos lá atrás. Puxei lá do fundo da prateleira.

— E como vai o sexo?

Olhei ao redor do mercado para me certificar de que um cliente qualquer comprando um pacote de papel higiênico não estivesse escutando.

— É... bem também, obrigada.

Coloquei o leite na bancada.

— Você precisa de um homem, Polly, um homem de verdade. Isso é bom.

Ela ignorou o leite na frente dela.

— Aham.

— Quando é o aniversário dele?

Eu estava esperando essa pergunta.

— No fim de novembro.

Ela assentiu, como se fosse em aprovação.

— Aventureiros. — Ela ainda não tinha pegado o leite. — Mas podem ser impacientes, às vezes. Ele é impaciente, Polly?

Pensei sobre a cera na noite anterior.

— Não, não acho que seja. Na verdade, eu que sou um pouco impaciente — respondi, olhando para o leite em cima da bancada.

— Sagitário e Capricórnio — concluiu ela, finalmente pegando o leite. — Hmm. Essa combinação é atípica. Experimental — disse Barbara, e ergueu a sobrancelha para mim.

Por que eu tinha que sofrer tudo isso para comprar uma caixa de leite?

— Muito passionais, os sagitarianos — explicou ela antes de olhar para o caixa. — Uma libra e vinte, por favor.

— Obrigada, Barbara. Até mais — falei, entregando as moedas e pegando o leite. — Não se preocupe com a sacola.

— Me mantenha informada — gritou ela quando a porta já tinha se fechado atrás de mim.

Capítulo 12

Peregrine girou na sua cadeira e olhou profundamente para mim. *Por favor, por favor, não pergunte sobre minha vida amorosa*, pensei, enquanto sentava na frente dele.

— Polly, bom dia — disse ele.

— Bom dia — respondi, firmando meu café no colo como se fosse um amuleto contra o mal.

— Olha — começou Peregrine —, o que quero falar com você é um assunto bem delicado.

Ai, meu Deus.

— Mas acho que você é a mulher certa para esse trabalho.

— Seeeei... — falei.

— Descobri que tem uma mulher italiana em Londres que está organizando festas extraordinárias.

— O que quer dizer com "extraordinárias"?

— Bem... Acho que, para ser bem sincero, o único jeito que posso descrevê-las é como orgias.

Fiquei olhando para ele, estática.

— Pois é. Aparentemente, a lista de convidados é sensacional. Ministros importantes, juízes da alta corte, banqueiros, advogados, ex-prefeitos de Londres, quem você imaginar. Todos se espancando com chicotes de couro.

— Como você sabe disso?

— Disso o quê?

— Digo, como você descobriu essas festas?

— Ah, isso não importa — respondeu Peregrine, balançando a mão. — Mas, olha, o que quero que você faça é ir em uma das festas e escrever sobre ela. Elas acontecem em casas particulares em Mayfair, todo mês... aparentemente — acrescentou ele, bem rápido.

— Mas como eu vou conseguir entrar, se a lista de convidados é rigorosa? Com certeza há uma política restrita para impedir a entrada de jornalistas. Código de silêncio, essas coisas.

— Não se preocupe. As festas são organizadas por essa italiana chamada Ana, com quem já conversei. Ela não se incomoda se a *Posh!* escrever sobre elas, são os jornais que ela não quer.

— Ok — falei, lentamente. — Então, você quer que eu vá a uma dessas festas e depois escreva sobre ela?

— Isso, exatamente — respondeu ele. — Muitas cores, muitos detalhes, nada de nomes. Só umas dicas, quem sabe. Um membro do parlamento aqui, uma condessa ali... A reportagem praticamente se escreverá sozinha. Polly, quero tudo bem detalhado. "A festa mais exclusiva do mundo", é como a chamaremos.

— Ok — falei, levantando da cadeira. — Você vai me mandar o e-mail da mulher?

Peregrine já tinha voltado a atenção para o seu computador em cima da mesa.

— O quê?

— Da mulher que organiza essas festas?

— Ah, da Ana. Vou, claro.

Voltei para minha mesa e sentei. Será que eu conseguiria me convencer de que ir a uma festa sexual numa casa luxuosa era um movimento intrépido de uma reportagem investigativa? O tipo de coisa pela qual jornalistas sérios e dedicados recebiam prêmios? Não tinha certeza.

— E onde está Lala? — perguntou Peregrine, colocando a cabeça para fora da porta.

Eu dei de ombros.

— Foi ao médico — respondeu Enid. — Complicações femininas, aparentemente.

— Não seja nojenta! — disse ele, voltou para sua sala e fechou a porta.

*

Mais tarde, naquele dia, no apartamento da minha mãe, peguei o barbeador e olhei para o seu couro cabeludo cheio de buracos. Após duas sessões de quimioterapia, nós decidimos que eu rasparia a cabeça dela, para nos livrarmos dos tufos bagunçados que a estavam deixando parecida com um filhote de coruja selvagem. Sidney nos emprestou seu barbeador elétrico, pois eu não confiava nos meus dotes com uma gilete.

— Vamos lá, mãe, vamos fazer isso logo. Você vai ficar igual a uma roqueira — brinquei, sorrindo para encorajá-la.

Ela riu.

— Acho que vou ficar mais parecida com o homem que apresentava o *The Crystal Maze*. Como era mesmo o nome dele?

— Richard O'Brien. Nesse caso, você vai precisar de um casaco longo de veludo e muitas drogas.

— Provavelmente tenho um desses no meu armário, e eu não me importaria de ficar doidona de drogas.

— Não nos preocupemos com Richard O'Brien agora — falei. — Você está confortável?

— Estou — respondeu ela.

— Ok. Então, lá vamos nós.

Liguei o barbeador, e então percebi que não sabia por onde começar. Da testa para trás, cruzando o cabeça, na direção do pescoço, ou ao contrário? O barbeador pairou sobre a cabeça da minha mãe. Eu o posicionei delicadamente no topo da cabeça e lentamente o movi para trás.

Minha mãe ficou em silêncio.

— Está tudo bem? — perguntei.

Chumaços de cabelo começaram a voar na direção da toalha, passando pelo feixe de luz do fim de tarde no caminho. Bertie estava deitado ao lado da cadeira, com a cabeça apoiada em um dos pés da minha mãe.

— Sim — disse ela, com a voz baixinha.

Continuei lentamente, descendo o barbeador até a nuca e deixando uma trilha de couro cabeludo reluzente para trás.

— Tudo certo por aí?

— Sim, acho que sim. É que coça um pouco. Como está ficando?

— Está ficando ótimo. Maravilhoso. Muito melhor. Todo mundo vai querer te copiar na hora que eu terminar.

Fazer piada parecia ser o único jeito que eu conseguia lidar com essa situação. Eu não estava tentando ser insensível, só não sabia como fazer de outra forma.

— Você acha que Sidney vai se incomodar?

— É claro que não. Ele vai amar.

Eu não estava convencida, mas podíamos nos preocupar com isso depois.

Minha mãe tinha arrumado suas gavetas e separado vários lenços antigos de seda amassados. Ela passou todos eles. Agora, havia uma pilha de lenços na mesa da cozinha, dobrados com esmero.

Mais cabelo caiu na toalha. Minha mãe virou e olhou para mim, colocando uma das mãos na cabeça, para sentir a textura.

— Estou com frio — disse ela.

— É para isso que servem os lenços. Você vai ficar igual a rainha.

— Ela não é careca.

— É, eu sei — respondi, inclinando-me para raspar um tufo de cabelo atrás da sua orelha esquerda. — Mas pense no quão elegante ela fica usando aqueles lenços da Hermès na cabeça. — Puxei o fio elétrico ao redor da cadeira e fiquei diante dela. — Feche os olhos, preciso raspar a parte da frente senão você vai ficar parecendo um daqueles monges.

Minha mãe fechou os olhos, que agora também estavam sem pelos e desprotegidos. Seus cílios e sobrancelhas haviam caído alguns dias antes.

Cresceriam de volta, dizia na internet. Provavelmente mais finos do que antes. Mas cresceriam.

Eu reparei que ela também tinha emagrecido, ao olhar para suas pernas. Suas mãos estavam espremidas entre elas, e sua calça jeans estava larga. A geladeira estava mais vazia do que de costume. Uma caixa de leite, um pedaço de queijo parmesão e um limão duro e velho eram os únicos ocupantes. Eu iria ao supermercado mais tarde.

— Não se preocupe, querida. Vou ficar bem — disse minha mãe, com os olhos ainda fechados, como se estivesse lendo minha mente.

— Eu sei — falei. — Só estava pensando no… trabalho.

Queria distraí-la. E a mim também.

— Por quê, o que houve?

Pensei na cena no escritório mais cedo.

— Peregrine teve essa nova ideia bem maluca de reportagem. Ele quer que eu vá a uma festa.

— O que há de errado com isso?

— É uma festa erótica.

— Oi??? — perguntou ela, virando a cabeça para olhar para mim.

— Fique quieta e feche os olhos — eu pedi. — Bem, é mais como uma orgia mesmo. Eu acho. Não tenho certeza.

Minha mãe franziu a testa.

— Como assim, Polly?

— Vire sua cabeça na direção da lareira — falei. — Basicamente, ele conheceu uma tal italiana que faz essas festas apimentadas numa casa enorme em algum lugar de Mayfair. Você vai até lá, se arruma, e então… bem… Sabe lá Deus o que acontece.

— Sexo? Sexo acontece nessas festas? — perguntou minha mãe.

— Possivelmente, sim. Fique parada.

— Ave Maria! E você tem que ir numa dessas festas?

— Sim, Peregrine quer que eu vá.

— Ave Maria! Você vai ter que fazer sexo?

— Não! Não, não vou — respondi. — Só vou à festa para assistir, acho. Vire sua cabeça para o outro lado. Já estou quase no fim.

Ela virou a cabeça.

— Querida, você vai tomar cuidado, não vai? Todo tipo de gente esquisita deve ir nesses lugares.

— Tenho certeza disso.

— Você pode levar Jasper com você?

Eu não tinha mencionado isso para Jasper.

— É... talvez. Não sei se é a praia dele.

— O que uma pessoa veste numa festa dessas? Um vestido bonito?

— Não, acho que não é local para vestidos. Talvez algo de couro. Algum tipo de roupa de couro.

— Ave Maria! — Ela fez uma pausa, e o barulho do barbeador continuou.

— Tenho aquela jaqueta de couro antiga do seu pai em algum lugar, se quiser. Eu ri.

— Obrigada, mãe. Mas não acho que um look de motoclube dos anos oitenta seja exatamente o look para essas festas.

— Bem, ela está aqui, se você quiser.

— Ok — respondi, espanando cabelo dos seus ombros e desligando o barbeador. — Agora levante-se e olhe no espelho.

Ela levantou e olhou no espelho em cima da lareira.

— Ah! — Ela colocou as mãos na boca, e depois as levou à cabeça. — Ficou um pouco protuberante, não ficou?

— É... um pouquinho.

Ver minha mãe se olhando no espelho fez meus olhos se encherem de lágrimas. Ela parecia ainda mais vulnerável, como se raspar a cabeça a tivesse feito regredir sessenta anos e fosse um bebê recém-nascido novamente. Eu pisquei para tentar não chorar. *Concentre-se*, eu disse para mim mesma, *não é você que está doente.*

— É esquisito. Você acha que estou esquisita?

— Não — respondi com firmeza. — Acho que está ótimo. Muito melhor. Como uma estrela do rock. Como se você não fosse deixar isso te abater. Vamos experimentar um lenço na cabeça?

Ela assentiu e pegou um na mesa da cozinha. Um lenço com números vermelhos e amarelos e cavalos correndo. Ela o dobrou num triângulo grande, colocou sobre a cabeça e amarrou debaixo do queixo. Ela franziu a testa para sua imagem no espelho.

— Não estou muito parecida com a rainha — disse ela, em dúvida.

— É, não está — concordei. — Espere, vamos experimentar de outro jeito. — Eu desamarrei o nó e fiquei atrás dela. Coloquei o lenço de volta na cabeça e tentei dar o nó atrás, como o Steven Tyler usa.

— Pronto. Melhor assim.

Minha mãe franziu a testa de novo.

— Jura?

— Juro. De verdade. Sidney vai adorar.

— Você não acha que diz "paciente de câncer trágico"?

— Não. — Balancei a cabeça. — Porque você não é trágica e a quimiotera-pia vai acabar com todo esse câncer, ok? Vamos tomar um chá com biscoitos?

Ela assentiu para mim pelo reflexo no espelho.

*

Eu tinha dito a Bill que faria compras com ele naquela semana, para procu-rar um presente de aniversário para Willow. Ela ia fazer 30 anos, então ele tinha decidido que tinha que ser algo "significativo", o que eu achei perigoso. "Significativo" queria dizer um diamante?

Nós almoçamos primeiro, porque Bill disse que jamais conseguiria fazer compras com o estômago vazio. Então, eu o encontrei perto da Old Street.

— Você devia comprar um filhotinho de cachorro para ela — falei, com a boca cheia de sanduíche de presunto. — É um bom treinamento, para quando tiverem filhos.

— Ah, é claro. Crianças pequenas fazem xixi e cocô pelo chão também?

— As suas talvez façam.

— Não tenho maturidade suficiente para ter filhos ainda. Ontem à noite, cheguei em casa às onze e assisti *Toy Story* bebendo cerveja e comendo pizza.

— Tudo bem. Já que descartou o filhotinho, o que quer comprar para ela?

— Não sei. É por isso que você está aqui.

— Uma joia? Meio óbvio, né?

— Tipo um anel?

— Não! Um anel, não. É sugestivo demais.

— De quê?

— De que você acha?

Por que os homens são tão tapados?, pensei.

— Um colar? — sugeriu ele.

— Talvez. Quanto você quer gastar?

— Não sei. Trezentas, quatrocentas libras?

— Caramba, William!

— O quê?

— Isso é bem sério. Filhotinhos são mais baratos do que isso — eu disse, colocando o sanduíche no prato. — Ou talvez sejam mais ou menos o mesmo valor, na verdade.

— Acho que estamos presos nessa história de filhote, Pols. Que tal uma bolsa? Ou um sapato? Como se chamam aqueles com a sola vermelha?

— Louboutins, e não. Ela é sua namorada, não sua amante. Acho que uma joia é provavelmente uma ideia melhor.

— Mas não um anel?

— Não, um anel não.

— Porque ela vai achar que eu quero casar com ela?

— Sim. A não ser que você queira casar com ela.

— O quê? Já? Ah, por favor, seja razoável.

— Não sei, ela estava falando sobre vocês e filhos outro dia.

— Quando?

Eu comecei a rir.

— Hahaha, olha a sua cara!

— Quando vocês estavam conversando sobre isso?

— Na casa da minha mãe aquele dia. Não acho que ela quis dizer para amanhã, mas, definitivamente, em algum momento.

Bill respirou fundo.

— Meu Deus, mulheres! A propósito, como está sua mãe?

— Está bem. Um pouquinho cansada.

— Quantas sessões de quimioterapia faltam?

— Só uma. Mas já raspamos o cabelo todo. E ela não está se sentindo muito bem e não está comendo direito. Eu só... Mas ela tem Sidney, que já faz diferença — eu disse, desconversando.

— Eu gostei dele — afirmou Bill, limpando migalhas do colo.

— É, ele é legal, não é? Um cara bacana, acho. Só me preocupo com...

— Com o quê?

— Ah, não é uma preocupação. Só fico triste porque, de certa forma, ela encontrou uma pessoa e está mais feliz do que esteve em anos. Mas por outro lado, ela está...

— Doente?

— É.

Trinquei os dentes para não chorar.

Bill pegou minha mão do outro lado da mesa.

— Ei! Ela vai ficar bem.

— Ela tem que ficar, né?

Eu estava reafirmando para mim mesma.

— Claro. E espero que Jasper esteja cuidando de você.

Minha mente voltou para Callum me perguntando sobre minha mãe em vez de Jasper, mas a última coisa que eu queria era admitir isso para Bill.

— Parece que você sentiu uma dor física ao me dizer isso — comentei, apertando os olhos na direção dele.

Ele colocou seu sanduíche na mesa e ergueu as mãos no ar, como se estivesse se rendendo.

— Não estou falando nada. Se você estiver feliz, eu estou feliz.

— Escuta — falei.

Eu estava preocupada com a conversa que tinha ouvido entre ele e Willow na festa. Não tinha dito nada porque não tinha encontrado com Bill desde então. E porque eu preferia cortar meu pé esquerdo do que ter qualquer conversa desconfortável com ele. Mas eu detestava a ideia de que as pessoas estavam falando sobre meu relacionamento pelas minhas costas. Ou, mais especificamente, eu detestava a ideia de que Bill estivesse falando sobre mim pelas minhas costas.

— Escuta — falei de novo —, eu ouvi você e Willow.

Ele pareceu confuso.

— Como assim ouviu? Na cama?

— Não, que nojo! Pare! Ouvi vocês conversando sobre mim e Jasper. — Ele ainda parecia confuso. — Na sua festa. No seu quarto. Eu não estava ouvindo escondido. Bem, na verdade, estava. Mas foi quando fui ao banheiro e ouvi vocês dois. E sei o que todo mundo pensa. Sei que é completamente improvável que isso termine num final feliz. Sei que ele foi um babaca no passado, mas ele não foi um babaca comigo.

Ele colocou as mãos para cima de novo.

— Desculpe por você ter ouvido isso. Desculpe por estarmos falando de você, na verdade. Culpado.

— Tudo bem — falei, sentindo alívio por ter finalmente falado com ele sobre isso.

— É só que eu não quero que você se magoe. E...

— Eu também não — interrompi. — Mas até agora, tem sido... divertido. Se vou terminar com ele? Só Deus sabe. Mas só quero que as pessoas deem uma chance para ele.

— Ok — respondeu ele. — Ainda assim, não acho que ele seja bom o suficiente para você. Mas ok.

— Cara, eu te amo, mas é como ter um irmão mais velho vigilante, armado com um cano de chumbo, esperando para acertar a cabeça dele.

— Ok — retrucou ele. — Eu prometo. Serei justo.

— Que bom.

— Aliás, aconteceu alguma coisa entre você e Callum?

Eu me senti instantaneamente culpada.

— Por quê? — perguntei.

Ele arregalou os olhos.

— Ah, então aconteceu!

— Há duzentos anos — falei, tentando amenizar a situação. — Por quê?

— Por causa de uma coisa que a Lex disse na minha festa, depois que você foi embora.

— Ah, bom saber que Lex tem guardado meus segredos.

— Por que é um segredo?

— Estou brincando. Não é não. Foi em janeiro. Depois do seu jantar. E não foi nada de mais. Não dormi com ele.

Bill virou os olhos e balançou a cabeça.

— Não quero nem pensar em você e Callum. Já basta eu ter que ouvir sobre o Lord Voldemort.

— Jasper é o nome dele. E por que é ruim?

— O quê?

— Pensar em mim e Callum?

— Não é Callum. É só que… É você, Pols. É… esquisito, você beijando meu amigo.

— Bem, não acho que vá acontecer de novo, então, não se preocupe.

— Ok — retrucou ele antes de dar um gole em sua Coca. — Um almoço bem cheio de confissões esse, não? E o trabalho, como vai?

Eu respirei fundo, pensando na reportagem da orgia de Peregrine.

— Tudo bem. Mas preciso começar a procurar outra coisa, acho. A *Posh!* é ótima, mas sinto que… sei lá… sinto que estou num limbo, acho. E não sei como sair dele. E estou ficando sem adjetivos para cachorros.

Bill riu.

— Eu realmente quero que você conheça meu amigo Luke, o que mencionei na festa, sabe? Ele acabou de lançar uma espécie de site de notícias.

— Como você o conheceu?

— No Google.

— E o que quer dizer com "espécie de site de notícias"?

— Chama-se Nice News — respondeu Bill, limpando as migalhas das pernas. — São memes sobre filhotinhos de gatos e cachorros, confesso, mas eles também entrevistam alguns heróis anônimos, acho. Pessoas que trabalham em ONGs na Tanzânia. Ou na Síria ou… num lugar desses. Posso apresentar vocês dois por e-mail, se quiser. Ele acabou de ganhar um patrocínio grande de uma empresa americana.

191

— Que máximo! Sim, se você não se incomodar, vou adorar pelo menos conversar com ele.

— Claro. Pode deixar.

— Obrigada, querido. E como vai o seu trabalho?

— Bom — respondeu ele, sorrindo. — O Serviço Nacional de Saúde acabou de confirmar que devem lançar o aplicativo em outubro, então eu preciso contratar mais umas dez pessoas para trabalhar nele. Dando tudo certo. Quer dizer, serão meses frenéticos, mas estou adorando.

Balancei a cabeça e sorri.

— Um Aneurin Bevan da modernidade.

Bill franziu a testa.

— Quem foi ele?

— Um político, seu nerd. Fundou o Serviço Nacional de Saúde.

— Ok, ok. Nerd é você. Mas vamos lá, vamos às compras. Não podemos passar o dia todo sentados aqui, papeando.

Passamos uma hora passeando pelas lojas, olhando colares. Tudo o que eu gostava, Bill dizia "não é a cara da Willow". Tudo o que ele gostava era o tipo de colar que uma vendedora de sutiãs de meia-idade da John Lewis usaria.

— Obrigado, você foi de pouquíssima ajuda — disse ele, me abraçando quando eu falei que tinha que voltar para o escritório.

— De nada. Quando é o aniversário dela?

— Semana que vem. Nós vamos para Wiltshire. Reservei um hotel chique.

— Você vai encontrar algo. Um colar, imagino. Mas não com um pingente de ouro horrível de número. Pense assim: "Minha mãe usaria isso?" Se a resposta for sim, então você não compra.

— Entendido.

*

A sexta-feira foi bastante típica na *Posh!*, já que ninguém estava lá. Nem mesmo Enid. Só eu, um café americano forte e minha lista de afazeres. No topo dela, eu tinha escrito: "Falar com Ana", a moça italiana, sobre a festa erótica. Ela estivera viajando durante a semana inteira, mas disse que estaria disponível para conversar hoje, então mandei um e-mail breve para ela:

Bom dia, Ana. Estou disponível durante a manhã toda para conversarmos. Avise quando é melhor para você e eu ligo.

Depois, tive que ligar para minha mãe.

— Bom dia — respondi quando ela atendeu, mas não era minha mãe, era Sidney. — Ah, Sidney! Bom dia. Como você está?

— Estou muito bem, obrigado. Mas... é... sua mãe ainda está deitada.

Olhei para o relógio no meu computador. Eram 10h45.

— Tivemos uma noite complicada — explicou ele. — Ela passou mal.

Senti meu coração acelerar.

— Ai, droga. Ela está bem?

— Ela está dormindo de novo agora, mas você quer que eu avise quando ela acordar?

— Você poderia, por favor? Mas isso é normal, não é? Digo, é o esperado? A quimioterapia faz isso? Eu li que a quimioterapia pode causar essas coisas.

Eu estava tagarelando.

— Faz sim — respondeu Sidney com firmeza. — A substância se acumula no corpo, então ela está se sentindo bem mal agora, mas vai passar.

— Ok. Estou no escritório o dia todo. Ligue quando quiser.

— Pode deixar. E não se preocupe, vou ficar aqui cuidando dela. Teremos um dia mais quieto, vamos ver algo na Netflix.

— Você é demais. De verdade. Sou muito grata.

Sidney riu de nervoso.

— Tá certo.

— Tchau. E obrigada mais uma vez.

Eu desliguei o telefone. *Merda, merda, merda.* Eu não podia colocar "câncer de mama" no Google pela 2.374ª vez. A porta se abriu e Lala apareceu.

— Bom dia — disse ela, de mau humor.

— Oi — respondi. — Você está bem?

— Quero morrer. Minha amiga Morwenna ficou noiva ontem à noite.

— E isso é... uma notícia triste?

— Sim! Por que todo mundo está casado e eu não? — perguntou ela, ligando o computador e digitando tão forte que pensei que ela fosse machucar um dedo.

— Eu não estou casando.

— Mas tem um namorado.

Como eu tinha acabado de desligar o telefone com Sidney, não estava no clima de ter uma discussão longa com Lala sobre minha vida amorosa, então fiquei quieta.

— Vou fumar um cigarro — disse ela, depois de menos de três minutos dentro da sala. — Quer alguma coisa?

— Não, não quero nada, obrigada.

Virei de volta para a tela do meu computador e decidi que não pesquisaria sobre câncer de mama no Google, pois tinha a impressão de já ter lido a internet inteira sobre esse assunto e só havia estatísticas depressivas. Em vez disso, digitei "Ana Aubin" no Google. Não apareceu nada. Nem um site, nem um link, nem uma foto dela. Chequei seu e-mail de novo. Era realmente assim que o nome dela era escrito.

Com uma precisão perfeita, meu telefone tocou e uma voz italiana do outro lado da linha disse:

— Olá. É a Polly?

— Sim. Ana?

— Sim.

— Bom dia. Como vai?

— Muito bem, obrigada. E você?

— Ótima, obrigada. Eu estava tentando fazer uma... pesquisa sobre suas festas.

— Você não vai encontrar nada on-line. Precisa vir a uma para ver, para entender.

Ela tinha um sotaque delicado e sedutor. Parecia que eu estava falando com uma das mulheres do James Bond.

— Sim, é por isso que queria falar com você. Peregrine gostaria muito que eu fosse em uma das suas festas.

— Sim, é claro, você tem que vir. Você é solteira, Polly?

— É... não, pela primeira vez na minha vida, não. Mas não tem problema. Eu posso ir e só... assistir... certo? Para a reportagem?

— Claro que sim. E de qualquer forma, no início, eles são todos muito civilizados, meus encontros. Só com o passar das horas é que ficam um pouco mais festivos.

— Um pouco mais festivos?

— É. Mais sexy, sabe?!

Ela gargalhou no telefone.

— Certo, entendi. Então, quando é sua próxima festa?

Ana disse que a próxima festa seria dali a duas semanas, em uma casa particular na saída da Mount Street. O *dress code* seria *noir*.

— Como o vinho? — brinquei.

— Traga um amigo, se quiser — acrescentou ela, ignorando a brincadeira. — Quem sabe, seu namorado?

— Obrigada, não sei se é a praia dele. Talvez uma amiga?

— Claro — respondeu Ana com delicadeza. — Teremos cerca de noventa pessoas.

Minutos depois, Lala voltou para o escritório e sentou na mesa respirando fundo, ofegando com ares de alguém que havia acabado de ser condenado à pena de morte.

— La, você quer ir a uma festa comigo daqui a duas semanas?

— Festa de quem?

— Essa festa que Peregrine quer que eu vá. A festa erótica.

— Quando vai ser?

— Na sexta-feira, sem ser a próxima, a seguinte.

Ela respirou fundo.

— Eu prefiro me matar, mas talvez devesse ir. Quem sabe arrumo um marido lá.

— Exatamente, esse é o espírito. Então beleza, vou dizer a Ana que nós duas iremos. Vai ser divertido. Pelo menos vamos dar boas risadas.

— Veremos — concluiu Lala.

*

Naquele dia mais tarde, Lex me escreveu um e-mail sobre a despedida de solteira. Sal tinha alugado uma casa na costa de Norfolk para dez pessoas. Mas havia algumas funções que eu ainda tinha que fazer. A entrega do supermercado para o fim de semana era uma delas. Escolher uma "atividade" adequada para o sábado era outra. Assim como reservar uma mesa num bar para almoçarmos. Mas eu não me incomodava com nada disso, contanto que não precisasse comprar nada dessas bobagens de pênis. Canudos de pênis cheios de veias, cachecóis de pena em formato de pênis, colares de pênis e tal. Pode ser um pouco divertido na primeira despedida de solteira que você vai. Nem tão divertido assim na décima sétima. Por fim, Lex tinha me instruído que sua mãe não deveria ser convidada de jeito nenhum.

Eu a amo mais que tudo, mas ela vai ficar bêbada e será constrangedor.

Respondi para ela:

Você também.

Outra notificação de Lex apareceu na tela.

Sim, mas é minha despedida de solteira. Eu posso.

Liguei para minha mãe novamente para checar como ela estava. Ela atendeu o telefone dessa vez.

— Mãe! Oi, você está bem?

195

— Oi, querida — respondeu ela, com a voz fraca. — Estou bem. Estou no sofá com Bertie e uma xícara de chá.

— Eu sinto muito. Você teve uma noite muito ruim?

— Não foi boa, mas os médicos disseram que eu me sentiria um pouco enjoada.

— Sinto muito. Mesmo. Mas só falta mais uma. E aí, pronto. Acabou. Fim.

— Exatamente. Agora, meu amor, estou numa parte boa de uma Agatha Christie, então podemos nos falar amanhã?

Entendi como um bom sinal de que ela estava se sentindo bem o suficiente para assistir a um dos seus programas de assassinato.

*

Legs, como sempre, veio me salvar com uma roupa para a festa erótica, e pediu uma fantasia de mulher-gato de látex de uma loja chamada Bondagem in Hackney.

— Você vai precisar passar o talco, que vem aí junto, no corpo para entrar nessa roupa, e tem uma garrafa de cera de látex aí dentro também — disse ela, entregando-me uma sacola no escritório naquela semana. — Você vai precisar tomar banho depois.

— Ótimo, você é maravilhosa! Obrigada — falei. — Será que devo experimentar no banheiro?

— *Oui*. Experimente para ver se cabe.

Você já tentou entrar numa roupa de mulher-gato de látex? Requer a flexibilidade de uma ginasta e os dedos ágeis de um harpista. Primeiro, tire toda a roupa. Toda. Incluindo a calcinha, porque você não vai querer nada de algodão debaixo dessa roupa. Depois, cubra-se, dos pés à cabeça, com talco, e então entre nesse troço de borracha. Vá subindo a roupa centímetro por centímetro pelas pernas com os dedos. Não com as unhas, ou vai rasgar. Pronto, já está na metade, bom trabalho. Passe um pouco mais de talco na barriga, nos peitos, nos ombros e braços. Principalmente nos braços. Vista um braço e depois o outro, antes de puxar a roupa sobre os ombros e fechar o zíper na frente.

Digo frente, mas a roupa de mulher-gato azul-escura que Legs arrumou para mim tinha um zíper que não só corria na frente toda do vestido, mas passava por baixo da minha vagina, literalmente, e ia até o topo da minha bunda.

— Acesso fácil — disse ela, quando eu saí do banheiro para mostrar como tinha ficado, deixando o cubículo do lavabo parecendo uma fábrica de cocaína. — Mas você está ótima, coube direitinho. Ele puxa para dentro aqui — disse ela, apontando para a minha cintura — e faz parecer que você tem um peitão. Perfeito. Você vai ter que espantar todos esses pervertidos.

Capítulo 13

Na sexta-feira à noite, quando cheguei no endereço que Ana tinha enviado, não havia nenhum sinal de Lala. Ela disse que já estaria lá, mas a única pessoa que vi quando virei na rua escura foi um homem idoso caminhando de bengala com seu cachorro grande e gordo. Ele definitivamente não parecia estar a caminho de uma festa erótica. Embora os animais aticem algumas pessoas, não? Fiquei toda arrepiada dentro da minha roupa de mulher-gato.

— Boa tarde — eu o cumprimentei, quando ele passou por mim. Ele assentiu de volta.

— Bu! — disse uma voz no meu ouvido.

Era Lala, mas quando me virei entendi por que não a tinha visto. Ela vestia uma capa extraordinária, com um capuz e dobras de pano ao redor das pernas.

— Que capa linda!

— É boa, não é? — disse ela. — Peguei na Versace, então não posso deixar cair nada nela.

— Nem uma mancha de sêmen?

— Não, é melhor não — disse ela, e riu. — Vamos logo, vamos entrar, estou congelando.

Quando adentramos o hall de mármore com dezenas de velas acesas, dois homens de terno se ofereceram para pegar nossos casacos. Eles pareciam irmãos gêmeos de David Gandy, com cabelo preto puxado para trás.

— Claro — respondeu Lala.

Ela tirou sua capa de Chapeuzinho Vermelho, revelando imediatamente o motivo pelo qual ela estava com tanto frio do lado de fora. Debaixo da capa ela estava praticamente nua. Um sutiã preto de renda, uma calcinha preta de renda, cinta-liga descendo pela coxa e sapato preto de salto agulha.

— Você esqueceu seu vestido em casa? — perguntei, erguendo as sobrancelhas.

— Eu assisti *De olhos bem fechados*, Pols — falou ela, entregando a David Gandy 1 sua capa. — Esse é o tipo de coisa que deveríamos usar.

— Seeeeei — concordei. — Você está se sentindo constrangida? Por estar numa festa de calcinha?

Ela deu de ombros.

— Na verdade, não. É como usar um biquíni para ir à praia. E de qualquer jeito, eu tomei umas doses de vodca antes de sair.

Ela estava fenomenal. O cabelo louro preso em coque no topo da cabeça, delineador grosso fazendo uma maquiagem de olho de gato e um corpo firme como de uma adolescente, resultado de uma dieta de café preto, cigarros e pacotes de bala de gelatina.

— Caralho, Pols, isso é ousado! — exclamou ela, com os olhos fixos na minha roupa de mulher-gato, quando entreguei meu casaco a David Gandy 2.

— De um jeito... bom?

— De um jeito ótimo. Eu amei. É confortável?

— Não. Estou sempre ou com frio ou com calor demais, e levei meia hora para entrar nisso aqui— respondi. — Eu preciso *muito* de uma bebida.

— Todos estão na sala de estar agora — disse um dos Gandys, apontando com a cabeça para o corredor, de onde eu podia ouvir um burburinho.

— Vamos, La — falei, nervosa, enquanto andávamos pelo corredor.

Sou péssima em adivinhar números. Como quando alguém fala que havia 53 mil pessoas em um show e eu penso "Caramba, para mim parecia somente algumas centenas." Mas acho que nessa sala tinha algumas dezenas. E Lala estava certa. A maior parte estava de roupa íntima.

— Muito obrigada — disse ela, pegando uma taça de espumante com o garçom que passava e entregando-a para mim. Depois pegou outra para ela.

— Podemos ir até um canto observar todo mundo — falei em voz baixa para ela.

— A gente não precisa se esconder, Pols.

— Eu sei. É só que não costumo sair de casa vestida de látex e quero ficar com minha bunda virada para a parede.

— Sua bunda está deliciosa — afirmou ela. — Mas tudo bem, vamos ficar ali naquele canto e tomar nossos drinques. Depois, talvez eu precise ir lá fora fumar um cigarro.

— Ok.

Nós atravessamos a sala. Eu, conscientemente prendendo minha barriga; Lala como se estivesse na passarela de um desfile da Victoria's Secret.

A proporção de homens e mulheres parecia bem equilibrado. Mas rapidamente percebi que era mais fácil para as mulheres se fantasiarem de algum fetiche do que para os homens. Olhei para uma mulher loura numa camisola creme e lingerie francesa, e para outra que vestia uma calça rosa justa de pijama e nada na parte de cima além de tapas-mamilos prateados. Do canto da sala, eu me senti como uma espectadora no circo.

Os homens pareciam menos confortáveis. Um cara baixo branco estava vestindo uma calça de couro e uma máscara de couro com um zíper atrás da cabeça. Um outro estava usando uma calça de couro na altura do joelho e um chapéu militar. Um homem alto negro que estava de costas para nós vestia uma saia escocesa, botas de couro de cano alto e só. Era tudo bem diferente do que uma sexta-feira à noite num bar. Será que havia, realmente, ministros e juízes debaixo dessas máscaras?

— Cigarro?

— Não, mas vou com você. Não sei se ficar sozinha aqui é uma boa ideia.

Do lado de fora, no terraço, havia diversos aquecedores. Obviamente, haviam sido pensados para os convidados daquela noite que não estavam com muita roupa.

— É melhor eu não sentar diretamente debaixo de um aquecedor, La. Talvez, eu derreta — falei.

— Até que horas a festa vai?

— No e-mail a Ana disse que até umas seis da manhã.

— Ela está aqui?

— Ela disse que estaria em algum lugar. Vamos dar uma volta para procurá-la quando voltarmos lá para dentro.

— Você acha que podemos explorar a casa?

— Sim, com certeza. Vamos pegar mais um drinque e dar uma volta.

— Você vai… fazer alguma coisa?

— Não! La, estamos aqui a trabalho. Além disso, acho que "fazer alguma coisa" numa festa de fetiches provavelmente contaria como traição.

Ela sorriu.

— Como ele está?

— Está bem. No castelo este fim de semana.

— Quanto tempo já? — perguntou ela, exalando fumaça.

— Quanto tempo o quê?

— Você e Jaz.

199

— É... uns três meses.

— Nada mal para ele.

— Podemos não falar?

— Sobre o quê?

— Sobre isso agora.

— Por quê?

— Eu me sinto um pouco estranha com você. Quer dizer, falando disso com você. Principalmente assim, as duas vestidas como atrizes de filme pornô.

— Não se sinta estranha, sua boba. Está tudo bem. Foi estranho no início, mas agora não é mais. Você só tem que me chamar para ser madrinha do primeiro filho. É só isso que peço.

— Tá bem, fechado. Agora, vamos entrar.

Assim que começamos a subir a escada, foi o cheiro que me atingiu primeiro. O cheiro quente de corpos, de sexo, de borracha. E o barulho, o som peculiar de tapas, de respiração ofegante e o ruído de portas abrindo e fechando. Estava meio escuro, com a luz de várias velas iluminando as paredes.

Havia mais David Gandys lá em cima também, de pé em intervalos estratégicos ao longo do corredor. A casa era enorme. Maior que a de Jasper, se é que isso era possível.

— Não me deixe para trás — sussurrei no ouvido de Lala enquanto ela andava na minha frente e subia mais um lance de escadas.

No topo, havia uma sala grande e aberta, que abrangia o andar inteiro, de luz bem baixa e cortinas de veludo vermelho tampando as janelas. E mais velas. Além disso, estava repleta do que parecia um tipo de aparato utilizado em ginásios dos anos 1950. Cavalo com alças, trampolins, esse tipo de coisa.

Porém, definitivamente, não era uma aula de ginástica. Como Peregrine havia explicado, isso era uma orgia. Com vários figurões fazendo contorcionismo. A sala estava cheia de bancos, então Lala e eu pegamos mais uma taça de espumante, cada uma da mesa ao seu lado, e sentamos num dos bancos.

— Nós podemos só assistir? — perguntei.

— Tenho quase certeza que isso é encorajado, inclusive — respondeu ela.

Lala estava com os olhos fixos numa mesa na nossa frente, na qual uma mulher estava deitada de costas, com as pernas abertas, e um homem de short de couro lambia sua coxa. Será que ele era um ministro? Talvez os dois fossem ministros. Ela fazia muito barulho.

Do outro lado da sala, eu podia ver, vagamente, um casal transando, ela sentada em cima dele cavalgando para a frente e para trás.

— Meu Deus, esse cheiro, La! — exclamei, coçando o nariz.

200

Ondas quentes de hormônios continuavam me atingindo.

— Tem cheiro de fermento, não tem?

E então, um homem apareceu na nossa frente. Ele tinha uma coleira presa no pescoço, com uma guia de cachorro pendurada nela, cabelo castanho e vestia uma calça de couro apertada.

— Olá. Sou Rupert e gostaria de ser escravo de vocês hoje — disse ele, entregando-me a guia.

— Ah, Rupert, isso é muito gentil, mas, na verdade, só estou tomando um drinque com minha...

— Fique de quatro no chão, Rupert — exigiu Lala, pegando a guia da minha mão.

Eu olhei para ela e cheguei a abrir a boca, mas não sabia exatamente o que dizer.

Rupert ficou empolgado e instantaneamente ajoelhou.

— E as mãos no chão — instruiu ela. — Rupes, você será nossa mesa hoje. Vamos, Pols, coloque as pernas nas costas de Rupert.

— La, eu estou de salto, vai machucá-lo.

— Não seja frouxa, ele quer ser machucado, não quer, Rupes?

Rupert, no chão, assentiu. Então, levantei minhas pernas e delicadamente as coloquei sobre suas costas. Lala fez o mesmo, mas não de maneira tão gentil.

Um garçom apareceu com outra bandeja com espumante, e cada uma de nós pegou mais uma taça.

— Peguei uma para você, Rupert. Você pode beber mais tarde — Lala avisou, colocando a taça no chão debaixo das nossas pernas.

A mulher escandalosa na nossa frente havia terminado, e ela e seu amigo liberaram a mesa. Havia um homem amarrado a um banco do outro lado da sala recebendo um boquete de outro homem, portanto não ficamos sem ter o que assistir.

— Isso é divertido — afirmou Lala, recostando na parede. — Jamais achei que seria tão legal.

— Nós sempre podemos nos divertir mais, meninas — disse Rupert, dali do chão.

— Hum... é... obrigada, mas eu só quero assistir um pouco — falei rapidamente. — Você já veio muitas vezes?

Eu não queria que a mesa humana me tocasse, mas, de fato, precisava que ele me desse mais detalhes sobre que tipo de gente frequentava essas festas.

— Algumas — respondeu Rupert do chão, com a voz abafada.

— E você conhece outras pessoas que vêm também?

Ainda de joelhos e mãos no chão, ele mexeu a cabeça para cima e para baixo, como um cão concordando.

— Algumas. Mas é um círculo de confiança.

— Devemos deixar você levantar? — perguntei, sentindo ele se remexer sob meus pés. — Ele provavelmente está com os joelhos ralados, La. Vamos deixá-lo levantar.

Lala respirou fundo.

— Vamos lá, Rupert, levante-se, e aqui está sua taça de espumante.

Ele ficou só de joelhos e ela lhe entregou a taça.

— E o que você... faz? — perguntei, quando ele levantou.

— Trabalho com transportadora — respondeu ele.

Rupert sentou-se ao meu lado, segurando a taça com uma das mãos e a guia com a outra.

— Ah, entendi — falei com educação.

Parecia que eu estava em algum tipo de jantar muito exótico.

— E você?

— Sou escritora — respondi, pensando que a palavra "jornalista" poderia alarmá-lo e eu não podia correr esse risco porque precisava que Rupert me contasse um pouco mais. — Sei que você disse que é um círculo de confiança, mas estou intrigada. Há muitas... pessoas famosas aqui?

Ele se inclinou de um jeito conspiratório na minha direção:

— Não conte para ninguém que eu falei, mas há rumores de que um príncipe veio uma vez.

— O quê? Quando? Como ele não foi descoberto?

— Ele usou uma máscara — respondeu Rupert. — Foi uma despedida de solteiro, acho.

— E ele... fez alguma coisa?

— Círculo de confiança — afirmou ele outra vez, batendo na ponta do nariz.

— Ah, claro, desculpe.

— Pols, vamos lá fora comigo? Preciso pegar um pouco de ar fresco e fumar outro cigarro — falou Lala, do meu outro lado.

— Vão lá.

Falamos para Rupert que o veríamos depois e voltamos lá para baixo. Passamos por um casal se dedando no caminho.

— Estou no clima de levar umas palmadas na bunda — falou Lala do lado de fora, exalando fumaça no ar.

— De um estranho?

— Aham, por que não?

Eu dei de ombros.

— Por nada. Vai lá. É… você sabe… o lugar ideal para fazer isso. Tenho certeza de que Rupert vai obedecer.

— Não, dele não.

E foi assim que, meia hora depois, nós estávamos de volta na sala de aparatos, eu sentada outra vez no banco vendo Lala se aproximar de um homem alto que vestia uma balaclava e uma cueca de látex que deixava a bunda de fora. Ele tinha uma bolsa de couro que cruzava os ombros e parecia um membro do Exército Republicano Irlandês, que só se preocupava em se vestir pela metade de manhã. Ela se apresentou e eles começaram a conversar. E então, os dois assentiram vigorosamente e ele gesticulou na direção de um banco na frente deles.

Lala ficou de joelho no banco, mas calculou mal a distribuição de peso, e o banco levantou na sua cara. Um casal se esfregando na parede parou para assistir. O amigo de Lala da balaclava mostrou que ela deveria colocar os joelhos mais para cima e firmar os braços para baixo, para equilibrar o banco. Em posição, com a bunda empinada para trás, ela virou para mim e piscou. Depois, abaixou de novo a cabeça.

O homem abriu a bolsa e pegou um chicote.

— Isso é um *flogger* — disse Rupert, materializando-se ao meu lado e sentando. — De couro. Machuca menos que o de borracha.

— Ah! Deixa marca?

— Não, não muita — respondeu ele, sacudindo a cabeça. — A não ser que você use o arame que tem dentro.

— *Arame?!*

Senti um calafrio. Como se chega ao ponto de tomar umas palmadas com arame? Qual é o processo disso? Começa com a ponta de uma toalha molhada em casa e segue daí?

— Não sou grande fã — completou ele.

O inquisidor de Lala ficou de pé atrás dela e começou a sacudir os fios de couro em sua bunda. Ela se mexeu para os lados. Ele começou a passar um pouco mais forte. Toda vez que ele batia na bunda dela, Lala tensionava o músculo. Mas ele continuava, batendo, batendo, batendo. Até que parou, inclinou-se para a frente e disse algo no ouvido dela. Ela fez que sim com a cabeça.

Ele puxou a bolsa e pegou um chicote diferente.

203

— Ah, esse é o de borracha — explicou Rupert. — Esse vai doer um pouquinho.

Ele voltou para a bunda dela, passando o chicote para a frente e para trás, esfregando com a ponta dos fios de borracha.

— Caralho!

Eu a ouvi dizer entre os dentes cerrados. Olhei para a bunda dela. Listras vermelhas estavam começando a aparecer na sua pele.

— Você acha que ela está bem? — perguntei a Rupert, pensando que talvez eu estivesse perdendo o controle da noite.

— Sim, não se preocupe. Ele é profissional.

— Você o conhece?

— Não. Mas já o vi aqui antes. Não acredito que ele vá machucá-la.

Lala girou a cabeça por cima do ombro para tentar olhar para sua bunda. O homem da balaclava lhe disse algo. Ela concordou, e então colocou uma perna no chão e levantou, esfregando um lado da bunda com a mão. Ela estava rindo com ele, felizmente, apesar das marcas na sua bunda parecerem algo que alguém poderia ver num documentário medieval do History Channel.

E então, ele tirou a balaclava e meu estômago revirou. Era Hamish. Lala riu novamente e se virou para apontar para mim. E a cara dele se transformou. O que era a coisa certa a fazer nessa situação? O que uma pessoa faz quando está numa festa de fetiches e percebe que sua amiga acabou de levar umas palmadas do noivo de outra amiga? O que dizer?

Olhei para ele enquanto ele andava na minha direção.

— Oi — disse ele, sem graça.

— Olá — eu o cumprimentei de volta.

— Eu sou Rupert — Rupert se apresentou, brincando com sua guia nas mãos.

— Rupert... é... olá — disse Hamish.

— Então... — eu continuei. — Você... aqui? Você costuma vir nessas festas?

— Às vezes — respondeu Hamish. — Não vim muitas vezes.

— Você estava aqui antes do Natal, não estava? — perguntou Rupert.

Hamish olhou para Rupert como se desejasse não estar ali.

— Lex já veio? — perguntei.

— Não — respondeu ele rapidamente. — Ela não curte essas coisas.

— Ai, meu Deus! Vocês se conhecem? — perguntou Lala, que estava distraída na conversa, ainda esfregando a bunda.

204

— Ele é noivo da minha amiga Lex, então, sim, nós nos conhecemos — respondi.

Hamish falou:

— Escute, podemos não fazer disso uma grande coisa? Eu venho aqui às vezes. Não é sempre.

— Onde ela acha que você está?

— Jogando rugby — respondeu ele, constrangido. — Por favor, Pols. Por favor, não conta para ela.

Olhei para ele, de pé na minha frente, em sua cueca brilhante idiota, com o chicote de borracha ainda nas mãos.

— Cara, sinceramente, acho que essa é uma conversa que você precisa ter com ela. Antes de se casar.

Ele abaixou a cabeça.

— Bom, La, acho que devemos ir — falei. — Ficou tudo meio esquisito.

Ela concordou.

— Ou podemos todos tomar mais um drinque — sugeriu Rupert, bastante otimista, dadas as circunstâncias.

Eu balancei a cabeça.

— Hora de ir para casa — falei. — Mas foi um prazer conhecê-lo. E Hamish... eu não quero nem olhar para você.

E então, com toda a dignidade que uma pessoa pode ter dentro de uma roupa de látex de mulher-gato acompanhada de alguém de lingerie, eu me virei e saí andando com Lala, ainda massageando a bunda. Deixamos Hamish de pé com seu chicote numa mão e sua balaclava na outra.

*

Por ironia do destino, ou não, eu saí com Lex no dia seguinte. Estava fazendo uma matéria sobre um novo spa em Notting Hill para a sessão de beleza da *Posh!*, e para isso precisava usar o meu item menos favorito do armário: um biquíni. Lex tinha dito que viria comigo pois toparia qualquer coisa que pudesse ajudá-la a perder alguns quilos antes do casamento.

— Que lugar é esse? E eu vou realmente ficar magra? — perguntou ela, quando me encontrou do lado de fora da estação de metrô naquela tarde.

— Chama-se *banya* — respondi —, é russo. Você trouxe biquíni?

— Trouxe, está na bolsa.

— Ok, vamos encontrar o local e deixar que eles nos expliquem.

O spa ficava numa casa que havia sido um estábulo, a algumas ruas da estação.

— O que você fez ontem à noite? — perguntou ela, enquanto caminhávamos na rua.

Eu não tinha mencionado que iria numa orgia à trabalho. E certamente não estava a fim de entrar em detalhes, então menti.

— Fiquei em casa, deitada no sofá. Assisti *Desperate Housewives* com Joe. E você?

— Tomei um drinque com umas meninas do trabalho e depois fui para casa. Hamish não estava.

Consultei o Google Maps no celular.

— Ah. Olha, acho que é nessa rua.

Ainda bem que foi uma caminhada curta. Eu a) estava de ressaca; b) ainda não sabia se ia contar ou não sobre Hamish para Lex; e c) não sei mentir direito. Portanto, não queria passar mais tempo falando sobre a noite anterior do que o estritamente necessário.

Caminhamos pela rua até que encontramos uma porta cor-de-rosa. Número 17. Bati na porta e uma mulher loura, num uniforme branco, abriu.

— Olá. Sou Polly, da revista *Posh!*. Temos um horário marcado.

— Sim, olá — respondeu a mulher. — Entrem, por favor.

Nós entramos.

— Por favor, leiam esses formulários e assinem no final, para que possamos começar — disse ela, entregando uma caneta e uma prancheta para cada uma. — As duas vão fazer o *banya*, certo?

Eu assenti. E depois olhei para o formulário na minha frente. Era o de sempre. Letras bem miúdas dizendo sobre o risco de morte súbita ser de sua própria responsabilidade e tal. Eu assinei e devolvi para ela.

— Obrigada — disse ela. — Vocês conhecem esse tratamento?

— Não — respondemos em uníssono.

— O tratamento russo *banya* é um processo de desintoxicação — explicou ela com reverência. — Um tratamento que incorpora extremos de calor e frio para remover toxinas do seu corpo.

— O quão extremos? — perguntou Lex.

— Será bem quente — respondeu ela, séria. — E então, vocês serão esfregadas com folhas de bétula para melhorar a circulação, antes de entrarem no nosso *bochka*...

— O que é isso? — interrompi.

Ela sorriu outra vez.

— É uma piscina de imersão. Bem fria. Congelante. E depois, vocês sairão e entrarão no tanque de flutuação por alguns minutos. E então, vão receber um roupão e tomar um chá de gengibre.

— Caralho! — exclamou Lex.

— Ótimo — falei rapidamente.

— Venham comigo. — Ela nos conduziu pela descida de uma escada caracol até um vestiário. — Aqui temos toalhas e roupões. Podem se trocar. Vou esperá-las do lado de fora.

Nós tiramos nossa roupa e vestimos nossos biquínis.

— Eu ia gostar se esse negócio acabasse com a minha celulite — falei, olhando por cima do ombro para a parte de trás das minhas coxas num espelho de corpo inteiro.

— Quero sair daqui parecendo uma das irmãs Delevingne. Cara, de preferência. — afirmou Lex, cutucando a barriga com o dedo.

— Vale a tentativa, né? Vamos lá, vamos à tortura.

Nós seguimos a mulher do spa escada acima, por um corredor, e entramos numa sala de luz baixa com uma banheira quente no meio.

— Por favor, podem entrar na sauna primeiro — indicou ela, abrindo uma porta de madeira. — Há cabides para as toalhas aqui. O terapeuta de vocês virá buscá-las.

Nós nos deitamos de costas em bancos quentes de madeira, respirando o vapor de eucalipto.

Eu respirei fundo.

— Isso é tudo o que eu precisava para minha ressaca.

— Pensei que você tivesse tido uma noite calma — comentou Lex.

— Tá bem, Miss Marple, tomei algumas taças ontem no sofá — expliquei, pensando o mais rápido que consegui.

— Como está Jasper?

— Bem. Ótimo. Em Yorkshire neste fim de semana.

— Você não imagina como minha mãe está animada com a presença dele no casamento. Outro dia, ela perguntou se teria que fazer reverência para ele.

A porta se abriu e um homem calvo colocou a cabeça dentro da sauna:

— Lex?

— Sou eu — respondeu Lex, colocando as pernas no chão. — Até já, Pols. Vou voltar tão magra que você nem vai me reconhecer.

Ela saiu, o que fez com que uma lufada bem-vinda de ar frio entrasse na sauna. Suor começou a descer pela minha bochecha e pescoço. Senti que estava liberando os excessos da noite anterior. O espumante e o cheiro de corpos e látex. Eu me alonguei. Meu biquíni já estava encharcado, e o suor tinha ensopado minha virilha. *Hoje à noite, água*, disse para mim mesma, nada de vinho. Banho. Cama cedo.

Dez minutos depois, quando achei que ia explodir de calor, o homem russo colocou a cabeça pela porta de novo:

— Polly, sua vez.

Eu levantei e, imediatamente, quase caí de tontura, mas me arrastei pela porta em direção ao ar frio. Não havia nenhum sinal de Lex.

— Por aqui, por favor — disse o cara calvo de sunga e chinelo.

Ele tinha um sotaque acentuado e o olhar duro e ameaçador de alguém que já tinha matado pessoas.

— Deite-se aqui — disse ele, indicando outra sala quente com um único banco de madeira. — Coloque seu rosto aqui.

Ele apontou para o que parecia ser um pequeno galho de uma árvore.

— Nisso?

— Sim, seu rosto, você coloca nessas folhas de carvalho.

Deitei um lado do rosto sobre as folhas e fechei os olhos. Elas estavam molhadas, frias e tinham cheiro de erva.

— Agora vou esfregá-la, para uma boa circulação sanguínea.

Eu abri os olhos e olhei para trás, enquanto o assassino começou a bater na parte de trás do meu tornozelo com um punhado de ramos. Eles estavam quentes. Ele seguiu para cima e para baixo, rapidamente, e quando eu achei que a dor estava insuportável, ele levantou o maço e voltou para o tornozelo, parte de trás da coxa, bunda, costas e ombro.

— Vire-se, por favor — pediu ele após um tempo. — E tire a parte de cima do seu biquíni.

Meu coração acelerou, como se eu tivesse acabado de correr uma maratona. No deserto. Ao meio-dia. Mais suor descia pelo meu rosto. Se eu pudesse escolher isso ou levar chicotadas de Hamish, talvez escolhesse a segunda opção.

— Agora vou fazer a parte da frente — explicou ele.

E então começou a esfregar a parte da frente das minhas pernas com os ramos e subindo pelo meu corpo de novo. Eu quase ri quando ele chegou ao meu peito, ao pensar num russo calvo de pé, solenemente, ao lado do meu corpo, acariciando meus mamilos com pedaços de árvore.

— Levante-se, por favor — disse ele, entregando-me a parte de cima do meu biquíni, que eu vesti e amarrei nas costas antes que ele me mandasse embora. — Agora, entre aqui. — Ele apontou para alguns degraus de pedra que davam em um barril enorme de madeira cheio d'água. — Entre.

Eu entrei e grunhi. Estava congelante. Mais gelada do que qualquer mar que eu pudesse lembrar.

— A cabeça também — disse o homem.

Ele colocou a mão no topo da minha cabeça e a empurrou para baixo. Eu subi de volta à superfície desesperada por ar. E pronto. Tinha que ter acabado, né?

— Saia, por favor. — Quando obedeci, ele apontou para a banheira quente no meio da sala. — Entre e deite-se.

Eu subi mais alguns degraus de pedra e entrei. Estava me sentindo uma criança, recebendo ordens a todo momento.

— Deite-se — instruiu o russo novamente —, coloque as mãos na minha cabeça e relaxe completamente.

Eu tentei "relaxar completamente", com ele balançando minha cabeça enquanto as bolhas mantinham o resto do meu corpo na superfície. Era como boiar. Fiquei deitada desse jeito por bastante tempo, e então era hora de sair. Ele me envolveu com duas toalhas e esfregou meus ombros e minhas costas.

— Agora, chá — falou ele. — Por aqui.

Eu o segui, andando como um pinguim, pois estava enroscada por toalhas, até chegar a uma sala de luz baixa com duas camas brancas.

Ele apontou para a cama ao lado de Lex, que estava deitada quase reta, envolvida em toalhas como uma múmia egípcia e os olhos fechados.

— Pols, não sei o que acabou de acontecer, mas estou me sentindo maravilhosa — afirmou ela. — Pareço mais magra?

— Não sei, Lex. Preciso deitar imediatamente.

O homem colocou mais toalhas em cima de mim, saiu e voltou alguns minutos depois com uma pequena chaleira de metal, fatias de limão e um potinho de mel.

— Vocês bebem isso, e depois bebem água. E em vinte minutos, estão totalmente recuperadas — explicou ele.

— Obrigada — falei, sorrindo do meu sarcófago de toalhas.

Ele assentiu e saiu novamente.

— Sinceramente, eu nunca me senti melhor. Meu corpo inteiro está vibrando. Acho que foi melhor do que sexo. Eu meio que quero casar com esse homem em vez de Hamish.

— Aham — resmunguei.

Eu ia ficar deitada ali, simulando certa alegria, o máximo que pudesse. O que durou cerca de três minutos, até que Lex disse que queria chá.

— Você não quer um pouco de chá? — perguntou ela, e sentou para se servir. — Você acha que colocamos o limão e o mel dentro? Só uma fatia de limão? E quanto de mel?

Teria sido mais relaxante vir a esse spa com Bertie.

Obviamente, eu desisti de falar qualquer coisa sobre Hamish. Eu não sabia se cabia a mim fazer isso. Tentei imaginar se a situação fosse ao contrário. Se ela visse Jasper lá, eu ia querer saber? A resposta era sim, claro. Mas era diferente com Lex. Ela estava noiva. Mais um motivo para contar. Mas, por outro lado, será que eu queria ser responsável por arruinar tudo? Não, hoje não, decidi. Não depois de ser espancada com ramos por um sicário russo. Eu não estava a fim.

*

Sidney ligou no domingo à noite. Minha mãe estava um pouco febril e ele a levara para o hospital. Suas células brancas estavam muito baixas, ele explicou com paciência pelo telefone.

— A quimioterapia realmente consumiu muito — disse ele. — Então, eles disseram que vão precisar adiar a última sessão.

— O que isso significa? — perguntei, em pânico, sentada no sofá do meu apartamento, procurando o controle remoto para abaixar o volume de *Antiques Roadshow*.

— Parece que eles precisam esperar um pouco mais até que ela esteja pronta. Até o corpo dela estar forte o suficiente. Basicamente, seu sistema imunológico está muito fraco, não tem força para aguentar a quimioterapia agora.

— Posso falar com ela?

— Ela está dando um cochilo na cadeira da ala do hospital — disse ele —, mas, assim que acordar, eu aviso.

— Ok. Obrigada, Sidney.

Eu desliguei o telefone e desabei em lágrimas, cedendo e permitindo-me temer o pior. Será que é possível processar fisicamente a ideia de alguém que se ama não estar mais aqui? Ou alguém que se ama simplesmente desaparecer? Eu não tinha certeza se conseguiria. Esse era o sentido do luto, certo? O processo pelo qual se passa para entender e aceitar o fato de alguém estar aqui um dia e não estar mais no outro. Eu literalmente não conseguia imaginar a vida sem minha mãe. Eu me recusara a sequer pensar nisso durante esse processo todo. Mas se esse tratamento não funcionasse e ela não melhorasse, então... o que aconteceria?

Sentei no sofá com lágrimas caindo no colo e resolvi ligar para Jasper, que estava em casa, em Yorkshire.

— Oi, e aí? — perguntou ele.

Eu chorei no telefone falando de células sanguíneas e quimioterapia.

— Certo — disse ele, depois de alguns minutos. — Você está em casa?

— Sim. — respondi, fungando.

— Está sozinha?

— Sim.

— Ok. Estou entrando no carro agora. Devo chegar em... — Ele fez uma pausa. — Três horas, se correr um pouco.

— De Yorkshire? Não, Jasper, é longe demais, você está louco, é...

— Não estou louco, quero ver você. Então aguenta firme. Estou literalmente saindo pela porta neste segundo. Ouve só — disse ele, e sacudiu algo. — As chaves, viu? Estou a caminho.

Eu ri e assoei o nariz. E então senti uma onda de alívio. Jasper podia até não ter perguntado muito sobre o tratamento da minha mãe, mas estava vindo ficar comigo naquele momento.

Dez minutos depois, fui ao mercadinho de Barbara comprar uma garrafa de vinho tinto. Ela franziu a testa quando coloquei a garrafa no balcão e olhou para minha cara inchada:

— Vai beber sozinha?

— Não. Jasper está vindo — respondi, procurando o cartão no bolso.

— Que bom. Fico feliz. Você deveria cozinhar algo para ele, para acompanhar. Homens gostam de mulheres que sabem cozinhar. Algo forte. Algo apropriado. Nada de pizza. Isso não é comida de verdade para homem.

Eu não estava no clima para receber dicas domésticas de Barbara, então agradeci com a voz fraca e subi de volta para casa. Era um desses momentos em que eu pensava que o aluguel desse apartamento deveria ser muito mais barato, devido ao trauma emocional que eu tinha que vivenciar cada vez que precisava de mais papel higiênico.

Jasper chegou cerca de três horas depois.

— Oi — murmurei no ombro dele, de pé na porta de casa. — Você vai perder a carteira por multas de excesso de velocidade.

— Não estou nem aí — respondeu ele. — Vim cuidar de você.

Foi a coisa mais gentil que um homem já havia dito para mim. Ficamos ali de pé, em silêncio, abraçados durante um tempo. E então, ele sussurrou algo que eu não entendi.

— O quê? — perguntei.

Ele levantou a cabeça e olhou para mim:

— Eu disse que te amo.

Eu caí na risada.

— Sério?

Foi a única coisa que consegui responder.

Jasper respirou fundo.

— Aham, amo. Mesmo você sendo uma pessoa completamente impossível e que ri quando alguém está tentando falar sério.

— Desculpe.

Eu só tinha dito "eu te amo" para o meu namorado da faculdade, Harry. Ah, e também disse para um australiano com quem estava saindo havia dois segundos, quando estava bêbada, e a resposta dele foi "Isso é uma honra." Ele voltou para Darwin logo depois disso.

Eu o amava? Jasper, digo, não o australiano. Você meio que tem que dizer de volta, não? É grosseiro não dizer de volta. E, de toda forma, achava que eu o amava, sim. Eu pensava nele praticamente a cada segundo. Ele sempre estava nos meus pensamentos, e eu sentia saudade quando não estava com ele.

De repente, fiquei nervosa.

— Sabe de uma coisa?

— Hum?

— Eu *acho* que te amo também.

— Você acha que me ama?

— Não, não. Eu sei que sim.

— Sabe o quê?

— Você vai me fazer dizer de novo?

— Sim.

Eu fiz uma pausa. E então, falei, baixinho:

— Eu também te amo.

— Que bom — respondeu ele. — E eu sinto muito quanto à sua mãe.

— Tudo bem. Vai ficar tudo bem, tem que ficar — falei com toda a firmeza que consegui.

— É claro que vai — acrescentou ele. — Eu já disse, vou cuidar de você.

*

Acordei depois das três da manhã naquela noite e ouvi a respiração de Jasper do meu lado. O Marquês de Milton, o playboy da Inglaterra, sedutor de princesas, tinha dito que me amava. E eu disse de volta. Porque eu o amava mesmo. Embora fosse óbvio, era clichê demais: mulher se apaixona por homem bonito e rico. Mas eu tinha me apaixonado por Jasper — apesar das histórias, apesar da reputação. Será que ele havia dito para todas as mulheres antes de mim que as amava também? Um fio de insegurança percorreu meu corpo. Talvez tudo isso fosse acabar em lágrimas. Mas pensei no dia em que nos conhecemos, no castelo de Montgomery, quando percebi que ele era mais complexo do que sua reputação sugeria. Quando ele me disse que não sabia o que queria também. Quando disse que estava tentando fazer algo da vida, como todos nós.

Virei minha cabeça para vê-lo dormindo, com o rosto virado para mim, como se eu estivesse tentando entrar na sua mente e ler seus sonhos. Falei as palavras de novo para ele, mexendo a boca, em silêncio: "Eu te amo". Elas não eram familiares para os meus lábios. Como se eu estivesse brincando de ser adulta. Ele disse que queria cuidar de mim, então talvez a gente realmente acabasse ficando juntos. Quem sabe, ele não era "meu par perfeito"?

Eu bocejei e virei para o teto de novo, preocupada que Jasper acordasse e me encontrasse olhando para ele, cochichando na sua cara, como uma cena de filme de terror. *Vá dormir, Polly, sua maluca.* Não há nada de bom em alimentar pensamentos obsessivos no meio da noite.

Capítulo 14

Faltava um dia para o fim de semana da despedida de solteira de Lex e eu estava em casa tomando uma xícara de chá e olhando para o Google Maps no meu laptop. Caralho. Eu levaria quatro horas dirigindo até Norfolk para começar a organizar tudo. Eu tinha tirado folga do trabalho, para o desgosto de Peregrine, que disse carinhosamente que não estava presidindo uma colônia de férias. Mas eu tinha que chegar lá cedo para descarregar 472 sacolas de supermercado que eu havia encomendado antes que o restante das pessoas chegasse.

Olhei para o relógio: onze da manhã. Eu precisava ligar para minha mãe. A contagem de glóbulos brancos tinha finalmente aumentado o suficiente para os médicos aprovarem sua última sessão de quimioterapia. Sidney iria levá-la. Eu me senti culpada, mas ela me disse para deixar de ser boba.

— Bom dia, mãe — falei quando ela atendeu o telefone.

— Oi, meu amor. Você já saiu de casa?

— Vou sair daqui a pouco. Como você está se sentindo?

— Ah, estou bem. Vou ficar feliz quando isso acabar.

Ela soava cansada. Exausta. Eu estava preocupada em abandoná-la no fim de semana.

— Mãe, você tem certeza de que não quer que eu fique? Posso ficar. Lex vai entender completamente.

— Não se preocupe comigo, bobinha. Vá se divertir. Beba uma taça enorme de vinho por mim.

— Pode deixar. Acho que beberei várias durante o fim de semana todo.

— Está certo, filha. Bem, Sidney e eu já estamos indo para o hospital. Falo com você mais tarde.

— Sim, vou ligar quando chegar lá.

— Dirija com cuidado, querida.

*

Cinco horas depois, eu finalmente cheguei ao chalé em Norfolk, onde passaríamos o fim de semana. As sacolas do supermercado foram deixadas uma em cima da outra na varanda de entrada da casa. Ao olhar para elas, pensei que, se eu nunca mais precisasse ir a uma despedida de solteira, não ficaria nem um pouco triste.

Eu estava com fome. Então, vasculhei as sacolas até encontrar um pacote de biscoito de chocolate. Nós seríamos nove pessoas durante duas noites. Duas noites. Só duas. Sexta à noite. Sábado à noite. Mas eu havia feito compras como se estivesse nos preparando para o apocalipse. Torta de peixe, lasanha, que comprei porque, sinceramente, quem tem tempo de fazer lasanha com molho branco? Presunto fatiado, meia dúzia de baguetes, vários pacotes de pão de forma, salada suficiente para deixar as fresquinhas felizes, batata chips, molhos, biscoitos, coca diet, chocolate, torta de chocolate, várias dúzias de ovos, granola e leite de soja, pois era bem provável que tivesse alguém com intolerância à lactose. E as bebidas: dez garrafas de prosecco, quinze garrafas de vinho branco, quinze garrafas de vinho rosé, duas garrafas de vodca, uma garrafa de gin, cinco garrafas de água tônica.

Prefiro fazer uma dúzia de Papanicolaus do que uma vaquinha para outra festa de despedida de solteira. Sempre havia, pelo menos, uma pessoa que não estava bebendo — gravidez ou algum motivo chato — e enviava aquele inevitável e-mail dizendo "Ah, eu não estou bebendo. Posso pagar vinte libras a menos?" E eu tinha que responder "Claro, sem problemas", quando, na verdade, queria dizer "Por favor, não venha se você vai ser um porre."

Liguei a chaleira e andei pela casa. A atmosfera do lugar era bacana: um estilo fazenda chique de móveis brancos do lado de fora e loft novaiorquino do lado de dentro. Diversas paredes de tijolo exposto, chão de madeira e sofás beges minimalistas. *Lá se vai meu depósito de segurança*, pensei, imaginando o vinho tinto que respingaria nos sofás até domingo. Ah, paciência. Contanto que o modelo nu não passasse as bolas neles.

Gavin, profissional de TI de Norwich e modelo vivo em meio-período, estava agendado para a manhã seguinte. As atividades de uma despedida de solteira são infernais também. As piores são as bobagens das aulas de donas de casa dos anos 1950 — fazer macarons, fazer drinques, fazer laços para pregar em chapéus. Eu detestava macarons. Pequenas massas de amêndoa sem graça e idiotas. Não são uma comida adequada. Não satisfazem nem um rato anoréxico. Portanto, se tivéssemos que fazer atividades com Lex, eu resolvi que seria algo brusco. Gavin chegaria às 10h da manhã no dia seguinte e ficaria durante duas horas. Era um pouco brusco porque envolvia um pênis, mas também um pouco cultural, porque ficaríamos sentadas fazendo desenhos com giz.

Eu arrumei as sacolas do supermercado enquanto pensava nessas coisas e resolvi escolher minha cama antes de todo mundo chegar. Havia quatro quartos, todos com cama de casal, e Cathy, da agência de locação, disse que colocaria uma cama extra para termos nove lugares. Eu certamente não iria dormir numa cama dobrável, então coloquei minha mala em cima de uma cama de casal grande e olhei para o lado de fora. O dia estava escuro. Nuvens cinza sobrevoavam o oceano.

Comi mais um biscoito com uma xícara de chá lá embaixo e esperei. Era quase seis da tarde, mas ainda tinha horas de espera, pois todo mundo pegaria o trem em Liverpool Street e não chegaria em menos de duas horas. Eu precisava de um pouco de ar fresco, então resolvi caminhar pela praia e pôr o pé na água.

A praia ficava a poucos metros do jardim, passando por um morrinho coberto de algas secas. Não era aquele tipo de praia de areia branca e água azul. A areia era marrom escura, e o mar, verde lamacento. Mesmo assim, tirei uma foto e mandei para Jasper. *Brrrrrrr*, eu escrevi embaixo da foto. Lancei meus sapatos em cima das algas secas, enrolei minha calça jeans para cima, entrei no mar até a altura do tornozelo e imediatamente perdi a sensibilidade nos pés. Nunca fui uma dessas pessoas que pula na água gelada. Eu levava uns quinze minutos para entrar na piscina no verão. Primeiro os pés, depois o tornozelo, depois até o meio da coxa e então colocava as mãos e molhava o rosto. Andava devagar até a água chegar na altura da minha bunda e meus ovários pularem dentro de mim, horrorizados com o frio;

afundava o umbigo, até que, finalmente, respirava fundo e mergulhava o corpo na água. Patético.

Senti meu celular vibrar no bolso de trás. Era Jasper.

— Oi — falei, sorrindo.

— Já chegou? — perguntou ele.

Olhei para o mar, com meus pés ainda pinicando de frio.

— Sim, cheguei agora. Arrumei quatro milhões de sacolas de supermercado. Coloquei o vinho na geladeira. Acabei de molhar o pé no mar, mas está tão frio que devo ter ficado com uma queimadura.

— Não seja boba. Espera só até eu jogar você dentro do lago aqui em casa.

— Ih, não sou uma grande nadadora.

— Então descobrimos.

— Descobrimos o quê?

— Um motivo que me impossibilita de casar com você.

— Ah, desculpe — eu disse, sorrindo outra vez. — Não me incomodo com belas piscinas e oceanos. Água azul transparente, onde posso ver meus pés e nada pode me atacar.

— Anotado.

— E onde você está?

— No carro. A caminho de casa, com Bovril sentado ao meu lado. Vamos sentir sua falta no fim de semana.

— Eu também vou. Espero que tudo corra bem em casa.

— Vai correr. Bovril e eu vamos nos divertir, não vamos, garoto? Bem, só liguei para saber como você estava. Vá se aquecer, e eu vou correr aqui.

— Ok. Dirija com cuidado. Te amo.

— Também te amo.

Desliguei e guardei o telefone de volta no bolso, para que eu não tropeçasse e o deixasse cair no mar. Olhei novamente para o horizonte. Eu ainda estava aflita, porque não sabia se contava ou não a Lex sobre Hamish. Sobre a festa. Sobre o chicote. Eu não tinha contado para ninguém. Nem para Joe. Por um lado, era possível que eu fosse a pior amiga do mundo se não falasse nada. Mas, por outro, como eu podia contar isso a ela na sua despedida de solteira? Mas se não fosse nesse fim de semana, quando seria? O casamento estava cada vez mais próximo.

Entrei na casa para tomar um banho e, uma hora e pouco depois, eu ainda estava pensando sobre a situação com Hamish, mas com duas taças de vinho na conta. Também liguei para minha mãe, que estava assistindo a um episódio antigo de *Taggart* com Sidney. Passei meia hora tentando descobrir como o forno funcionava, chutei-o, coloquei as tortas de peixe lá dentro depois que me acalmei e falei com Sal, que disse que elas estavam todas dentro de táxis, saindo da estação de trem. Eu as ouvi cantando "Girls Just Wanna Have Fun" ao fundo.

Eu estava me servindo da terceira taça quando luzes de lanterna entraram pela janela da cozinha. A porta se abriu. Lex foi a primeira a entrar, com uma faixa de "noiva" e uma tiara rosa. Ela me abraçou a deu um soluço no meu ouvido.

— Vale a pena casar só pela despedida de solteira.

Ela deu mais um soluço e as outras meninas apareceram atrás.

Eu conhecia Sal, claro. Conhecia duas antigas colegas de trabalho de Lex, Rachel e Laura. E a prima lésbica de Lex, Hattie. Eu a conheci quando nós duas tínhamos 17 anos e eu andava considerando, vagamente, se era lésbica também, pois ainda não tinha transado com um cara. Mas Hattie me explicou o que era uma "tesoura" e percebi que, definitivamente, eu não era lésbica.

Tinha visto as outras, de tempos em tempos, com Lex. A maioria eram amigas de colégio. Eu havia enviado e-mails ameaçadores nas semanas anteriores, pedindo dinheiro.

— Oi, pessoal.

Acenei para elas. Uma se chamava Alice, outra Beatrice. Sobrou a de cabelo rosa, que imaginei ser a amiga da faculdade de artes, Elisa.

— Alguém quer uma taça de vinho?

— Ah, não, para mim não, obrigada — disse uma que deduzi que era Beatrice, passando a mão na barriga. Ah, sim, lembrei, Beatrice estava grávida. — Tem água com gás?

— Ah, merda! Não, desculpe. Mas tem coca diet. Pode ser?

Beatrice olhou para mim como se eu tivesse acabado de sugerir que comêssemos seu bebê.

— Ah, não, obrigada. Vou beber água mesmo.

— Tá bem — respondi, animada. — Pode pegar da pia. Vão colocar as malas nos quartos, pessoal, o jantar está quase pronto. Torta de peixe e ervilha.

— Que tipo de peixe tem na torta? — perguntou Beatrice. — Preciso ter cuidado com intoxicação por mercúrio.

*

Obviamente, todo mundo ainda estava na cama às dez horas da manhã seguinte, quando Gavin — o técnico de TI e modelo-vivo — tocou a campainha. Vesti um biquíni e desci.

— Você deve ser Gavin — falei, abrindo a porta.

Presumia-se que Gavin era modelo-vivo porque ele jamais conseguiria ser nenhum outro tipo de modelo. Era baixo e magro, com a cabeça raspada e óculos de lentes grossas, por trás das quais ele espremia os olhos.

— Venha, entre. A manhã está um pouco lenta. Vou lá em cima apressar todo mundo. Você quer um café?

— Sim, por favor, eu adoraria. Preto, com duas colheres de açúcar. E onde eu posso me arrumar?

— Ah, claro. Passando a cozinha há um banheiro. — Eu subi rápido e coloquei a cabeça dentro de cada quarto. — Acordem, suas preguiçosas, as atividades começaram. Estou fazendo café.

Dez minutos depois, todo mundo estava mais ou menos arrumado nos sofás da sala de estar, com café numa mão e croissant na outra. Exceto Alice, que disse que estava com tanta ressaca que morreria se tivesse que sair da cama. Deixei um pacote de aspirinas e uma garrafa d'água na mesa de cabeceira dela.

— Certo, meninas. Onde vocês vão querer que eu fique?

Gavin apareceu do banheiro com um roupão. As xícaras de café congelaram no ar. Sal segurou o riso.

— Bem, nós achamos que no meio seria bom — respondi, gesticulando na direção da cadeira entre os dois sofás.

Eu tinha colocado uma toalha na cadeira. Eu realmente não conseguiria lidar com manchas no estofado.

— Perfeito.

Gavin passou com cuidado entre os sofás e deixando um cheiro forte de desodorante masculino no ar, que eu senti lá no fundo da garganta e fez Elisa tossir.

Ao chegar na cadeira, ele desfez o nó do roupão. Olhei para Beatrice, do outro lado da sala, que olhava para baixo, determinada, e inspecionava as unhas. Lex e Sal estavam no mesmo sofá, mas seus olhos estavam focados em Gavin, como leões na hora da comida.

O roupão caiu no chão e mais uma lufada de desodorante se espalhou pela sala.

— Ai, meu Deus! — exclamou Rachel, à minha esquerda. — Desculpe. É que… é um pouco cedo.

Gavin pareceu não perceber, porque estava ocupado demais se posicionando. Um pouco estranho estar numa cabana à beira do mar, numa manhã de sábado de junho, olhando para as bolas recém-raspadas de um estranho de Norwich.

— Está bom assim para vocês, meninas?

Ele estava de pé, com uma perna no chão e a outra na cadeira, e os braços suspensos no ar, como se estivesse puxando um laço de fita. Ele tinha uma tatuagem de um pastor alemão na escápula esquerda.

— Aham — todas murmuraram.

Lex e Sal estavam tremendo, segurando o riso.

— Ótimo. Ficarei assim por dez minutos e, depois, farei outra posição. Preparar, apontar, fogo.

Cabeças para baixo, todas começamos a desenhar. Eu era terrível em artes na escola. O sr. Robertson, professor de arte, uma vez me elogiou pelo meu "excelente" desenho de um coelho.

Olhei para ele, friamente, e respondi: "É um cavalo."

Ainda assim, pensei, olhando para o giz na minha mão: o quão difícil deve ser desenhar uma bunda?

— Tempo esgotado — avisou Gavin dez minutos depois, colocando a perna para baixo da cadeira e esticando os braços. — Mostrem seus desenhos. Segurem seus desenhos no alto para que todos possam ver.

— Lá vai, Gavin — disse Sal, segurando seu desenho no alto. Era um boneco palito com um pênis enorme.

— Estou lisonjeado — afirmou Gavin. — Acho que você captou perfeitamente minha essência.

— Pols, que porra é essa? — perguntou Sal.

— Bem... — falei, olhando para cima, para o meu desenho. — Achei que desenhar a bunda seria relativamente mais fácil. Mas acabou que não era.

Eu já tinha visto desenhos infantis feitos com dedo pregados na geladeira de amigos que eram mais elaborados do que meu estudo sobre a bunda de Gavin.

*

Após praticamente duas horas desenhando Gavin e várias taças de mimosa, todo mundo já tinha ficado amigo suficiente para tirar fotos com ele. E então ele vestiu a roupa, desejou boa sorte a Lex e entrou em seu Corsa, buzinando enquanto manobrava e ia embora.

— Achei o pau dele bem bonito — falou Rachel.

— Um pouco achatado — discordou Sal.

— Caramba, Sal — falei —, se isso é achatado, estou assustada só de pensar no pau do seu noivo.

— Não gosto quando são raspados — anunciou Elisa.

Alice apareceu descendo a escada.

— Bom dia, amor. Como está se sentindo? — perguntou Lex.

— Ótima — respondeu ela. — Completamente curada. Algumas aspirinas e mais duas de horas de sono e eu estou nova.

— Que bom — comemorei —, porque precisamos chegar no bar para almoçar em menos de uma hora.

A Vaca e o Violino ficava no vilarejo vizinho, uma caminhada curta pela praia. Foi Jasper que me falou para fazer a reserva lá. O conhecimento dele sobre bares do interior era enciclopédico. Enquanto todo mundo resmungava sobre banhos e roupas de sair, eu mandei uma foto para ele do meu melhor desenho de Gavin, em que ele estava deitado no chão com a cabeça apoiada na mão direita, um joelho dobrado no ar e o pênis sobre sua outra coxa, pendurado na direção do tapete.

— Acho que não estou pronta para uma caminhada — falou Alice, olhando pela janela quando começou a chover.

*

A Vaca e o Violino era o tipo de bar que existia na Irlanda dos anos 1920. Tinha telhado de palha do lado de fora e cheiro de cerveja velha e cigarro molhado do lado de dentro. Homens que pareciam que estavam vivos desde a Renascença sentados no bar; um cachorro de uma raça indescritível deitado como um defunto debaixo de um banco do lado.

Nossa mesa era no canto, ao lado de uma janela com vista para o mar.

— Todas temos que usar isso.

Sal nos entregou faixas de cabelo com dois pênisinhos rosa presos a elas. Vesti a minha e olhei meu reflexo num espelho embaçado ao lado da janela. Os pênis balançavam quando eu mexia a cabeça.

— Nada de desculpas, Bea, é como um chapéu natalino. Todo mundo tem que usar. E beber com isso aqui.

Sal colocou a mão dentro da bolsa e sacou um punhado de canudos de neon com um pequeno pênis de plástico acoplado à parte de cima. Portanto, teríamos que beber por um tubo de plástico cheio de veias.

— Feliz despedida de solteira, Lex — falei, balançando minha cabeça na direção dela.

— E você tem que colocar isso aqui. — Sal se debruçou sobre a mesa e entregou a Lex uma coleira escrito Hamish. — Podemos começar com três garrafas de prosecco? — perguntou Sal a um garçom que apareceu na mesa.

— E uma jarra enorme de água da casa, por favor — completou Alice.

— E pão também.

— Pessoal — disse Lex, na cabeceira da mesa —, vou falar, antes de ficarmos bêbadas demais...

— De novo — acrescentou Laura.

— Sim, de novo — concordou Lex. — Mas só quero dizer que estou muito feliz por vocês estarem todas aqui. Sinceramente, se há um ano vocês me dissessem que estaríamos sentadas num bar em Norfolk na minha despedida de solteira porque eu ia me casar com Hamish, eu teria sugerido que vocês buscassem tratamento. E aqui estamos, fazendo exatamente isso. E eu estou muito, mas muito feliz.

— Você é a próxima, Pols — afirmou Sal, cutucando meu braço com o cotovelo.

— Sim, Polly Spencer — falou Lex bem alto. — Nessa época, no ano que vem, quero estar na sua despedida de solteira.

Eu revirei os olhos.

— Ai, gente!

— Ou antes disso, para ser sincera — continuou Lex. — Há quanto tempo vocês estão saindo?

— Há uns... quatro meses — respondi, ciente de que todo mundo ao redor da mesa estava ouvindo. — Portanto, acho que talvez vocês estejam se adiantando um pouquinho.

— Um casamento em setembro no castelo de Montgomery seria maravilhoso — afirmou Lex.

— Claro, sem problemas.

Corri para checar meu celular, caso eu tivesse, de alguma forma, ligado acidentalmente para Jasper dentro da bolsa e ele estivesse ouvindo isso tudo.

— Mas você se casaria no castelo de Montgomery em vez de no lugar onde cresceu? — perguntou Sal.

— Meninas, sinceramente, isso é loucura. Não sei. Onde estão nossas bebidas?

— Você vai se casar com Jasper e virar duquesa — afirmou Lex. — Posso ir passar os fins de semana com você quando morar num castelo?

— Claro, e devemos levar Gavin também — acrescentei, acenando para o garçom.

— Só estou dizendo que estou com os dedos cruzados — disse Lex, mostrando um copo vazio para o garçom.

Ela sorriu para mim e deu um gritinho de animação.

Nós bebemos sete garrafas de prosecco no bar, depois disso Lex começou a pedir expressos martínis.

— É como um café? Como um café branco? — perguntou o garçom, confuso.

Decidimos pagar a conta e voltar para casa antes de escurecer e alguém se afogar no mar na caminhada de volta.

Não que a caminhada tenha ajudado alguém a ficar sóbria. Sal e eu entramos na cozinha cantando "It's Raining Men" e imediatamente saqueamos os armários, em busca de batatas chips.

— Que horas são? — perguntei, tentando enxergar o relógio da cozinha. — Cinco e meia. Ok, vamos supor que iremos sentar para jantar às oito, e meia. O que significa que temos que colocar a lasanha no forno às oito o que significa que temos que começar "o senhor e a senhora" por volta das sete, certo?

— Aham — disse Sal, com a boca cheia de batata.

— Todo mundo aqui embaixo às sete para bebermos e brincarmos.

Pela 392ª vez refleti o quão exaustivos eram os fins de semana de despedida de solteira. *Se* eu casasse um dia, queria que a minha fosse um jantar no italiano de Battersea.

Olhei para o celular. Nada de Jasper, o que não tinha problema, falei para mim mesma, pois eu não viraria *esse* tipo de namorada. Eu estava numa despedida de solteira, me divertindo sem ele. Não precisávamos ficar em constante comunicação. Embora eu tenha mandado, mais cedo, uma foto do meu desenho, e ele viu, com certeza, porque os marcadores do WhatsApp tinham ficado azuis.

*

A brincadeira "o senhor e a senhora" ficou muito tecnológica nos últimos anos. Não era mais aceitável enviar algumas perguntas para o noivo responder por e-mail. Em vez disso, uma ou mais madrinhas precisam encontrar um horário conveniente para todos e se reunir com o noivo para filmar as respostas. Às vezes, o noivo era obrigado a vestir uma roupa chique para esse momento. Outras, a tomar uns shots enquanto responde. Ninguém parecia achar estranho uma amiga da noiva encontrar com o noivo para perguntar sobre as preferências sexuais do casal.

Sal filmou Hamish em seu escritório algumas semanas antes da despedida. Ela fez uma bela edição e, na hora em que todas estávamos sentadas nos sofás, com nossos drinques em mãos, olhamos para a tela da TV, que dizia "O sr. e a sra. Wellington".

— Prontas? — perguntou Sal.

Todo mundo celebrou. Hamish apareceu na tela atrás do que deveria ser sua mesa de trabalho. Nada de roupa especial, ele estava vestindo um terno. Ele acenou para a câmera, nervoso:

— Oi, meninas.

— Oi, Hamish — respondemos em coro.

A primeira pergunta apareceu na tela, embaixo de Hamish. "O que Lex estava usando no primeiro encontro de vocês?". Sal pausou o vídeo.

— Fácil — falou Lex. — Um vestido preto da Maje com minha jaqueta de couro e sandália prateada. Era verão. Nós fomos para um bar perto do rio.

Sal apertou o "play".

— Ai, meu Deus — falou Hamish, franzindo a testa para a câmera. — Sei que fomos ao Blue Anchor, em Hammersmith. — Ele se recostou na cadeira e pareceu pensativo. — Caramba! Era um... é... vou chutar. Acho que estava de calça jeans e salto alto. E talvez alguma blusa?

— Patético — resmungou Lex, balançando a cabeça.

— Primeiro shot, Lex — avisou Sal, empurrando um copinho de vodca na direção dela.

A segunda pergunta apareceu na tela: "Quando você e Lex disseram 'Eu te amo' pela primeira vez um para o outro?"

— Ah, essa é fácil demais também — falou Lex. — Nós viajamos juntos para New Forest depois de estarmos namorando há um mês.

Sal apertou "play":

— É... meu Deus! É... — Hamish estava em pânico de novo. — É...Eu me lembro. Era uma manhã de domingo, nós estávamos deitados em casa, e ela me trouxe café na cama. E eu pensei, "Sim, eu posso fazer isso."

Sal pausou.

— Porra nenhuma — falou Lex. — Foi no The Pig. Tenho certeza absoluta. Estávamos deitados na cama lá. Ele é um idiota.

— Ok, ok. Próxima — continuou Sal.

A pergunta apareceu na tela: "Onde foi o lugar mais bizarro que você já fez sexo?"

Lex riu:

— Na cama dos meus pais. Cem por cento de certeza. Eles estavam viajando. Foi ideia do Hamish, pareceu engraçado na hora.

Claro que isso foi ideia dele, pensei.

Sal pressionou o botão "play" de novo e o rosto de Hamish iluminou-se com a pergunta:

— Na estrada mais alta do mundo. No Himalaia. Bem, não exatamente na estrada... Foi meio que no acostamento. Numa barraca de camping.

— Lex! — eu disse, olhando para ela. — Quando vocês fizeram isso?

— Não fizemos.

— O quê?

Ela franziu a testa.

— Ele está falando de outra mulher. Uma garota que ele conheceu no ano sabático dele.

Olhei para Sal. E depois de volta para Lex.

— O quê? Mas gente, é claro que a pergunta era o lugar mais bizarro que *vocês* já fizeram sexo. Juntos.

— A pergunta era essa, mas achei que seria engraçado incluir isso. — Ela parou e olhou para Lex. — Não foi engraçado?

— Nem tanto — respondeu ela, com a voz baixa. — Seria legal se ele acertasse alguma pergunta.

— Ok. Vamos esquecer essa e continuar.

Sal apertou *play*.

A próxima pergunta era: "Quando você percebeu que queria se casar com Lex?"

Por sorte, Hamish conseguiu recuperar alguns pontos perdidos com suas outras respostas:

— Foi no Natal, quando namorávamos havia quatro meses. Eu estava na minha casa, ela estava com os pais. Mas tudo o que eu queria era estar com ela. E eu sabia que queria a mesma coisa em todos os meus próximos natais. Na nossa casa, com os nossos filhos. Então, contei aos meus pais naquele dia.

— Aaaaaahhhhhh — falamos em coro.

— Parem! — exclamou Lex, envergonhada.

E então, foi a vez da pergunta da posição sexual preferida, uma clássica, que Hamish respondeu ser "Cavalgada de costas". Eu tinha percebido que era muito comum os homens responderem essa posição nesse jogo. Eles não podem dizer "papai e mamãe" porque ficam preocupados de parecerem um vicário que transa de luz apagada. Alguns homens respondem "cachorrinho", mas normalmente gera conflitos, porque passa uma impressão de "vai-até-a--cozinha-e-pega-outra-cerveja-pra-mim". A cavalgada de costas sugere um processo mais democrático. Ela por cima, portanto, um brinde ao feminismo, mas está olhando para o outro lado, não para ele, então é um pouco mais apimentado do que o normal. Pessoalmente, era o momento de se colocar nessa posição que eu achava um pouco incômodo, porque envolvia passar sua bunda na cara da pessoa, como a caçamba de um caminhão de lixo. E certamente, esse não é o melhor ângulo de ninguém, né? Com certeza não era o meu.

E a brincadeira seguiu. "Qual era a melhor parte do corpo de Lex?" (Ele respondeu que eram os olhos, quando realmente queria dizer os peitos, pois ela tinha peitos enormes. Mas ele perdeu a coragem e foi na opção "sensível".) "O que ela salvaria num incêndio?" (Ele respondeu que seria ele mesmo; ela respondeu sua jaqueta vintage da McQueen.)

Por um breve instante, imaginei se Jasper acertaria alguma dessas perguntas. Será que ele conseguiria lembrar a roupa que eu vesti no nosso jantar no restaurante italiano? De qual parte do meu corpo ele mais gostava? E ele sabia que meu pior medo absolutamente patológico era engolir uma aranha enquanto dormia? Duvido. A única pessoa que sabia disso era minha mãe. E Bill, na verdade. Não que algum deles conseguisse responder à pergunta da posição sexual favorita. Graças a Deus. Uma vez, fazia milênios, em um bar, Lex disse que sua posição sexual favorita era em cima da mesa da cozinha do seu apartamento, o que sempre me deixou em alerta quando ia a jantares lá. Eu imaginei qual seria a de Bill e fiquei constrangida.

— Você está bem, Pols? — perguntou Sal.

— Aham, ótima — respondi.

— Não acredito que ele falou onde transou com outra pessoa — comentou Lex, balançando a cabeça.

Sal me lançou um olhar e disse:

— Ah, ele só estava desconcentrado. Você sabe como os homens são. Idiotas. Eles dizem a primeira coisa que vem na cabeça.

— Principalmente se for sobre sexo — completei.

— *Principalmente* se for isso — acrescentou Sal.

— É, mas ele também não acertou a pergunta de quando falamos "Eu te amo" um para o outro.

— Ele só confundiu com uma outra vez — justificou Sal. — Vamos abrir outra garrafa?

Ela levantou e foi até a geladeira.

Lex parecia prestes a chorar.

— Só queria que ele tivesse parado para pensar.

— Alguém quer uma batatinha? — perguntou Rachel, segurando uma tigela.

— Mas o quão difícil é lembrar da primeira vez que você diz que ama alguém? — perguntou Lex.

— Você acha que eu devo colocar a lasanha no forno? Todo mundo está com fome?

Todas responderam que sim, estavam com fome.

— E vamos colocar uma música — acrescentei.

— Lex — falou Sal, séria, inclinando-se na direção dela no sofá. — Ele contou aquela coisa linda sobre quando soube que queria casar com você no dia do Natal.

— Ele devia estar bêbado — respondeu ela, jogando as mãos para o ar.

Eu me retraí quando o prosecco derramou da borda da sua taça e caiu, perigosamente, perto do sofá bege.

— Ele foi muito fofo falando dos seus olhos — arriscou Beatrice.

— Grande bosta — retrucou Lex. — Ele só respondeu "olhos" porque estava constrangido demais para responder "peitos".

Ela fechou os olhos e sua boca começou a tremer. Olhei a hora no relógio da cozinha. Era pouco depois das oito, e nós estávamos bebendo desde o meio-dia, portanto, lágrimas provavelmente seriam inevitáveis. Só seria melhor se não fossem da noiva.

— Aqui — falou Beatrice. — Come uma torrada com homus. E bebe um pouco d'água.

Lex balançou a cabeça e começou a chorar.

— Será que ele vai lembrar do meu sobrenome no altar? Provavelmente não. Ele é um idiota. Por que vou casar com um cara tão idiota?

Nós estávamos nos aproximando da histeria. Ela pegou uma almofada e afundou o rosto nela. Todo mundo se entreolhou em silêncio na sala. Eu continuei picando pepino para a salada.

— Lex — disse Sal, agachando no tapete diante dela. — Foi só uma brincadeira. Uma brincadeira boba.

— Você é igual a ele, Sal. Você nunca leva nada a sério — retrucou Lex.

Foi abafado, pois ela ainda estava segurando a almofada na cara. Minha faca parou no ar quando pensei se o rímel dela mancharia o tecido.

— Tudo bem, não precisa descontar em mim — replicou Sal. — Eu só estava tentando ajudar.

E então Sal começou a chorar também. Eu parei de cortar pepino e olhei para as duas. Pelo amor de Deus. Agora nós tínhamos duas mulheres de 31 anos aos prantos. Definitivamente, eu jamais, em hipótese alguma, *nunca* iria a uma despedida de solteira outra vez. Mesmo que fosse da minha mãe.

— Isso não é ajuda — falou Lex. — Vou casar com um homem que é tão idiota que praticamente precisa ser levado para fazer xixi duas vezes ao dia... — Lex parou para limpar o nariz. — E você está defendendo esse cara.

— Eu não estou defendendo Hamish — respondeu Sal, em meio às lágrimas, ainda agachada no chão. — Eu achei que você soubesse do sexo em Machu Picchu.

— No Himalaia — consertou Lex.

— Não me importa se foi na porra de Cairngorms. Só achei que seria engraçado.

Lex abriu a boca para dizer algo, mas começou a rir. Tombou para o lado no sofá, chorando de rir. Ai, meu Deus, agora o rímel poderia manchar o sofá, além das almofadas.

— Sal, desculpe — disse Lex, sentando de volta. — Não quis dizer nada disso. Só estou bêbada e emotiva e... Olhe para mim! E olhe para você! Você nunca chora.

Ela estendeu os braços para baixo e, de um jeito estranho, apoiou sobre os ombros de Sal, na tentativa de abraçá-la.

— Tudo bem — respondeu Sal, enxugando o nariz com o dorso da mão.

— Muito bem, pessoal — gritei da cozinha. — A salada está quase pronta. Laura e Rachel, vocês podem arrumar a mesa? Acho que lasanha e pão de alho são a resposta para tudo isso.

— O que vamos fazer depois do jantar? — perguntou Rachel, em voz baixa, enquanto abria a gaveta de talheres.

— Tecnicamente, vamos beber mais — respondi, abrindo a geladeira. Nós ainda tínhamos oito garrafas de vinho rosé. E um litro de vodca.

— Mas não sei se é uma boa ideia.

— Nós poderíamos assistir a um filme ou algo na TV — sugeriu ela.

Então, no fim, apesar de uma discussão monumental sobre qual filme assistir (alguém queria *Bridget Jones*, alguém queria *Diário de uma paixão*), decidimos ver *Um lugar chamado Notting Hill* e todo mundo, finalmente, parou de chorar.

*

Sabe esses filmes de universitárias americanas que alugam uma casa branca com telhado de ripa perto da praia durante as "férias" e destroem o lugar dando festas com barris de cerveja e copos plásticos vermelhos, e há milhares de outros estudantes que se revezam para transar nos quartos do segundo andar? A casa parecia isso na manhã seguinte. Copos sujos, pratos sujos, guardanapos sujos, jarras sujas, garrafas de vinho vazias, cinzeiros lotados e sapatos por todo canto. *Muitos* sapatos. Por que tinha tanto sapato? Será que eles transaram uns com os outros e reproduziram durante a noite? Andei na ponta do pé pelo chão grudento, como se estivesse atravessando um campo minado, para ligar a chaleira e abrir a janela atrás da pia da cozinha.

Se eu estivesse me sentindo boa e generosa, começaria a limpar aquilo tudo. Sozinha. Para depois fazer o café da manhã e todas no andar de cima serem atraídas pelo cheiro de bacon e café. Mas eu não estava me sentindo assim naquele dia e, de toda forma, se eu limpasse tudo e fizesse o café da manhã, ninguém iria se dar conta do que eu tinha feito e eu não ganharia nenhum crédito. Portanto, faria somente um café e assistiria à televisão até mais alguém acordar.

Vi algumas fotos no Instagram enquanto a água da chaleira fervia. A mesma coisa de domingo de manhã de sempre. Fotos de ovos fritos ao lado do *Sunday Times*, fotos de alguém fingindo estar dormindo na cama, fotos do cachorro de alguém em cima da cama, debaixo do edredom, uma foto dos dedos do pé de Lala, que ela postou de dentro da banheira, e alguns memes de ressaca. Respirei fundo e coloquei meu telefone de volta em cima da bancada, ao lado dos canudos de pênis. Nada de Jasper ainda, o que era estranho. Será que era mesmo? Talvez eu só estivesse de ressaca e carente.

Quando Sal surgiu lá de cima, eu estava deitada no sofá, na minha terceira xícara de café morno, assistindo a *Hollyoaks*, um programa que consegue ser exponencialmente mais depressivo.

— Bom dia — disse ela. — Meu Deus, olha só o estado desse lugar!

— Eu sei, não consegui encarar a limpeza sozinha. Desculpe — pedi, e olhei para ela do sofá. — Tem café meio morno na cafeteira.

— Beleza. Lex acordou bem? — perguntou ela, pegando uma caneca.

— Ela ainda está dormindo. Acho que vai ficar bem. Só estava cansada e emotiva ontem. E nós estávamos bebendo desde a hora do almoço.

Sal serviu-se de café e deitou no sofá na minha frente. Nós assistimos a *Hollyoaks* em silêncio por alguns minutos.

— Sal — falei, quando decidi que precisava tirar do peito a história de Hamish, depois da cena da noite anterior —, se eu te contar uma coisa, você promete que não vai falar para Lex?

— Que coisa? — perguntou ela, parecendo nervosa.

E então, eu contei a ela da festa. Sobre ter visto Hamish lá. Sobre ele ter me pedido para não contar nada a Lex.

— E eu não contei nada para ela — confessei, finalmente. — Mas sinto que estou carregando esse segredo enorme. Acho que se fosse comigo, eu gostaria de saber. O que você acha?

— Você tem que contar. Ela precisa saber. De verdade, Pols. Sei que é uma tarefa impossível, mas você não pode deixar para lá. Imagine se ela descobrir mais para a frente que você sabia?

— Eu sei, eu sei. Tá bem, vou contar para ela. A questão é que, tecnicamente, ele não a estava traindo. Só estava... dando palmadas. Não sei se vai além disso, sabe?!

— Ah, por favor! — exclamou ela. — O cara é um doido. Ela precisa saber.

— Ok, vou contar — confirmei novamente, e fiquei enjoada só de pensar. — Só não sei quando. Mas vamos nos animar para limpar um pouco a casa? — Olhei para as pilhas de copos e pratos na pia da cozinha. Uma tigela com restos de homus seco ao lado. — Eu lavo e você seca?

*

— Lex, por que você não vai no carro da Pols, para fazer companhia a ela? — sugeriu Sal quando nós já tínhamos arrumado a casa, algumas horas depois.

Todo mundo ia pegar o trem.

— Eu não moro perto dela — respondeu Lex.

— Não tem problema — respondeu Sal, olhando firme para mim. — Vocês podem conversar sobre coisas do casamento.

Obrigada, Sal, pensei, entrando no carro com tanta ressaca que parecia que meu cérebro não estava dentro da minha cabeça. Como uma água-viva. Excelente momento para ter uma conversa incrivelmente esquisita. Lex e eu provavelmente choraríamos, e voltar de Norfolk dirigindo é como voltar da Terra Média. Leva zilhões de horas. Portanto, nós choraríamos por décadas. Perfeito. O final perfeito para um fim de semana de despedida de solteira. A tarde perfeita de domingo. Chorando na estrada M11. Ideal.

Lex entrou no carro, recostou o banco do passageiro e colocou sua máscara para dormir escrito "noiva", enquanto eu manobrava o carro.

— Vou só tirar um cochilo, você se importa?

— Na verdade... — falei, com a sensação de que ia vomitar. Talvez eu realmente vomitasse no volante. — Preciso falar com você sobre... um negócio.

Ela franziu a testa e subiu a máscara para a cabeça.

— Claro. O que houve?

— Ai, meu Deus. Eu nem sei como dizer isso, então vou falar de uma vez só. Queria contar que, só dizer mesmo, só...

— Ok, Pols. Fala logo. Você está me assustando.

Respirei fundo.

— Ok, ok. Outro dia, eu tive que ir a uma festa à trabalho. Uma festa meio de fetiches. De uma mulher italiana. Peregrine queria que eu cobrisse, então me mandou ir até lá. E eu fui com Lala. Eu estava nessa casa enorme em Mayfair com várias pessoas em vestimentas bastante peculiares e...

Lex me interrompeu:

— Eu sei o que você vai dizer. Você viu ele. Hamish. Não foi?

Fiquei chocada.

— O quê? Sim, mas... o quê? Você sabe? Como você sabe? Ele disse que você não sabia que ele frequentava essas festas.

— Pols, você pode se concentrar na estrada? Estou um pouco preocupada com aquele muro.

— Claro, desculpa — disse, sentando direito no banco. — Mas eu estou realmente confusa. Eu estava enlouquecendo para falar isso, e você já sabe? Você *sabe*?

Ela respirou fundo.

— Já sei há um tempinho. Ele vai a essas festas há um tempo.

— Mas ele disse que você não sabia disso.

— Mas eu sei. Nós conversamos sobre isso. Não sei por que ele falou que eu não sabia. Provavelmente, ele só estava me protegendo.

— Mas por quê? Você não se incomoda? Não é meio esquisito que seu noivo vá a essas festas sozinho, Lex?

Eu não conseguia entender.

Ela olhou para fora da janela.

— Sei que parece esquisito — ela confessou, finalmente. — E foi estranho quando descobri. Mas depois, nós conversamos e eu decidi que, se isso era algo que ele curtia, se ele quer frequentar essas festas, tudo bem, ele pode ir. Ele não transa, de fato, com ninguém. E se ele volta para casa para dormir comigo depois...

Eu franzi a testa.

— Lex, você não pode se casar com...

— Pols — interrompeu ela, virando para olhar para mim. — Eu entendo. Você é toda independente. Não acha que tenha que se casar. Você não pensa no grande dia e no vestido de noiva, e odeia essas coisas. Eu entendo. Conheço você. Sei que não é a sua praia. Sei que, provavelmente, você nem quer ser minha madrinha. Mas, quer saber? Eu quero o grande dia. Quero o vestido de noiva. E sinto muito se você desaprova e não é moderno suficiente para você. Mas eu realmente quero isso e quero me casar com Hamish. E quero que você seja minha madrinha porque você é minha melhor amiga. Então, você pode simplesmente ficar feliz e tentar me apoiar?

Eu não achei que seria a pessoa que choraria com isso, mas desabei, e lágrimas começaram a escorrer pelo meu rosto.

— Desculpa — falei. — Não sei o que dizer. Acho que só queria ter certeza de que você está bem.

Enxuguei meu rosto com a mão.

— Eu estou bem — respondeu ela. — Prometo. E daí que ele vai para essas festas? Ele é um porra de um inútil que não consegue lembrar quando dissemos "Eu te amo" um para o outro, e ontem eu falei um monte de merda porque estava bêbada. Mas ele é sincero comigo. Provavelmente somos mais honestos um com o outro do que a maioria dos casais que conheço.

— Certo — falei, enxugando as lágrimas de novo. — Tudo bem. Desculpe.

— Não precisa pedir desculpas, sua boba — disse ela, rindo. — Eu que peço desculpas por fazer você chorar. Mas, pelo menos, agora nós duas choramos nesse fim de semana, né?

Eu ri. Procurei um lenço de papel dentro da minha bolsa para assoar o nariz.

— Posso só perguntar uma coisa? — perguntei, alguns minutos depois, ainda confusa.

— Claro.

— Como você descobriu? Sobre as festas, digo.

— Encontrei uma cueca de couro em Y na gaveta dele — respondeu ela.

E então nós duas tivemos um ataque de riso. Nós rimos tanto que lágrimas escorreram pelas bochechas de Lex também. Portanto, no fim, foi uma viagem de carro que nos uniu ainda mais. Eu ainda continuava achando que Lex era doida de se casar com Hamish, mas se ela estava feliz, era isso o que importava.

Três horas depois, eu a deixei na estação de metrô Notting Hill Gate.

— Obrigada pela melhor despedida de solteira do mundo — falou Lex, inclinando-se para me abraçar.

— Não seja boba. Vá direitinho para casa.

— Pode deixar. Você vai encontrar com Jasper hoje à noite?

— Não sei — respondi.

— Bem, mande um beijo para ele, se encontrá-lo.

— Claro.

Acenei para ela pela janela do carro e dirigi de volta em direção ao contorno para Shepherd's Bush. Precisava de um banho e, talvez, de uma taça de vinho depois dessa viagem. E então, ligaria para Jasper. E para minha mãe. Merda. Precisava ligar para ela também.

*

O apartamento estava escuro e gelado, o que significa que Joe tinha saído. Joguei minha mala em cima da cama, liguei o aquecedor e abri a torneira da banheira.

Liguei para minha mãe, mas caiu na caixa postal. Onde estava todo mundo? Será que tinha acontecido algum tipo de apocalipse?

— Oi, mãe. Acabei de chegar de Norfolk. O fim de semana foi divertido. Um fim de semana doido, mas depois eu conto. Vou tomar um banho agora, então, se você me ligar e eu não atender, é porque estou me desintoxicando de toda a vodca. Espero que você esteja se sentindo bem. Te amo.

Jasper. Será que deveria ligar para ele? Olhei a hora: 19h02 de um domingo. Foda-se, eu ia ligar. O silêncio do fim de semana inteiro estava estranho.

O telefone tocou, tocou e caiu na caixa postal, mas desliguei em vez de deixar recado.

Nem Jasper, nem minha mãe tinham ligado de volta quando voltei, com fumaça ainda saindo do meu corpo, e deitei direto na cama, uma hora e pouco depois. Foi quando comecei a me preocupar. Não tanto com minha mãe, que provavelmente estava assistindo a *Os assassinatos de Midsomer* com Sidney e uma lata de grão de bico que os Vikings haviam levado para eles. Estava mais obcecada com Jasper. Não conseguia controlar. E se algo tivesse acontecido com ele? E se ele tivesse sofrido um acidente de carro? Ou tivesse tomado um tiro em algum tiroteio? Minha cabeça nadava em possibilidades: um raio fatal em Yorkshire? Uma queda em uma das rampas do castelo? Liguei meu abajur de novo e mandei uma mensagem para ele.

Oie, espero que esteja tudo bem. Estou em casa. Ligue quando vir a mensagem. Saudade Bj

Desliguei o abajur e coloquei meu telefone ao lado do travesseiro para vibrar, para que eu soubesse quando ele respondesse. *Se* ele respondesse. Se não tivesse sido devorado até a morte por Bovril ou outra criatura. Peguei no sono e sonhei que um labrador com dentes enormes estava me perseguindo.

Acordei no meio da noite e chequei meu telefone. Senti uma onda de alívio quando vi uma mensagem dele.

Desculpa, querida. Não quero ligar e te acordar, mas tive um fim de semana difícil em casa. Posso te buscar para jantar amanhã à noite?

A mensagem tinha três emojis de carinha com olhos de coração. *Ahá*, pensei, *ele está se sentindo culpado*. Que bom. Voltei a dormir e não fui mais atormentada por sonhos com labradores.

Capítulo 15

No trabalho, no dia seguinte, eu ainda me sentia um pouco inquieta e cansada, incapaz de me concentrar em nada que exigisse mais atenção do que a reportagem sobre o gato mais gordo da Grã-Bretanha no *MailOnline*.

Peregrine interrompeu meus pensamentos:

— Polly — gritou ele da sala —, quero que você escreva uma reportagem sobre os cães galgos serem a nova moda.

— O quê? — perguntei, colocando a cabeça dentro da sala dele.

— Eu estava com os Wolverhamptons no sábado e eles acabaram de comprar um galgo. Então pensei que isso daria uma boa história. A raça de cachorro mais desejada do momento. Oitocentas palavras até às cinco. Pode ser?

Eu não estava no clima para discutir.

— Claro. Pode deixar.

Sentei de volta diante do meu computador. Nessa hora no ano que vem, pensei enquanto abria um documento no Word, eu não estaria mais escrevendo sobre cães. Provavelmente também não estaria escrevendo sobre a Síria ou a Faixa de Gaza, mas teria um emprego novo. Certamente havia um meio do caminho entre cães e o Oriente Médio, jornalisticamente falando. Viagens, talvez. Definitivamente, eu queria viajar mais. Onde gostaria de ir? Abri um mapa na tela e observei. Burma? Colômbia? Sri Lanka? Quem sabe eu pudesse ser uma daquelas jornalistas aventureiras que viajam com uma mochila pequena por várias semanas e enviam histórias sobre suas aventuras com fugitivos da polícia e tribos remotas? Pensei no que Jasper acharia se eu dissesse que viajaria para passar algumas semanas com um cartel de drogas na Colômbia. Fechei o mapa e digitei "cão galgo" no Google.

Lala chegou algumas horas depois, trazendo seu aroma refrescante de cigarros.

— Pols, como foi? — perguntou ela.

— Como foi o quê?

— A despedida de solteira, claro.

— Ah, é, desculpe. Ah, foi legal, acho. O de sempre. Lágrimas, tretas, canudos de pinto, 593 garrafas de vinho rosé, desenho de homem pelado. Como foi o seu?

— O meu o quê?

— Fim de semana.

— Ah, foi tranquilo. Fui para um retiro de ioga.

— O quê?

Sentei direito na cadeira e olhei para ela novamente. Lala num retiro de ioga era tão provável quanto o Dalai Lama se drogando e curtindo uma rave.

— É — ela continuou, fazendo login no computador. — Eu só precisava de um fim de semana tranquilo, zen. Fazendo cachorro e esse tipo de coisa.

— A posição do cachorro?

— Foi o que quis dizer. Enfim, ele já se manifestou nessa manhã? — perguntou ela, inclinando a cabeça na direção da sala de Peregrine.

— Sim, ele me fez escrever uma reportagem sobre galgos.

— Sobre pessoas que não conseguem falar direito?

— Galgos, não gagos. Aquela raça magrela de cachorro, sabe? Aparentemente, eles são a onda do momento.

— Que momento?

Respirei fundo.

— Você precisa de um café, La?

— MUITO — respondeu ela com veemência. — E depois preciso terminar todas as coisas que disse que faria na sexta-feira e, obviamente, não fiz. Você também quer um café?

— Sim, por favor. Forte.

Lala assentiu e, ainda sem ter trabalhado nem um segundo naquela manhã, saiu para comprar café para nós duas.

Voltou quarenta e cinco minutos depois sem café algum.

Bill me enviou um e-mail naquela tarde.

Como foi a despedida de solteira? Comprei uma Terrier escocesa para Willow, fomos buscá-la ontem. Ela se chama Crumpet. A cadela, não Willow. Óbvio. Portanto, minha vida está arruinada. Obrigada por toda sua ajuda. Bj

Comprar um cachorro para uma pessoa significa, basicamente, que você vai casar com ela, não? Ou seja, Bill vai se casar com Willow. O pensamento me deprimiu. Mais um anel que eu seria obrigada a elogiar, como se colocar um diamante nos dedos fosse o auge da conquista humana. E mais uma lista de casamento para olhar (hum, deixa eu pensar, toalhinhas de mão ou vaso de vidro?). Mais um amigo casado. Voltei para minha pesquisa sobre os galgos.

*

Jasper já estava no andar de cima do The Electric quando cheguei naquela noite.

— Lá vem ela — disse ele, levantando-se e esticando os braços.

— Olá — falei e dei um beijo nele.

— Senti saudade — afirmou ele, puxando um banco alto para mim.

— Eu também. E quero saber sobre o seu fim de semana.

— Ah, isso. Não foi nada de mais.

Esticou a mão até o balde de gelo ao seu lado e pegou uma garrafa de espumante.

— Enfim, acho que deveríamos deixar isso para lá. — Ele me serviu uma taça e eu franzi a testa para ele. — O que foi?

— Nada — respondi. Depois de uma pausa, completei: — Na verdade, tem algo sim.

— Ok — disse ele bem devagar. — O que é?

— Você só estava... é um pouco constrangedor dizer isso em voz alta, como uma criança de 3 anos de idade. Você só estava um pouco quieto durante o fim de semana inteiro.

Ele passou a mão no cabelo e riu.

— É por isso que você está olhando para mim desse jeito? Toda emburrada e lindamente contrariada?

— Não ria. Eu só fiquei... um pouco... sei lá. Triste, talvez. E preocupada.

Ele riu de novo, chegou para frente e pegou minhas mãos.

— Desculpa, meu amor. Eu só estava em casa. Na porra da minha casa. Com meu pai gritando com minha mãe, que não voltou para casa no sábado à noite. Ele bebeu a madrugada inteira e eu tive que falar com Vi e garantir que ela estivesse bem e... foi um fim de semana terrível, para ser sincero.

— Ah.

Eu me senti uma idiota. E mal por ele.

— Desculpe. Foi mesmo muito ruim?

— O pior que já vi. Meu pai ameaçando pedir divórcio. Minha mãe dizendo que ele nunca faria isso porque não tinha coragem. Vi aos prantos no quarto. Ian abrindo uma garrafa de vinho atrás da outra para o meu pai.

Nada bom. Mas... me desculpa por deixar você preocupada. Por ser egoísta. Acho que...

— Acha o quê?

— Acho que... a questão é que... ainda estou me acostumando a estar namorando. Você sabe, nunca fui muito bom em relacionamentos. Mas quero ser. Você me faz querer fazer tudo direito.

Meus olhos se encheram de lágrimas e eu pisquei rapidamente para evitá-las.

— Não, não. A última coisa que você precisa é se preocupar comigo.

— Só estava um pouco fora do ar. Enfim... — Ele ergueu a taça novamente. — Um brinde a... nós. Obrigado por me aturar. Eu não mereço você.

— Ok — falei, levantando minha taça. — E chega de pedir desculpa. Vamos falar de outra coisa.

— Quero que você me conte tudo sobre seu fim de semana. Menos sobre homens nus. Não quero saber nada sobre eles.

— Não teve nenhum. Não, isso não é totalmente verdadeiro. Teve Gavin, de Norwich. Mas nenhum além dele.

— Gavin é um nome assustador — concluiu Jasper, pegando o cardápio. — Agora, minha querida, o que vamos comer? — Ele olhou para mim por cima do cardápio. — Além de você mais tarde, é claro.

— Ah! Estamos nesse clima, então?

— Sim, estou faminto — afirmou ele, e debruçou-se na mesa para me beijar de novo.

*

— Não temos tempo para sobremesa — disse Jasper, depois de duas horas e uma garrafa de vinho tinto. — Quero levar você para casa.

— Na minha casa ou na sua?

— Tanto faz. — Ele deu de ombros, gesticulando para a garçonete do outro lado do salão trazer a conta. — Só preciso ir ao banheiro rapidinho. Você fica no comando. — Ele lançou a carteira sobre a mesa para mim. — Use o cartão prateado, 4721.

— Ok — respondi, pegando a carteira. — Posso fugir e roubar todo o seu dinheiro.

— Eu iria atrás de você — retrucou ele, inclinando-se para me beijar. — E depois, eu lhe daria umas boas palmadas.

A garçonete colocou a conta na mesa e disse que voltaria com a máquina do cartão. Eu abri a carteira dele. Não era o cartão Gold da American

Express. Nem o Visa Gold. Nem o azul-marinho da Coutts. Ele tinha mais cartões do que uma loja. Peguei o cartão prateado, que estava espremido entre várias notas de cinquenta libras e uma notinha, e passei meus dedos sobre seu nome: JRT Milton. Jasper Ralph Thomas. Os homens da família Montgomery sempre tinham o nome Ralph no meio, ele havia me contado. Portanto, eu presumia que, se tivéssemos um filho, ele teria que ter o mesmo... PARE, Polly. Olhei para a conta.

Cento e quarenta e quatro libras. Absurdamente caro para um jantar de segunda-feira à noite, mas foi Jasper quem resolveu pedir uma garrafa de espumante, falei para mim mesma, entregando o cartão prateado à garçonete. Sem raciocinar, abri a notinha da carteira dele enquanto a garçonete digitava na maquininha. Caramba! Eu não precisava me sentir mal pelo preço do jantar, porque a notinha era bem mais cara. Era a conta de um hotel, no valor de oitocentas e cinquenta libras.

E então, ainda não sei por que fiz aquilo, qual impulso me fez fazer aquilo, mas conferi a data. Era do fim de semana. Um hotel em Cotswolds chamado The Olde Bell. Mas. Estranho. Ele estava em casa nesse fim de semana. Então, por que tinha uma notinha de um hotel em Cotswolds na sua carteira? Minha mente pareceu desacelerar enquanto eu olhava para a notinha. A conta era de duas noites, dois jantares e... cinco garrafas de espumante. Além de um pacote de Marlboro Light. Nesse fim de semana. Chequei a data pela terceira vez. Ele disse que estava em casa. Ele tinha acabado de me falar que estava em casa tentando resolver os problemas da sua família disfuncional. Justamente quando ficou estranhamente quieto durante o fim de semana inteiro.

Minha cabeça ficou confusa.

— Desculpe, senhora. Sua senha, por favor — disse uma voz no meu ouvido.

Peguei a máquina, mas não conseguia lembrar a senha.

— Tudo certo? — perguntou Jasper, aparecendo na mesa.

— Não consigo lembrar a senha — falei meio desajeitada, entregando a máquina a ele.

— Polly, querida — afirmou ele, e sorrindo para a garçonete. — Meu Deus. Eu digo quatro números e você esquece numa fração de segundos. Pronto — disse ele, devolvendo a máquina. — E muito obrigado, o jantar estava delicioso.

— De nada. Até logo.

— Assim espero — respondeu Jasper, pegando sua jaqueta do outro lado.
— Vamos para casa imediatamente.

— Acho que não consigo — respondi, congelada na cadeira.

— O que foi? O que aconteceu? Eu só estava brincando sobre a senha.

— Não, não foi isso — falei, pegando a notinha no meu colo. — É que...
Onde você estava nesse fim de semana?

— Ah, Pols. Por favor. Podemos não falar sobre meu fim de semana de
novo? Fiquei aturando meu pai decrépito gritando com a minha mãe doida.
Já falei. Vamos embora.

— Espera — interrompi, colocando a notinha em cima da mesa na frente
dele e empurrando-a com a lateral da mão. — Explica isso aqui.

Ele olhou para baixo, pegou a notinha e franziu a testa.

— Imagino que você saiba o que está escrito aqui, porque você esteve lá
nesse fim de semana. Bebendo espumante. Muito espumante. Como se fosse
um... um... rapper num clipe de música.

— Ah — inspirou ele, olhando para a notinha. Ele fez uma pausa e
agachou ao meu lado. — Ok, ok, ok. Eu não estava em casa. Eu estava em
Burford. Num hotel. Mas o motivo de estar lá, que eu não podia falar antes,
é que Barny me ligou e precisou que eu fosse cuidar dele. Ele e Willy estão
se divorciando.

— O quê?

— A coisa toda é uma confusão — continuou ele, ainda agachado ao meu
lado. — Ela descobriu uma traição dele.

— Com *quem*?

A ideia de Barny ser capaz de persuadir não uma, mas duas mulheres a
dormirem com ele era genuinamente impressionante.

— *Shhh!* — pediu ele, olhando por cima do ombro. — Uma mulher que
ele conheceu em Londres. Ela vasculhou o celular dele.

— Mas por que você simplesmente não me contou?

Eu estava quase chorando. Não podia chorar no The Electric.

— Chega para lá — disse ele, levantando do chão e sentando ao meu lado.
Ele pegou minhas mãos. — Eu prometi a ele. E não queria mentir para você.
Então, achei que a coisa mais simples a fazer era embebedá-lo durante o fim
de semana inteiro. E depois eu contaria, na hora certa.

Uma lágrima escorreu pelo meu rosto. Agora eu estava chorando no
The Electric. Eu era uma dessas mulheres que vemos chorando em público
e sentimos pena.

Jasper enxugou minha lágrima com o polegar e segurou meu rosto.

— Desculpa. Me desculpa por não ter contado, por ter sido evasivo. Mas ele é um dos meus melhores amigos e... e... — Ele fez uma pausa. — Ele precisava que eu não contasse para ninguém.

Mais lágrimas escorreram pelo meu rosto.

— Vem cá. — Ele puxou meu queixo para perto e me beijou, com o sal das lágrimas misturando-se entre nossos lábios. — Agora, vamos para casa. Para sua casa.

Parei de chorar e peguei meu casaco. Eu me senti aliviada, mas ainda um pouco incerta e confusa ao mesmo tempo. E eu tinha mais perguntas, mas fiquei com medo de fazê-las. Pegamos um táxi para casa, mas nem chegamos até o quarto. Ele sentou no sofá e eu fiquei de pé na sua frente. Ele colocou as mãos por baixo da minha saia, tirou minha calcinha, me colocou em seu colo, e nós transamos desse jeito até gozarmos. Eu com os braços ao redor do pescoço dele, e Jasper mordendo meu ombro. Eu me senti um pouco mal por fazer isso no sofá do Joe, mas nem tanto.

*

Foi no dia seguinte que tudo mudou, embora tenha começado como um dia qualquer no escritório. Café, um muffin de quatrocentas e trinta calorias quando eu tinha prometido para mim mesma um iogurte de duzentas, embromação na internet por meia hora, uma tentativa de pensar numa piada para postar no Twitter, me perguntar onde Lala estava. Chequei meu telefone. Nada. Nenhuma mensagem dela. Provavelmente seu despertador não tinha tocado, ou ela estava com algum tipo de inflamação no ouvido, ou outra coisa qualquer.

Uma intimação veio da sala de Peregrine:

— Polly, pode vir aqui na minha sala um instante?

Fechei a tela do Twitter, limpei as migalhas de muffin da boca e fui até lá.

— O que houve?

Peregrine tirou os olhos da tela do computador.

— Ah, Polly, bom dia.

Ele parecia estranhamente formal.

— O que houve? — perguntei, nervosa.

Estávamos sendo processados? Minha reportagem sobre o ginecologista mais gato da Inglaterra tinha resultado numa carta do seu advogado?

Peregrine abriu a boca. E fechou. E abriu de novo:

— Bem, a questão é que... quero dizer...

Que merda! Imaginei a *Posh!* sendo processada por um ginecologista de traços firmes e jaleco branco. Eu ficaria desempregada. Embora isso fosse, finalmente, me obrigar a procurar um emprego novo.

— O que estou tentando dizer é que... Eu recebi algumas fotos. Algumas fotos de paparazzi. Do fim de semana, aparentemente. E, bem...

— O que foi? O que que tem nelas?

Peregrine virou a tela do seu computador para mim e eu me debrucei para ver.

Tinham sido tiradas no escuro e, claramente, de longe, então era bem difícil enxergar. Era uma sombra de um homem alto e de uma mulher de cabelo castanho dando uns amassos do lado de fora de um bar. E a questão é que, não sei se você já descobriu alguma vez a traição de alguém por quem está apaixonado. Demora apenas alguns segundos para entender quando você encontra algo revelador — uma calcinha de outra pessoa na ponta da cama, uma mensagem que você encontra "por acidente" no telefone do outro, uma foto pixelada da pessoa beijando outra —, mas tudo desacelera nesses primeiros segundos. Ou até congela. Você não consegue raciocinar. É como se seu cérebro entrasse em greve.

Eu: *Ele não faria isso comigo. Ele não teria coragem.*

Meu cérebro: *Isso é uma evidência bastante conclusiva.*

Eu: *Mas eu estava com ele ontem à noite. Ele me disse que me amava quando saí para trabalhar hoje de manhã. O esperma dele ainda estava dentro de mim. Um pouco, inclusive, ainda deve estar.*

Cérebro: *Eu sei. É brutal. Mas você sabia que ele era encrenca. Você sabia disso desde o início. Simplesmente esqueceu.*

Eu: *Sim, mas como ele pôde fazer isso? Como ele, de fato, concretizou isso, se disse que me amava?*

Cérebro: *Ele é um cretino.*

Eu: *Não, não e não. Eu o amo.*

Cérebro: *Mesmo que ele tenha beijado outra pessoa? É um belo beijo, pelo que se pode ver.*

Eu: *Sim. Não. Não sei. Foda-se.*

Foi meio que desse jeito dentro da minha cabeça. Era Jasper na foto, não havia dúvida. Era o cabelo dele e o casaco de lã dele. Mas quem era a mulher? Eu olhei de mais perto. Ai, meu Deus! De repente, reconheci. Claro que era ela. Era Celestia, da sessão de fotos. Celestia Smythe, dos quinhentos abacates, que não era Honorável porra nenhuma, no fim das contas. Jasper tinha passado o fim de semana com Celestia. Em Burford. Bebendo todo aquele espumante.

Levantei e me senti tonta.

Peregrine pigarreou.

— Eu disse que não estamos interessados nas fotos.

Fiquei em silêncio.

— E... você quer tirar folga pelo resto do dia?

Permaneci em silêncio.

— A questão é que essa família... você sabe como é. São descarados. Sempre pensei que... Enfim, vou dar uma saída. Fique aqui quanto tempo quiser — disse ele, e olhou para o relógio. — Embora eu tenha uma reunião em uma hora e pouco, mas posso atrasar.

Peregrine desapareceu e eu fiquei ali, olhando para a tela do computador dele. Lágrimas começaram a escorrer pelo meu rosto. *É claro.* É claro que isso aconteceria. É claro que eu nunca casaria com ele. É claro que essa história não terminaria em final feliz. Nunca teríamos um final feliz. Pensei nos avisos de Lala. Pensei nos avisos de Bill. Pensei no sarcasmo de Barny sobre as namoradas de Jasper e senti ondas imensas de tristeza lutarem contra uma descrença profunda dentro do meu peito.

Vozes brigavam dentro da minha cabeça. Sendo completamente sincera, será que eu não tinha sempre me sentido apenas um caso passageiro para ele? Ele se casaria com alguém brilhante e reluzente como Celestia, não ia? Mas tinha dito que me amava e que eu era diferente de todas as mulheres que ele tinha namorado. Pensei na minha visita ao castelo de Montgomery quatro meses antes, quando cheguei cética, consciente de que ele era um cretino. Um cretino lindo. Mas um cretino. Embora ele tenha conseguido que eu baixasse a guarda. Então, talvez, eu tenha sido simplesmente um desafio para ele esse tempo todo. E quando ele conseguiu provar que podia me conquistar, a caçada estava concluída. Eles amam essa porra de caça, não amam, a aristocracia? Jasper era o lobo e eu, a raposa. A pobre raposa. E agora, ele tinha me capturado.

De repente, eu precisava sair daquela sala. Eu sabia onde queria estar, então passei rapidamente pela minha mesa, peguei minha bolsa e meu casaco e fui embora.

— Preciso ir — falei para Enid enquanto saía.

Escrevi uma mensagem para Jasper de dentro do Uber.

Nunca mais quero ver você nem falar com você.

Pronto. Não era uma mensagem difícil de entender. Recostei no banco e comecei a chorar. Nina Simone estava se lamentando no rádio, o que me fez chorar ainda mais. Meu telefone começou a vibrar na minha mão. Mas eu não queria falar. Não havia literalmente nada a ser dito. Eu queria viver meu momento dramático de chorar no banco de trás desse Uber ao som de Nina Simone. Era como aquela cena de *Razão e sensibilidade*, quando Marianne descobre que Willoughby ficou noivo daquela mulher rica porque tinha sido deserdado de sua própria fortuna. Eu só queria deitar na minha cama e chorar. Vi o motorista do Uber me observando pelo espelho retrovisor, mas ele logo desviou o olhar. Uma versão mais moderna da cena.

Vinte minutos depois, toquei a campainha e Sidney atendeu, imediatamente em pânico ao olhar para mim:

— Ah, Polly, minha querida, você está bem?

— Não — respondi com o nariz entupido. — Terminei com Jasper.

— Ah, pobrezinha — falou Sidney, o mestre das meias-palavras. — Sua mãe está lá em cima.

— Obrigada — agradeci, limpando o nariz com o dorso da mão e subindo a escada.

Lá em cima, minha mãe estava vasculhando a geladeira, de costas para mim. Ela não estava de lenço na cabeça, então parecia que um ladrãozinho calvo estava procurando algo para roubar.

— Oi, mãe — cumprimentei, ainda com o nariz entupido.

Minha mãe virou para mim, ainda com a porta da geladeira aberta.

— Polly, o que você está fazendo aqui? O que aconteceu?

— Jasper me traiu. — Quando disse isso, minha voz estremeceu e uma nova onda de lágrimas apareceu.

— Ah, meu amor. Vem cá.

Minha mãe abriu os braços. A cabeça dela tinha cheiro de talco de neném.

Eu solucei em seu ombro, murmurando algumas palavras, tentando explicar o que tinha acontecido.

— Mentiu… fim de semana… Celestia.

Ouvi o som da chaleira desligar.

— Vamos tomar uma caneca de chá bem docinho. Senta aqui.

Ela sentou e bateu no lugar ao seu lado no sofá.

— Acho que vou levar Bertie para dar uma volta — avisou Sidney.

— Ah, você faria isso? — perguntou minha mãe. — E leve umas sacolinhas plásticas com você. Ele está com o péssimo hábito de se aliviar na calçada do lado de fora do Costa.

— Eu deveria ter imaginado isso — falei, e minha mãe virou-se para mim. — Todo mundo avisou, não foi? "Ele é tão complicado", "Ele é cheio de problemas", "Ele é encrenca."

— Estou um pouco perdida, Polly, meu amor. Preciso que você me conte a história toda.

Meia hora depois, eu já tinha terminado de atualizá-la, e minha mãe estava de pé na cozinha fazendo almoço: sua versão de *paella* (à qual ela acrescentou uma lata de palmito).

— Bem — disse ela, olhando para uma caixinha de cubos de caldo Knorr de carne. — Acho que ele é um imbecil e você vai ficar bem melhor sem ele.

— Mas como faço para me desapaixonar?

— Ah, meu amor. Você falou com ele?

— Não. Não quero. Para quê?

Minha mãe deu de ombros e eu fui pegar meu celular na bolsa. Catorze chamadas perdidas de Jasper, uma mensagem dizendo Ligue para mim, e outra, dez minutos depois, dizendo somente Me desculpa. Idiota.

Também tinha um e-mail de Peregrine me oferecendo alguns dias longe do escritório:

Polly, tem um spa novo na Espanha e preciso que alguém faça a resenha. Massagens, ioga, enemas de café e esse tipo de coisa. Chama-se The Olive Retreat. Diga-me o que acha para organizarmos tudo.

— Mãe — falei, olhando para ela. — O que você acha de passarmos uns dias na Espanha?

Capítulo 16

Alguns dias depois, após minha mãe conseguir permissão do dr. Ross para viajar, nós chegamos no aeroporto de Málaga, onde avistei um homem magro de bigode curvado para baixo segurando uma placa que dizia THE OLIVE RETREAT, com uma foto de uma oliveira.

— Mãe, ali, é para nós.

243

Apontei com a cabeça na direção dele, empurrando o carrinho com as malas, enquanto minha mãe, com um chapéu de palha enorme já na cabeça para proteger sua careca, caminhava atrás de mim.

— Olá — falei ao me aproximar.

— Bem-vindas, bem-vindas — disse ele, com um sotaque espanhol forte. — Srta. Polly?

— *Sí* — respondi.

Meu espanhol só alcançava essa palavra.

— E srta. Susan?

— "Srta. Susan", adorei — disse minha mãe. — E você é...?

— Sou Alejandro — disse ele, fazendo uma pequena reverência e pegando o carrinho. — Agora, vamos seguir para o The Olive Retreat. Por aqui, por favor. Sigam-me, sigam-me.

Ele deu a volta com o carrinho ao nosso redor, como se estivesse dirigindo um carro de rali, e seguiu para a saída num passo firme, abrindo caminhos como Moisés.

— Quanto tempo até chegarmos no spa? — perguntou minha mãe no banco de trás do táxi, em um tom esperançoso, meia hora depois.

Nós tínhamos subido bastante numa serra coberta de pinheiros, e Alejandro fazia curvas com a confiança de um campeão olímpico de trenó.

— Não muito, srta. Susan. Vamos só descer essa montanha e passar pela cidade e subir mais uma montanha.

— Vamos precisar de um descanso depois disso — murmurou minha mãe, antes de fechar os olhos.

Olhei para o celular. Três mensagens da companhia telefônica EE desejando boas-vindas à Espanha. E só. Ótimo. Não tinha sinal nem Wi-Fi no spa. Eu tinha lido o folheto durante o voo. Não havia sinal de celular, Wi-Fi, cafeína, álcool, açúcar, glúten, lactose nem carne. "Somente paz e tranquilidade naturais para ajudá-lo a se libertar das pressões do dia a dia", dizia. Embora na seção "Como chegar até nós", o local dava as coordenadas para chegar de helicóptero. Portanto, presume-se que, às vezes, a paz e tranquilidade naturais eram interrompidas por banqueiros chegando pelos ares para dar uma brecha aos seus fígados.

Para mim, seria bom ficar sem celular por alguns dias. As fotos de Jasper tinham sido publicadas no *MailOnline* dois dias antes, eu sabia, pois tinha recebido 2.810 mensagens de Lala, várias de Lex e uma mensagem de Bill dizendo que ele sabia que era provável que eu não estivesse a fim de conversar, mas que podia ligar quando quisesse. Eu estava evitando a história, sem querer reviver a humilhação, a tristeza torturante de ver as fotos de novo. Saber que tinham sido tiradas quando eu estava em Norfolk, na despedida de solteira de Lex; pensando em Jasper respondendo às perguntas da brincadeira "senhor e senhora"; ouvindo Lex falar sobre meu casamento no castelo de Montgomery. *Por que eu fui entrar nessa roubada? Por que me deixei apaixonar por Jasper?*, pensei pela milionésima vez desde que estivera de pé na sala de Peregrine, olhando para a tela de seu computador.

Fui trazida de volta do meu devaneio macabro por Alejandro que, de repente, virou à direita e entrou numa estrada de terra.

— É lá em cima. Conseguem ver? — perguntou ele, apontando para o meio das montanhas. — Dá para ver a casa. — Seu dedo sacudia para cima e para baixo, enquanto desbravávamos a estrada. — Chegaremos lá em cinco minutos — acrescentou.

Cinco minutos depois, ele parou o carro diante de um portão de metal. Abriu a janela, debruçou-se do lado de fora e digitou alguns números. O portão deu um tranco e começou a abrir lentamente. Quando já havia espaço suficiente, Alejandro avançou com o carro e, com a precisão de um especialista, passou a milímetros das laterais.

— *Bienvenidas* e bem-vindas ao The Olive Retreat — disse ele, dirigiu pelo caminho de entrada e desligou o carro ao lado de um aglomerado de casas de pedra.

Aliviada por termos chegado, abri a porta e saí, para sentir o sol da tarde. Estávamos rodeadas por dezenas de oliveiras que seguiam até uma piscina com fundo infinito no fim do jardim. Cigarras cantavam bem alto ao redor, enquanto Alejandro, ofegante, retirava nossas malas do carro.

Uma mulher grande apareceu na porta de uma das casas. Ela estava toda vestida de branco. Uma túnica branca de algodão sobre uma calça branca e uma sapatilha branca. Além disso, usava um turbante branco e argolas grossas de ouro penduradas nas orelhas. Braceletes de ouro tilintavam nos dois braços quando ela se aproximou.

— Queridas, minhas queridas, sejam bem-vindas ao paraíso! — exclamou ela, estendendo os braços e me esmagando em seu peito. — A viagem foi muito ruim? Pobrezinhas, vocês devem estar acabadas.

Ela me soltou e estendeu os braços para minha mãe, que prontamente estendeu a mão, firme, para a mulher apertar.

— Eu sou Susan — disse minha mãe.

— Susan, seja muito bem-vinda. Estamos muito felizes em tê-la conosco no The Olive Retreat — afirmou a mulher, apertando a mão da minha mãe.

Mas era tudo um truque, porque ela simplesmente usou as mãos como alavanca e a puxou para um abraço apertado. — Eu sou Mary — disse ela, soltando minha mãe do abraço. — Agora, venham comigo. Deixe-me levá-las aos seus quartos. Vocês duas estão neste chalé, o Quartzo Rosa, que representa o cristal dos relacionamentos, do amor divino, da nutrição e da cura. Muito importante, o quartzo rosa.

— Quais são os nomes dos outros chalés? — perguntei.

— Ao lado, tem o Ametista, para desenvolvimento espiritual e também para a menopausa — disse Mary, olhando com firmeza para a minha mãe. — Depois, a Hematita, que é maravilhosa para afastar energias negativas. E para os rins. E depois temos a Pedra da Lua Azul no final, que é sobre crescimento interior e equilíbrio hormonal. Podemos receber, no máximo, oito pessoas no nosso pequeno spa, mas somos apenas cinco essa semana. Vocês duas e mais três outros companheiros de desintoxicação, que estão terminando a sessão de meditação da tarde.

Seguimos Mary até o chalé Quartzo Rosa e entramos numa saleta com paredes salmão, um sofá grande rosa-claro e uma poltrona de couro embaixo de uma estante de livros. Tinha uma lareira no canto.

— Aqui vocês podem sentar e relaxar durante a noite, se quiserem, após suas massagens. Ler livros da nossa biblioteca, tomar uma xícara de chá de gengibre.

— Muito agradável — falou minha mãe.

— E não tem Wi-Fi, certo?

Achei que era melhor conferir.

Mary levantou as mãos para o céu, com os braceletes tilintando.

— Não, meu amor. Não temos Wi-Fi aqui. Nenhum tipo de tela. Se vocês trouxeram seus laptops, por favor, deixem dentro do quarto. Idem para os telefones. E-mails interferem no processo de desintoxicação — continuou ela, entrando em um dos quartos. — Susan, pensei que você gostaria desse quarto, pois tem uma banheira.

Era um quarto branco, com portas cor-de-rosa abertas que davam para o bosque de oliveiras. Uma rede de mosquito ficava pendurada sobre a cama, presa dos dois lados da cabeceira rosa clara.

— Tem ar-condicionado, se quiser, mas talvez você prefira o ventilador — disse ela, apontando para o teto. — O ar-condicionado interfere no processo de desintoxicação, mas algumas pessoas têm dificuldade com o calor aqui. — Ela andou até as portas e as abriu ainda mais, para deixar a luz do sol entrar. — Eu gosto de dormir com elas abertas no verão. Agora, Polly...

246

— Ela saiu do quarto da minha mãe e entrou no segundo quarto, do outro lado da saleta. — Esse é seu quarto.

— Ótimo.

Avistei um livro chamado *Desintoxique sua alma* na mesa de cabeceira.

— Então, acomodem-se e estejam na casa principal em dez minutos. Vou apresentá-las a todos e seguiremos para um banho de gongo.

— Um banho de quê? — perguntei.

— Tudo será revelado — respondeu Mary, apontando o dedo indicador para mim.

Exatamente nove minutos depois, caso ela resolvesse apontar o dedo para mim de novo, minha mãe e eu caminhamos pelo bosque de oliveiras em direção à casa principal.

— É uma antiga fazenda, aparentemente — falei para minha mãe.

— Como tudo isso começou? Qual é a história da Madre Superiora?

— Mary? Não faço ideia. Pensei em pesquisar no Google a caminho daqui. E, obviamente, agora não posso mais.

— Ah, não! — comentou minha mãe. — Não tem sinal no meu celular, e eu disse a Sidney que mandaria uma mensagem para ele quando chegássemos.

Do lado de fora da porta da casa principal tinha um pátio com um pequeno lago no meio e o tilintar fraquinho de um sino dos ventos.

— Olá? — chamei em um corredor comprido. — *Oláááá?*

— Tirem os sapatos, tirem os sapatos — disse Mary, aparecendo atrás de nós. — Temos uma política de pés descalços aqui no retiro.

Tiramos nossos sapatos e os deixamos perto da porta, onde havia uma placa com um Buddha sorrindo em cima de uma foto de um chinelo com uma tarja vermelha no meio.

— Vou fazer um pequeno tour com vocês e depois irei apresentá-las a todos. Aqui fica a cozinha, onde vocês farão todas as refeições. Venham comigo, vou mostrar a estação de chá do lado de fora.

Ela caminhou por um corredor e apontou para um arco, onde havia uma chaleira elétrica gigante dentro de um armário enorme. As prateleiras estavam lotadas de caixas de chá. Espremi os olhos para enxergar. Chá de hortelã, chá de camomila, chá de ruibarbo e gengibre, vários chás desintoxicantes, diversos "chás-para-noite". Tinha até uma caixa rosa de "chá para mulheres". Eu peguei a caixa e olhei os ingredientes.

— Esse é ayurvédico — explicou Mary. — Gengibre, casca de laranja, dente de leão e camomila. Um pouco de erva-doce. Delicioso. Muito bom para equilibrar seus hormônios, Polly. E por aqui — prosseguiu ela, voltando pelo corredor e virando à direita —, é nossa sala de aula, onde vocês terão palestras nutricionais amanhã à tarde. E ali atrás são as salas de massagem. Vocês farão uma toda noite, de tipos diferentes. Algumas vezes é massagem profunda, outras, tailandesa, outras shiatsu — disse Mary, e então olhou para a barriga da minha mãe. — Você já pensou em fazer shiatsu, Susan?

— É... não, creio que não...

— É incrível para fazer o intestino preguiçoso funcionar. Move nossas energias, sabe, nos deixa... reguladas — sussurrou ela por fim.

— Ah, entendi — retrucou minha mãe, colocando a mão na barriga.

— Não temos tempo para conversa fiada. Temos que ir até o estúdio. Fica do outro lado do pátio. Por aqui.

Ela saiu pela porta novamente, com as joias tilintando por cima do som do sino dos ventos, e entrou num galpão reformado, com uma parede de vidro que dava para uma piscina. Cinco tapetes estavam espalhados no chão e, na frente, uma mulher com *dreadlocks* e um collant rosa estava sentada no chão com as pernas cruzadas, ao lado do que parecia um imenso gongo, de no mínimo um metro de diâmetro.

— Esse é nosso estúdio, onde vocês farão ioga, meditação e possivelmente uma ou duas surpresas que preparamos. Como o banho de gongo. Essa é Delilah, nossa especialista em gongo.

Delilah sorriu para nós, do chão:

— Sejam bem-vindas.

— Oi — cumprimentei, sem saber se era algo muito urbano estender minha mão. — Prazer, Polly.

— E eu sou Susan — minha mãe completou, com as mãos grudadas no corpo.

— *Namastê* — disse Delilah, juntando as mãos em posição de reza e abaixando a cabeça.

A porta atrás de nós se abriu. Primeiro entrou uma mulher branca loura, magra e jovem, com a sobrancelha escura e grossa que parecia desenhada com canetinha. Depois, um homem asiático de meia-idade, seguido por uma mulher grande de meia-idade com um corte de cabelo curtinho bem feio.

— Polly e Susan, essa é Jane — disse Mary, apontando para a loura de sobrancelha desenhada. — Esse é Aidar, do Cazaquistão. E Alison lá no fundo. Pessoal, essas são Polly e a mãe dela, Susan.

Nós sorrimos com certa timidez para cada um, exceto Aidar, que caminhou até um tapete e sentou.

— Agora, pessoal, *shhh*. Posicionem-se — pediu Delilah, andando na ponta dos pés pela sala e distribuindo cobertores e saquinhos de feijão. — Deitem de costas e respirem. Inspirem profundamente, expirem profundamente.

Ela demonstrou, caso alguém não soubesse como respirar, inspirando alto pelas narinas e expirando pela boca.

Deitei de costas com a cabeça numa almofada e chutei o cobertor para cobrir meus pés. Coloquei os braços por cima do corpo e cobri meus olhos com o saquinho de feijão. Tinha cheiro de lavanda. Respirei fundo. Eu me concentraria de verdade naquilo. Não deixaria pensamentos sobre Jasper nem ninguém se infiltrarem na minha mente. Iria somente respirar e relaxar. Inspirei de novo, o mais profundamente que consegui, e ia expirar quando...

GOOOOOOOOOOOOONG. Abri um olho e olhei para a frente, onde Delilah estava de pé ao lado do gongo com uma baqueta na mão.

— Olhos fechados, por favor — disse ela, olhando para mim. — Inspire e expire, e deixe a terapia da vibração acalmar sua mente.

GOOOOOOOOOOOOONG, mais uma vez. E outra, e outra. Às vezes mais baixo, às vezes em som crescente. Era bem difícil acalmar a mente com a Batalha da Grã-Bretanha acontecendo a alguns metros dos meus ouvidos. Mas fiquei deitada, intacta, inspirando e expirando. Inspirando e expirando. Inspirando e expirando. Deixando a doida hippie tocar seu instrumento musical para nós.

Em vinte minutos, eu estava ainda menos relaxada com um som de ronco à minha esquerda. Era Aidar, que aparentemente tinha conseguido acalmar tanto a mente que dormira. E enquanto seus roncos aumentavam, o mesmo ocorria com o gongo de Delilah. Pensei que, em termos de equilíbrio, foi o menos serena que fiquei na vida.

Finalmente, o barulho parou e eu olhei no relógio com um olho só aberto: quarenta e cinco minutos de ruído.

— Levem o tempo que precisarem para se recuperar, pessoal — disse Delilah, sentando-se de pernas cruzadas ao lado de seu instrumento de novo. — O banho de gongo pode ser bem intenso para algumas pessoas.

Eu sentei imediatamente. Minha mãe retirou o saquinho de feijão dos olhos.

— Isso não foi ótimo? — perguntou ela.

*

No jantar, cada um de nós recebeu um quarto de uma beringela e algumas folhas de couve regadas com molho tahine. Desconfiado, Aidar cutucou sua couve com uma faca. *Celestia teria gostado disso*, pensei, antes de tentar expulsá-la da minha cabeça rapidamente.

— Eu como o seu, Aidar, se você não quiser — disse Alison.

Ele passou o prato para ela.

— O que traz vocês duas aqui? — perguntou ela, pegando a couve e devolvendo o prato de Aidar.

— Tecnicamente, vim à trabalho. Escrevo para uma revista, e nós fazemos resenhas sobre lugares como esse. Mas eu meio que precisava de descanso também.

— Não estou brincando — comentou Jane —, esse é um dos melhores lugares para isso. E olha que já estive em todos.

— Todos?

— É. Fui para a clínica Mayr, aquela na Áustria, onde você precisa mastigar tudo o que come cinquenta vezes. E fui para a Pastos Verdes, no Arizona, onde você só come grama durante dez dias.

— Grama de verdade?

— Grama de verdade — respondeu ela. — Foi um inferno. E tinha lavagem do cólon todos os dias, mas nunca me senti tão limpa em toda minha vida.

— Dê uma olhada no quadro e veja quando são suas massagens — disse Jane, apontando o garfo para algo atrás de nós.

O quadro tinha postais pregados com slogans como SEJA GRATO A TODOS e NÃO IMPORTA O QUÃO DIFÍCIL FOI NO PASSADO, VOCÊ SEMPRE PODE COMEÇAR DE NOVO. No meio, havia um papel com nossos nomes ao lado de horários e salas de massagem. Eu estava agendada para fazer shiatsu às sete horas.

— Mãe, você também tem uma massagem hoje às sete. Massagem profunda na sala três.

— Maravilha — disse minha mãe. — Massagem, banho e cama. Zero chance de uma boa taça de vinho, imagino?

Jane balançou a cabeça.

*

— Você está com muita raiva retida no estômago — disse Isabel, minha massagista, uma hora depois.

Eu estava deitada em cobertores no chão da sala de massagem, vestindo uma camiseta e uma calça de ginástica, enquanto ela apalpava minha barriga.

— Só preciso de um pouco de… — disse ela, apertando mais fundo, como se estivesse tentando encaixar as mãos debaixo da minha caixa torácica. — Aqui, pronto. Isso vai aliviar um pouco o seu fígado. Está sentindo?

— Hum…

— Se não se importar com a pergunta, você bebe muito, Polly?

— Não. Não muito. Quer dizer, provavelmente estive bebendo um pouco demais nos últimos dias, porque eu terminei com uma pessoa, e…

— Ah, isso explica tudo, então. Seu sistema está com muita raiva contida.

Ela passou as mãos na minha barriga outra vez, até fazer um barulho de bolha. Nós duas ouvimos.

— Isso! — exclamou Isabel, como uma parteira satisfeita. — Viu? Isso é energia circulando.

— Ah, excelente.

Ela pressionou, apertou e cutucou — algumas vez até com o cotovelo — durante a meia hora seguinte, enquanto minha barriga fazia mais barulhos constrangedores.

— Desculpe — eu dizia todas as vezes enquanto Isabel reorganizava meus órgãos internos.

— Pronto — disse ela, finalmente, acariciando minha cabeça com as mãos. — Você tem energias muito melhores agora, Polly. Quer um copo d'água?

— Não, não se preocupe. Acho que vou voltar para o quarto e tomar banho, mas muito obrigada. Foi… — Qual seria a palavra ideal? — Extraordinário.

— Imagina. *Namastê* — disse Isabel, juntando as mãos em posição de reza e abaixando a cabeça.

— Boa noite — falei, juntando minhas mãos e abaixando a cabeça também.

Minha mãe não estava no chalé quando voltei, então liguei a banheira do quarto dela. Havia um pote de sais de banho ao lado, e eu joguei vários punhados lá dentro. Um pouco mais de bolhas não faria mal algum. Eu tinha deixado a água quente demais, então liguei a água fria de novo e entrei lentamente, gemendo conforme a água escaldava minhas costas.

— Polly, você está bem? O que está fazendo? — perguntou minha mãe do quarto.

— Ah, desculpe, mãe. Pensei em estrear o primeiro banho de banheira. Como foi sua massagem?

— Deliciosa. Ele deu um trato nos nós do meu ombro e pescoço.

— Ele?

— Sim, um australiano. Cabelo comprido. Enquanto você toma banho, vou descer um pouco a montanha para ver se consigo sinal no telefone.

— Está bem. Não vou demorar. Vou só relaxar aqui por mais uns dez minutos.

Ouvi a porta fechar atrás dela e tirei minha perna da água para desligar a torneira de água fria com o pé. Eu não andaria para lugar nenhum para checar meu telefone. Leria o livro sobre a desintoxicação da minha alma que estava na mesa de cabeceira e dormiria. Mas, no fim das contas, nem cheguei tão longe. Deitei na cama e dormi antes das nove. Devia ter alguma coisa naqueles sais de banho.

*

A manhã seguinte começou com uma sessão de ioga cedo, às sete e quinze. Minha mãe estava de pé no estúdio tentando encostar a mão no chão. Ela alcançou debaixo do joelho e levantou de volta.

Aidar estava sentado no tapete do canto, esfregando os olhos. Jane estava deitada de costas, com os olhos fechados, inspirando e expirando, como uma fumante de vinte cigarros por dia. Alison não apareceu. Eu sentei no meu tapete. Nunca fui muito adepta da ioga. Todas aquelas posições esquisitas, como Dragão Latindo, feitas por pessoas vestindo camiseta que diziam coisas como AMOR e ALEGRIA.

— Muito bem — disse um homem louro com sotaque australiano, enquanto adentrava pela porta num casaco que dizia RESPIRE. — Bom dia, pessoal. Vamos começar com alguns exercícios de respiração. Pernas cruzadas no tapete.

— Bom dia, Simon — falou Jane, sentando-se ereta.

Percebi que ela olhava para ele radiante e vestia uma blusa de ginástica bem curta.

— Bom dia, Jane. Como você está?

— Ótima, obrigada. Não sei se teremos Alison na aula hoje. Acho que ela não é uma pessoa muito matinal.

— Sem problemas — retrucou Simon. — Bom dia, Susan.

— Bom dia, Simon — respondeu minha mãe. — Estou me sentindo muito bem depois de ontem à noite.

— É o que todas as garotas me dizem — disse ele, e piscou para ela. *Ah, por favor!*

— Desculpe, nós não nos conhecemos — acrescentou ele, estendendo a mão para mim.

— Olá, eu sou a Polly.

Foi como apertar a mão de Sansão.

— Polly, que nome lindo.

— Obrigada.

— Muito bem, então. Todos sentados no chão. Pernas cruzadas, olhos fechados. Inspirem por cinco segundos. Um, dois, três, quatro, cinco. E expirem por cinco segundos. Cinco, quatro, três, dois, um.

Nós éramos um grupo coeso de quatro. Minha mãe e eu caíamos na gargalhada toda hora, sem conseguirmos nos equilibrar numa perna só por mais de três segundos.

— Não tem problema, meninas — avisou Simon. — Vocês estão tentando.

Ele tinha braços grossos como de um lenhador, pensei, enquanto puxava meus joelhos para perto do peito. Minha barriga fez um barulho e eu virei a cabeça para o lado, para ver se alguém tinha ouvido.

Depois de uma hora, Simon nos mandou deitar de costas no chão.

— Uma perna para cima, por favor, e mais um alongamento rápido na coxa antes do café da manhã.

Coloquei minha perna direita para cima. Simon andou até mim, ajoelhou-se e empurrou com o ombro a parte de trás da minha coxa, alongando um pouco mais.

— Vamos alongar um pouquinho mais aqui — disse ele.

Como eu estava usando uma calça de corrida de Lycra que, com o passar dos anos, foi começando a ficar com um cheiro de rato morto e mofado no meio das pernas, achei a posição um pouco constrangedora. Mas, obviamente, não falei nada. Só tentei me concentrar para não soltar um pum. Ele tinha uma tatuagem no bíceps, algo hindu, acho.

— O que significa isso?

Apontei com a cabeça para o seu braço e tentei quebrar o silêncio constrangedor desse ser humano a uma distância olfativa da minha vagina.

— A *tattoo*? É um mantra em sânscrito — respondeu ele. — Troque as pernas.

Ele colocou minha perna direita para baixo e levantou a esquerda.

— O que significa?

— Que todos os seres, em todos os lugares, sejam felizes e livres — explicou ele.

Sem chance, pensei, enquanto ele empurrava minha perna esquerda com o ombro. É bem difícil ser feliz e livre quando você se sentiu tão triste a ponto de considerar pesquisar no Google: "Alguém já morreu de coração partido?"

— Ok, pessoal — disse ele após alguns segundos, baixando minha perna e dando outra piscadela. — Hora do café da manhã.

*

Os dois dias que se seguiram foram mais do mesmo. Acordar às sete para a aula de ioga, um café da manhã que incluía diversos tipos de castanhas, uma caminhada pelas montanhas, mais castanhas, mais ioga, mais debates sobre movimentos intestinais, mais meditação, mais massagem. Na última tarde, minha mãe e eu estávamos no nosso chalé, sentadas nas cadeiras da varanda. Eu, no sol, minha mãe, na sombra embaixo do guarda-sol, abanando-se com um exemplar de *A dama*.

— Como você está se sentindo, meu amor? — perguntou ela.

— Bem, mas meus ombros estão doendo muito — falei, abrindo um dos olhos para espiar meu braço direito.

— Quis dizer com relação a Jasper.

— Ah!

Fiz uma pausa por um momento para pensar. A verdade é que eu não sabia direito. Meu cérebro ainda estava processando tudo aquilo.

— Estou bem. Quer dizer, eu odeio o Jasper, mas acho que parte de mim ainda está apaixonada por ele.

— Ah, minha querida, isso não vai mudar do dia para noite.

— Mas o que não entendo é como ele disse tudo aquilo, disse que me amava e tal, e depois fez o que fez. Como alguém consegue fazer isso? Eu fico revivendo a situação inúmeras vezes na minha cabeça. Simplesmente não consigo imaginar. Não consigo me imaginar saindo com outra pessoa. Como isso funciona?

— Eles são muito diferentes. Para nós, digo. Você é uma garota brilhante, talentosa e linda. E ele é simplesmente um… garoto muito bobo.

— Ele é um escroto.

— Bem, não vamos nos rebaixar com vulgaridades, Polly.

— Enfim, mãe, desculpe. Mas o mais importante, como você está?

— Estou bem, querida — respondeu ela, colocando o livro no colo. — Foram uns meses curiosos, não?

— Sim. Mas você está se sentindo…

— Estou me sentindo bem — replicou ela em tom firme. — Estou começando a me sentir melhor. Menos cansada.

— Que bom.

Eu me sentia culpada por estar sendo tão fracote com relação a Jasper, quando minha mãe esteve tão estoica com relação ao câncer.

— Às vezes, é difícil sermos sozinhas, Polly — disse minha mãe, como se fosse vidente. — E é muito doloroso estar de coração partido, mas é melhor do que estar com a pessoa errada. Você não quer se casar com a pessoa errada.

— Mas você e o papai não eram errados...

— Não, não! Ele era a pessoa certa para mim — afirmou ela. — Só precisou partir um pouco cedo, só isso. E até Sidney aparecer, não houve ninguém por quem eu quisesse sacrificar minha vida. Nunca pense que você precisa sacrificar alguma coisa, ok? A pessoa certa só vai acrescentar à sua vida, não vai tirar nada dela.

Eu recostei na cadeira, imaginando se algum dia eu seria tão sábia sobre os homens quanto minha mãe. Será que isso acontecia aos 60 anos? Talvez.

— Sabe o que eu sempre pensei? — perguntou ela, abanando o rosto novamente com a revista.

— O quê?

— Que Bill seria a pessoa certa para você. Mais cedo ou mais tarde.

Eu abri os olhos de novo.

— O quê? Bill? Mãe, por favor. Não. Que nojo! Claro que não. E, de qualquer jeito, ele está com Willow.

— Ah, ela não é a pessoa certa — retrucou minha mãe. — É extremamente amável, mas... não... Não acho que ela seja um desafio para ele.

— Eles compraram um cachorro, então, para mim, estão casados — concluí.

Casar com Bill, sinceramente?! Talvez o sol a tenha deixado temporariamente doida. Eu o amava, mas não DESSE jeito. Sei disso desde a nossa adolescência. Bill era o tipo de amigo que comprava flores para sua mãe e sempre ligava quando combinava de ligar. Um cara legal, muita areia para o caminhão de algumas pessoas. Como Willow, por exemplo. Mas eu sempre quis mais do que isso. Sempre quis ser arrebatada por amor, consumida, preenchida de paixão e desejo, com alguém de quem eu sentisse dor de saudade quando estivesse longe. Isso era amor de verdade, não era? Era isso que eu pensava antes de conhecer Jasper e de amar alguém de verdade, refleti enquanto pegava o protetor solar. Talvez eu devesse baixar um pouco minhas expectativas, para quando arrumasse um namorado novo, daqui a quinhentos anos. Na vida real, toda essa turbulência emocional era bem rara.

Mas eu estava de fora do jogo agora. Tiraria uma folga da preocupação de ser solteira e não teria um acompanhante para levar no casamento de Lex. Talvez o ar espanhol me deixasse mais forte. Quando voltasse para casa, eu me concentraria em arrumar um emprego novo e, quem sabe, beber um pouco menos de vinho. Ser mais saudável. Começar a tomar vitaminas. Cinco por dia, ou eram dez agora?

— Comprar um cachorro não significa que eles vão se casar, Polly — disse minha mãe, ainda em sua cadeira. — Isso me faz pensar em como será que está o estômago de Bertie.

Fechei os olhos de novo diante do prospecto de uma conversa sobre os movimentos estomacais de Bertie.

— Enfim, deve ter algum cara legal no casamento de Lex. Algum amigo de Hamish que você não conhece. — Isso parecia improvável. — Nunca se sabe — acrescentou ela.

As pessoas sempre dizem isso: "Nunca se sabe." Como se fôssemos conhecer alguém no supermercado, comprando pão. Ou no ônibus. Nunca vi ninguém promissor dentro do ônibus. Geralmente, eram adolescentes mandando mensagens sexuais ou mães esbarrando nos tornozelos das pessoas com suas tralhas.

— Não, chega de homens — falei, com os olhos ainda fechados.

Mais tarde, naquela noite, saí da banheira, escovei os dentes e desembacei um círculo de vapor no espelho. Reparei que quatro dias comendo como uma criatura dos Animais do Bosque dos Vinténs tinha melhorado minha pele, pelo menos. E os círculos pretos ao redor dos meus olhos haviam desaparecido. Além disso, quando olhei para minha barriga, ela estava um pouquinho mais lisa, o que ajudaria com aquele maldito vestido que eu teria que usar no casamento de Lex.

*

— E aí, aproveitaram os dias? — perguntou Alejandro, colocando minha mala no bagageiro do carro na manhã seguinte.

— Sim, obrigada — respondi, agitada, entrando no banco de trás, onde minha mãe já estava sentada com lenço na mão, coçando a cabeça.

— Estou me sentindo muito melhor, Polly, querida — disse ela. — Pareço melhor?

Eu assenti, pois era verdade. Ela parecia menos cansada.

— Sim, mãe, você está uma gata. Está parecendo a Sinead O'Connor.

— Quem é?

— Uma cantora irlandesa.

— Não conheço. Mas, aqui, você pode segurar meu celular e tirar uma daquelas... como se chamam? *Selpies*? Para Sidney.

*

No aeroporto, liguei meu celular pela primeira vez depois de cinco dias, e ele começou a vibrar no mesmo instante. Dezenas de e-mails chatos de trabalho, uma mensagem de Lex perguntando se eu tinha morrido, uma mensagem de Bill pedindo para eu ligar para ele, mais cinco milhões de mensagens de Lala com erros de digitação.

— Sidney disse que ele e Bertie ficaram ótimos juntos — falou minha mãe na sala de espera. — Vou comprar um *Daily Mail*. Quer alguma coisa?

— Vou com você. Preciso de papel e caneta.

Tinha resolvido que passaria o voo de volta fazendo uma lista de afazeres. No topo dela, estaria ARRUMAR UM EMPREGO NOVO. Mas qual?

Foi na banca do aeroporto que eu vi. A capa da *Posh!* com Celestia sorrindo, deitada numa banheira de abacates. Senti mais uma onda de humilhação e fiquei enjoada só de olhar para a cara dela. Eu nunca mais comeria abacate na vida.

*

Na manhã seguinte, não acordei superfeliz ao pensar que teria que ir para a *Posh!*.

— Bom dia — falei, colocando a cabeça na sala de Peregrine quando cheguei e imaginando se ele tocaria no assunto Jasper.

— Ah, Polly — falou ele —, que bom que está de volta. Tenho uma ideia. Você pode escrever uma matéria sobre o novo porquinho-da-índia da condessa de Basingstoke?

Lala apareceu no escritório uma hora e pouco depois.

— Ah, Pols — disse ela ao me dar um abraço com cheiro de cigarro. — Senti sua falta. Sinto muito pelo Jaz. Ele não presta, essa é a questão. E se ele quer namorar a chata da Celestia Smythe, então boa sorte para ele. Sinceramente, se eu o vir na festa dos Fotheringham-Montagues nesse fim de semana, eu vou...

Ela continuou tagarelando enquanto eu me retraí internamente ao ouvir a palavra "namorar". Parte de mim queria perguntar a Lala o que ela sabia sobre Jasper e Celestia, mas sabia que não adiantaria. Pedir informação a ela era, basicamente, automutilação mental.

257

Então, em vez de conversar sobre Jasper ou pensar em perguntas sobre um porquinho-da-índia para a entrevista, passei a maior parte da manhã no setor de moda com Legs, que tinha pedido um monte de sapatos para algumas marcas, para eu usar no casamento de Lex.

— É como tentar trabalhar com aquele monstro que mora nas montanhas — disse Legs.

Ela ajoelhou na minha frente. Ao nosso redor havia uma pilha de sapatos espalhados, como soldados abatidos.

— Qual monstro?

— Aquele que tem um monte de cabelo e deixa pegadas na neve.

— O Pé-Grande?

— Isso. Você é ele.

— Obrigada. E esse aqui?

Apontei para uma caixa da Valentino que tinha um sapato de salto preto de seda.

Legs respirou fundo e pegou a caixa.

— Esse pode ficar bom. Nós vamos falar sobre Jasper ou não?

— Acho que não tem muito o que dizer, Legs. Nós terminamos e...

— Ok, não vamos falar dele. O cara é um idiota.

— Ele é — repeti, enquanto ela segurava o sapato para eu calçar.

— Polly, você precisa depilar seu dedo gigante.

— É dedão que se chama. E não dedo gigante.

Ele coube. Certinho. É claro que cortava toda a circulação dos meus dedos gigantes e me daria bolhas cinco minutos após chegar na igreja, mas eu podia levar uns band-aids na bolsa.

*

— Joe me contou a notícia triste — disse Barbara com cara de desaprovação, enquanto escaneava minha solitária lata de sopa naquela tarde.

— Foi mesmo?

— Você deveria tentar conquistá-lo de volta.

Eu ignorei o comentário e procurei moedas na minha bolsa.

— Uma mulher precisa de um homem, Polly. E esse era um homem bom. Ele tinha um castelo.

— Uma mulher não precisa de um homem, Barbara — falei, com firmeza. — E ele não era *tão* bom assim. Ele me traiu com outra pessoa.

— Ah! —disse ela, lançando as mãos para o ar. — É só sexo, Polly. Não tem importância. Os homens precisam de sexo o tempo todo. É assim que funciona. Quando Albert estava vivo, ele...

Certamente, eu não precisava ouvir sobre a vida sexual de Barbara e Albert.

— Tenho que ir, Barbara. Preciso arrumar as malas para ir ao casamento de uma amiga.

— Deveria ser o seu casamento — gritou ela para mim quando saí da loja.

*

— Obrigada por contar a notícia para Barbara — falei para Joe quando voltei ao apartamento.

Ele estava deitado no sofá com um prato de torrada equilibrado na barriga.

— Ela estava fazendo mil perguntas indelicadas sobre quando vocês iam ficar noivos. Eu quis calar a boca da bruxa antes que você voltasse.

— Não deu certo — anunciei enquanto despejava o conteúdo da minha lata de sopa na panela.

— Alguma mensagem dele?

— Não. Acho que ele desistiu.

— Você não poderia se casar com um aristocrata — afirmou ele alguns minutos depois, com a boca cheia de torrada. Seus olhos permaneceram no episódio de *EastEnders*.

— Jura?

— É. Podemos estar no século XXI, mas a aristocracia ainda é uma maluquice. Genes ruins, mau hálito, um mau gosto imenso para roupas — disse ele, e então engoliu a torrada e espanou as migalhas do peito para o carpete. — Isso só confirma minha crença de que nós deveríamos ter feito uma revolução e cortado a cabeça de todos eles.

— Talvez.

— Talvez nada. Ele não era, nem de perto, bom o bastante para você, Pols. Falando sério.

— Obrigada, querido. — Coloquei minha sopa em uma tigela e sentei no sofá, equilibrando a tigela nos joelhos. — Enfim, me atualize sobre *East-Enders*, pode ser?

*

À noite, eu estava deitada na cama, olhando as fotos de Lala no Instagram, quando meu celular vibrou com uma mensagem do Bill.

Estou quase enviando um pombo-correio, porque só posso supor que minhas mensagens preocupadas não estão chegando. Vamos jantar essa semana?

Percebi que ainda não tinha respondido as mensagens dele.

DESCULPA, mas sim, vamos. Quinta-feira? E, provavelmente, vou sobreviver. Bj

A resposta apareceu na tela.

Perfeito. O de sempre. Vou reservar uma mesa às 19h. Muito vinho. Que cara idiota! Bj

Coloquei meu celular na mesa de cabeceira e disse para mim mesma que precisava dormir. Pelo menos Bill não havia dito "eu avisei". Embora ele provavelmente estivesse guardando essa frase para quinta-feira.

*

— Já pedi uma garrafa de vinho tinto — disse Bill quando cheguei no restaurante italiano.

— Que bom — respondi, sentando e abrindo um pacote de grissini.

— Como você está?

— Não me olha assim.

— Assim como?

— Como se eu fosse um animal ferido — respondi, mordiscando um grissino. — Estou bem. Eu já deveria saber. Todo mundo me avisou e tal.

— Eu falei alguma coisa?

— Não, mas eu entendi pela sua cara.

— Para que fique claro — disse Bill —, eu sinto muito, mas estou aliviado. Ele não era o cara certo para você. Pouco me importa se ele é dono de cem castelos. Você não quer morar num castelo. Em Yorkshire. Faz frio demais em Yorkshire.

— Obrigada. Foi o que Joe disse. Mas eu ainda estou um pouco confusa. Como nós passamos de um relacionamento firme, cheio de "eu te amo", para ele curtindo um fim de semana com outra pessoa? Mas acho que... — Parei de falar.

— Olha, os homens são estranhos. As pessoas são bem estranhas. Mas os homens são mais ainda. Vai saber por que ele fez isso?! Não fique maluca tentando descobrir o motivo. Eu sei que é mais fácil falar do que fazer, mas mesmo assim.

— Quando você se tornou um guru de relacionamentos?

— Não me tornei, eu simplesmente conheço você. Sei que vai dizer que está bem, mas vai ficar remoendo isso na cabeça. Mas... ele que se foda.

— Um brinde a isso! — exclamei, levantando minha taça.

Brindamos e um garçom veio anotar nosso pedido. Bill pediu o de sempre dele (*penne* com molho vermelho e pimenta extra), e eu pedi o meu (espaguete à carbonara).

— E como você está?

— Estou bem — respondeu ele, lentamente.

— O que houve? — perguntei, sentindo algo estranho.

— Na verdade, tenho uma notícia.

— Qual?

— Chamei Willow para morar comigo.

— Ai, meu Deus! Você tá falando sério?

— Aham! — Ele caiu na gargalhada. — Por que eu brincaria com isso?

— Eu só… é que… vocês só estão namorando há… o que… seis meses? Ele balançou a cabeça.

— Oito e pouco. E eu sei. Sei que é rápido demais. Mas ela já está ficando lá em casa mesmo, e ela me faz feliz. Então, pensei, por que não? Principalmente na nossa idade.

Eu pisquei para ele. Primeiro, "na nossa idade", claro. Bill estava com 30 anos. Não com 90. E segundo… É que… Caramba!

— Ela não é exatamente a pessoa com quem achei que você fosse se casar — falei, tentando soar positiva.

— Eu sei — concordou ele, comendo mais um grissino. — Mas quanto mais eu pensava nisso, mais parecia fazer sentido. Nós temos Crumpet agora. E eu não queria contar para você agora, com a coisa de Jasper e tal. Mas aí pensei que você nos veria no casamento de Lex na semana que vem, então…

— Cara, parabéns!

Ergui minha taça de novo. E de repente, senti uma onda de lágrimas. *Ai, meu Deus, Polly, de novo não. Você não pode chorar em um restaurante de novo*, falei para mim mesma. *Está tentando bater algum tipo de recorde do número de restaurantes em Londres em que se pode fazer cena?* Mas era tarde demais. Meus olhos se encheram de lágrimas e eu desatei a chorar. Merda.

— Pols? O que houve?

— Não sei — respondi, com a voz embargada. — Desculpe. Estou feliz por você, eu juro. Só estou cansada, acho. E emotiva. E… ai, meu Deus, não sei. Desculpe.

Um garçom apareceu na nossa mesa e serviu nossos pratos.

— Vocês querem queijo parmesão? — perguntou ele todo animado.

— Acho que agora não, obrigado, amigo — respondeu Bill ao garçom.

As lágrimas caíam no meu carbonara. Ele me passou seu guardanapo e colocou a mão na minha em cima da mesa.

— Talvez fosse uma boa dar um tempo do trabalho, não? Depois de toda essa história com Jasper e da sua mãe…

— Eu acabei de tirar uns dias — falei, assoando o nariz no guardanapo.

— Acho que preciso de um trabalho novo.

— Você mandou um e-mail para o meu amigo Luke? Aquele do site?

Eu balancei a cabeça em negação.

— Nossa, desculpa. Eu esqueci completamente.

Eu tinha planejado, mas me distraí com Jasper. Meus olhos se encheram de lágrimas de novo. Como eu ia conseguir um trabalho novo se era tão inútil?

— Por que você não faz isso amanhã? — sugeriu Bill. — Eu mencionei você para ele, e ele ficou animado. Aparentemente, eles precisam de um monte de novos escritores.

Eu funguei. *Vamos, Polly, recomponha-se.*

— Sim, boa ideia. E obrigada.

— Imagina. Faço qualquer coisa por você, você sabe disso. Ou deveria saber. E como está a sua mãe?

— Bem — respondi, assoando o nariz de novo. — Eu acho. Fez a última sessão de quimio. Está se sentindo melhor. Só precisamos ficar de olho nas taxas sanguíneas dela para garantir que tudo sumiu.

— Ufa! Porque você é minha Spencer preferida, mas Susan vem logo em segundo lugar.

Sorri para ele com meus olhos inchados.

— Obrigada.

Capítulo 17

Naquela noite, no ônibus, a caminho de casa após o jantar com Bill, eu refleti sobre tudo mais uma vez. Minha mãe estava sozinha havia anos. Eu era perfeitamente capaz de fazer a mesma coisa. Não precisava casar com ninguém. Eu me concentraria na carreira e Bill me apresentaria a seu amigo do site de notícias. Mas eu ainda sentia uma pontinha de inquietação dentro do peito com relação a Bill e Willow morarem juntos. E não tinha certeza se era porque meus amigos estavam todos crescendo e a muitos estágios de vida na minha frente, ou se porque parecia que eu estava perdendo Bill.

Até o sábado de manhã, dia do casamento de Lex e Hamish, eu ainda não tinha chegado a conclusão alguma. E acordei na casa dos pais de Lex com um astral estranho. De um jeito contemplativo, e não engraçado. Minha melhor amiga se casaria e eu não tinha, sequer, um acompanhante. Mas ela ia se casar com a pessoa errada. Pelo menos com alguém que eu ainda me preocupava em ser a pessoa errada, apesar de ela dizer que o amava. Não era nada assim em *Razão e sensibilidade*. Eleanor e Marianne casavam-se com os homens certos no final, embora Marianne estivesse um pouco triste por Willoughby. Mas ela, certamente, escolheu o cara certo no fim. O bom e velho coronel Brandon. *Onde está o meu coronel Brandon?*, pensei. Um cara confiável e prudente, com uma bela casa. Não parecia haver muitos deles pelos bares de West London.

Saí da cama e olhei para o jardim pela janela. Ou para onde seria o jardim, se não estivesse coberto por um teto do tamanho de uma tenda de circo. Os pais de Lex, Pete e Karen, viviam numa casa de pedra enorme a vinte minutos do centro de Oxford. Pete tinha "ido muito bem" (o jeito educado de dizer "enriqueceu") na cidade no início dos anos 2000 e se aposentou logo antes da crise de 2008. Hoje, ele exibia um ar tranquilo de quem não tinha nada mais para se preocupar além da sua partida de golfe. Lex era filha única, então eles estavam fazendo de tudo para o casamento dela.

Fui até o quarto de Lex, ao lado, e abri a porta. Ela estava deitada de barriga para cima, olhando para o teto.

— Bom dia.

Ela olhou para mim e sentou na cama.

— Pols, hoje é o dia do meu casamento — afirmou ela lentamente.

— Eu sei. Que bom que você lembrou.

— Quer dizer…

Ela parou de falar.

— O que foi?

— Não, é só que… é o dia do meu *casamento*. Não é estranho?

— Um pouco, acho. Por um lado, ainda estou surpresa de já termos idade para dirigir. Na minha cabeça, ainda penso que 15 quinze anos, sei lá… Mas por outro, nós estamos falando sobre seu casamento há seis meses e tem uma tenda imensa lá embaixo no jardim.

Ela olhou para as mãos.

— É. Acho que… deve ser normal, não é? Acordar no dia do seu casamento e se sentir esquisita?

— Não sou a melhor pessoa para você perguntar isso, mas provavelmente sim. Vamos lá, vamos descer e tomar café.

Lex saiu da cama e pegou o telefone na mesa de cabeceira.

— Será que devo mandar uma mensagem para ele?

— Para quem?

— Para Hammy.

— Por quê?

— Ah, você sabe, só para saber se ele está se sentindo... esquisito.

— Não — respondi com firmeza. — Isso não dá sorte. Sério, vamos descer, tomar café da manhã e começar o dia. Provavelmente é só ansiedade.

Será? Vai saber?! Mas eu queria um café e achei que esse nervosismo pré-casório era mais o departamento da Karen do que o meu.

*

Lá embaixo, Karen e o irmão de Pete, conhecido por todos como tio Nick, estavam sentados na mesa da cozinha, de pijama. Karen estava comendo um kiwi e havia um prato enorme de croissants no meio da mesa.

— Querida! — exclamou ela e deu um pulo da cadeira quando passamos pela porta. — Venha aqui dar um abraço na sua velha mãe. O dia do casamento da minha filha. Que especial!

Coloquei a chaleira para aquecer enquanto Karen abraçava Lex, em silêncio.

— Vocês dormiram bem? — perguntou o tio Nick, pegando um croissant.

Nick era banqueiro, não tinha um fio de cabelo e uma barriga incrivelmente grande. Nunca se casou, mas era adorado por todos porque era o homem mais bondoso da Inglaterra.

— Mais ou menos — respondeu Lex, que então olhou para Karen. — Mãe, acho que estou um pouco nervosa.

— É claro que está, meu amor. É o dia do seu casamento. Eu estava apavorada no dia do meu.

— Jura?

— Sim, querida. Eu corri para o quarto da minha mãe às sete da manhã no dia e disse que não ia fazer nada daquilo.

— Eu não sabia disso — disse Lex. — E aí?

— Minha mãe olhou para mim e disse: "Querida, as mulheres da vila estão arrumando as flores há três dias." E foi isso.

— Então você se casou com o papai para evitar decepcionar as mulheres da vila e suas calêndulas?

— Rosas, na verdade, Alexa. Mas, sim. Exatamente. E olhe para nós agora, trinta e cinco anos depois, e eu ainda amo esse tonto.

Pete escolheu esse momento para fazer sua entrada na cozinha. Ele tinha uma guia de cachorro na mão e um chapéu de baseball marrom do JP Morgan na cabeça.

— Vou levar Daisy para passear — disse ele. — Minha única filha quer ir nessa última caminhada com seu pai?

— Não estou morrendo, pai — retrucou ela.

Mas estava sorrindo, o que entendi como um sinal positivo, se comparado ao olhar de terror que ela demonstrara na cama minutos antes.

— Claro que sim. Vou só colocar uma roupa.

— Vou deixar vocês irem, acho — comentou o tio Nick da mesa da cozinha. — Coisa muito perigosa, caminhada.

Ele pegou mais um croissant.

— Preciso fazer as unhas — acrescentou Karen. — Polly, você está bem? Sirva-se, você é de casa. Estarei lá em cima.

— É claro.

— E Vossa Majestade vai aparecer dentro de uma hora e pouco, eu imagino, exigindo metade de uma toranja, mas ela terá de se virar sozinha.

Karen quis dizer sua sogra, Fiona, que havia sido modelo nos anos 1940, fotografada por Cecil Beaton, Cartier-Bresson e Man Ray. Casou-se com o pai de Pete, um diplomata, aos 21 anos, e desistiu da carreira de modelo para ser mãe. Mas, desde então, ela ainda se preparava para cada momento de sua vida como se pudesse ser chamada para uma sessão de fotos a qualquer minuto. Karen ficava sempre exasperada com a soberba de Fiona, mas eu gostava dela, porque estava disposta a contar histórias sobre o tempo em que ela e Audrey Hepburn tinham ido a uma festa na Suíça juntas, ou quando um "rapazinho que trabalhava com cinema", aspirante a Steve McQueen, a cantara num jantar em LA.

— Estarei aqui, protegendo os croissants. Não se preocupem — falou tio Nick, permanecendo à mesa da cozinha.

Minutos depois, Lex reapareceu vestida de roupa de ginástica.

— Pronto, pai. Vamos.

Eles saíram de casa, Karen desapareceu pelas escadas e eu sentei na mesa da cozinha e respirei fundo.

Tio Nick ergueu a sobrancelha para mim.

— O que foi? — perguntei.

— Essa foi uma respiração bem profunda.

Eu sorri para ele e peguei o café.

— Não foi a intenção, juro.

Ele empurrou o prato de croissants na minha direção.

— Nem todo mundo tem que casar ao mesmo tempo, sabe? Pode parecer que o mundo está sorrateiramente escapando pelos dedos, mas algumas pessoas lidam muito bem sem ele. Melhor, até, eu me atrevo a dizer — disse ele, e piscou para mim. — Mas não conte a ninguém que eu disse isso.

Sorri para ele novamente e peguei a geleia de framboesa.

— Obrigada, tio Nick. Você é um cara legal. Se pelo menos nós pudéssemos nos casar...

— Deixa de loucura, querida. Seria como se casar com Henrique VIII em seus anos de glória. Nojento. Passe a manteiga, por favor.

*

Às duas e meia da tarde, Orsino, um dos dois pequenos pajens dos quais eu estava encarregada, vomitou em um de seus sapatos. Cuidadosamente, eu tirei o sapato de seu pé e fui até a pia da cozinha tentar remover os pequenos glóbulos de vômito ao redor da presilha prateada com uma folha de papel-toalha. Falei para Orsino, de 4 anos de idade, e seu comparsa, Wolf, de 3, para se sentarem quietos no sofá e assistirem a *Peppa Pig* no meu celular.

Orsino era afilhado de Hamish e Wolf era sobrinho. Os dois estavam vestidos como miniaturas de soldados do século XVIII. Calça curta bege, meia branca, camisa branca com colarinho de babado e sobretudo azul por cima.

Do lado de fora, um Rolls-Royce tinha estacionado na porta da frente e o chofer estava caminhando ao redor dele, polindo-o com uma flanela.

Pete apareceu na cozinha.

— Acho que devemos ir, não acha, Pols?

Olhei para o relógio da parede.

— Calma, ainda temos uns vinte minutos. E as outras pessoas nem saíram ainda.

Com outras pessoas eu quis dizer Karen, Fiona e tio Nick, este sentado num banco lá fora, ao lado da porta de entrada, fumando seu primeiro cigarro do dia. Karen estava no andar de cima com Lex, que já tinha se animado e estava bebendo espumante no quarto de sua mãe enquanto pregava o véu.

— Você tem razão — concluiu Pete. — Então, vou comer um sanduíche. E como vocês dois estão? — perguntou ele, olhando para as cabecinhas de

Orsino e Wolf, que o ignoraram e continuaram vidrados no meu celular. — Ok. Acho que vou checar se Nick sabe para onde está indo.

Olhei para o sapato pequenino na minha mão. Parecia limpo. Tinha um cheiro terrível.

— Pronto, Orsino, vamos calçar seu sapato e estaremos prontos.

Orsino, sem dizer uma palavra, levantou o pé esquerdo para que eu calçasse seu sapato.

— Não, é o outro pé — falei.

Ele levantou o outro, mantendo os olhos na *Peppa Pig*.

Eu levantei e me vi no espelho da cozinha. Meu cabelo tinha começado a enrolar, meu vestido roxo estava apertado demais na cintura, criando um pneu indesejado sempre que eu sentava, e suspeitei que Michelle, a maquiadora, tivesse desenvolvido seus talentos na pantomima local. Minhas bochechas tinham uma sombra luminosa de rosa, mas, quando tentei esfregar para tirar, espalhei ainda mais. Eu estava mais para gueixa do que dama de honra.

Ouvi tábuas de madeira rangerem acima de mim, o que significava que a tropa da noiva estava descendo. Karen surgiu na cozinha primeiro. No fim, ela havia decidido usar um vestido azul-claro e um casaco da Caroline Charles.

— Um pouco decotado, mas não a ponto de todos falarem que a mãe da noiva estava vulgar — comentou ela, colocando as duas taças vazias de espumante na pia. — Onde está Pete?

— Lá fora com tio Nick, checando se ele sabe para onde está indo.

— Ah, puta que o pariu! A igreja fica a cinco minutos daqui. E eu estarei na porra do carro com ele. — Ela colocou a cabeça na janela da cozinha. — Pete, Nick, na cozinha, por favor. Imediatamente. Lex já está descendo. E onde está Fiona? — perguntou ela, fechando e trancando a janela.

— Não sei, não vi.

— Eu vou matar a porra dessa mulher — afirmou Karen, andando em direção à escada.

*

Foi o momento em que Pete viu Lex que me tocou. Ela desceu a escada, com o vestido arrastando no corrimão, e parou no último degrau.

— Bem… — disse Pete.

Ele estava de pé na porta da cozinha, mexendo em sua abotoadura. Seus olhos se encheram de lágrimas e ele não conseguiu dizer mais nada. E então, os meus olhos se encheram de lágrimas.

O vestido dela era de uma loja de noiva em Wimbledon. Branco, de manga copinho e um corpete de renda justo que emendava numa faixa fina na cintura, antes de se transformar numa longa saia de seda. O véu, da mesma renda do corpete, caía por trás dela. Lembrei daquelas manhãs em que acordávamos juntas na faculdade, com rímel escorrido na cara, calcinha do avesso e cabelo como se estivéssemos fazendo teste para fazer parte dos Sex Pistols.

— Não posso sujar seu terno de maquiagem — disse Lex ao abraçar Pete.

— Ah, não se preocupe com isso, minha querida. Mas nós precisamos ir. Sua mãe vai ter um ataque histérico se não estivermos na igreja em dez minutos.

— Eles já foram?

— Já — respondeu Pete. — Graças a Deus!

— Vou pegar esses dois — falei, olhando para Orsino e Wolf, ainda engajados na *Peppa Pig* no sofá. — Meninos, vamos lá, hora de ir para a igreja.

Do lado de fora, na entrada da casa, o chofer estava de pé esperando, junto ao Rolls-Royce. Uma Mercedes preta e grande estava atrás, para mim e os pajens. Peguei um saquinho de plástico embaixo da pia para levar na pequena viagem de carro, caso Orsino resolvesse vomitar de novo no outro sapato.

— Entrem no carro — falei, colocando os dois para dentro.

Ao nosso lado, Pete estava levantando o vestido de Lex para entrar no Rolls-Royce com muito cuidado, como se estivesse manuseando uma granada. Ele entrou no carro e o Rolls-Royce saiu lentamente. Nós seguimos atrás.

— Podemos ver *Peppa Pig*? — perguntou Orsino.

— Não, você pode ficar enjoado de novo — respondi, ríspida.

Era para Orsino e Wolf entrarem no altar primeiro, mas tivemos um pequeno ataque de pânico de palco do lado de fora da igreja, então eu acabei entrando no altar com um pequenino de cada lado, segurando as mãozinhas pegajosas, e um cheiro de vômito deixando rastros atrás. Mas ninguém estava olhando para nós, porque Lex e Pete vinham logo atrás.

Olhei para Hamish parado no altar, que não se virou até os meninos e eu chegarmos em nosso banco. Ele sorriu para mim, nervoso, e depois virou-se para olhar para Lex. Seus olhos se encheram de lágrimas. Pelo menos, acho que isso aconteceu, pois foi nesse momento que Wolf resolveu puxar minha saia.

— Preciso fazer xixi — disse ele.

— Ah, Wolfie, você vai ter que segurar. Olha, a Lex vem vindo. Ela não está linda?

— Mas eu preciso muito fazer xixi.

— Olhe as flores! Não são bonitas? Aqui, olha só que legal.

Dei a ele o folheto da missa, na esperança de que um garoto de 4 anos ficasse interessado em ler os cânticos.

— Queridos irmãos — anunciou o vigário John.

O homem parecia ter 600 anos e tinha pelos saindo da orelha. Há anos, a família Swift frequentava essa igreja nos Natais e Páscoas. Embora o vigário John tenha chocado Lex recentemente no curso para noivos que ela fez com Hamish, ao sugerir que, se ela não estivesse certa quanto ao noivo, ele ainda estava disponível. "Acho que ele estava brincando", ela me disse depois, "mas não tenho certeza."

Estávamos cantando "I Vow to Thee My Country", com Pete ribombando as palavras atrás de nós como um corista galês.

— Eu ainda estou com vontade de fazer xixi — reclamou Wolf quando nos sentamos e o tio Nick permaneceu de pé para fazer uma leitura.

— Consegue segurar? Só um pouquinho? Olhe, é o tio Nick, ele vai nos contar uma história — falei, apontando com a cabeça na direção do atril.

— E o maior disso tudo é o amor — entonou tio Nick, uns instantes depois, olhando firme para Lex e Hamish por cima dos óculos.

— Porra nenhuma — murmurei baixinho.

— O quê? — sussurrou Wolf, olhando para cima.

— Nada, não se preocupe. Já estamos quase terminando. Depois, poderemos ir para casa e tomar um drinque — falei para ele.

E então, o vigário John levantou-se para fazer a pergunta derradeira para o casal, que eu só ouvi em parte, pois estava pensando nos canapés da recepção. Salmão defumado, com certeza. Com sorte, salgadinhos de carne. Quem sabe algum tipo de tortinha de queijo?

Uma mão pequenina cutucou meu joelho e eu olhei para baixo, para Wolf, novamente.

— Eu preciso mesmo fazer xixi — disse ele, com uma lágrima escorrendo pelo rosto.

Ai, meu Deus! Olhei para o vigário John e depois para o banco. Eu poderia sair de fininho até a ponta do banco, pensei, e passar pela lateral da igreja até a porta dos fundos. Será que era permitido fazer xixi no cemitério?

— Orsino — falei baixinho, entregando meu telefone para ele. — Fique aqui assistindo *Peppa Pig* quietinho, tá? Wolf e eu voltamos em um minuto.

Peguei a mãozinha de Wolf e, agachada, eu o conduzi. Andei na ponta dos pés em direção à saída, fazendo o mínimo de barulho possível e sentindo os olhares de todos em nós. A porta rangeu e ressoou quando a abri. Merda. Eu estava começando a suar dentro do meu vestido roxo com todo aquele estresse. Meu relógio biológico nunca esteve tão silencioso.

— Rápido, Wolfie, abaixe as calças e faça xixi aqui mesmo — falei, agachando atrás de uma lápide velha.

Foi quando ouvi uma voz familiar atrás de mim.

— Pols — disse a voz, e eu me virei.

Era Jasper.

— *Jasper!* O que... Por que você...?

A surpresa de ver aquele homem ali, no casamento de Lex, foi tão imensa que eu não consegui pensar em nada para dizer.

— Jasper, sério, o que você está fazendo aqui? — perguntei, falando mais alto, ainda agachada ao lado de Wolf enquanto ele fazia xixi na lápide.

— Polly, desculpe. Eu sinto muito, muito mesmo. Só preciso me explicar — ele começou a falar.

Estava vestindo um fraque, embora estivesse sem gravata. E estava enrolando a língua.

— Você está bêbado? E por que está de fraque? Você não está mais convidado, Jasper. O que você está fazendo, meu Deus? Por que está aqui?

Ele olhou para sua própria roupa, surpreso.

— Não se preocupe com meu fraque. Eu estava com saudade de você.

— Como você chegou aqui? Veio dirigindo?

— Não, peguei um Uber. Um cara bacana chamado... Não consigo me lembrar do nome dele, mas ele me trouxe aqui.

— De Londres? Meu Deus!

Jasper sacudiu a cabeça.

— Polly, querida, você está se apegando às coisas erradas. Olha, eu estou aqui. Era para eu estar aqui. Eu sou o seu par. Podemos conversar? Nós nem nos falamos e eu preciso...

O que aconteceu depois foi tão rápido que demorei alguns segundos para perceber. Um foguete apareceu atrás de mim e, de repente, Jasper estava na grama, rolando. Ouvi grunhidos. E então percebi que não era um foguete. Era Bill.

— VOCÊ É UM IDIOTA — vociferou ele.

— O que você está fazendo? Sai de cima de mim — disse Jasper com uma voz esganiçada.

Bill agarrou o cabelo dele com força.

— Não encosta no meu cabelo! — gritou Jasper, que puxou a gravata de Bill.

— Ele está tentando me estrangular! — berrou Bill.

Fiquei de pé, imóvel, sem saber o que fazer. Avisar a alguém e arriscar estragar o casamento? Deixar que eles brigassem?

— Não se preocupe, Wolfie — falei, ajudando-o a vestir a calça e segurando sua mão de novo. — Eles só estão... brigando.

Wolf e eu assistimos em silêncio aos dois rolarem na grama entre as lápides. Jasper tentou dar um soco em Bill, mas errou a mira e afundou o punho no chão. Bill segurou a gola de Jasper e rasgou sua camisa.

— Essa camisa foi muito cara! — gritou Jasper.

— QUE BOM! — urrou Bill.

— JÁ CHEGA! — falei. — Vocês dois, levantem.

Eles me ignoraram e continuaram brigando. E então Jasper conseguiu acertar um soco na cara de Bill.

— Você pediu! — afirmou ele.

De repente, o tio Nick apareceu, colocando-se no meio dos dois e puxando Bill para longe de Jasper.

— Isso é inaceitável — disse tio Nick para eles. — Olha só vocês, meu Deus!

— Desculpe — falou Bill, tirando a sujeira da calça. Sua boca estava sangrando.

— Desculpe, senhor — acrescentou Jasper. — Mas, Pols...

— Eu não quero ouvir.

— Preciso falar com você — pediu Jasper, gentilmente.

— Não precisa, não — retruquei. — Vai embora. Você nem deveria estar aqui.

Jasper olhou para mim, surpreso.

— Você está escolhendo ele? No meu lugar?

— Não estou escolhendo ninguém. Vocês dois são doidos, mas você precisa ir para casa antes de estragar completamente esse casamento. Agora.

— Como diabo eu vou chegar em casa? — perguntou ele. — Deixei o motorista ir embora e nós estamos no meio do nada. Pols, por favor.

— Não venha com "Pols, por favor". Eu não quero saber.

— Bill, volte para a igreja. E você também, Polly. E quanto a você, vou chamar um táxi — disse tio Nick, olhando para Jasper.

Jasper olhou para mim mais uma vez, e eu me virei na direção oposta.

— Pols... — chamou Bill.

— Bill, também não quero ouvir uma palavra de você. Essa coisa toda é... — Eu ia dizer "doida", mas era muito além disso. Olhei para Bill. Sua boca ainda sangrava. — Você precisa lavar seu rosto.

— Ah, muito obrigado. Eu saio para conferir se você está bem, defendo sua honra e...

— Bill! — disse tio Nick, entregando a ele um lenço. — Pegue isso e entre. Bill respirou fundo.

— Ok — disse, tocando no lábio. — Está doendo de verdade. Esse cara é louco.

— E você — continuou tio Nick, olhando para Jasper —, venha comigo e nós vamos esperar seu táxi aqui fora.

— Pols...

Jasper tentou mais uma vez, mas eu peguei Wolf pela mão e entrei de volta na igreja.

Na ponta dos pés, Wolf e eu voltamos para o nosso banco, onde Orsino ainda estava abduzido pelo meu celular. Enquanto eu sentava, o mais quieta possível, Lex olhou para mim da sua cadeira, com um olhar curioso, enquanto o vigário John, aparentemente impassível, seguiu com seu discurso.

"Tudo certo", mexi a boca sem emitir som.

Sentei e tentei processar a cena do lado de fora. Que pena que ele tinha sentido saudade, falei para mim mesma. Ele não presta. Mas era meu par, de fato. Credo, até parece. Ele era louco se achou que eu ainda o queria aqui.

Lex e Hamish levantaram para declamar seus votos. Ela tentou colocar a aliança nele e começou a rir. A igreja toda riu junto, de um jeito educado que dizia: "Essa não é a melhor piada do mundo, mas estamos rindo por educação e porque somos ingleses, não sabemos outra forma de aliviar a tensão quando uma aliança não cabe perfeitamente".

— Agora, Alexa, repita comigo: Eu, Alexa Jennifer Swift, aceito Hamish James Thomas Wellington como meu esposo.

Lex repetiu. Hamish pegou sua mão e deslizou a aliança em seu dedo. Ela tirou a aliança e estendeu a mão esquerda, pois ele havia colocado na direita. A igreja toda riu do mesmo jeito novamente.

— Muito bem — afirmou o vigário John. — Eu vos declaro marido e mulher. Pode beijar a noiva.

Palmas e assobios ressoaram pela igreja enquanto os dois se beijavam timidamente.

— Agora, todos de pé para a canção final — ordenou o vigário, enquanto o organista tocou as notas de abertura de "Jerusalém".

Eu preciso *de uma taça de espumante*, pensei. Bem grande. Uma daquelas taças que mais parecem de vinho. O tipo de taça de vinho que Dita Von Teese gostava de se contorcer ao redor.

Eles sentaram para a última prece e eu olhei para os meninos, que ainda estavam vidrados na tela do telefone.

— Vamos lá — falei, pegando o celular e jogando-o na minha bolsa.

— Por quê? — Questionou Orsino.

— Porque é hora de voltarmos para casa, para curtirmos a festa e tomarmos um drinque.

Meia hora depois, a casa estava um caos. Carros bloqueando a entrada, garçons carregando bandejas com taças de espumante debaixo do toldo, e eu ainda tentando devolver Wolf para sua mãe.

— Fotos, Polly, fotos — falou Karen. — Venha, vamos logo, para a sala de estar.

Ela tinha se transformado em Stalin.

Pierre, o fotógrafo, estava de pé numa cadeira na sala de estar, chamando todo mundo.

— Ah, os meninos — disse ele, olhando para Wolf e Orsino. — Eles têm que estar na foto. Na frente.

Ele apontou para o tapete na frente de Lex e Hamish, e eu encaminhei meu rebanho para o chão.

Sorri para Lex.

— Olhe para você, toda radiante, sra. Wellington.

Ela franziu a testa para mim.

— O que aconteceu do lado de fora da igreja? O que aconteceu com Bill? Você viu ele hoje?

— Vi... rapidamente — eu disse, pensando que não precisava explicar toda a história naquele momento. — Por quê?

— Minha mãe disse que ele está sozinho.

— Sozinho?

— Sem Willow — acrescentou Hamish.

— Não sei o que está acontecendo, mas isso estraga completamente o desenho das mesas — afirmou Lex, ajeitando um fio de cabelo para trás da orelha.

— Vai dar tudo certo, sua mãe vai resolver. Nada de histeria — concluiu Hamish.

— PESSOAL, EM SEUS LUGARES, POR FAVOR — gritou Pierre, ainda de pé na cadeira.

— Você — chamou ele, olhando para mim. — Você é... como se diz... a virgem?

— O quê? — questionei.

— A virgem. Sabe, a amiga virgem de Alexa — explicou Pierre.

— Ele quer dizer a madrinha — sibilou tio Nick atrás de mim.

— Sim, a madrinha. Foi isso o que eu quis dizer. Fique atrás da Alexa, por favor.

Eu me posicionei atrás de Lex.

— Lindo, lindo. Agora, pessoal, olhem para a lente da câmera e digam "xis" — pediu Pierre.

— xiiiiiiiiiiiiis — gritaram Orsino e Wolf, antes de deitarem no chão e rirem juntos.

*

Eu precisava de três coisas depois das fotos, nessa ordem:

1) Devolver Wolf para a mãe dele.

2) Uma bebida.

3) Encontrar Bill.

A mãe de Wolf estava na cozinha, e eu rapidamente o entreguei pelas mãos a ela, pensando se os canapés já estavam passando no salão.

— Vejo você lá na tenda — falei.

E então, passei pela entrada principal, cheguei à tenda e observei ao redor. Duzentas cabeças erguendo taças de espumante e procurando garçons carregando bandejas pelo salão. Eu vi um garçom aparecer no canto com uma bandeja de algo — tentei enxergar, talvez um tartare de atum? —, e um grupo de pessoas moveu-se em direção a ele como hienas. Quando eu consegui vê-lo novamente, parecia que ele estava voltando da guerra, e a bandeja estava vazia.

— Polly! — disse uma voz ao meu lado.

Eu me virei. Era a sra. Maloney, nossa antiga professora do segundo ano.

— Senhora Maloney!

E então ela me puxou para um abraço. Ela parecia a rainha Vitória: baixa, com um coque preso no topo da cabeça e seios tão majestosos que, em seus anos jovens, poderiam ter agraciado a frente de um navio.

— Que saudade de vocês, meninas. Ela não estava estupenda? E você, minha querida, quando será o seu grande dia?

— Creio que não tão cedo — respondi, olhando desesperadamente ao redor em busca de uma bandeja de espumante.

— Nenhum homem em vista? Você está tão linda. Perdeu toda aquela barriguinha!

— Que gentileza sua! É todo o sexo que estou fazendo. Mas não quero casar com nenhum deles...

O coque na cabeça da sra. Maloney tremeu.

— A senhora se importa se eu for procurar uma bebida? Estou louca por uma taça de espumante! Nos vemos no jantar — falei.

Sei que fui má, mas meu sangue estava com um nível de açúcar baixo e não era o momento para ficar lembrando dos velhos tempos com a minha antiga professora.

— Polly, achei você — afirmou Karen, e eu me virei. — Precisamos mudar um pouco o mapa de assentos, porque Willow, do Bill, não veio e a prima Mabel teve um problema hoje de manhã e não conseguiu chegar de Birmingham. Então, você pode procurar a organizadora do casamento, aquela com uma prancheta e um corte de cabelo bem reto, e pedir a ela para rearrumar essas duas mesas? Não consigo lembrar em quais mesas elas estavam. Só peça a ela para retirar os talheres e tudo ao redor. Desculpe pedir isso para você, mas preciso apresentar o vigário John à mãe de Pete.

— Claro — respondi.

A taça de espumante virava, cada vez mais, uma miragem no deserto.

Saí da tenda e fui até os fundos da casa. Havia uma extensão na lateral, onde a equipe estava preparando o jantar. Eu vi Janie, a organizadora, no canto, falando com alguns garçons.

— Desculpe interromper — falei, chegando do lado dela. — Karen me pediu para vir falar com você. Precisamos tirar duas pessoas do mapa de assentos.

— Sem problemas. Essas pessoas morreram? Isso sempre acontece. Mortes durante a noite da tia-avó Agatha ou do tio-avô Henry.

— É... não. Ninguém morreu. Não que eu saiba. É Willow Maldon. Na Polzeath. E Mabel... não sei o sobrenome. Na Lisboa.

Lex tinha nomeado as mesas de acordo com os lugares em que ela e Hamish tinham passado férias.

— Você — disse Janie, estalando os dedos para um garçom por perto —, preste atenção. Pode retirar dois lugares das mesas?

— Sim — respondeu ele, incisivo, e logo depois um pouco menos: — Quais lugares?

— Um convidado da Lisboa e um da... Ah, deixa para lá, vou eu mesma, ou vai virar uma confusão. Volte a servir espumante. Os discursos serão em... — Ela olhou para o relógio. — Vinte minutos, e as taças de todo mundo precisam estar cheias.

— Ah, falando nisso, posso pegar uma taça enquanto estou por aqui? Ainda não consegui uma e estou desesperada — afirmei.

— Claro que sim. Você, garçom anônimo, dê a essa moça uma taça bem cheia de espumante. Depois, circule no salão com a garrafa. Vou resolver essas mesas. Willow e Mabel, Willow e Mabel...

Ela desapareceu, falando sozinha com sua prancheta na mão.

— Só um instante — disse o garçom, caminhando em direção às geladeiras.

Ele voltou com uma garrafa e uma taça. Entregou-me a taça e abriu a garrafa com um barulho alto.

— Fique com a garrafa — disse ele, me servindo. — Tem um monte na geladeira. Eu pego outra.

Ele me entregou a garrafa, voltou até a geladeira, abriu outra, derramou a metade da bebida nos sapatos e saiu rápido em direção ao salão.

Tomei um gole grande, e depois outro, e mais alguns. Enchi a taça outra vez. Eu não podia aparecer de volta com uma garrafa na mão. Não era elegante. Eu teria que beber a garrafa inteira. Precisava de dez minutos de calmaria. Sozinha. Tomando um drinque. Tinha uma cadeira no canto. Eu me sentei, enchi minha taça e li rapidamente uma mensagem da minha mãe.

Mande algumas fotos. Bjs

Bebi mais três taças em seguida, o que me deu alguns minutos para fazer xixi e voltar ao salão para os discursos. Perfeito. Por último, Bill. Tinha que encontrar Bill e conversar com ele sobre o que tinha acontecido.

O problema foi que, quando voltei ao salão, as pessoas estavam começando a sentar em suas mesas. Merda. Eu ainda não o tinha encontrado, e agora, isso teria que esperar. Eu estava numa mesa chamada Ben Nevis, com o padrinho de Hamish, uma criatura chamada Ed, de um lado e Pete do outro.

— Você está nervoso? — perguntei para Ed quando ele apareceu na mesa.

— Não — respondeu ele. — Não tem motivo. Algumas piadas sobre sexo anal e pronto.

Olhei para Pete do meu outro lado e sorri para ele, meio sem graça.

Pete se levantou primeiro e, embora estivesse chorando, ele lutou para conseguir falar.

— Vamos lá, Pete, recomponha-se, meu amor — Karen falou do outro lado da mesa, enquanto ele tentava contar uma história sobre Lex caindo da sua primeira bicicleta.

276

Quando sentou, ele pegou seu guardanapo e assoou o nariz tão alto que fiquei com medo que pedaços de seu cérebro tivessem saído.

Depois, foi a vez de Hamish, que se levantou e leu, formalmente, uma lista de "obrigados". A Pete e Karen, seus sogros, ao seu padrinho e amigos, ao buffet e às floristas, aos "adoráveis" pajens. À sua "nova esposa" — assobios pelo salão — e também a mim:

— Eu sei que Lex jamais teria feito isso sem você, Pols, portanto, muito obrigado. — disse ele, e então acrescentou: — E Polly acabou de ficar solteira, camaradas. Então, façam uma fila organizada!

Nessa hora, houve mais uma onda de risadas e várias comemorações masculinas. Eu queria me enfiar debaixo da mesa e morrer. Lá estava eu, toda amarrada como a viúva Twankey, sendo basicamente colocada à venda no mercado.

Por fim, Ed levantou-se para fazer seu discurso. Eu olhei para ele. Será que podia beijá-lo? Era algo meio tradicional, a madrinha e o padrinho se atracarem. Mas Ed era um pouco baixo para mim.

Olhei para o outro lado do salão e vi Joe numa conversa animada com Laura, da despedida de solteira. E então vi Bill do outro lado. Olhei para ele, tentando fazer contato visual, mas ele estava falando com a prima de Lex, Hattie. Pelo menos a boca tinha parado de sangrar.

Depois vi Callum em outra mesa. Ele piscou para mim, e eu fiquei vermelha imediatamente. *Muito bom, Polly, ótimo.*

— E Hamish disse "Sou um cara que gosta mais de peito!" — disse Ed com uma risada rouca. — Mas então, de repente, esses dias acabaram quando ele encontrou Lex. Portanto, senhoras e senhores, mais uma vez, por favor, vamos levantar para o senhor e a senhora Wellington.

Todo mundo levantou, faminto a essa altura, ergueu a taça pela 234ª vez e sentou de novo. Eu estava com tanta fome que poderia comer minha própria cabeça.

— Então, solteira, é? — perguntou Ed, se inclinando na minha direção.

Eu me estiquei para pegar um pãozinho.

*

A sobremesa era minibrownies e shots de expresso martíni.

— Manda pra dentro! — disse Ed.

Uma expressão que acho execrável, mas peguei o copinho e virei junto com ele. Eu definitivamente não me atracaria com ele. E então, atrás de onde estávamos, a música começou. Nós esticamos o pescoço para ver Hamish conduzir Lex para a pista de dança. Tocava "Fever", versão cantada por Peggy Lee, quando Hamish levantou o braço para Lex girar por baixo.

Um minuto depois, Lex fez uma cara para mim da pista, que eu sabia que era o sinal:

— Vamos para pista, pessoal — falei, encorajando os convidados ao redor. — Vamos nessa.

Encontrei Joe na multidão, peguei sua mão e ele me conduziu para o meio da pista e começou a me rodar.

— Você falou com Bill? — gritou ele por cima da música.

Fiz que não com a cabeça.

— Não. Ele está bem?

— Eu acho que sim. Foi melhor assim — respondeu Joe, lançando-me para longe com um braço.

— Mas estou confusa. O que aconteceu? Da última vez que falei com ele, eles estavam indo morar juntos.

— Não sei direito, acho que ele surtou. E você, está bem? — perguntou Joe, enquanto me girava debaixo de seu braço.

— Sim. Por que não estaria?

— Só estou perguntando. Bill comentou que Jasper estava aqui, então achei que deveria perguntar e…

— Podemos não falar desse cara agora? Vamos simplesmente ficar bêbados.

Ao nosso redor, Hamish estava dançando com sua mãe, Lex estava pulando no chão, segurando a saia do vestido, enquanto várias damas de honra dançavam em círculo ao redor dela, e Karen estava fazendo algo extraordinário com um de seus sobrinhos. Pobrezinho. Imagine só, ter que dançar até o chão com sua tia.

— Em quem você está de olho hoje? — perguntei, porque eu sabia que teria alguém.

— Poucas opções. Mas vi um garçom gato mais cedo, então devo dar uma volta nos bastidores daqui a pouco.

Revirei os olhos.

— É a sua cara. Bem, acho que isso já foi suficiente. Vamos pegar uma bebida?

— Vamos — respondeu Joe.

Fomos até o bar, onde os baristas faziam expressos martínis o mais rápido que conseguiam. Casamentos são bizarros. Em um momento, todos estão na igreja, sussurrando suas preces, ajoelhados, como um bando de protestantes devotos. No momento seguinte, estão se acotovelando em busca de um drinque.

Joe me passou um martíni e nós saímos do bar.

— Para onde Bill foi? — disse, escaneando o salão. — Não estou vendo ele em lugar nenhum.

— Sei lá. Mas o que houve com seu rosto?

Eu encostei na minha bochecha.

— Nada. Por quê?

— Seu rímel está um pouco... escorrido — respondeu ele.

— Ah, provavelmente foi o suor da dança. Vou resolver. Mas se você vir Bill, peça para ficar parado onde está, eu quero falar com ele.

— Pode deixar — disse Joe.

Minha bolsa de maquiagem estava dentro da casa, então eu me esquivei de vários corpos dançantes, com o chão grudento de bebida derramada, e saí da pista de dança. Enquanto caminhava pelo jardim, vi tio Nick fumando um cigarro na minha direção.

— Ah, tio Nick, muito obrigada por hoje mais cedo. E me desculpe.

— Imagina — respondeu ele. — Eu coloquei ele num táxi e pronto.

Eu sorri para ele, um pouco sem graça.

— E você está bem? — perguntou ele.

— Estou. Só preciso ir ajeitar minha maquiagem.

— Vá, sim. E, quando voltar, vamos para a pista de dança.

— Claro. Já volto.

— Talvez eu tenha um infarto, mas vamos para a pista de dança — repetiu ele por cima do ombro, enquanto ia em direção ao toldo e deixava um rastro de fumaça de cigarro para trás.

Dentro de casa, eu subi até meu quarto, no sótão, para pegar minha bolsa de maquiagem. Dava para sentir a batida da música lá da pista. *Pow, pow, pow*, reverberando pelo chão.

Olhei meu reflexo no espelho. Parecia que Marilyn Manson estava me olhando de volta. E tinha uma mancha oleosa no vestido bem debaixo do meu queixo; tinha o formato do país de Gales, pensei, tentando esfregar. Não que eu fosse usar esse vestido de novo na vida. Ele iria direto para a doação. Embora talvez até os necessitados o rejeitassem.

Peguei um pedaço de papel higiênico e comecei a limpar debaixo dos olhos. O que Jasper estava pensando ao aparecer bêbado e cambaleando no casamento? Que cena! Eu ainda não tinha conseguido processar aquilo. Havia algum pedacinho de mim que tinha ficado feliz em vê-lo? Olhei para o meu rosto no espelho. Claro que sim. Mas havia uma parte bem maior que não queria vê-lo, falei para mim mesma, com firmeza, enquanto vasculhava minha bolsinha.

Dei um pulo quando ouvi uma tábua do chão ranger atrás de mim.

— Posso entrar? Joe disse que você estava aqui em cima.

Bill.

— Meu Deus, você me deu um susto!

— É, dá para ver pela sua cara.

Ele sorriu, piscou para mim e colocou a mão na boca.

— Digo o mesmo — retruquei, lentamente passando meu delineador em um olho. — Desculpa. Está doendo muito?

— Sim, bastante. Tudo porque fui defendê-la e não recebi nenhum agradecimento.

Ele sentou na ponta da cama e jogou o corpo para trás.

— Eu não pedi para você se comportar como o personagem de um filme de Guy Ritchie. Não pedi para você se meter numa briga. Mas obrigada, foi muito cavalheiro da sua parte.

Bill não disse nada.

— Mas enfim… — eu continuei falando, debruçada no espelho para passar mais pó debaixo dos olhos inchados. — Vamos falar sobre Willow? O que aconteceu? Você está bem?

— Estou. No fim, não era o certo a se fazer.

— Como assim?

Olhei para ele pela porta do banheiro.

— Ah, sei lá. Acho que eu estava tentando forçar uma situação. Tentando fazer dar certo. Tentando imaginar nossa vida, e acho que pensei que casar com Willow era o que eu queria.

— E você não queria? — perguntei, confusa. — Então, por que disse a ela para se mudar para sua casa?

— Caramba, sei lá. Achei que deveria — respondeu ele. — E ela estava dando algumas indiretas.

— Como ela está agora?

Ele deu de ombros.

— Está bem. Ela se mudou. Acho que, no fundo, ela também sabia. E eu disse que ela poderia ficar com Crumpet.

— Mas como você percebeu, de repente, que não era o certo a fazer? Ou você já sabia desde o início? Às vezes, acho que a gente sempre sabe.

Para ser sincera, quando eu penso no dia em que conheci Jasper, não tinha possibilidade de...

— *Pelo amor de Deus, Polly!* — exclamou Bill, bem alto.

— O quê?

— Esse cara é um puta de um...

— Eu *sei*, é isso que estou falando. Você nunca me escuta. Enfim, eu caí na história, né? Na ideia de viver um sonho com alguém que mora num castelo, como se fosse uma porra de um filme. Que clichê!

— Pols... — falou Bill.

Eu continuei. Estava desabafando:

— É óbvio que todos vocês sabiam que daria errado. É óbvio que era por isso que estavam todos falando pelas minhas costas...

— Polly...

— Quer dizer, o que eu achei que fosse acontecer? Que nós fôssemos nos casar e eu passaria o resto da vida conversando com pessoas como... como... Barny Kitchener? Ou seja...

— POLLY! — gritou Bill, sentando na cama. Fiquei em silêncio, olhando para ele. — Você poderia... simplesmente... parar de falar? *Pare*. Por um segundo. Só pare de falar. Não quero mais ouvir nenhuma palavra sobre pessoas com nomes como Barny. Nós podemos ter um momento de paz em que sua mente louca, exaustiva e crítica fique quieta?

Eu franzi a testa para ele, com a maquiagem congelada no ar.

— Por que você está sendo tão grosseiro? O que está acontecendo com todo mundo hoje?

— Não estou sendo grosseiro, só preciso que você fique quieta.

Ele levantou da cama.

— Ei, um minuto, espera um pouco. Só preciso passar o blush.

— Não estou indo a lugar nenhum.

— Dois segundos — falei, espalhando blush no nariz. *Por que estava sempre tão brilhante?* Há nascentes no Oriente Médio que produzem menos óleo do que o meu nariz.

— Não vou embora ainda. Eu ainda preciso fazer isso — afirmou Bill.

De repente, ele estava ao meu lado no banheiro. E então, tirou meu blush do caminho e me beijou. Na boca. Não um beijo de amigo, um beijo de *homem*.

Deixei o pincel cair, de susto.

— Bill, o que você está...? — eu disse, afastando-o. — Quer dizer... você está com o lábio machucado...

— Polly Spencer, você pode ficar quieta por dois segundos?

Eu ia perguntar se ele tinha ficado doido, mas não consegui pois ele me beijou de novo. E dessa vez eu não o afastei nem o interrompi, pois percebi que parecia o certo a fazer. Melhor do que certo. Talvez um pouco como quando Marianne beijou o coronel Brandon pela primeira vez. Estranho, mas meio familiar. Esquisito, mas maravilhoso. Senti meu braço arrepiar quando Bill colocou a mão atrás da minha cabeça para me puxar para perto dele. Eu queria rir — eu estava beijando Bill! —, mas achei que aquele era o momento de ficar séria. E, de repente, eu soube, de pé naquele vestido horroroso, beijando meu melhor amigo, que era ele. Que sempre tinha sido ele.

Seis meses depois...

— **M**ãe, vamos logo! Assim vamos nos atrasar. Não se preocupe com Bertie, ele está bem. Vamos.

— Querida — respondeu ela, se ajoelhando na minha frente e tentando amarrar uma gravata-borboleta de bolinha no pescoço de Bertie. — Não tem problema se nos atrasarmos. É tradição que a noiva se atrase.

Havíamos debatido muito sobre a gravata-borboleta de Bertie. Mais conversas sobre ela do que sobre a roupa que qualquer um de nós estava usando. Minha mãe encontrou a gravata na internet e ligou para o meu novo escritório, um prédio de vidro espelhado ao lado da Tower Bridge, onde ficava a Nice News.

"Mãe, não posso falar agora", sussurrei no celular quando ela me ligou para falar sobre a gravata. "Estou escrevendo uma história sobre um advogado de direitos humanos."

Luke, o amigo do Bill, tinha me oferecido um emprego de escritora para seu site dois meses antes, portanto eu tinha saído da *Posh!* e começado a fazer um trabalho mais sério, onde não precisava saber quem era o herdeiro do duque de Portsmouth ou que tipo de raça canina era mais popular. Agora, eu passava meus dias pesquisando e fazendo entrevistas para o site — algumas mais sérias ("Conheça a Diretora que Virou o Mundo Acadêmico do Avesso") e outras menos ("Que Sabor de Homus Você É?"). Na semana anterior, eu tinha viralizado com uma reportagem cujo título era "Seu Banheiro É Chique?", portanto, meu tempo trabalhando para Peregrine não havia sido totalmente desperdiçado.

Finalmente, minha mãe levantou do chão, com a gravata de Bertie presa.

— Pronto! — disse ela, sorrindo para ele. — Muito lindo.

Bertie parecia constrangido.

— É sério, vamos. Temos que sair — falei, olhando para o relógio da cozinha. — O carro já está esperando há horas.

— Vou só checar meu batom.

Ela se olhou no espelho. Seu cabelo já tinha crescido quase todo e ela estava como antes de adoecer. Estava igualzinha à minha mãe.

— Seu batom está ótimo. Vamos. É sério.

— Querida, você está muito tensa.

— Eu sei. Estou tensa porque nós vamos chegar muito atrasadas e os convidados vão morrer de velhice. *Vamos logo.* — Fiz um gesto cavalheiresco com os braços para ela e apontei com a cabeça para a porta. — Vamos, pelo amor de Deus. O tempo não espera os homens. Nem as mulheres, nesse caso.

— Ok, ok — respondeu minha mãe. — Sinceramente, Bertie, ela está muito rabugenta hoje, não está? E logo hoje! Tudo bem…

Ela desceu a escada cantarolando "Lá Vem a Noiva", com Bertie trotando atrás dela, e virou-se para olhar para mim.

— Ai, meu Deus! O que foi agora? — perguntei.

Ela sorriu.

— Nada. Só queria dizer que achei que esse dia nunca chegaria e…

Sua voz começou a falhar.

— Mãe, não chora, você vai borrar toda sua…

Ela levantou a mão.

— Polly, por favor, deixe-me viver esse momento. Todo mundo pode esperar.

— Ok.

Mordi meus lábios.

— Só quero dizer que… a vida pode parecer difícil em alguns momentos, não é? Extremamente difícil. Mas nós estamos bem agora, não estamos? E eu nunca fiquei tão orgulhosa de você, e não consigo me lembrar da última vez que tenha me sentido tão feliz e… — A voz dela estremeceu.

— Mãe! Vem cá.

Estendi meus braços até ela no exato momento em que ela desabou. Ela só tinha chorado desse jeito comigo uma vez desde o seu diagnóstico, no dia em que me ligou na *Posh!* com o resultado do exame. Parecia que ela estava guardando todo o choro para esse momento, pensei ao abraçá-la. Eu queria dividir completamente essa emoção com ela, mas, ao mesmo tempo, um pedacinho de mim estava preocupado que ela manchasse meu vestido de batom.

— Já chega — disse ela, se afastando um instante depois. — Temos que ir, vamos. Ah, Polly, meu amor, olhe a hora! Você devia ter dito. Nós vamos chegar muito atrasadas!

Era um dia perfeito de dezembro. Frio, mas de céu azul, com o ar tão seco que dava para ver a fumaça da respiração. A reverenda Housley estava de pé do lado de fora da igreja. Ela sorriu quando nosso carro parou e abriu a porta de trás para nós: primeiro minha mãe, depois Bertie, e, por último, eu.

— Susan! Polly! Hoje é um dia muito feliz. Um dia lindo! Vocês duas estão maravilhosas. Ah, meu Deus. Que dia!

Se um ser humano pudesse explodir de felicidade, seria ela, pensei ao olhar para a reverenda saltando de um pé para o outro em sua batina.

— Não comece, reverenda, nós já choramos hoje de manhã — contou minha mãe.

— Claro, claro — concordou a reverenda Housley, ainda sorrindo. — Todos estão sentados, esperando. Então, se você estiver pronta, vamos mandar ver.

Nós concordamos.

— Está pronto, Bertie? — perguntou minha mãe, olhando para baixo. Ele ainda parecia constrangido com a gravata-borboleta.

— Perfeito. Vou entrar e vocês esperam até a música começar a tocar. E então, é hora do show. — A reverenda Housley sorriu de novo e apressou-se para dentro da igreja.

— Certo — falei, sorrindo para minha mãe, e ofereci meu braço. — Vamos casar você!

— Sim — respondeu ela. — Vamos, Bertie, vamos lá.

Então, com minha mãe no braço direito e Bertie na coleira caminhando ao lado dela, nós entramos no altar da St. Saviour enquanto o organista, um amigo de Joe da academia, começou a tocar Händel. Tínhamos conversado durante semanas para escolher a música, e Joe pacientemente vasculhou o Spotify no apartamento da minha mãe, tocando músicas diferentes milhares de vezes, enquanto ela as definia como "rápida demais", "lenta demais", "dramática demais", "pouco dramática", "triste demais", "alegre demais" etc. "Não é uma festa folclórica, Joseph", ela disse para ele uma vez, e Joe respondeu que Bertie precisava dar uma volta no parque Battersea e o levou para meia hora de solidão.

Enquanto eu caminhava pelo altar, troquei olhares com várias pessoas. Não era um casamento grande. Minha mãe e Sidney só tinham convidado os "amigos mais próximos" para a cerimônia. Mas, em sua maioria, aqueles também eram os meus amigos mais próximos.

Num banco da esquerda, vi Hamish com um braço protetor ao redor de Lex, que estava enorme, apesar de apenas cinco meses de gravidez. ("O único jeito que conseguimos transar agora é na posição cachorrinho, e ninguém fala sobre isso, não é? Não está escrito em nenhum livro", ela havia me enviado por e-mail naquela semana.)

E lá na frente estava Sidney, sorrindo, tímido, de trás de seus óculos, no altar.

Ao nos aproximarmos, eu vi Joe, sentado num banco à nossa direita, sorrindo, com os olhos fechados, dançando teatralmente com a música.

E então, ao lado de Joe, no mesmo banco, estava Bill. Meu par. Um par de verdade, real. Ele não estava dançando. Estava olhando para mim e sorrindo. Eu já tinha ouvido pessoas dizerem: "Um dia, acordei e percebi que estava apaixonado pelo meu melhor amigo", e sempre pensei: "Gente, mas que idiota! Como você não percebeu anos antes?". E cá estávamos, Bill e eu, sorrindo um para o outro, como dois adolescentes. E pensei no que minha mãe tinha dito mais cedo em sua casa, e percebi que eu também nunca tinha estado tão feliz. Bill piscou para mim, e isso quase destruiu meu momento. Idiota. Mas pelo menos, ele era o *meu* idiota.

O meu coronel Brandon, afinal.

Agradecimentos

Estou sentada em Lake District, olhando para um documento do Word em branco no meu laptop com a palavra AGRADECIMENTOS escrita. Sinto como se fosse fazer um discurso para o Oscar e estivesse prestes a esquecer alguém. Desculpe se *você* é a pessoa que eu esqueci. Não foi minha intenção. Sinceramente. Você também foi muito importante. Talvez um pouquinho menos importante do que as pessoas que consegui lembrar abaixo.

Primeiro, um imenso obrigada à minha agente, Rebecca Ritchie, que me enviou um e-mail um tempo atrás perguntando se eu já tinha pensado em escrever um livro. Eu me lembro de estar caminhando pela Earl's Court Road quando recebi esse e-mail no meu celular e de não dormir naquela noite porque estava muito animada. Bem, ela foi incrivelmente paciente, pois meros 37.282 anos depois, aqui estamos. Um livro! Becky, vou pegar emprestado uma frase de Paul Burrell: você foi minha rocha. E minha melhor ouvinte. E sou infinitamente agradecida por isso.

Segundo, às minhas editoras extraordinárias Charlotte Mursell, Lisa Milton e à equipe da HQ por publicar *O par perfeito*. Por amá-lo e cuidar dele, e por o apoiarem imensamente. Ainda estou emocionada por vocês não terem simplesmente tido ataques de riso com as cenas de sexo quando leram o manuscrito e imediatamente o descartado. SINCERAMENTE, OBRIGADA POR NÃO TEREM FEITO ISSO. Mal posso esperar para trabalhar com vocês no próximo livro e realmente tentar surpreendê-los.

Também devo um agradecimento imenso a todas as pessoas com quem trabalhei em jornais e revistas, por me aturarem, mas especialmente a Kate Reardon, Gavanndra Hodge, Annabel Rivkin e Clare Bennett, pela amizade e apoio enquanto trabalhei na *Tatler*. Queria mencionar todas as pessoas com quem trabalhei lá, pois amo todas elas, mas a lista se estenderia por diversas páginas devido aos nomes duplos, portanto, não posso, desculpem-me.

Para os entusiastas do *Telegraph* — Paul Davies, Jane Bruton e Hattie Brett. Vocês me deram a oportunidade de escrever colunas sobre assuntos importantes como geleia e o problema de ter pés grandes, e por isso, sou muito agradecida.

Amigós. Tenho tanto a agradecer, por persistirem comigo ao longo desse livro. Por me encorajarem. Por me perguntarem se eu tinha nomeado algum personagem em homenagem a vocês. Quando estava fazendo a edição final do livro, pensei que havia uma quantidade considerável de vinho consumido. Isso foi inspirado em todos vocês, e aguardo mais inúmeras garrafas juntos.

E principalmente, à minha família. Não posso citar ninguém pois, novamente, somos milhões e eu demoraria dias. Mas vocês são meu mundo e eu devo tudo a vocês. Um obrigada especial a você, Lloyd, por me fazer rir todos os dias.

Por fim, um agradecimento ao Pret A Manger, pois esse livro foi basicamente escrito em filiais espalhadas por Londres, enquanto eu bebia cafés fortes. Eu não teria feito nada disso sem o café e os sanduíches de ovo com tomate seco na baguete de vocês. Obrigada, gente.

Este livro foi impresso pela Vozes, em 2023, para a
Harlequin. O papel do miolo é offset 63g/m², e o da
capa é cartão 250g/m².